LA MENACE

DIANE GAGNON

LA MENACE

ARION

Données de catalogage avant publication (Canada)
Gagnon Diane, 1949-

La menace

ISBN : 2-921493- 61-6

1. Titre.

PS8563. A296M46 2001   C843'.54   C2001- 941341-6
PS9563. A296M46 2001
PQ3919.2.G33M46 2001

Éditeurs:
ARION Enr.

Illustration de la couverture : Diane Gagnon
Conception graphique : Suzy Boisvert

Dépôt Légal:
Bibliothèque nationale du Québec,
Bibliothèque nationale du Canada, 2001

ISBN : 2-921493 - 61-6

À ceux qui croient au pouvoir
de la pensée positive ou qui
ne demandent qu'à y croire...

DU MÊME AUTEUR

Un week-end ben ben... spécial..., théâtre, À Mains Nues, Québec, 1983. *Les fleurs,* recueils de poèmes pour enfants, À Mains Nues, Québec, 1983.

Ultimes recours, roman, Arion, Québec, 1997.

Le défi de l'amour, roman, Arion, Québec, 1998.

Au-delà des mots, roman, Arion, Québec, 1999.

PROLOGUE

TU VAS ME LE PAYER!

Cette menace, sans adresse du destinataire ni de l'expéditeur, découverte dans sa boîte aux lettres au début de la semaine, revient hanter Catherine... Une parole surgie d'un passé lointain l'agresse...

«Un jour, je vais te retrouver mon enfant de chienne! et je te jure que tu vas regretter d'être venue au monde.» ...

Non! Aucun lien possible...

La journaliste sort de chez elle et passe à un cheveu d'être fauchée par une voiture. Le même après-midi, Philippe, son amoureux, est victime d'une tentative de meurtre. Existe-t-il un lien entre ces attentats et la lettre de menace? Qui veut-on faire payer au juste, elle ou lui? Pourquoi? Est-il possible que le passé nébuleux de la jeune femme revienne l'éclabousser et détruire ce qu'elle a mis tant d'années à bâtir? Philippe, sous des dehors d'homme sans reproche, cacherait-il un vice? Mènerait-il une double vie? Grâce à son entêtement et à son flair, l'enquêteur Michel Poirier percera l'énigme.

1

Les doigts de Catherine voltigent au-dessus du clavier, puis s'immobilisent sur les touches. L'esprit aussi tari qu'un puits désaffecté, la journaliste détourne son regard de l'écran cathodique et consulte sa montre. Espiègle, sa pensée profite de cette incartade pour s'évader dans un autre monde. Un monde aseptisé où des gens s'affairent. Elle y repère un homme, vêtu d'un sarrau blanc, manipulant, avec la minutie requise par sa profession, des éprouvettes remplies de solutions plus ou moins toxiques. Ses lèvres ébauchent un sourire. Son visage s'éclate. La nature se pare de ses plus beaux atours.

La moindre erreur pourrait lui être fatale. Cette crainte tenace se cramponne à ses neurones, tel un chardon à son vêtement. Le sourire de Catherine disparaît, voilant ses traits d'un nuage d'inquiétude. Une image vient renforcer son malaise. Un bout de papier, découvert dans leur boîte aux lettres au début de la semaine, danse devant ses yeux... La hante.

Pourquoi aujourd'hui? Elle a pourtant réussi, jusqu'à maintenant, à chasser cette... – aussi bien appeler les choses par leur nom – menace de son esprit en la classant sous la rubrique «futilités». La fatigue? Probablement. Il faut dire aussi qu'elle est difficile à digérer.

Jamais on n'a cherché aussi ouvertement à l'intimider. On lui a parfois adressé des commentaires sarcastiques, il est vrai, mais sans plus. Cela va peut-être de pair avec son métier de chroniqueuse, après tout; il est utopique de croire qu'on peut plaire à chacun. Mais de là à être l'objet de menace, il y a quand même une marge. Une énorme marge! Et quelqu'un s'est hasardé à l'enfreindre. Et il n'a pas eu la décence de s'identifier. Elle n'a pourtant rien d'une fanatique qui impose ses idées à grands cris et à grands coups de griffes, sans se soucier d'écorcher au passage ceux qui ne partagent pas ses opinions, ceux qui ne sont pas du bon côté de la barrière. Alors, qu'est-ce qui a bien pu, dans ses récents écrits, soulever autant d'indignation, de colère?

Une fois de plus, Catherine a beau chercher, retourner la question sous tous les angles, elle n'en a aucune idée. Un illuminé, sans doute, s'est un peu trop pris au sérieux. Avec le recul, elle n'y voit toujours aucune autre explication possible. C'est pourquoi, après mûre réflexion, elle a choisi de taire l'incident à Philippe, son beau chercheur. Soucieux de son bien-être, il l'aurait sûrement obligée à s'emmurer par peur de représailles. Et elle a pris la bonne décision: il ne s'est rien passé depuis.

Une parole, montée d'un passé lointain, surgit dans sa mémoire. L'agresse. *«Un jour, je vais te retrouver, mon enfant de chienne! et je te jure que tu vas regretter d'être venue au monde.»* Catherine ferme les yeux et secoue la tête pour lui faire obstacle. Non! Aucun lien possible.

Elle se remet à l'ouvrage. Ce n'est vraiment pas le moment de se taper une indigestion de bêtise humaine. Elle n'en a pas le goût, ni le temps ni les moyens. Elle a trop à faire. La vie est trop exaltante.

Quelques lignes encore en guise de conclusion et elle pourra retrouver l'amour de sa vie. Son bel, son tendre, son merveilleux amour. Voir sa mimique lorsqu'il découvrira ce qu'elle a manigancé derrière son dos pour souligner le premier anniversaire de leurs retrouvailles – un an d'un amour fou, ça se fête en grand! –, quelle douce, quelle merveilleuse consolation!

C'est vrai, depuis son lancement, elle est débordée par de nombreuses entrevues s'ajoutant à une profession journalistique accaparante, mais elle ne va pas pour autant, sûrement pas, se contenter d'un simple petit souper en tête-à-tête – ça prenait Philippe pour avoir une idée pareille. Un jour aussi mémorable. Un vrai crime!

Toujours à l'écoute de ses moindres besoins, il était disposé à remettre à plus tard les célébrations un peu plus fastueuses, le temps de laisser retomber la poussière sur cet accouchement vécu, non seulement sans la moindre douleur, mais dans l'euphorie et l'allégresse. Catherine vient d'offrir à ses lecteurs et de léguer à la postérité, au terme d'une gestation échelonnée sur plusieurs années, un bébé dont elle n'est pas peu fière, un premier roman encore chaud des presses de l'imprimerie.

Philippe est un homme tellement... Il vaut la peine de redescendre des nues pour lui plaire. Il saura, à sa manière, l'y ramener. Laisser de côté le travail, les interviews, les lecteurs, lui consacrer entièrement quelques heures, une soirée, une nuit, une existence.

Après avoir vérifié le courrier accumulé à son adresse électronique, soulagée, Catherine repousse le clavier, éteint l'ordinateur, l'imprimante, et remet un peu d'ordre sur sa table de travail.

Ouf! Rien que des félicitations, des encouragements pour ses articles et son roman. C'est de beaucoup préférable aux critiques virulentes dont elle est parfois l'objet. Après dix ans de métier, elle devrait s'être fabriquée une carapace. Mais non! Il faut croire qu'on ne s'habitue jamais à se faire dénigrer. En tout cas, pas elle.

Catherine regroupe les feuilles fraîchement imprimées et les glisse dans son porte-documents. Peut-être aura-t-elle le temps d'y jeter un coup d'oeil, si Philippe est retenu au laboratoire par une expérience en cours. Et puis... non. Le travail, c'est fini pour aujourd'hui; demain est encore là. Chaque heure, chaque minute, chaque seconde de cette soirée, de cette nuit, elle veut les consacrer entièrement à son amoureux. Ne plus penser qu'à lui. Ne plus respirer, ne plus vivre que par lui, que pour lui.

Elle lance son porte-documents sur la chaise et tournoie sur elle-même. Les yeux fermés, elle effectue quelques pas de valse. Un autre coup d'oeil à sa montre et la voilà devant la glace de la salle de bain à vérifier coiffure et maquillage.

Rassurée sur son apparence, elle se précipite vers la sortie. Attrape au passage son sac à main. Scrute en riant d'excitation le contenu de la boîte remplie avec fébrilité au cours de la journée. S'en empare. Bondit à l'extérieur. Court vers la rue. Revient sur ses pas. Verrouille la porte. S'élance vers son automobile stationnée de l'autre côté de la chaussée.

À mi-chemin, elle entend un crissement de pneus. Soudain, une forme grossit démesurément à sa gauche. L'avale. Catherine plonge devant. Un bruit de matériaux qu'on entrechoque la terrorise et elle atterrit sur sa voiture. La mort la frôle au passage et poursuit sa trajectoire aveugle.

Abasourdie, Catherine se redresse, juste à temps pour voir disparaître son agresseur au loin: un véhicule foncé. Noir? Probablement. C'est du moins ce qu'il lui semble. Cependant, avec le soleil éblouissant et les étoiles dansantes devant ses yeux, elle n'est sûre de rien.

Elle examine ses membres ankylosés. Les secoue. Rien de brisé. Rien de vraiment sérieux. Quelques éraflures, sans plus. Heureusement, la carrosserie de sa Honda a amorti sa chute. Il faudra d'ailleurs en évaluer les conséquences, si conséquences il y a, mais, pour le moment, c'est sa propre carcasse qui lui importe. Si elle n'agit pas promptement dans les minutes qui viennent au point d'impact, elle arborera la couleur la plus en vogue de la saison. Ce n'est pas qu'elle exècre le bleu; c'est plutôt qu'elle préfère choisir elle-même ses accessoires.

Catherine rassemble ses esprits et récupère en vitesse les objets de la boîte renversée, étalés sur le sol. Un son la hante toujours.

À quelques mètres de là, entraîné lui aussi dans la mêlée, elle aperçoit son sac à main, en mauvaise posture. La boucle en métal, lui tenant lieu de fermoir, attire aussitôt son regard. Voilà la responsable de ce bruit terrifiant. Sans doute a-t-elle été heurtée au passage de l'ouragan? Cela lui rappelle à quel point il s'en est fallu de peu pour qu'elle subisse le même sort.

Les jambes en guenilles, cahin-caha, Catherine revient à la maison. Une fois dans la cuisine, elle fouille l'armoire en coin, s'empare de la bouteille d'essence de vanille et sature du liquide caramel tous les endroits douloureux de sa personne. Ce remède de grand-mère a maintes fois fait ses preuves et, en ce qui la concerne, c'est quasi miraculeux. Une odeur édulcorée de pâtisserie embaume l'air ambiant.

L'adrénaline revenue à un niveau un peu plus acceptable, Catherine cherche à comprendre. À part les automobiles stationnées ici et là, la rue était déserte au moment où elle s'y est engagée, elle pourrait le jurer. Quelqu'un a donc décidé de démarrer en trombe à ce moment précis. Par hasard? Peut-être. Si ce geste était plutôt prémédité? Si on avait vraiment voulu la heurter?

Elle revoit la menace reçue durant la semaine sans adresse ni du destinataire ni de l'expéditeur. Une seule phrase écrite à l'aide de majuscules découpées dans du papier journal: «TU VAS ME LE PAYER!» Un frisson la fait se cabrer. Elle le ressent jusque dans sa cage thoracique où son coeur, à l'étroit, suffoque.

Non, c'est insensé; il s'agit d'une pure coïncidence. Elle laisse son imagination faire des siennes, c'est sûr. Pourquoi voudrait-on s'en prendre à elle? Cela n'a aucun sens. Elle est plutôt victime d'une malchance, d'une fausse manoeuvre, d'un geste mal calculé d'un automobiliste distrait, c'est aussi simple que cela. Quand même, elle ne va pas fermer les yeux sur une conduite aussi peu responsable. Rouler aussi vite dans un quartier résidentiel, une zone scolaire en plus, c'est inacceptable. Elle songe sérieusement à en faire l'objet d'une chronique ultérieure.

Philippe... Vite, elle risque de se mettre en retard. La jeune femme chasse de son esprit ce malencontreux accident de parcours et, empressée, effectue le trajet vers la frivolité, la liberté, l'amour.

Catherine tourne la clef dans la serrure. Ouvre la porte. Après l'avoir refermée, s'y adosse. Un an déjà! Elle se souvient de tout. C'était... hier.

Elle inspecte les lieux: rien n'a changé. Les deux fauteuils sont toujours appuyés sur le mur de droite, près de la fenêtre, disposés à accueillir leurs confidences. Exactement comme ce jour-là! Jusqu'à son dernier soupir, jamais elle n'oubliera la particularité de cette première «vraie» rencontre clandestine avec sa destinée.

Son regard s'attarde sur le pied du lit, à l'endroit où Philippe avait profité de son absence provisoire pour s'allonger. Complices, les draps épousent de nouveau l'empreinte de son corps. L'envie de partager sa couche devient aussi pressante. Cet épisode est si frais dans sa mémoire. Les yeux clos, elle se laisse aller à rêver.

Alanguie, Catherine s'extirpe de ses pensées. Une chaleur étouffante règne dans la pièce. Les bras toujours encombrés, elle s'avance vers le lit, les libère, puis se dirige vers le climatiseur, le met en marche.

Elle doit se fouetter les sens, elle n'a plus une minute à perdre à rêvasser ainsi. Sa vie présente avec Philippe, succession d'événements uniques et exceptionnels, n'a rien à envier à ces merveilleux souvenirs issus de leur passé. Et ce «party surprise», des plus intimes il va sans dire, n'échappera pas à la règle.

Un repas en tête-à-tête, tel que Philippe le souhaite, et, en prime, pour apprécier sa bonne fortune, une nuit chaude, voluptueuse, sensuelle comme elle les aime. Existe-t-il quelque chose de plus excitant sur cette terre? Sûrement pas!

Catherine doit créer une ambiance spéciale. Heureusement, pour lui faciliter la tâche, elle a pris la peine d'apporter quelques accessoires hétéroclites. De plus, des chandelles et des ballons donneront une allure de fête.

Catherine embrasse la pièce d'un regard. Satisfaite, le sourire aux lèvres, elle s'empare du téléphone.

– Bonjour, Philippe Gingras à l'appareil.

Une bouffée de tendresse la submerge. Elle n'a pas imaginé son bonheur, il est bel et bien réel. Cette voix enjouée le lui confirme.

Elle interroge d'un ton langoureux qui ne laisse aucun doute sur la nature de ses états d'âme.

– Bonjour, mon bel amour; pas trop fatigué, j'espère?

Philippe reconnaît cette voix lascive. Elle l'émoustille. La soirée s'annonce torride. Il laisse échapper un rire timide et enchaîne, adaptant à son tour le ton à la circonstance.

– Bonjour, Cat; tu sais bien, je suis toujours en forme pour toi.

«Cat...» Catherine s'attendrit en entendant ce diminutif. Philippe le lui destine depuis qu'ils se connaissent. Même en public, il la surnomme toujours ainsi. Ce qui lui vaut bien des taquineries de ses amis et lecteurs. Et comme entre Cat et chat, chaton, il n'y a qu'un pas, il a très vite été franchi: désormais, ses amis la surnomment chaton. Cela la fait bien rigoler lorsqu'elle se venge sur son instigateur en le qualifiant à son tour de gros matou – en privé seulement. Ce soir, elle se promet de lui en faire voir de toutes les couleurs, à son gros matou adoré.

– Que dirais-tu si je passais te prendre à ton travail? J'ai planifié pour fêter comme il se doit: le premier anniversaire de nos retrouvailles, ta promotion, mon lancement et tout ce que tu voudras. Tu n'as qu'à me suivre les yeux fermés.

Philippe éclate de rire, heureux. Il la taquine.

– Les yeux fermés? Hum! Je me demande si je peux t'accorder une confiance aussi aveugle.

– Tu n'as pas le choix, mon gros matou! Ce soir, c'est moi qui décide.

– Tu es vraiment incroyable, Cat. Avec la sortie de ton roman, les interviews, ta chronique pour le journal, tu n'as pas le goût de te relaxer, parfois?

17

– Au contraire, c'est bien ce que j'ai l'intention de faire, mais à ma manière.

Philippe imagine le visage amoureux de Catherine, à l'autre bout du fil, son corps sensuel... Il ne se lasse pas de le redécouvrir chaque fois qu'elle s'offre à lui sans entrave aucune. Le désir le chavire. Il lui tarde de la retrouver. De l'enlacer. De vivre avec elle cette union sublime comparable à nulle autre.

Généreuse, sensible, spirituelle, cette femme est vraiment inégalable. La vie n'est jamais banale auprès d'elle. D'un regard aimant, d'un sourire moqueur, d'une parole désopilante, elle fait de chaque instant un véritable festin. Comment a-t-il pu lui préférer un être aussi froid, aussi égoïste et insipide que Valérie?

L'amour bout en lui si intensément, il craint d'en éclater un jour s'il n'y trouve pas très vite un exutoire, une façon de le perpétuer. Il a beau le répandre à profusion auprès des gens côtoyés, ce n'est pas suffisant. La soupape menace de lâcher prise d'un moment à l'autre. Il est capital d'agir maintenant. Ce soir.

Déjà, il tâte le terrain.

– Si on se faisait un petit chaton, Cat?

Il se tait. Catherine ne donne pas suite à sa proposition. Il insiste.

– Je veux un enfant de toi, Cat; je t'aime tellement, tu ne peux imaginer à quel point.

Le souffle coupé, Catherine ne peut retenir ses larmes. Deux jets continus affluent de ses yeux, véritables robinets à l'étanchéité douteuse. Enfin! il le lui propose. Elle espère ce jour depuis si longtemps! Oui, oui, oui, elle lui offrira ce que Valérie ne lui a jamais offert. Avec un lien aussi étroit, celle-ci n'aura plus aucun pouvoir sur eux, malgré sa beauté, malgré sa popularité, malgré son refus de divorcer. Elle a gagné cette fois, elle en est convaincue. Philippe est à elle pour toujours: Valérie ne pourra jamais plus le lui ravir.

Transportée de joie, Catherine éclate de rire. En reniflant et en essuyant ses joues, elle hoquette:

– Tu t'es enfin décidé! Je ne pensais jamais que tu me le demanderais!

Surpris par sa réaction autant que par sa réplique, incrédule, Philippe reprend, fier comme un roi.

– Tu veux, Cat? Vraiment?

– Espèce d'idiot! J'ai toujours désiré un enfant de toi; j'attendais juste que tu me le proposes.

– Ah! Si seulement j'avais su! Pourquoi ne m'en as-tu jamais parlé?

– Je voulais que ça vienne de toi. Absolument

Philippe ferme les yeux, soulagé. Respire à fond.

– Sais-tu ce qui m'a incité à agir, Cat? C'est ton roman. L'endroit où ton héroïne propose à son amoureux de lui faire un enfant pour concrétiser leur amour, je trouve ça tellement romantique! Je me trompe ou si tu me livrais un message à travers elle?

– Si tu es si perspicace, Philippe Gingras, pourquoi ne me l'as-tu pas proposé avant? Il y a des mois que tu as lu mon roman. Tu l'as même lu avant mon propre éditeur.

– J'espérais qu'à son exemple tu ferais les premiers pas. J'avais peur d'avoir à essuyer un refus en te le proposant. (Il hésite, croyant que sa réflexion l'amènera à changer d'idée. Mais il préfère être fixé maintenant. Il poursuit.) À cause de ta carrière, tu comprends?

– Qu'est-ce que ma carrière vient faire là-dedans, peux-tu me le dire? Être enceinte ne m'empêchera pas d'écrire. Puis même si c'était le cas, j'abandonnerais tout, sur-le-champ, si c'était nécessaire pour avoir un enfant de toi.

Philippe rit d'excitation.

– Tu es folle, Cat, mais je t'aime.

Une si belle occasion! Jamais Catherine n'aurait osé la provoquer. Mais puisqu'elle lui est offerte, elle percera le mystère entourant l'union de Philippe et de Valérie, demeurée stérile.

–Si vous n'avez jamais eu d'enfants Valérie et toi, c'est pour ça? À cause de sa carrière?

Un silence embarrassant suit sa question; Catherine se garde de le rompre. Jamais Philippe n'a levé le voile sur ce qu'elle considère comme une carence dans sa vie de couple avec son mannequin de carrière internationale. Aujourd'hui, elle veut en connaître la vraie raison, au lieu de continuer à imaginer tous les scénarios possibles, à la manière dont elle l'a si souvent fait au cours des années où cette autre femme l'a délestée de son bel amour. Comme elle l'a également fait dans l'anonymat de son roman, par l'entremise de personnages imaginaires.

À son aise, elle a pu alors s'approprier le merveilleux rôle de l'élue. Tenter encore une fois, mais sans plus de succès – elle a cherché en vain à exorciser son âme en deuil des milliers et des milliers de fois au fil des ans –, de se libérer du sentiment de rejet opiniâtre, obsédant, remorqué sans trêve depuis l'abandon fortuit de sa «douce moitié». Un sentiment dévastateur ébranlé par le retour de Philippe, mais pulvérisé par sa proposition: «Si on se faisait un petit chaton, Cat?»

Philippe prend finalement la parole.

– Tu as raison, Cat, il est temps de te dire la vérité à ce sujet, mais pas au téléphone. Ce serait long, fastidieux, et j'ai beaucoup trop hâte de te retrouver. J'arrive, attends-moi.

Il s'apprête à raccrocher en vitesse. Catherine oublie momentanément son échec à dénouer l'énigme qui adoucirait, peut-être, la frustration de la disparition de Philippe, sans explication aucune, par le passé, et intervient. Toute à sa joie de le savoir, maintenant, aujourd'hui, aussi empressé de la rejoindre, elle s'exclame:

– Non, non, Philippe, je passe te prendre; mes plans n'ont pas changé pour autant. (Elle ajoute, énigmatique.) **AU CONTRAIRE!**

– Qu'as-tu encore manigancé, toi?

Elle réplique, évasive:

– Aaah!...

– Bon! C'est comme tu veux. Tu sais où se trouve mon auto, au troisième étage, près de la rampe. Je t'attends ici.

– Tu me parles de ton cellulaire?

– Oui, j'ai terminé ma journée; je venais de faire le transfert d'appels sur mon appareil lorsque tu m'as téléphoné.

– Et là, tu es déjà à ton auto? Ouais! Tu es pressé à ce que je vois. Malheureusement, tu auras à patienter au moins quinze à vingt minutes encore.

Il soupire avec force. Il veut que sa compagne l'entende.

– Je ne suis pas sûr de réussir à patienter aussi long-temps: j'ai tellement hâte de passer aux actes! Tu n'as pas changé d'idée, n'est-ce pas?

– Il n'y a pas de danger! Rassure-toi, je ne changerai pas d'idée, je t'aime beaucoup trop pour ça. Je te jure, on va s'en faire des tas de beaux petits chatons.

– Ah oui! Je m'en voudrais de nous faire perdre un temps aussi précieux. Je descends en face de l'immeuble, ça t'évitera d'avoir à monter au troisième.

– D'accord! Attends-moi, j'arrive.

– Sois prudente, Cat.

– Je suis toujours prudente, tu le sais bien.

Catherine raccroche à regret: Philippe lui manque déjà. Un bébé! Elle n'arrive pas à y croire; elle plane littéralement et ne sait plus où donner de la tête.

Ah oui! Elle devait passer au restaurant commander un repas à faire livrer dans la soirée. Au diable le repas! Du cham-pagne! Une montagne de champagne! C'est tout ce dont ils ont besoin pour célébrer un événement aussi grandiose.

Impatiente de retrouver l'homme de sa vie, Catherine roule à fond de train sans être retardée par les feux rouges. Par magie, ils cèdent la place aux feux verts dès qu'elle approche.

Une sirène hurle à fendre l'âme. Le bruit s'intensifie. Catherine lève les yeux et aperçoit, dans son rétroviseur, une auto patrouille, gyrophare en fonction, qui se rapproche, puis la dépasse, propulsée à une vitesse folle. «Ouf! Heureusement, il n'est pas à mes trousses, celui-là», s'exclame Catherine. Instinctivement, elle ralentit sa course.

Presque aussitôt, le même son strident vient heurter ses tympans. Une ambulance fonce droit devant, brûlant deux feux rouges en ligne. Catherine se voit forcée de stopper. Elle espère seulement que la route ne soit pas bloquée par un malencontreux accident, cela la mettrait en retard à son rendez-vous. Il y a plus grave encore. Dans sa hâte, elle a oublié son téléphone mobile à la maison: elle n'aurait donc aucun moyen d'avertir Philippe. Mais pourquoi imaginer le pire? Tout va très bien se passer.

Ces oiseaux de mauvais augures et leurs piaillements sinistres éveillent en elle de sombres souvenirs. Il n'y a pas si longtemps, son travail consistait à couvrir, caméra au poing, les catastrophes du monde entier. En plus de pouvoir gagner convenablement sa pitance, c'était une façon détournée de s'étourdir, de se donner l'illusion d'une vie trépidante. Une échappatoire pour un coeur en berne.

Après avoir pataugé dans des histoires sordides durant tant d'années, maintenant, elle les fuit dans la mesure du possible. Bien sûr, elle se devait de connaître le monde, de l'analyser dans toutes ses aspérités avant de se permettre de le juger. Aujourd'hui, chroniqueuse, son amour auprès d'elle, elle a trouvé une oasis de paix. Elle a fini de cavaler à gauche et à droite et est totalement heureuse.

Catherine regarde les deux bouteilles de champagne. Elle vient de les acheter à la SAQ. Elle sourit. Franchement! elle exagère. Une seule aurait suffi. Après trois ou quatre coupes, elle ne tient déjà plus sur ses jambes. Comment peut-elle prétendre passer une nuit aussi voluptueuse avec autant d'alcool dans le sang? Cette histoire de bébé lui fait perdre les pédales.

Elle voit au loin l'ambulance qui prend un virage sur les

chapeaux de roues et s'engage sur le boulevard Laurier. Ce boulevard, elle doit elle-même l'emprunter pour rejoindre Philippe. Elle s'imagine déjà bloquée dans un embouteillage monstre. Elle grimace. Cherche tant bien que mal à se rassurer: «Ça ne veut rien dire, ce n'est pas nécessairement un accident, c'est peut-être une personne malade qu'on s'empresse d'aller secourir. De plus, ce n'est probablement pas dans ce secteur de la ville.»

Décidément, sa mère avait raison de lui reprocher son imagination un peu trop débordante quand, enfant, elle s'amusait à élaborer les mises en scène les plus insensées au moindre incident. Pauvre femme! Elle lui en a fait voir de toutes les couleurs et lui a causé des tas de soucis bien inutiles. Là où elle est, elle doit encore s'arracher les cheveux de la savoir toujours aussi prompte dans ses déductions. Pourtant, Catherine essaie de dompter cet esprit excessif dont on l'a affublée, mais sans résultat tangible. N'empêche, dans son travail de tous les jours, c'est un atout précieux. Et encore davantage lorsqu'il s'agit d'écrire un roman.

Enfin parvenue à bon port avec seulement quelques minutes de retard. Un véritable exploit, compte tenu des circonstances. Mais où est donc sa muse?

Catherine inspecte minutieusement les alentours: aucune trace de son gros matou. Il a pourtant dit: «... en face de l'immeuble.» Elle le connaît, il n'aurait jamais osé s'éloigner, même si elle avait tardé encore davantage. Il est si patient, si ponctuel, **lui**. Où peut-il bien être?

Elle gare sa Honda Civic en vue et, les yeux rivés sur la sortie du stationnement souterrain, s'attend à voir surgir Philippe d'une seconde à l'autre, au pas de course, un sourire désolé sur les lèvres. Quel plaisir ce sera de lui rendre la monnaie de sa pièce! De se payer sa tête! Pour une fois, elle aura le beau rôle.

Philippe est si irréprochable, c'est quasi une mission

impossible de le prendre en défaut, alors qu'elle... Tant de belles et grandes qualités réunies chez un seul homme! À moins qu'elle ne soit aveuglée par l'amour? Peut-être, mais c'est très bien ainsi.

Les minutes s'égrènent, répétitives, longues, interminables. Un véritable rosaire. L'amusement de Catherine se métamorphose en inquiétude: «Qu'est-ce qui peut bien retenir Philippe, pour l'amour du ciel! Ce n'est pas dans ses habitudes de se faire attendre.»

Des tas de gens à pied défilent sous ses yeux. S'interpellent à grand renfort de gestes. Pointent chaque fois la même direction: le stationnement souterrain. Plusieurs retournent même sur leurs pas pour s'y engloutir en vitesse.

Gagnée par la curiosité, Catherine sort de l'auto et, sans trop s'en éloigner, tente de capter des mots, des bribes de phrases. Accident... Chute... Blessé... Mort... Meurtre... Troisième palier...

Son coeur cesse de battre. Non! c'est impossible. Non, Philippe fait aussi partie des badauds et dans l'excitation, il a oublié leur rendez-vous.

Le jour où elle est devenue chroniqueuse, elle s'est promis d'éviter désormais les situations dramatiques. Cette fois, elle fera exception à la règle. Elle n'a pas le choix, elle doit rappeler son bel anarchiste à l'ordre.

D'un pas incertain, elle s'apprête à suivre un groupe de personnes vers le lieu du «supposé» drame. Une ambulance, feux et phares allumés, surgit de la pénombre et fonce droit sur eux comme un fauve déchaîné, saturant l'air d'une longue plainte angoissante.

Catherine fige sur place. Paralysée. Les gens émergent à leur tour du gouffre meurtrier en échangeant des commentaires. Ses yeux n'en finissent plus de les détailler: Philippe est sûrement parmi eux. Au fur et à mesure qu'ils se dispersent, son espoir s'amenuise et tout son être devient souffrance.

Les pieds libérés de leur enclume, elle pénètre au pas de course dans ce lieu lugubre qui, peut-être... Non, c'est impossible. Elle va se retrouver face à face avec Philippe, et ils vont en ressortir main dans la main. À son grand soulagement et pour son plus grand plaisir – elle veut y croire de toutes ses forces –, elle va l'emmener dans ce motel, sur le bord de la route. En nageant, en se noyant dans le champagne, ils vont s'aimer à en perdre le souffle. Là, elle lui offrira ce que Valérie ne lui a jamais offert.

Un ruban jaune lui bloque le passage. Un policier, accroupi au sol, scrute à la loupe l'espace délimité. Déformée par l'écho, une voix au-dessus de sa tête le fait se redresser: «Il n'y a pas grand-chose ici non plus, à part un bouton marine. Aucun lien sans doute avec ce qui nous intéresse.»

Catherine lève les yeux à son tour vers la source de cette information. Elle aperçoit un deuxième policier penché au-dessus de la rampe de ciment du troisième palier. Les mots captés il y a quelques minutes lui reviennent, pareils à des coups de massue: accident, chute, blessé, mort, meurtre, troisième palier..., l'enfoncent dans le désespoir. La mort s'insinue par tous les pores de sa peau. Philippe? Non, pas Philippe.

Elle entend une autre voix. Caverneuse. Une voix étrangère: sa propre voix, hésitante, atone et sans vie. Le son se répercute dans sa tête où son coeur tambourine à lui défoncer les tempes.

– Que s'est-il passé?

Surpris par cette intrusion soudaine, l'enquêteur se retourne. Il aperçoit la jeune femme. Son visage s'illumine d'un sourire chaleureux.

– Je ne me trompe pas, vous êtes madame Catherine Mathieux, la journaliste, n'est-ce pas? Je devrais plutôt dire la romancière.

Il tend la main. Catherine lui offre la sienne d'un geste machinal. L'homme poursuit son monologue. Elle ne l'écoute plus. La moindre molécule de son corps est absorbée par une tache foncée, sur le plancher de ciment, aux pieds du policier: du sang... Philippe?... Non, pas Philippe.

– Bruno Lacasse, un de vos plus fervents admirateurs. Ça me fait plaisir de vous rencontrer en personne. Je lis toutes vos chroniques, et j'ai même déjà passé à travers votre roman. Je l'ai beaucoup aimé, je tiens à vous le dire. Vous êtes une vraie bonne romancière, madame Mathieux. Vous allez continuer dans ce sens-là, j'espère? J'ai...

Enveloppée dans le tintamarre d'un magma de pensées confuses qui s'entrechoquent, Catherine ne l'entend pas. De plus en plus, avec l'absence de Philippe qui se prolonge, ses soupçons deviennent certitudes. Chaque seconde s'étire, douloureuse, et augmente son calvaire. Le doute, pareil à un reflux de bile amère, obstrue sa gorge et lui soulève le coeur. Elle doit savoir. Mettre fin à son supplice.

D'une voix blanche, elle lui coupe la parole et réitère sa question.

– Que s'est-il passé?

Bruno se plaisait à imaginer la journaliste débordante de vie; il la découvre, amorphe. Déçu, il la dévisage longuement. Une certaine absence accompagne ses gestes. Les yeux rivés au sol, elle est là, présente et absente à la fois. «Elle a laissé tomber les faits divers depuis belle lurette, se dit le jeune policier. Pourtant, elle tient mordicus à ce que je lui relate les récents événements. En quoi cela la concerne-t-il? Quelle femme singulière!»

– Comme si vous ne le saviez pas déjà!

Bruno se retourne brusquement. Son collègue de travail vient de réapparaître. Surpris de sa réflexion autant que de son manque de savoir-vivre, il fronce les sourcils, les crocs aiguisés, prêt à défendre son idole. Elle est un peu bizarre, c'est vrai, mais ce n'est pas une raison pour se conduire de façon aussi insolente avec elle.

– Pourquoi dis-tu ça, toi?

Yves Roy promène une mine satisfaite. Encore plus arrogant, il renchérit en dévisageant sans vergogne la jeune femme.

– Pourquoi je dis ça? Réveille, mon vieux. L'appel anonyme... Une femme blonde a poussé un homme du haut du troisième palier... (Il soulève le menton en direction de la jeune femme et répète avec insistance sur le ton de la confidence.) Une femme... blooonde... Tu as remarqué l'éraflure à son genou gauche? Et on n'a pas vu ailleurs... Tu n'as pas l'impression que cette femme blooonde-là vient de livrer une dure bataille?

Scandalisé, Bruno rétorque:

– Tu es malade, ma foi! C'est Catherine Mathieux. Cette femme-là; ce n'est pas n'importe qui.

– Puis, ça change quoi?

Bruno reprend en chuchotant et en appuyant sur ses mots.

– C'est **la** journaliste, **la** Catherine Mathieux, tu comprends? Voir si...

– Pourquoi pas? Elle n'est pas à l'abri plus qu'une autre. C'est toujours ceux qu'on croit les plus inoffensifs qui sont les plus dangereux, tu sauras ça, mon vieux. Tu as vu à quel point elle est... désorientée? (Il laisse sa phrase provoquer l'effet désiré et tape encore plus fort.) On dit qu'un voleur ou... un assassin, c'est comme tu veux, revient toujours sur les lieux du crime. Je n'invente rien.

– Tu dis n'importe quoi! Tu...

Étrangère à la friction des deux hommes, toujours aussi lointaine, Catherine s'évade dans un motel aux allures de fête où ils vont se retrouver, Philippe et elle, c'est sûr. Où ils vont célébrer en buvant du champagne et en s'aimant jusqu'au petit matin! Elle se rappelle la première fois...

En panne d'arguments, Bruno tourne le dos à son confrère. Il refuse de laisser traîner ainsi la journaliste dans la boue et veut à tout prix lui éviter une plus grande humiliation.

Il s'approche donc de la dame, pose doucement la main sur son bras, afin d'attirer son attention, et lui parle avec minutie, craignant de la voir s'isoler davantage. Elle le regarde, perdue, fragile. Une enfant sans défense.

Il répond finalement à son unique question et cherche à cerner la raison de son désarroi.

– Un homme est tombé du troisième palier. On l'a poussé. On a tenté de le tuer.

Une immense noirceur voile le regard de Catherine. Ses jambes flageolent. Son coeur agonise. Si le bonheur n'était qu'un mirage... Si la vie venait de la rappeler à l'ordre... Un râlement s'échappe de ses lèvres: **Philippe**...

Avec la tendresse dont il est capable, Bruno la retient contre lui.

– Oui, Philippe Gingras. Vous le connaissez, c'est ça?

Si elle le connaît! Ils avaient rendez-vous; ils allaient s'offrir le plus beau cadeau d'anniversaire qui soit; ils allaient se faire un enfant. Mais elle ne lui révèle rien: elle ne peut pas. Catherine assiste, spectatrice impuissante, à l'exode de tout ce qui la retenait à la vie. Elle n'a plus de souffle, ni de voix, ni de projet, ni d'ambition, ni d'espoir. Philippe disparu, elle n'est qu'une pauvre enveloppe vidée de son contenu. Un corps sans âme, en chute libre dans un trou sans fond.

Il ne comprendrait pas combien c'était important ce bébé que Philippe s'apprêtait à lui faire. Tant d'années à espérer ce moment! Il ne lui reste qu'à se taire à jamais. Ensevelir leur secret. Rejoindre son amant dans l'au-delà.

L'instinct de survie étant le plus fort, Catherine tente d'éradiquer son mal et cherche une balise qui l'orientera hors de ce marasme. Une phrase lui revient en douceur; un arc-en-ciel troue l'aura de douleur qui l'entoure: «On a tenté de le tuer.» Philippe n'est donc pas mort.

Aussi sûrement que le désespoir l'avait engloutie, elle refait surface et reprend confiance en la puissance de leur amour. De l'Amour. Elle ne va pas laisser son monde s'écrouler. Oh non!

Elle ouvre grand les yeux et la bouche et s'exclame avec véhémence:

– Ma place est auprès de lui. Je dois vite aller à son chevet, il a besoin moi. Où est-il?

Heureux de retrouver la femme qui correspond davantage à l'idée qu'il s'était faite de la romancière, Bruno la couve d'un regard magnanime.

– Attendez, madame Mathieux, je vous y conduis en auto patrouille, ce sera plus rapide.

Le jeune policier donne quelques instructions à son compagnon. Catherine s'empresse de s'éloigner. Son esprit est déjà auprès de Philippe. Le soutient déjà. Se bat déjà avec lui. Il va s'en sortir. Elle ne laissera personne détruire ce qu'ils ont mis tant d'années à construire. Personne.

2

Traumatisme crânien, hémorragies internes, fractures multiples sont quelques-uns des termes retrouvés sur la fiche médicale de Philippe. Des mots scientifiques à connotation floue, abstraite. Par contre, ce que Catherine a sous les yeux est très explicite.

Un homme gît là, sur le lit devant elle, complètement immobile. Rien n'a été épargné: crâne, épaules, thorax, bras, abdomen, jambes, tous ont écopé d'une façon ou d'une autre. Pas étonnant après une chute d'au moins dix mètres de hauteur sur un plancher de ciment. Mais il est toujours en vie, c'est ce qui importe. Il est hors de danger, on vient de le lui confirmer.

Selon un spécialiste avec lequel Catherine s'est longuement entretenue, la route sera longue et difficile. La personne victime d'un traumatisme cérébral voit divers aspects de sa vie modifiés. Elle connaît des limites sur un ou plusieurs plans, ce qui peut signifier l'inaptitude au travail.

Suivant le degré dont elle est atteinte, elle éprouve certaines difficultés de mémoire, de concentration, d'élocution, de personnalité et de caractère. Autrement dit, elle doit réapprendre à vivre dans le même corps, mais avec une personnalité transformée par l'exacerbation des traits de caractère.

Suite à un tel traumatisme, peu importe le niveau de gravité, il y a quatre étapes à franchir: le médical, la réadaptation physique, la réadaptation psychosociale et, finalement, le maintien des acquis. Un dur combat. Catherine est prête à le mener aux côtés de Philippe, mais elle ne cesse de s'interroger. Pourquoi lui? Pourquoi eux? Malheureusement, elle n'est pas de taille à résoudre un tel mystère.

Ainsi accoutré, Philippe lui fait songer à une momie égyptienne. Et tenter de répondre à toutes ces questions obsédantes, c'est un peu comme si elle cherchait, en vain, à déchiffrer les scènes énigmatiques et les hiéroglyphes imprimés sur les bandelettes avec lesquelles on les enveloppe.

Catherine s'approche du lit où l'être aimé est cloué et tente par tous les moyens de lui faire sentir combien elle l'aime, combien il lui manque, mais elle se heurte à son impuissance. L'inertie du malade se prolonge en dépit de ses efforts.

Philippe l'a habituée à une présence riche, vivante, totale, une présence de tous les instants. C'est si frustrant un tel statisme du jour au lendemain! Si seulement il remuait le petit doigt, elle s'en contenterait. Et le coma dans lequel il est toujours plongé, un peu plus de douze heures après sa sortie du bloc opératoire, la laisse perplexe. Les médecins ne sont pas en mesure de lui offrir d'explication logique; la science n'est pas encore parvenue à trouver les causes profondes d'un tel absentéisme, d'un tel néant. Donc, aucun remède connu, à part le temps. Comme s'ils avaient le temps!

Une nuit entière à attendre, à espérer des nouvelles rassurantes, à prier et à pleurer. Une Madeleine sous les yeux d'un pur inconnu: un policier en civil, sans aucun doute, ne cesse d'épier ses moindres gestes à travers la porte vitrée, violant son droit à un peu d'intimité. Une nuit entière à se perdre en conjectures de toutes sortes, à en avoir des nausées et la tête qui tourne, alors qu'ils devaient la passer, cette nuit, à boire, à fêter et à s'aimer. Une nuit entière à s'interroger, à chercher un responsable, un coupable, mais surtout à chercher le pourquoi. Pourquoi s'en prendre à Philippe? À chercher un lien quelconque. *«Un jour je vais te retrouver, mon enfant de chienne! et je te jure que tu vas regretter d'être venue au monde.»* Non, c'est impossible...

«TU VAS ME LE PAYER!» A-t-on vraiment voulu l'atteindre à travers l'homme de sa vie, après avoir essayé de la heurter un peu plus tôt? Est-ce l'oeuvre d'une seule et même personne ou une pure coïncidence? Philippe aurait-il, lui aussi, des gens qui veulent le faire payer?

Si la menace ne s'adressait pas à elle mais plutôt à lui. Après tout, ils vivent sous le même toit depuis plusieurs mois; ils ont la même adresse, la même boîte aux lettres, et on a omis de mentionner le nom du destinataire. Non, c'est impensable, Philippe n'a pas d'ennemi, il est beaucoup trop... Qui pourrait lui en vouloir et, surtout, pourquoi?

Catherine caresse le bout des doigts de la main gauche du comateux, émergeant à l'air libre. Elle pense à leur motel, dans son bel uniforme – un an plus tôt, dans son habit de tous les jours, il a assisté au plus poétique des enrôlements. À tous ces galons devenus inutiles en l'absence de héros. Elle oublie l'épée de Damoclès suspendue au-dessus de leur tête et remonte le cours du temps.

Ils se sont donnés rendez-vous dans un stationnement public, histoire de faire comme s'ils se rencontraient par hasard. Dès que Catherine voit venir Philippe, elle saisit la poignée de la portière de son automobile et s'apprête à en sortir, anxieuse de le rejoindre. Avant qu'elle puisse descendre, il est là, devant elle, accroupi à ses pieds, caressant la main qu'elle hésite à lui abandonner, gênée de son audace: s'il fallait qu'on les remarque!

Philippe l'enveloppe d'un regard amoureux. Ils sont seuls au milieu du désert. Le sable à perte de vue retient le silence. Le soleil se dérobe à l'horizon. Le sol se teinte de rosée. «On peut aller dans un motel... On n'est pas obligés de faire l'amour...» Il lui fait cette proposition d'un air ingénu, comme s'il l'invitait à aller prendre un verre quelque part. Toutefois, il ne mentionne pas que, sans l'obliger à faire quoi que ce soit, il ne fera rien non plus pour l'empêcher de succomber à son charme. Catherine consent à le suivre. Et Philippe a un charme fou.

Assis côte à côte, dans leur siège respectif, main dans la main, ils font la lumière sur cette tranche de leur vie tenue dans l'ombre depuis leur séparation des années plus tôt. Et après de longues minutes, assoiffés l'un de l'autre, obsédés par ce fossé qui les isole, d'un accord tacite, ils s'agglutinent dans le même espace.

Soudés comme des siamois, membres emmêlés, ils poursuivent leurs aveux. Cherchent à connaître leurs secrets les plus intimes, leurs désirs, leurs besoins, leurs passions, leurs travers et même leurs manies, à croire qu'il est urgent de pallier, là, sur-le-champ, à toutes ces années de privation. Et pour tromper leur impatience, ils laissent leurs corps s'apprivoiser.

Catherine sort de la salle de bain. Elle aperçoit Philippe, sur le lit, couché sur le dos, les jambes pendantes, écartées. Une position décontractée et combien provocante. Debout devant lui, elle prend le temps de le regarder, de l'étudier, de le... déshabiller. Un désir sauvage rugit en elle, lui commande de se jeter sur cette proie offerte, consentante.

La voilà sous l'emprise de l'amour éprouvé pour cet homme, et du désir pour ce corps convoité depuis tant d'années. Un éteignoir calme ses ardeurs: l'image de Valérie. Ce soir, demain et les jours suivants, Philippe retournera vers Valérie, et c'est impossible de se donner à lui dans de telles conditions. Catherine le veut à elle, à elle seule et refuse de le partager.

Les bras en croix, Philippe l'invite du regard. Hypnotisée par son pouvoir de séduction, malgré les barrières érigées par son esprit, Catherine s'allonge sur lui. Apprécie chaque seconde de ce contact intime tant de fois imaginé et auquel elle ne veut plus se soustraire. L'occasion est trop belle de pouvoir s'empiffrer de sa tendresse. Son être en est si friand!

Après des milliers de frôlements ailés, de flottements, les mains de Philippe soulèvent son chandail, dégrafent son soutien-gorge et caressent ses seins nus. Ses moindres gestes, tatouages troublants, capiteux, aphrodisiaques, se burinent sur la peau de Catherine, dans son coeur, dans son cerveau. Son corps est sur le point de céder, mais pas sa raison. Dans son for intérieur, elle se fait cette promesse: «Tant et aussi longtemps que Valérie fera partie du décor, je ne me donnerai jamais à Philippe. C'est indispensable qu'il coupe les liens avec elle pour que je sois à lui, même s'il m'assure qu'il n'existe plus rien de valable dans leur union, et que leur séparation n'est qu'une simple question de formalité.»

Malgré l'année écoulée, Catherine revoit, avec la même émotion, Philippe, à genoux devant elle, implorant son pardon pour le temps gâché par sa faute. Au début de leurs rencontres, il a promis ce geste si elle l'exigeait, mais elle n'y a même jamais songé et, malgré tout, il s'y est conformé volontiers ce premier jour où, à l'abri des regards indiscrets, ils se sont retrouvés dans un motel près de la route. Émue par son geste, elle prend dans ses bras son nouveau bonheur si fragile encore et l'enferme jalousement. Incapable d'y croire, elle tente de l'amadouer et tout le reste s'estompe. Plus rien n'a d'importance, à part cette félicité qu'elle veut éternelle.

Au bout d'un siècle, les genoux quasi paralysés, Philippe se dégage de son nid douillet et, d'un air contrit, demande la permission de se relever. Devant une mimique aussi candide, affectée de façon si adorable, Catherine sort de transe et rit, heureuse. Ébouriffe les cheveux de son bel amour repenti. L'embrasse. S'en moque. Décidément, il n'a rien perdu de son charisme, et saura toujours comment s'y prendre pour la faire craquer.

Suite à un prodigieux rêve devenu réalité, la vie de Catherine a changé du tout au tout: Philippe ensoleille de nouveau chacune de ses journées. Une année d'un bonheur sans faille, voilà ce qu'il lui a offert! Un bonheur qu'elle s'était inventé tant de fois, mais qu'elle s'était résignée à ne jamais connaître à cause de Valérie, si belle, si parfaite, si convoitée. Valérie, la top modèle, la star qui n'accepte aucun compromis, qui ne se refuse jamais rien et à qui on ne peut rien refuser.

Philippe faisait partie des fantasmes de Valérie, et elle était parvenue à le soudoyer au prix de charmes et d'astuces.

Durant de nombreuses et longues années, elle l'a manipulé, ensorcelé, espérant repousser à jamais l'instant fatidique où il découvrirait son vrai visage. En dépit de ses innombrables efforts, Philippe est tout de même parvenu à la démasquer. À s'extirper des chaînes le retenant à ce vautour égocentrique et sans scrupule.

Aujourd'hui, ce temps est révolu. Philippe est à elle, Catherine, bien à elle, puisqu'il veut lui faire un enfant. Et c'est fou ce que cet homme lui donne des ailes! Chaque rencontre est un premier rendez-vous vers lequel elle s'envole le coeur léger. Respirer son parfum... Le toucher... L'embrasser... Le caresser... Elle en meurt d'impatience, et chaque fois c'est un peu plus impératif.

Où tout cela va-t-il les mener? Finiront-ils par se lasser de ces cajoleries dont ils se gavent, tels de véritables boulimiques? De ces enfantillages, de ces gestes parfois puérils osés au contact l'un de l'autre, avec l'allure de deux adolescents troublés par les prémices de l'amour?

Les paroles d'une chanson, popularisée il y a plusieurs années, trottent dans la tête de Catherine: «Quand on aime on a toujours vingt ans.» C'est vrai, dans son coeur, elle a toujours vingt ans. Comme la première fois où ils se sont rencontrés, Philippe et elle. Elle a même l'impression d'être retombée en enfance, tellement elle est envahie d'idées farfelues en sa compagnie. Des envies démentielles, comme s'il était urgent de vivre chaque instant avec fougue, de saisir la vie à pleines mains, de peur d'être privée de son unique raison d'être.

Philippe, son amour, son bel amour, son tendre amour, son seul amour. Si Valérie se mettait en tête de le reprendre! Bien sûr, il ne cesse de lui répéter que **JAMAIS** il ne retournera vers elle. Mais, un jour, ne lui a-t-il pas tenu le même langage? Ne lui a-t-il pas prononcé ces mêmes paroles? Ne lui a-t-il pas fait cette même promesse? Pourtant, cela ne l'a pas empêché de la laisser en plan, elle, la femme un peu trop ordinaire, un peu trop... rondelette, pour épouser son beau mannequin au corps de déesse.

Elle n'y peut rien, c'est plus fort que tout. Un doute persiste malgré cette année de tendresse, d'amour, de loyauté. Une année d'un bonheur inestimable. Un doute gangrène son esprit, même si elle tente de l'ensevelir sous un amoncellement de pensées positives.

Combien d'autres années aussi incomparables lui faudra-t-il avant de l'éliminer à jamais, ce doute? Combien de fois Philippe devra-t-il lui seriner à quel point il l'aime, à quel point il l'a toujours aimée et n'a toujours aimé qu'elle, et à quel point il regrette ce choix qui les a tenus si longtemps éloignés l'un de l'autre?

Rien ne le retient auprès d'elle – ils ne sont pas encore passés aux actes; elle ne porte toujours pas son enfant –, pas plus aujourd'hui qu'à ce moment-là, même s'il lui crie son amour sur tous les tons et le lui témoigne de mille et une manières. Même si elle est tentée d'y croire de toutes ses forces, comme elle y a cru à l'époque où elle a été laissée pour compte.

Physiquement, elle est toujours la même ou presque. Valérie, elle, est de plus en plus belle, de plus en plus désirable, du moins sur les photos de «Sa Majesté» pullulant dans les magazines. À croire que les années n'ont pas d'emprise sur celle qui se dresse entre eux comme une ombre menaçante.

Avec ce divorce, auquel elle refuse de se soumettre, le mannequin les manipule, tels de véritables marionnettes entre les mains habiles d'un illustre prestidigitateur. Valérie leur donne l'illusion d'être libres et maîtres de leur vie, mais en réalité, c'est elle qui tire les ficelles. Et Dieu sait combien c'est frustrant!

Catherine pense à son roman. C'est un peu à cause de Valérie, en fin de compte, si elle s'est offerte cette aventure. Le coup bas de la star – le fait de lui avoir ravi son amoureux – a été le domino responsable de la chute de tous les autres: tabous, principes religieux, éthique, tous ont été pris d'un vent de folie. Avalés par l'oeil du cyclone, ils ont semé la ruine sur leur passage, avant d'être recrachés beaucoup plus loin, beaucoup plus tard. Catherine s'est retrouvée alors complètement sonnée, et elle en a eu pour des années avant que son coeur et son corps ne s'en remettent. Son esprit, lui, est toujours aussi vulnérable, et le restera aussi longtemps qu'elle aimera. Platon le dit: «L'amour est une maladie de l'esprit.»

Après la trahison de Philippe, Catherine a vécu un moment de terreur hypnotique. Un rat coincé dans une encoignure. Puis elle a chargé sur l'adversaire, soûlée par la rage – encore plus expéditif que le champagne –, le cerveau anesthésié et la force décuplée de celle qui n'a rien à perdre. Heureusement, l'écriture est venue stopper sa descente aux enfers et l'a aidée à y voir clair.

Il fallait qu'elle se défoule, qu'elle fabule, qu'elle s'invente des fins heureuses, pour panser la plaie béante causée par le départ de son premier vrai grand amour. Et l'écriture n'est-elle pas, selon les psychologues, une saine thérapie, lorsqu'il s'agit de conjurer de vieux démons? Pourquoi s'en serait-elle privée? Elle était là, à la portée de sa main, si accessible, si... ancrée en elle.

Catherine est née avec des mots, des phrases plein la tête et un goût pressant de les faire chanter sous ses doigts en les tapant sur un clavier d'ordinateur à la manière d'un musicien, des notes, sur un piano. Le produit final, un bel arbre de près de cinq cents feuilles s'enracine, et ses ramifications gagnent du terrain de jour en jour.

Ce souffle de vie, d'espoir, en plus de la libérer des liens la retenant au passé, était, dès sa conception, destiné à ses fidèles lecteurs – principalement à ceux que l'amour malmène. Aussi, de la première à la dernière page, Catherine s'est donnée à fond. Ou plutôt elle a, comme lorsqu'elle était enfant, laissé son esprit débridé agir à sa guise, libre d'entraves. Armée aujourd'hui d'une expérience d'adulte – et quelle expérience! –, le résultat ne pouvait être que fabuleux.

Basé en grande partie sur sa vie amoureuse et sur ses voyages autour du monde, elle l'a si copieusement enrubanné, enguirlandé d'imaginaire, ce cadeau. Personne ne fera le rapprochement avec sa propre existence tourmentée par une enfance marquée au fer rouge.

Philippe ne fait pas exception à la règle. Tenu à l'écart en ce qui concerne cette étape de sa vie, il a lu son roman d'une couverture à l'autre et n'a pas eu le moindre doute. Elle le soupçonne même d'ignorer que le beau et jeune avocat, dont l'héroïne est éperdument amoureuse, n'est nul autre que lui campé par ce personnage. Ou peut-être a-t-il compris et choisi de respecter son silence? Il en serait capable, il est si discret. Un jour elle lui avouera son secret. Confidences pour confidences, elle voulait le faire ce soir: Philippe avait promis de mettre les points sur les i au sujet de son union avec Valérie. Hélas! Elle craint que leurs projets ne soient reportés.

Le regard tourné vers l'intérieur, Catherine caresse son ventre stérile. Elle est vide en dedans de l'enfant qu'ils n'ont pas fait. Qu'ils ne feront peut-être jamais.

Quand Philippe reprendra conscience, pourra-t-il la reconnaître? Il y a des traumatisés crânio-cérébraux qui, en se réveillant, ne se souviennent de rien ni de personne. Et cet état peut se prolonger des jours, des semaines, voire des mois. Se rappellera-t-il sa proposition? Sera-t-il en mesure de l'honorer?

Elle évite de se laisser aller à des pensées négatives. Quand on permet à l'inquiétude de grignoter le moral, on devient vite une proie facile pour la dépression, la maladie, et ce n'est pas le moment. Philippe a besoin de son soutien. Elle sera forte. Malgré son coma, il peut l'entendre, sentir ses vibrations. Par conséquent, elle sera positive dans ses paroles, dans ses pensées, dans son attitude, dans sa démarche. Positive en tout finalement.

Rien n'ira à l'encontre de la guérison de Philippe. C'est crucial. Il doit la sentir confiante, parfaitement confiante.

Après tout, les radiographies prises lors de l'examen au scanner n'ont révélé qu'un «léger» traumatisme crânien; presque un miracle étant donné la hauteur de sa chute. Alors, qu'est-ce qui l'empêche de croire une fois de plus en la complicité du destin? Philippe n'en gardera peut-être aucune séquelle. Tout est encore possible.

Catherine lutte contre les larmes et parle au malade, espérant du fond du coeur une réponse.

– Tu ne t'en sauveras pas comme ça, Philippe Gingras. On va se reprendre, tu peux me croire. Je te donne quelques jours pour te remettre sur pied. (Elle l'observe un moment et se mord la lèvre inférieure.) Disons... quelques semaines. Après ce délai, plus d'excuse, tu m'entends? Tu vas la tenir, ta parole; tu vas m'en faire un petit chaton.

– Un petit chaton?!... Ah oui!

Catherine se croyait seule. Au son de la voix familière, elle sursaute.

Une jeune femme se tient devant l'entrée, dissimulée derrière un énorme bouquet de fleurs multicolores. Catherine s'empresse de la rejoindre et la libère de son fardeau, heureuse d'avoir enfin une épaule sur laquelle s'épancher. Et quelle épaule! Julie est l'être le plus généreux qui soit. Elle sait si bien écouter et conseiller.

– Julie! Que fais-tu debout aussi tôt? Tu n'es pas en congé, toi, aujourd'hui?

– J'ai appris la nouvelle; je suis venue voir si je peux être utile à quelque chose. Demande-moi n'importe quoi, Catherine, je te l'accorde.

Devant Philippe, Catherine veut se montrer forte. Elle se dirige vers lui, les bras chargés de son présent, et s'empresse de répondre:

– Ça va, Julie, je te remercie beaucoup; c'est très gentil de ta part, mais ça va, je t'assure. Regarde, Philippe, comme elles sont belles tes fleurs. Regarde, Julie te les offre.

Julie s'empresse de rectifier.

– Je ne voudrais pas m'approprier tout le mérite, c'est aussi de la part de la troupe du journal. J'ai également un message pour toi de la rédactrice en chef, «**MISS POIN-TILLEUSE**» elle-même. Elle m'a chargée de te dire que tu peux prendre le temps nécessaire pour t'occuper de ton «chum»; ta place sera toujours là à t'attendre.

Elle entoure les épaules de son amie en guise de solidarité. Catherine avale un sanglot et se jette dans les bras de sa compagne. Julie la reçoit, généreuse, et lui découvre une mine de papier mâché.

– Ma pauvre fille! Je gagerais que tu as passé la nuit ici. Voir si ça a de l'allure! Viens, je t'offre un café. Après, tu rentres chez toi prendre une bonne douche et te reposer. Je m'en occupe, moi, de ton beau Philippe. Ne crains rien, je te donne ma parole, il n'y aura pas de partouze ici, même s'il insiste. (Elle se penche au-dessus du blessé et le prévient.) Tu m'entends, Philippe Gingras, c'est inutile d'essayer de m'influencer.

L'humour rafraîchissant de Julie ramène un sourire timide sur les lèvres de Catherine. Elle profite de ce nouveau souffle pour reprendre ses esprits et faire bonne figure auprès de son amoureux, au cas où... Mais oui! Il les entend.

Elle dépose un tendre baiser sur la bouche du malade et s'adresse à lui, à son tour.

– Je vais aller à la cafétéria avec Julie; je reviens dans quelques minutes. Je t'aime, ne l'oublie pas.

Une fois hors de la chambre, Catherine laisse tomber son masque de femme forte. Les mots affluent de ses lèvres, libérateurs. Julie saura la conseiller froidement. Elle a les deux pieds ancrés sur terre, elle.

Sa voix se fait chevrotante.

– Qu'est-ce qui nous arrive, Julie, veux-tu bien me dire?

Après cette courte mise en situation, elle poursuit sur sa lancée et raconte sans rien cacher: la menace, la tentative avortée de la heurter et, peu de temps après, l'attentat perpétré contre Philippe.

Concernant Philippe, Julie sait déjà. Beaucoup de gens savent déjà: cela fait la une d'un «certain» journal. Seule Catherine ne semble pas savoir. Il faut lui dire avant que...

Elle grimace. Cherche à lui rendre la nouvelle un peu plus potable.

– Tu n'as pas lu les journaux, ce matin?

– Qu'est-ce qu'on y raconte?

Julie commence par hésiter, puis y va sans ambages.

– Euh..., aussi bien te l'apprendre moi-même. Chez nos concurrents, on insinue, à mots couverts, que tu serais la suspecte numéro un dans cette affaire.

Catherine s'arrête net et se tourne vers sa compagne, affolée.

– Quoi? C'est ridicule! (Elle prend son visage à deux mains.) Je comprends maintenant le fondement des questions ambiguës que l'inspecteur Poirier n'arrêtait pas de me poser hier soir; la raison de cet homme planqué derrière la porte de la chambre. Mais sur quoi se basent-ils pour prétendre une chose pareille? D'une part, je n'étais même pas là quand c'est arrivé; d'autre part, pourquoi j'aurais fait ça, je l'aime comme une folle?

Julie lui prend la main.

– Calme-toi, voyons. Tu n'as pas à te justifier devant moi, Catherine; tu n'as rien fait, je le sais. Mais lorsque tu es arrivée sur place, hier, après l'accident, il y avait un petit agent de police blanc-bec. Roy, si j'ai bien compris. Il passait un paquet de réflexions à l'effet que tu avais l'air pas mal désorientée, que tu avais des marques suspectes sur le genou, et qu'un assassin revient toujours sur les lieux du crime. Des tas d'insanités de ce genre. Malheureusement, le journaliste Claude Vermet était aussi sur place. Dissimulé quelque part, comme d'habitude. Tu vois le tableau? Tu connais aussi bien que moi ce rat d'égout? Ça ne lui prend pas grand-chose pour écrire un article. Rassure-toi, il ne mentionne pas ton nom, mais c'est

41

tout comme. Les gens vont faire le lien avant longtemps.

– Vermet! Je vais le tuer, celui-là!

– Chuuut! Il est peut-être caché derrière la porte.

Les deux femmes se sourient avec tristesse. Catherine reprend la parole, estomaquée.

– Je n'en reviens pas!

– Tu peux toujours intenter une poursuite contre lui.

– C'est tellement grotesque! Ça n'en vaut même pas la peine.

– Tu as raison. Au fait, Poirier ne t'a pas parlé de l'appel anonyme? Peu de temps après l'attentat, quelqu'un a téléphoné au neuf, un, un pour les informer qu'une femme blonde venait de pousser un homme dans le vide du haut du troisième palier du stationnement souterrain. Blonde... Ça vient probablement de là.

– Tout de même! Je ne suis pas la seule femme blonde sur terre. (Lasse, Catherine soupire.) Oui, il me semble, oui; il en a fait allusion. Mais Philippe était toujours sur la table d'opération, j'étais sans nouvelles de lui, j'étais morte d'inquiétude et sur les nerfs comme ce n'est pas possible. J'aurais du mal à dire de quoi il a été question au juste. J'avais tellement hâte qu'il me fiche la paix! Il a fini par comprendre, j'imagine, il est parti en disant qu'il repasserait ce matin, quand je serais plus reposée. (Elle bâille en caressant son visage.) Pas sûre que je serai plus reposée!

Un liquide doré et aromatisé coule dans son verre. Catherine fait une pause et s'empare du contenant rempli à ras bord. Fébrile, elle porte le philtre magique à ses lèvres et en avale une bonne lampée, comme s'il était susceptible d'effacer ce gâchis.

– Ah oui! j'oubliais. Il m'a demandé aussi de ne pas quitter la ville. Sur le moment, je n'ai pas vu le rapport, mais là je le vois. Suspecte! Je vais lui en faire une, suspecte, moi, quand il va revenir.

Les deux femmes s'assoient face à un bon café fumant.

Au bout de quelques minutes de réflexion, Julie enchaîne. Elle a pris le temps d'analyser la situation, et une démarche s'impose de toute urgence.

– Tu dois lui parler de ta lettre de menace et de la tentative de meurtre dont tu as également été victime, Catherine. Ça le mettra peut-être sur la bonne piste.

– Tentative de meurtre! Il ne faudrait quand même pas charrier. (Elle sirote une gorgée de son breuvage chaud et fait marche arrière.) Il y a un lien, tu penses?

– On ne sait jamais. En tout cas, moi, je serais portée à le croire.

Catherine laisse échapper un rire désabusé.

– Je n'ai rien pour prouver ce que j'avance. La menace s'est retrouvée à la récupération, parmi les autres rebuts, il y a belle lurette. De plus, après tout ce temps sans en glisser mot à personne, il ne faut pas se faire d'illusions, il ne va pas me croire sur parole.

– Mais les éraflures sur ton bras, sur ton genou.

– Ça ne veut pas dire grand-chose; ça peut même jouer contre moi. Tu vois ce que Roy en a pensé.

– Tu ne perds rien à essayer.

– Ouais! Au point où j'en suis, tu as sans doute raison.

Les deux femmes se retirent chacune dans leur monde intérieur. Catherine essaie de retrouver son équilibre, Julie, le moyen d'aider son amie à sortir de cette impasse.

Au bout d'un long moment, Catherine regarde sa montre. Se redresse.

– Je dois retourner auprès de Philippe. Je veux être là quand il va revenir à lui.

Elle s'apprête à se relever. Julie pose la main sur son bras.

– Écoute, Catherine, au sujet de Philippe, j'ai discuté avec une amie, le docteur Sylvie Aubé. Elle travaille ici. Elle m'a dit que lorsqu'un patient subit un traumatisme crânien, son coma peut parfois durer des jours, voire des semaines ou même des mois. Tu n'as tout de même pas l'intention de rester à son chevet continuellement. C'est inconcevable. Il faut penser à toi, aussi. Quand Philippe sera rétabli, il aura besoin d'une femme solide pour le soutenir. Il faut te reposer, Catherine, garder tes forces. J'étais sérieuse quand je t'ai proposé de prendre la relève. Rentre chez toi. S'il se produit le moindre changement, je te promets de t'appeler aussitôt.

Catherine sourit, émue.

– Tu es vraiment fine, Julie, et je t'en remercie mais Nicole, la soeur de Philippe, va arriver bientôt. Elle était en vacances à l'étranger, et j'ai réussi à la rejoindre dans le courant de la nuit. Elle m'a promis d'être de retour cette avant-midi. Elle est tellement bouleversée, la pauvre, je tiens à être là pour l'accueillir. Philippe est sa seule famille, tu comprends.

– Je comprends. Mais je te le répète, Catherine, je suis prête à faire n'importe quoi pour te venir en aide. Si tu penses à quelque chose, tu n'hésiteras pas à me le demander, promis?

– Promis.

Catherine entre dans la chambre. Philippe est là, dans la même position, toujours aussi détaché du monde et de la multitude d'êtres vivants qui y gravitent. Si différent de l'homme auquel elle est habituée. De l'homme attentif à tout ce qui bouge.

Elle plaque un sourire heureux sur son visage et s'approche du lit pour embrasser le malade. Incapable de s'habituer à son nouveau statut de femme «seule», refusant de s'avouer vaincue, elle revient à la charge.

– Bonjour, mon gros matou. Tu as assez dormi; c'est le temps de te réveiller. Ouvre les yeux, paresseux, je suis là près de toi. C'est moi, ta petite Cat d'amour.

Elle se tait. Son visage s'attriste. Épuisée, complètement à bout, Catherine n'a plus aucun contrôle sur son corps. Ses nerfs surmenés se révoltent. Ses lèvres se mettent à trembler. Des trémolos plein la voix, elle parvient à geindre:

– On doit parler, Philippe, tu m'as promis de me dire la vérité sur ta relation avec Valérie. Je cherche à comprendre depuis tant d'années, vas-tu me laisser dans l'ignorance encore longtemps? Ah! Et puis, dans le fond, je suis mal placée pour te faire la morale. Moi aussi je dois t'avouer certaines choses... des secrets jamais révélés à personne. J'en avoir pour des heures à te les raconter. Quand je le ferai, je veux que tu me regardes avec tes beaux yeux amoureux; je veux sentir que tu m'aimes toujours autant, malgré tout. Pour ça, tu dois réagir, Philippe.

Elle glisse sa main dans la sienne. S'ensuit une bruine. Une averse. Un orage. Une crue des eaux. Un véritable déluge. Les larmes n'en finissent plus de jaillir et se bousculent à la sortie. Catherine supplie:

– M'entends-tu, Philippe? Si tu m'entends, serre ma main. Vas-y, Philippe, tu es capable, serre ma main. Je t'en prie, Nicole va arriver d'une minute à l'autre, tu sais combien elle t'aime, combien elle est émotive, tu dois faire un effort pour elle et pour moi aussi.

Voyant sa requête inutile, Catherine, aussi délabrée qu'une épave rejetée par la mer, échoue misérablement sur la chaise près du lit. D'un geste machinal, elle fouille son sac à la recherche de mouchoirs en papier. Après les avoir imbibés les uns après les autres, elle prend son bloc-notes, un stylo à bille et pendant de longues minutes, l'air déterminé de celle qui refuse d'abdiquer, elle écrit sans jamais s'arrêter. Finalement, elle applique un gros point et range le tout dans sa bourse. Puis, elle prend la main de son homme entre les siennes et, harassée, finit par s'endormir la tête sur sa poitrine.

Nicole se présente à la chambre. Un tableau émouvant se dresse sous ses yeux. Elle s'arrête, le souffle court, incapable du moindre geste.

Philippe est toujours en vie: son coeur bat à un rythme régulier, le tracé retransmis par le moniteur le confirme. Mais il est si mal en point. Catherine lui transmet de son énergie à travers la main qu'elle tient dans les siennes, sinon... Comme une pile branchée à un chargeur, il ne vit que par elle, c'est sûr, il ne peut en être autrement. En entrant dans cette scène, Nicole craint de tout faire basculer. Si Catherine, surprise par son arrivée, oublie son rôle de pourvoyeuse, de nourrice, qu'adviendra-t-il de son frère?

Avertie par un sixième sens, Catherine sursaute. Se redresse. Elle aperçoit sa belle-soeur et, comme une enfant prise en défaut, cherche à justifier son manque de vigilance.

– Nicole! Je m'excuse. J'étais tellement fatiguée, je me suis endormie. Tu es là depuis longtemps?

Sous le choc à la vue de son frère aussi amoché, Nicole, pétrifiée, muette, n'arrive pas à en détacher les yeux. Catherine la prend par la taille et l'entraîne à l'extérieur de la chambre. La jeune femme s'écroule dans ses bras.

Catherine s'attendait à cette réaction, et s'y est prépa-rée. Elle se fait rassurante, même si elle non plus n'en mène pas large. Même si au fond de ses entrailles une crainte subsiste: Philippe s'en sortira, c'est vrai, mais dans quel état le retrouvera-t-elle? Comme avant? Elle veut y croire de toutes ses forces et le promet à Nicole pour la réconforter.

– Ne t'en fais pas, Nicole, tu connais ton frère, il va pas-ser à travers. Ne te laisse pas intimider par ce que tu vois au-jourd'hui. Au fur et à mesure, les plaies vont guérir et les pan-sements vont disparaître. Il va s'en sortir, les médecins l'ont confirmé. Il s'agit d'être patiente. Pour le moment, il est encore dans le coma, comme je te disais cette nuit au télé-phone, mais il peut en émerger d'une minute à l'autre, person-ne ne le sait. D'ici là, on doit rester auprès de lui, l'encourager, le soutenir dans sa lutte. Il nous entend, j'en suis convaincue. On doit lui parler sans arrêt; garder son esprit en éveil. J'ai be-soin de ton aide pour y arriver. Il ne faut pas lâcher.

Nicole essuie ses joues, gênée.

– Je me demande comment tu fais pour être aussi forte,

aussi raisonnable.

Sur le ton de la confidence, Catherine réplique:

– Tu ne m'as pas vue cette nuit, toi, ça paraît.

Les deux femmes se sourient, s'appuient l'une contre l'autre. Nicole confie à Catherine, en toute sincérité.

– Philippe a finalement compris : il est enfin revenu vers toi. J'en suis si heureuse! Catherine. J'ai toujours su que vous étiez faits l'un pour l'autre.

Cet aveu arrive à point. Ragaillardie, Catherine embrasse la jeune femme.

– Tu crois? Moi aussi je suis contente de t'avoir comme belle-soeur; tu es si gentille.

Nicole se redresse. Catherine a réussi le tour de force de lui transmettre ce qu'elle cherche à acquérir elle-même, sans succès, depuis la veille: une confiance absolue et inébranlable. Elle la prend par la taille.

– Bon! Le temps est venu de te reposer; tu tombes de fatigue. Ne t'inquiète pas, ça va maintenant, je t'assure. Tu m'as donné le coup de pouce dont j'avais besoin pour me reprendre en main. Je reste auprès de Philippe; je te promets d'être à la hauteur.

Catherine embrasse Nicole sur les deux joues.

– D'accord! Avant tout, je dois récupérer mon automobile abandonnée là-bas, hier.

– Comment es-tu venue ici?

– Un policier m'y a conduite. J'étais beaucoup trop nerveuse pour prendre le volant.

– Je te comprends, c'est pareil pour moi. Par chance que Martin était là, je n'aurais jamais été capable de revenir seule en pleine nuit. Mais maintenant ça va beaucoup mieux.

– J'en suis heureuse. Entrons, je veux embrasser Philippe avant de partir. Je ne serai pas longtemps absente.

– Prends ton temps, Catherine, je peux demeurer auprès de lui jusqu'en fin d'après-midi. J'aurai même de la compagnie. Martin est allé reconduire les enfants chez sa mère, et il viendra me rejoindre bientôt.

Catherine s'approche de Philippe. L'embrasse avec tendresse. Lui murmure des mots doux à l'oreille. Puis elle quitte la chambre à contrecoeur. C'est vrai, elle est exténuée et a besoin d'une bonne douche. Cependant, Philippe a encore plus besoin d'elle, et il lui tarde de revenir.

3

Elle se dirige vers la sortie. À mi-chemin, elle croise l'inspecteur Poirier. Espérant s'en tirer à bon compte, elle l'ignore. À son grand désarroi, l'enquêteur la reconnaît et s'arrête.

– Madame Mathieux! J'allais justement vous voir. Vous vous souvenez, on avait rendez-vous?

Catherine sent la fatigue l'écraser aussi sûrement qu'un chargement de béton. Elle n'a pas le choix, il lui faut se soumettre à cet interrogatoire absurde, de gré ou de force. Aussi bien en prendre son parti. Elle s'efforce de joindre l'utile au... **DÉSAGRÉABLE.**

– Bonjour, inspecteur. Oui, oui, je me souviens, mais j'ai passé la nuit debout, et je rentre chez moi prendre un peu de repos tandis que Nicole, la soeur de Philippe, est auprès de lui. Au préalable, je veux récupérer mon automobile demeurée sur le stationnement du laboratoire. Peut-être pouvez-vous m'y conduire? On discutera en chemin.

Conciliant, l'inspecteur fait demi-tour et entre immédiatement dans le vif du sujet.

– Ça va, venez. Est-ce que votre ami a repris conscience?

– Pas encore!

– Dommage! Il serait peut-être en mesure d'identifier son agresseur.

Michel Poirier lui jette un regard à double sens. Catherine se promet de mettre vite un terme aux soupçons ridicules qui pèsent contre elle et qui retardent d'autant l'arrestation du vrai coupable. Il lui faut clarifier cette méprise, et elle prévoit le faire, illico.

Elle prend place sur le siège des passagers. L'homme à

la carrure athlétique et au visage anguleux s'installe au volant. Elle l'observe du coin de l'oeil. Avec ses allures de *bouncer*, il lui inspire confiance. Elle s'ouvre à lui et se jette à l'eau pieds et poings liés. Il se portera à son secours et l'empêchera de couler à pic, elle en est convaincue.

– Vous savez, inspecteur, je suis au courant de ce que l'on raconte dans un **CERTAIN** journal et je tiens à mettre les choses bien claires entre nous. C'est faux!, «**ARCHIFAUX!**»; je n'ai rien à voir dans cette histoire.

– On ne vous accuse pas, madame Mathieux.

– Non? Comment appelez-vous ça, d'abord?

– Je n'ai que faire de ces balivernes. À ce stade-ci de l'enquête, personne n'a encore été accusé formellement. Pas plus vous qu'une autre.

– Je l'espère bien, et je vais vous dire pourquoi, inspecteur. (Elle se tourne vers lui et le regarde droit dans les yeux.) J'aime Philippe Gingras plus que tout au monde. Hier soir, on avait rendez-vous. (Elle murmure à mi-voix, pour elle-même, en baissant la tête.) Il allait me faire un enfant. (Après un léger temps d'arrêt, elle enchaîne sans plus détourner le regard.) Vous avez des enfants, inspecteur? Moi je rêve depuis des années d'en avoir un de cet homme-là. Et il venait de me le proposer. Pourquoi aurais-je voulu le tuer?

Un nouveau silence suit cette révélation. Fort de ses trente années comme enquêteur, Michel Poirier a compris: cette femme en a lourd sur le coeur et elle ne va pas tarder à se délester de ce poids gênant.

Il démarre. Comme il s'y attendait, Catherine y va de ses aveux. Des aveux pour le moins surprenants.

– On avait rendez-vous devant l'édifice où il travaille. Je devais le prendre là et le conduire à un endroit décoré de façon... spéciale, pour y célébrer un tas d'événements: l'anniversaire de notre rencontre, la récente promotion de Philippe, le lancement de mon premier roman, et le fait qu'on s'aime comme des fous. (Elle fouille dans son sac à main.) Tenez, c'est le nom, l'adresse et aussi les clefs du motel. Vous allez probablement vouloir contrôler. C'est le numéro deux. Je dois le libérer pour onze heures. Autrement dit, dans quelques minutes. J'imagine le propriétaire, il doit déjà s'impatienter. Il vous confirmera l'heure à laquelle j'y suis arrivée et peut-être même, si j'ai de la chance, celle de mon départ. Mais je peux d'ores et déjà vous assurer qu'à seize heures j'étais encore là, au téléphone avec Philippe. Il se trouvait près de son automobile, au troisième palier du stationnement et me parlait de son cellulaire. Avec le nom du fournisseur, vous pourrez vérifier ce que j'avance. Finalement, il a dit qu'il m'attendrait en face de l'édifice. Je suis donc allée à la SAQ, dans un petit centre commercial non loin de notre lieu de rendez-vous, à un ou deux kilomètres au plus. J'y ai acheté du champagne pour fêter le nouvel événement ajouté à la liste (son visage s'auréole, transformé de bonheur): le bébé, vous comprenez? À la SAQ, une petite caissière rousse m'a servie. D'après son sourire et son regard, j'ai eu la nette impression qu'elle me reconnaissait. Il était environ seize heures quinze lorsque je me suis précipitée à la rencontre de mon amoureux. Une ambulance ainsi qu'une auto patrouille m'ont dépassée à toute vitesse sur la route. Peut-être se rendaient-elles sur les lieux du drame? C'est mon avis. Toutefois, je ne peux vous l'assurer, c'est bien évident.

Elle se tait, le temps de reprendre contenance. Michel Poirier l'observe. L'étudie. Il a du mal à la jauger. Elle reprend. Sa voix se fait de plus en plus rauque. De plus en plus lente. De plus en plus saccadée.

– Quand j'ai stationné devant l'édifice, il était seize heures trente exactement. Philippe n'était pas au rendez-vous comme convenu. Des gens défilaient devant moi en s'interpellant et en se faisant de grands signes. J'ai patienté quelques minutes puis, poussée par la curiosité, je suis descendue écouter ce qu'ils racontaient. J'ai capté quelques mots ici et là, et l'ambulance est sortie du stationnement souterrain. J'ai commencé à m'inquiéter réellement. Alors je suis entrée.

Catherine retient un sanglot et essuie une larme. De peur que l'enquêteur ne prenne la parole, elle enchaîne aussitôt. Elle veut terminer ce qu'elle a entrepris.

– Ce n'est pas tout, inspecteur, il y a autre chose dont je veux vous parler. Vous allez croire que j'invente cette histoire, je n'en ai parlé à personne avant aujourd'hui. Mais au point où j'en suis, aussi bien continuer. Si toutefois vous m'accordez la moindre crédibilité, c'est possible que cela vous aide dans votre enquête.

Elle inspire profondément, puis expire et débite d'une voix quasi monocorde, comme si elle en avait marre de toujours répéter la même rengaine – elle se l'est radotée tant de fois. Comme si elle voulait boucler la boucle au plus tôt – elle abhorre tout ce qui traîne en longueur.

– C'est arrivé au début de la semaine. J'ai trouvé une menace dans notre boîte aux lettres. Une phrase écrite en majuscules découpées dans du papier journal: «**TU VAS ME LE PAYER!**». Il n'y avait pas le nom du destinataire, aussi j'ai cru qu'elle m'était adressée. Vous savez, dans mon métier, il faut s'attendre à tout. Mais là, après ce qui vient d'arriver à Philippe, je ne sais plus, même si, hier, lorsque je suis sortie pour me rendre au motel, j'ai moi-même failli être renversée par une voiture. Sur le moment, j'ai pensé qu'il s'agissait d'une maladresse d'un chauffeur téméraire, mais avec ce qui a suivi... Y a-t-il un rapport quelconque entre l'agression de Philippe et la mienne? C'est votre travail de le trouver. Une chose est sûre, je suis prête à répondre aussi honnêtement que possible à vos questions. Ce que je viens de vous apprendre a dû en soulever plusieurs. Je veux faire tout ce qui est en mon pouvoir pour aider à mettre la main au collet de ce maniaque. Il a démoli mon plus grand rêve, et il rôde toujours. C'est inacceptable.

Michel Poirier retrousse les lèvres en une moue sceptique. Après un temps de réflexion, il déclare:

– Il va nous falloir revoir ça ensemble, plus en détail cette fois, si vous le voulez bien. J'aimerais prendre quelques notes.

Catherine l'a devancé. Elle fouille de nouveau dans son sac à main et lui remet des feuilles détachées de son bloc-notes.

– J'ai inscrit la moindre vétille susceptible de vous aider dans votre enquête, en partant des dates et même des heures auxquelles ces événements se sont produits, jusqu'au nom de la compagnie où Philippe s'est procuré son cellulaire. En communiquant avec eux, vous pourrez vous rendre compte de la véracité de mes dires: j'étais vraiment au motel, au téléphone avec lui, au moment où on l'a...

À l'évocation de ce pénible souvenir, Catherine frémit et croise les bras sur sa poitrine, pour faire obstacle aux sentiments douloureux qui l'assaillent. Michel Poirier se frotte le menton et caresse une barbe invisible. Il alloue un regard oblique à sa passagère. Drôle de suspecte!

L'auto enfile dans le stationnement. Catherine désigne l'endroit où est garée sa voiture. L'enquêteur s'arrête derrière. La jeune femme le remercie de son obligeance et s'apprête à descendre. Il intervient.

– Si ce que vous me racontez au sujet de cette menace est l'entière vérité, madame Mathieux, votre vie et celle de monsieur Gingras sont peut-être encore en danger. Y avez-vous pensé? Ce maniaque, comme vous le dites si bien, peut récidiver n'importe quand, n'importe où et de n'importe quelle manière.

Ces paroles provoquent en elle une véritable avalanche d'épouvante. Catherine suspend son geste et se tourne vers son interlocuteur, l'air terrorisé. Elle a pensé à tout, sauf à cela. Ils ont suffisamment payé, elle et Philippe, il lui semble; il est i-nutile d'en rajouter. Mais si l'agresseur n'est pas de cet avis, s'il n'a pas obtenu ce qu'il désire, s'il n'a pas entièrement as-souvi sa vengeance. Surtout, s'il craint qu'une fois sorti du coma, Philippe ne soit en mesure de l'identifier.

«Est-ce une feinte savamment orchestrée ou est-ce vraiment spontané?», pense Michel Poirier en voyant la réaction de la jeune femme. Il aurait du mal à le dire. Il a affaire à une vraie professionnelle. Cette journaliste n'est pas née de la dernière pluie, elle en a vu d'autres. Malgré son jeune âge, son métier l'a amenée à affronter à peu près toutes les situations inimaginables. Aussi, contrairement à ce qu'il serait tenté de croire, elle n'est pas de celles qu'on arrive à cerner en un temps trois mouvements.

Cette transparence dont elle fait preuve avec tant de bonne foi, est-ce une façon habile de mêler les pistes? Peut-être a-t-elle un ou une complice, c'est pourquoi elle insiste tant sur l'heure à laquelle elle a téléphoné à son petit ami. Sur l'endroit d'où provenait son appel, alors qu'elle pouvait aussi bien être à des kilomètres de là, dans le stationnement souterrain à attendre patiemment sa proie.

Ne rien sacrifier au hasard, voilà ce à quoi il doit s'appliquer. Ne pas se laisser gagner par la facilité. Scruter à la loupe toutes les possibilités, comme il a appris à le faire au cours de sa longue carrière. Elle pose sur lui en ce moment un regard humide d'enfant pris de panique, et il serait tenté de sauter les étapes, de se fier à son instinct et de croire immédiatement en sa parole.

Catherine met un terme à ses tergiversations et implore son aide.

– Il n'en a pas encore assez fait, vous croyez? Vous devez protéger Philippe, il est si vulnérable, en ce moment, cloué sur son lit d'hôpital.

Un élan de compassion le pousse à croire cette femme et à l'absoudre sans autre forme de procès. L'enquêteur le déjoue mais pose quand même une main rassurante sur l'épaule de Catherine.

– C'est déjà fait, madame Mathieux. Vous avez remarqué un inspecteur en faction devant sa porte, en permanence? Je ne peux toutefois pas vous garantir qu'il en sera ainsi jusqu'à la fin de l'enquête, surtout si elle piétine.

Catherine se rebiffe.

– C'est suffisant, vous croyez? Ça circule comme dans un moulin, à l'intérieur de cet hôpital!

– Bien sûr, c'est suffisant. Il contrôle les allées et venues de chacun; seuls les membres de sa famille et les personnes en dehors de tout soupçon sont autorisés auprès de lui.

– Pourquoi me laisse-t-on le côtoyer à ma guise, si on me croit coupable?

– Vous n'oseriez sûrement pas récidiver sous les yeux d'un policier, madame Mathieux?

– Comme il a toujours l'oeil rivé à la fenêtre, ce serait assez difficile, j'en conviens.

Catherine s'apprête à sortir pour la deuxième fois. L'enquêteur ne lui en laisse pas le temps.

– Si on reparlait de cette menace que vous prétendez avoir reçue, madame Mathieux.

La journaliste suspend son geste, contrariée. Ses yeux lancent des éclairs. Elle répond en appuyant sur ses mots.

– Je ne prétends rien, inspecteur, j'ai bel et bien reçu cette menace. À moins, comme je vous l'ai dit, qu'elle n'ait été adressée à Philippe. Ça, je n'en sais rien.

– Quand l'avez-vous reçue?

– Mardi, le seize septembre au matin. J'ai écrit toutes les dates des événements qui se rattachent d'une façon ou d'une autre à cette affaire. J'en ai mis plus que moins. Vous les trouverez sur les feuilles que je vous ai remises. Maintenant, je dois vraiment y aller. Je veux retourner auprès de Philippe au plus tôt.

– Avez-vous une preuve quelconque de ce que vous avancez?

– Je ne les collectionne pas, si c'est ce que vous voulez savoir.

– Si je comprends bien, ce n'était pas la première; vous avez déjà reçu d'autres menaces.

Morte de fatigue, les questions pleines de sous-entendus de l'enquêteur ont le don de l'exacerber. L'impatience prend vite le dessus. Catherine fait un effort surhumain pour relâcher un peu de tension.

Le sommeil la gagne de plus en plus. Elle glisse la main sur sa figure et tente de le repousser. Aussi bien continuer à faire preuve de bonne foi. Après tout, cet homme ne fait que son travail, et elle a intérêt à l'aider de son mieux.

– Pardonnez mon insolence, monsieur Poirier. Après une nuit blanche à m'inquiéter, je suis à bout. (Elle soupire.) Pour répondre à votre question, oui, une vraie menace, c'est la première fois. Il m'est arrivé d'avoir des commentaires parfois... sévères, suite à mes chroniques, mais sans plus.

– Pourquoi avoir cru qu'elle vous était adressée et non pas à monsieur Gingras, si vous n'aviez jamais reçu rien d'aussi radical?

Catherine soulève les épaules en signe d'ignorance.

– Je n'en ai pas la moindre idée. À mes yeux, Philippe est si extraordinaire, si merveilleux, personne ne peut lui en vouloir. C'est pour cette raison, j'imagine.

Michel Poirier la regarde un moment, attendri. Est-ce possible? Un amour aussi aveugle entre un homme et une femme existe-t-il toujours? Lui lance-t-elle de la poudre aux yeux, de la frime destinée à l'émouvoir? Il s'oblige à retrouver le contrôle de ses émotions. Pour mener à bien son enquête, il doit demeurer impartial.

– Qu'avez-vous fait de cette menace?

– Elle est allée rejoindre les rebuts dans ma corbeille à papier. Madame Simard, ma femme de ménage, a expédié le tout à la récupération, comme elle le fait régulièrement chaque semaine.

– En aucun moment vous n'avez pensé en parler à la police ou encore à monsieur Gingras?

– À la police? Non, je n'ai pas pris ça au sérieux. J'ai plutôt cru à l'oeuvre d'un petit malin. Il voulait me faire une bonne frousse, je n'allais pas entrer dans son jeu. Quant à Philippe, j'avais peur de l'inquiéter pour rien, de le voir en faire un drame. Alors j'ai tué l'affaire dans l'oeuf. J'ai enfoui la menace à travers d'autres papiers et je n'y ai plus repensé jusqu'à hier après-midi. (Elle s'étonne.) C'est bizarre, vous ne trouvez pas? Je l'avais complètement oubliée, et ça m'est revenu, comme ça, au moment où je terminais mon article, quelques minutes avant de quitter la maison et de passer à un cheveu de me faire décapiter par ce chauffard. Un peu comme si j'avais eu une prémonition. C'est ce qu'on appelle l'intuition, je suppose. Mais je n'en ai pas tenu compte. Même après coup, j'ai préféré croire qu'il n'y avait aucun lien. Que je me faisais des idées. Que c'était une fausse manoeuvre de la part d'un conducteur malhabile.

Michel Poirier pousse avec une pointe d'admiration mêlée d'un brin de suspicion:

– Ouais! Ça vous en prend pour vous faire peur, vous?

S'agit-il d'une taquinerie ou d'une remarque désobligeante? Catherine n'en est pas certaine. Elle songe à sa mère et sourit.

Elle raconte, et son sourire s'accentue.

– Quand j'étais petite fille, j'avais une imagination très fertile. Ma mère n'arrêtait pas de me répéter qu'un jour ça me jouerait de mauvais tours. Depuis ce temps-là, j'essaie d'y mettre un frein. Vous ne pouvez quand même pas me blâmer d'y être parvenue.

Elle refrène un bâillement, et l'inspecteur Poirier est pris de pitié.

– Bon! On va en rester là. Prenez votre voiture; je vous escorte jusque chez vous.

«On va en rester là. Mon oeil!» se dit Catherine. Malgré la parole de l'enquêteur, tout ne fait que commencer. Tout n'est que partie remise, elle en est convaincue. Elle s'empresse de se rendre à sa voiture. Le temps passe, elle doit trouver le moyen de se reposer un peu avant de retourner auprès de Philippe.

Elle conduit au ralenti – l'enquêteur lui colle aux fesses, cela tempère ses ardeurs –, se fait la morale. «Si je n'avais pas agi autant à la légère. Si j'avais accordé de l'importance à cette satanée menace, on n'en serait peut-être pas là, aujourd'hui. Quelle histoire! Comment arriver, maintenant, à convaincre l'inspecteur de la véracité de mes dires, après ces cachotteries?»

Catherine a du mal à garder les yeux ouverts. Afin de se maintenir éveillée, elle s'offre un brin de compagnie. Elle ouvre la radio et tombe sur le bulletin d'informations. Il y est question de la guerre sournoise que se livrent les Hell's Angels et les Rock Machine, de la mort qu'ils sèment sur leur passage. «Je n'ai vraiment pas le goût de m'abonner à la souffrance des autres, se dit la jeune femme. La mienne me suffit amplement.» Elle ferme l'appareil.

Parvenue chez elle, prise dans l'engrenage de ses habitudes, Catherine s'apprête à stationner l'auto sur la rue, devant la maison, mais se reprend à la dernière minute et enfile dans l'entrée. Philippe ne viendra pas ce soir, ni demain, ni après demain, ni... Elle n'a donc pas, comme elle le fait tous les jours, à lui réserver sa place.

Elle espérait voir Michel Poirier poursuivre sa route. Au contraire, il s'arrête. Coupe le contact. À son grand désespoir, il descend de voiture et vient à sa rencontre: la douche devra encore attendre. Elle cache sa frustration derrière un sourire forcé.

– Pouvez-vous m'expliquer comment s'est produite, hier, la tentative avortée de vous renverser? D'abord, que faisiez-vous, à pied, en plein milieu de la rue?

Elle vient de gaffer; elle s'en rend compte à présent. Elle aurait dû stationner à son endroit habituel. Va-t-il la croire si elle lui dit qu'elle laisse toujours à Philippe le stationnement de l'entrée de sa propre maison, par gentillesse, par amour?

Au début, Philippe a protesté mais, comme elle arrivait toujours à la maison avant lui et optait pour la rue, il n'a pas eu le choix, et il s'est peu à peu fait à l'idée. Toutefois, elle n'est pas en reste pour autant. Il se reprend à la moindre occasion pour lui témoigner, à son tour, à sa manière, sa reconnaissance, son amour. Mais cela, l'inspecteur le comprendra-t-il? Espérons-le.

– En temps normal, je stationne toujours de l'autre côté de la rue, face à la maison. Ici, c'est le stationnement de Philippe. Je...

Michel Poirier lui coupe la parole.

– C'est... votre maison, n'est-ce pas?

Elle en était certaine, il ne comprend pas. Catherine reprend d'un ton brusque. Sur la défensive.

– C'est ma maison, c'est vrai, mais ça ne m'empêche pas de lui laisser le stationnement pour autant. Y a-t-il une loi qui l'interdit?

Michel Poirier rit dans sa barbe. Décidément, cette femme est follement amoureuse ou elle ment comme elle respire.

Il lève les bras, feint de chercher à se protéger de sa fureur et la regarde d'un air malicieux.

– Pas du tout, madame Mathieux, vous êtes libre de faire ce que vous voulez de votre stationnement.

Il sort un carnet noir de sa poche, y note certains détails et reprend d'un ton un peu plus professionnel.

– Vous demeurez ensemble depuis longtemps?

– Environ huit mois.

– Depuis quand le connaissez-vous?

– Je le connais depuis l'université.

Il griffonne quelques mots. Attend. Espère une suite à sa réponse. En vain. Catherine est décidée à lui fournir l'information au compte-gouttes.

La coupure s'installe. Grandit. Devient monstre de néant.

Le fait de noter ses réponses l'intimide peut-être au point de se faire discrète comme une âme en attente d'une nouvelle vie, se dit Michel. Il lui trouve une excuse: «Elle n'a pas l'habitude de se retrouver de l'autre côté de la barrière.» Il essaie de gagner sa confiance. Comme enquêteur, l'empathie a toujours été son point fort. Aussi, en joueur entraîné, il s'efforce d'y aller de la bonne carte.

– Vous l'aimez depuis longtemps?

Catherine se tait. Michel Poirier l'imite. Il sait combien il est important de respecter un silence. Elle se retourne. Ses yeux se perdent sur son visage, et il peut y lire une lointaine douleur vite réprimée.

– Je l'ai toujours aimé.

– Lui?

– Lui aussi.

– Comment expliquez-vous le fait d'avoir attendu toutes ces années avant de vivre ensemble?

Cette fois, elle le fuit pour de bon. Se dirige vers l'entrée. Il est clair, elle ne s'épanchera pas davantage. Il vient de mettre le pied dans un champ miné.

– Nos chemins se sont séparés.

Catherine se mord la lèvre inférieure et, mine de rien, reprend où elle avait laissé avant que la conversation ne bifurque sur une route un peu trop personnelle. Conscient de sa ruse, Michel Poirier se promet de revenir sur le sujet à la première occasion.

– Vous vouliez savoir comment ça s'est passé? Alors voilà! Je suis sortie de la maison en courant, j'ai regardé de chaque côté de la rue, et il n'y avait personne à ce moment-là, je peux le jurer. J'avais tellement hâte de retrouver Philippe, pour rien au monde je n'aurais pris le risque de gâcher un si beau rendez-vous. En arrivant à peu près au milieu de la chaussée, j'ai entendu un crissement de pneus et j'ai vu apparaître, dans mon champ de vision, une forme qui approchait à grande vitesse. Je me suis jetée en avant. Heureusement, car la voiture est passée assez près pour heurter mon sac à main: j'ai entendu le bruit qu'a fait la boucle de métal à son contact, et la courroie a lâché. Encore chanceuse, sinon j'aurais pu être entraînée avec lui, à l'endroit où il est retombé, quelques mètres plus loin. Et si j'avais figé de frayeur, comme ça arrive souvent dans de telles circonstances, je ne serais plus là pour vous le raconter. J'ai terminé cette odyssée sur mon automobile; j'en porte encore les marques. (Elle lui montre son coude et son genou.) Quand je me suis relevée, j'ai aperçu une auto noire, je crois. Elle disparaissait au loin. Voilà! Vous en savez autant que moi.

– Qu'avez-vous fait après?

– J'ai récupéré mes choses et je suis retournée à la maison mettre de l'essence de vanille sur les plaies pour éviter d'avoir des bleus. (Elle sourit et précise.) C'est une recette de ma grand-mère. (Devant l'air sceptique de l'enquêteur, elle ajoute.) Je vous assure, c'est efficace, regardez, je n'ai aucun bleu.

– C'est tout ce à quoi vous avez pensé à ce moment-là, éviter les bleus. Vous n'êtes pas une femme nerveuse, madame Mathieux.

– C'est sûr, j'aurais pu être tuée, et cela m'a effleuré l'esprit. J'ai même songé un moment qu'il pouvait y avoir un lien avec la menace reçue, mais la remarque de ma mère a été la plus forte, et je me suis raisonnée. J'ai conclu que je me faisais des peurs et j'ai préféré oublier ça pour me concentrer sur ma rencontre avec Philippe.

– Votre mère, elle vous influence toujours autant?

Le visage de la jeune femme blêmit. Michel se demande s'il ne vient pas, une fois de plus, de toucher un point sensible.

Catherine détourne la tête et répond d'une voix chagrine.

– Ma mère était une femme extraordinaire. Malheureusement, elle est morte il y a longtemps.

Un fantôme a laissé sa marque dans le coeur de la journaliste. Il vient de le ressusciter et est désolé d'avoir rouvert une vieille blessure pas encore cicatrisée. Décidément, cette femme s'entoure de mystères. De zones interdites. Il lui faudra les transgresser à un moment ou l'autre, et le plus tôt sera le mieux. Il la suit jusqu'à la porte.

Acculée au mur, Catherine n'a pas le choix de l'inviter chez elle.

– Voulez-vous entrer?

Elle fait tout en son pouvoir, malgré sa fatigue, pour lui être agréable, et Michel Poirier en est conscient. Étant donné les circonstances, il abuse de son hospitalité. Cependant, il doit en apprendre davantage, s'il veut un bagage de matériel pour amorcer son enquête. Aussi, il saute à pieds joints sur l'opportunité offerte.

– En cours de route, j'ai téléphoné à mon assistant. Il viendra faire le guet devant votre maison. Mais pour le moment, si vous le voulez bien, j'aimerais jeter un coup d'oeil à l'intérieur, histoire de m'assurer que vous ne courez aucun danger.

Catherine sourit. Un sourire machinal. Il n'y a aucune trace d'infraction nulle part. Cette reconnaissance des lieux n'est qu'une défaite de plus pour violer son intimité avec sa propre bénédiction en prime. Elle s'en doute, mais n'a plus la force de jouer les vierges offensées. Sans le moindre commentaire, elle s'incline.

La clef dans la serrure, elle le regarde, interdite.

– Qu'est-ce qui ne va pas?

– Ce n'est pas verrouillé...

– Vous êtes certaine de l'avoir fait avant de partir?

Catherine recule dans le temps et essaie de se rappeler. Une kyrielle d'événements se chevauchent dans sa tête. Il se serait écoulé des semaines depuis son départ de la maison, et elle n'en serait pas du tout surprise. Après ce qui est arrivé à l'homme de sa vie, un détail aussi futile se retrouve loin dans l'échelle de ses valeurs.

– Je ne me souviens plus. J'ai oublié. C'est possible.

Michel Poirier la précède pour pénétrer chez elle. Elle le voit faire le tour de chaque pièce, ouvrir les penderies, les placards, et cela la rassure. Elle ressent même un élan de sympathie pour son nouveau «garde du corps». Mais sa vie est-elle aussi menacée qu'il semble le croire?

Au moment où elle l'aperçoit plié en quatre pour regarder sous le lit, un lambeau de souvenir lui revient. Enfant, jamais elle ne s'endormait sans avoir au préalable demandé à sa mère de poser le même geste. Adulte, il lui arrivait souvent de le faire elle-même, jusqu'au jour où Philippe a emménagé chez elle. Cette manie est chose du passé depuis huit mois, maintenant. Catherine ferme les yeux, et ses pensées sont entièrement dédiées à son amoureux.

Michel Poirier poursuit sa tournée et s'imprègne du moindre détail. «Ce décor accueillant, en douceur, en rondeur, comme ça lui ressemble!, se dit-il. Ce milieu moderne, gai, lumineux, est vraiment à son image. En d'autres circonstances, dans des moments plus heureux, cette femme, un peu rondelette, doit être un véritable boute-en-train. C'est incroyable ce que les choses peuvent nous révéler sur leur propriétaire!»

Une fois son inspection terminée, Michel se dirige vers une pièce à droite du couloir.

– C'est votre bureau?

La question terre à terre de l'enquêteur détonne sur les petites douceurs qui caressent l'esprit de Catherine comme un soupir de nouveau-né, et oppose une fin abrupte à l'enchantement.

La jeune femme le rejoint. Devant l'état pitoyable des lieux, elle cherche à s'excuser.

– C'est en désordre, je le sais, mais je me retrouve. C'est un fouillis organisé, si je peux m'exprimer ainsi. Vous êtes devant le seul endroit où madame Simard n'est pas autorisée à faire le ménage, à part vider la poubelle.

Les yeux de l'inspecteur se posent aussitôt sur la

corbeille à papier. Quelques feuilles froissées, quelques enveloppes, rien d'autre.

– Vous avez jeté la menace dans cette poubelle?

– Oui, mais depuis elle a été mise dans le bac et envoyée à la récupération.

– Où se trouve le bac?

– Au sous-sol.

– Qui s'occupe de l'envoyer à la récupération?

– Madame Simard le place près de la rue tous les mercredis.

– Puis-je le voir?

Catherine hausse les épaules et se dirige vers l'escalier du sous-sol. L'enquêteur s'attache à ses pas. Elle amorce sa descente; il la retient par le bras. La devance.

– Attendez-moi ici.

Après avoir appuyé sur l'interrupteur, il avale les marches une à une – elles désapprouvent sa gloutonnerie, protestent – et habille d'un regard circulaire la minuscule pièce décorée avec soin.

Des bibliothèques remplies de volumes de tous genres et de toutes dimensions grimpent sur deux murs coquille d'oeuf. Des fauteuils en cuir, des lampes, des tables, des coussins sont disposés dans un désordre savamment étudié. Un rayon de soleil, filtré par un rideau de dentelle, pénètre par la fenêtre, en haut du mur d'en face, et dessine des taches de lumière éparses sur la table du centre. Un vieux poêle à bois trône dans un coin, auréolé de la dignité propre à celui qui consacre sa vie à adoucir celle des autres, à la réchauffer, à la rendre plus confortable. Une peau d'ours – elle en aurait sûrement long à dire – repose sur le sol, à ses pieds. Une chaise berçante antique, drapée d'une courtepointe colorée, agrémente le tout. Une note de gaieté se dégage de cet environnement et crée une atmosphère douce et agréable. Encore là, cela lui ressemble et l'enquêteur n'est pas surpris de cette découverte.

Juste au bas de l'escalier, à gauche, une porte fermée lui

interdit l'accès à une autre pièce. Michel Poirier l'entrebâille avec parcimonie, puis l'ouvre toute grande. Aucun doute possible, cet endroit sert de rangement: des boîtes empilées, des objets disparates y sont entreposés.

Au moment de refermer, il aperçoit le bac bleu, débordant de feuilles en papier, de boîtes en carton, de conserves, de pots en verre et d'autres objets non identifiables jetés pêle-mêle. Il se penche, s'en empare et le dépose sur la première marche de l'escalier. Un long rouleau de carton s'en échappe et tombe sur le sol. Il le ramasse, le défait pour mieux l'aplatir, et le coince entre le rebord et un sac en papier.

Il lève la tête et s'adresse à la journaliste qui, les yeux écarquillés, n'a pas bougé de son poste.

– Vous avez toujours autant de choses à récupérer en l'espace de quelques jours?

Après une déduction rapide, Catherine dégringole les marches deux par deux. Si madame Simard a omis d'envoyer le bac à la récupération cette semaine, elle a toutes les chances que sa lettre de menace soit encore de ce monde.

Elle commence à vider le coffre aux trésors de tout ce qui est papier, enveloppes, et scrute farouchement chaque feuille, endroit et envers, s'assurant de ne rien laisser au hasard. Un archéologue à l'affût de l'objet rare ne mettrait pas plus de coeur à l'ouvrage.

Michel Poirier lit l'excitation sur son visage. Il l'observe d'un air dubitatif. Pourquoi n'arrive-t-il pas à croire à sa version des choses? Elle paraît si sincère, et ce serait si facile. Déformation professionnelle? Probablement.

Au bout de quelques minutes d'une fouille acharnée, la jeune femme se redresse, victorieuse, et met sa fameuse preuve sous le nez de l'inspecteur incrédule. Elle ne lui a pas menti, il sera bien forcé de l'admettre.

– Tenez, inspecteur, la voilà!

Michel Poirier couvre d'un regard circonspect le bout de papier chiffonné et le cueille avec des pincettes. Avec d'infinies précautions, il le glisse dans une enveloppe récupérée dans l'amoncellement de papier.

Attentive à ses moindres gestes, Catherine suit le processus. «Pourquoi tant de fla-fla pour un macchabée décrépit, se demande-t-elle. Après avoir affronté la tempête, après avoir été sauvagement rejeté parmi les immondices, même s'il a connu son heure de gloire, à part la confirmation de son existence, a-t-il vraiment quelque chose d'autre à offrir? Sa raison d'être?... Le nom de son géniteur?...»

D'une parole, Michel détruit ses illusions.

– Ça me surprendrait énormément qu'on y trouve des empreintes, mais je l'apporterai quand même au laboratoire.

Catherine baisse les bras, découragée. Elle lance, la voix gonflée d'amertume:

– Non! Bien sûr que non! L'auteur n'y aura pas laissé sa signature.

Son bel espoir enflammé disparaît aussi rapidement qu'un feu de paille. Catherine se retrouve au bord des larmes. Elle ramasse le reste des rebuts et rebrousse chemin. Michel la suit de près et cherche à se faire pardonner de s'être montré aussi rabat-joie.

– En dehors du sujet de vos chroniques, madame Mathieux, vous ne voyez aucune autre raison qui aurait poussé quelqu'un à vous faire parvenir cette menace?

Catherine arrête sa progression et, le visage inondé de chagrin, se tourne vers l'enquêteur. Désespérée, elle l'implore.

– Je vous en prie, inspecteur, je suis vraiment à bout. Laissez-moi seule, s'il vous plaît.

Profondément troublé par son air pathétique, mal à l'aise, Michel ose tout de même une dernière requête.

– Une autre question, madame Mathieux et, c'est promis, je vous laisse tranquille. Conservez-vous des copies de vos chroniques?

– Vous voulez dire ici? Si vous entendez par là toutes mes chroniques depuis le début, vous allez devoir vous rendre au journal, au département des archives. Mais si vous songez seulement à celles des dernières semaines, je les ai. (Elle se dirige vers son bureau, fouille dans le tiroir et lui remet une chemise.) Il doit y avoir celles du dernier mois, là-dedans. Ça vous suffit?

Michel Poirier scrute l'intérieur de la chemise. Grogne. Puis relève la tête.

– Ça va aller; je vous remercie beaucoup de votre franche collaboration, madame Mathieux. Je m'excuse d'avoir abusé de votre temps, mais vous comprenez sûrement que je n'ai pas le choix. J'ai une enquête à mener, et les premières heures sont les plus déterminantes. Reposez-vous. Si vous pensez à la moindre raison qui pourrait inciter quelqu'un à en vouloir à l'un de vous deux, même si vous êtes persuadée que c'est sans importance, je vous serais reconnaissant de m'en informer aussitôt. Vous me promettez de le faire?

– Je le ferai.

Il se retourne et aperçoit un livre, en évidence sur le coin du bureau, dressé comme un véritable trophée. Il en caresse la couverture et, malgré sa promesse, ne peut s'empêcher de demander:

– C'est votre roman? Vous venez de le publier, n'est-ce pas?

– Oui.

– C'est une histoire vécue?

– Non.

Elle se referme de nouveau. Résigné à ne pas en apprendre davantage, Michel écarte le rideau de la fenêtre du salon et regarde à l'extérieur. Son collègue est là, devant la maison, disposé à prendre la relève.

Il se dirige vers la sortie.

– Bonne journée, madame Mathieux. Mon assistant est déjà à son poste. Si vous avez besoin de quoi que ce soit, vous n'avez qu'à vous adresser à lui. Tenez-le au courant de vos déplacements, ce sera plus facile d'assurer votre protection. (Il lui fait un clin d'oeil.) N'oubliez pas de verrouiller en sortant.

Catherine referme la porte, soulagée de se retrouver enfin seule. «Cette manie qu'ont les enquêteurs – un peu comme les journalistes, il faut le reconnaître – d'étendre leurs tentacules à la manière des pieuvres, envahissant peu à peu l'intimité des gens, a quelque chose d'immoral, se dit la jeune femme. Mais quand on est considérée suspecte, même à tort, on n'a pas le choix, il faut composer avec l'inconvénient.»

Michel Poirier se dirige vers son associé. Karl Michaud le regarde venir, un sourire taquin sur les lèvres.

– Salut boss! Comment va la belle madame Mathieux?

L'inspecteur se demande comment interpréter la question autant que la mimique. Il lève un sourcil réprobateur, hésite entre une remarque amusante ou désobligeante, et passe finalement outre pour livrer ses instructions.

– Tu sais ce que tu as à faire, Michaud? Dès qu'elle quitte la maison, tu la suis partout où elle va. Elle se rendra probablement à l'hôpital. Dans ce cas, une fois à la chambre – il ne peut résister à une petite taquinerie –, je sais, ça va te faire de la peine, mais tu la laisseras quand même sous la surveillance de Morin. Il est déjà sur place, il monte la garde. Tu te chargeras plutôt d'interroger Nicole, la soeur à Gingras. Elle est auprès de lui en ce moment; elle attend le retour de madame Mathieux. Essaie de la faire parler pour voir si tu ne découvrirais pas quelque chose d'intéressant sur notre victime. C'est peut-être un règlement de compte suite à une dette de drogue, de jeu, on ne sait jamais. Malgré le bien qu'en pense sa dulcinée, il n'est peut-être pas aussi *clean* qu'il en a l'air, cet homme-là. Il faut toucher au nerf sensible de quelqu'un pour qu'il veuille te tuer, tu ne penses pas? Moi, pour te faire plaisir, je m'occupe de laver ta belle madame Mathieux de tout soupçon. Tu ne pourras pas dire que je ne suis pas *cool*. Ensuite, si j'ai le temps, je passe au Centre de recherche clinique, aux laboratoires, plus précisément, faire la connaissance des collègues de travail de notre homme. Ça te va comme ça?

– O.K. boss, vous pouvez compter sur moi. Je prendrai soin de notre belle romancière comme de la prunelle de mes yeux, avec le **PLUS GRAND** des plaisirs!

Michel s'éloigne vers sa voiture. Avant de rencontrer la journaliste, il ne s'expliquait pas pourquoi, hier, sans jamais l'avoir côtoyée – à part les quelques minutes après le drame –, le policier Bruno Lacasse était en admiration, pour ne pas dire en extase devant cette femme. Aujourd'hui, cela recommence avec son adjoint. C'est à se demander quelle mouche les a tous piqués.

C'est vrai, il n'a jamais lu aucune de ses chroniques ni aucun de ses articles et encore moins le roman que ses deux acolytes prétendent avoir dévoré d'une couverture à l'autre, mais il commence tout de même à comprendre leur exaltation. Cette femme dégage une chaleur peu ordinaire. Il l'a ressentie à son contact. Et si cela transpire dans ses ouvrages, c'est normal qu'elle provoque un tel engouement chez ses lecteurs. «Il est temps d'être du nombre», se dit Michel.

Il lui faut lire ce roman; cela peut être révélateur. À l'école, ne tente-t-on pas de cerner la personnalité d'un auteur d'après ses écrits? D'un peintre, d'après ses peintures?

Il s'arrête à mi-chemin et fait face une fois de plus à son subordonné. Celui-ci le regarde, toujours aussi amusé.

– Tu as fini de lire le roman de ton idole, n'est-ce pas? Me le prêterais-tu pour quelques jours?

– Pas de problème! boss.

Le jeune homme ouvre la boîte à gants, sort le volume emballé dans un sac en plastique et le présente à son supérieur hiérarchique en y allant d'une minutie outrancière.

Michel s'amuse de la plaisanterie, mais se garde de le montrer. Il retrousse plutôt les lèvres et renchérit d'une réprimande amicale.

– Tu l'as avec toi; tu l'as lu sur tes heures d'ouvrage, c'est ça?

Karl feint d'être scandalisé par l'accusation non fondée

de son supérieur.

– **JAMAIS,** boss! **JAMAIS** je n'aurais osé faire une chose pareille!

Un dernier regard suspicieux et l'inspecteur Poirier agrippe le sac, puis se dirige vers son automobile en riant sous cape. Il tique en direction de son rétroviseur: Karl se bidonne toujours. Il démarre. Se demande s'il trouvera le courage de plonger le nez dans un bouquin aussi imposant. Aura-t-il la patience de se rendre à la dernière page? Rapidement? Avant la fin de l'enquête? Après tout, n'est-ce pas la raison pour laquelle il s'impose un tel supplice? Au cas où cela servirait sa cause?

Il réprime un bâillement. La lecture lui a toujours épargné d'avoir recours aux somnifères, et son efficacité s'accentue avec l'âge, on dirait – il ne peut tout de même pas y avoir que des désavantages à la... décrépitude –, il n'a plus qu'à y penser, aujourd'hui, pour atteindre le même niveau de somnolence. Étant donné ce handicap, son palmarès est très limité dans ce domaine.

Cette découverte, pour le moins surprenante, remonte à très loin. Au temps des études et des analyses littéraires. Il se trouvait toujours alors une âme d'apôtre pour se taper le boulot à sa place, pour lui faire un résumé détaillé, ce qui lui permettait, en dépit de ce problème gênant, de s'en sortir haut la main. Chaque fois.

«Au fait, j'aurais pu demander à Karl le même service, se dit Michel. Ah! Et puis... Dès les premières pages, je verrai si cette histoire représente le moindre intérêt pour mon enquête. Sinon... D'une façon ou d'une autre, ce roman ne fera pas long feu entre mes mains.»

4

Un homme dans la soixantaine avancée apparaît dans l'entrebâillement d'une porte. Il la referme aussitôt, se juche sur un tabouret et regarde entrer le policier, l'oeil vif, l'air d'un sphinx au corps malingre montant la garde.

Michel Poirier lui présente sa carte d'enquêteur. L'homme y jette à peine un oeil et s'exclame avec un peu trop d'emphase:

– Vous tombez bien; je me demandais justement si je ne devais pas appeler la police.

L'enquêteur fouille dans sa poche de pantalon et lui remet la clef du motel numéro deux.

– C'est ce que vous cherchez?

L'homme commence par bafouiller, puis n'en finit plus de caqueter en se trémoussant sur son siège.

– Oui... entre autres. Mais... surtout, je trouvais bizarre qu'après s'être donné tant de mal pour décorer le motel, la personne ne soit jamais repassée pour en profiter. La femme de ménage est venue me dire que rien n'a été sali ou même déplacé. Juste des décorations ont été suspendues un peu partout: des ballons, des tas de babioles. Là, il est trop tard, elle a tout décroché, mais si vous étiez arrivé un peu plus tôt... Ça valait le déplacement, je vous assure. Un vrai décor de fête. Je...

Des gouttelettes de sueur perlent au front du vieil homme, comme si un tel débit de mots avait suffi à l'épuiser. Lui-même essoufflé par l'allocution rapide de ce véritable moulin à paroles, Michel Poirier l'interrompt.

– Vous souvenez-vous de la personne qui a loué ce motel? Comment était-elle? Physiquement, j'entends.

– Si je m'en souviens! Une belle femme comme ça! Elle...

Il s'embrase une fois de plus. L'enquêteur intervient. Une question n'attend pas l'autre.

– Dites-moi, elle était seule lorsqu'elle s'est présentée chez vous?

– Oui, mais elle prévoyait y amener quelqu'un, c'est sûr, elle a payé le prix d'une occupation double.

– Vous êtes certain qu'il n'y avait personne d'autre dans la voiture?

– Certain.

– Pouvez-vous me faire une description sommaire de cette dame?

– Pour ça, oui. C'était une belle créature blonde, les cheveux aux épaules, le front dégagé – il fait un geste de la main pour indiquer la grandeur–, à peu près de cette taille-là. Un peu rondelette, juste comme il faut. Parlez-moi pas des squelettes! Pour ce qui est de l'âge, je lui donnerais... dans la jeune trentaine. Elle portait un tailleur... kaki, c'est ça, oui, kaki. Dans le cou, un foulard aux tons neutres. Un petit noeud plat. Elle avait de beaux grands yeux bleus, de longs cils frisés et des lèvres...

L'homme, le regard dans le vide, hypnotisé par une vision divine, poursuit sa description aussi scrupuleusement que s'il s'agissait d'un examen dont le résultat positif lui ouvrirait les portes du paradis. Comme s'il avait appris sa leçon par coeur, de peur de ne pas obtenir la note de passage.

L'agent Poirier est confondu par la multiplicité des détails. Une femme sort lentement d'un brouillard diaphane et se matérialise devant ses yeux. Aucun doute possible, il s'agit bel et bien de madame Mathieux. Tout correspond, même l'habillement.

Le pauvre propriétaire continue de discourir et n'en finit plus de se tordre les mains en un geste de profonde nervosité. «Un peu de flatterie va sûrement l'aider à se détendre et l'inciter à fournir un effort supplémentaire pour les réponses à venir», se dit l'enquêteur.

Il met un terme à ce stress inutile.

– Vous avez un esprit d'observation vraiment étonnant, monsieur...

– Asselin, Conrad Asselin.

– Monsieur Asselin. Vraiment étonnant. Vous souvenez-vous avec autant de précision de l'heure à laquelle elle s'est présentée chez vous?

– Certainement, monsieur l'agent. Il était environ quinze heures. Je le sais, j'arrivais à peine de faire mes commissions; mon épouse me remplaçait. Elle m'avait bien averti d'être là à moins quart tapant, car elle avait un rendez-vous chez sa coiffeuse à quinze heures.

Il soupire, se gratte la tête et demande, comme s'il prenait soudainement conscience que cet interrogatoire ne constitue nullement une menace pour lui, mais est plutôt destiné à faire la lumière sur l'emploi du temps de cette femme.

– Pourquoi me posez-vous toutes ces questions, inspecteur? Il n'est rien arrivé de fâcheux à la petite dame, j'espère?

– Non, non, rassurez-vous.

– Pourquoi avez-vous les clefs du motel, d'abord?

– Elle a eu un empêchement et elle m'a demandé de vous les remettre.

– Rien de grave?

Les rôles sont inversés. L'enquêteur se retrouve dans la peau de celui que l'on interroge. Un rôle inapproprié. Il s'empresse de rétablir la situation.

– Une dernière question, monsieur Asselin. Pouvez-vous me dire, avec autant d'exactitude, l'heure à laquelle elle a quitté le motel?

– Oh! Là, vous m'avez, monsieur l'agent. Ce que je peux vous dire, c'est qu'elle était encore ici à quinze heures trente; du moins son automobile était encore là. Mais après, j'ai dû faire un roupillon. Quand j'écoute la télévision, ça m'arrive souvent. Mais si le téléphone sonne ou encore si j'entends le carillon de la porte d'entrée, je me réveille à coup sûr.

Il faut croire qu'hier, rien de ça n'est arrivé puisque je me suis réveillé tout bonnement il passait seize heures. J'ai regardé dans la cour à ce moment-là, et il n'y avait plus personne.

– Quand vous vous êtes endormi, à part cette femme, y avait-il quelqu'un d'autre dans les motels voisins?

– Non, ce n'est pas très touristique dans le coin; je dirais même que c'est plutôt tranquille. Nos plus gros clients sont des voyageurs qui, la plupart du temps, s'arrêtent tard dans la soirée.

Michel Poirier cache sa déception derrière un sourire reconnaissant. Il décide de mettre fin aux tourments de l'homme dont le front dégouline de sueur: décidément, il n'a pas la conscience tranquille.

Il s'apprête à le libérer de cette chambre de torture dans laquelle sa présence l'a enfermé.

– Je vous remercie beaucoup, monsieur Asselin. Bonne fin de journée. Je vous demande de ne pas quitter la ville, car il se pourrait que j'aie encore besoin de vos services.

– Bonne fin de journée à vous aussi, monsieur l'agent.

L'enquêteur sort de son établissement. Conrad Asselin s'éponge le front d'un mouchoir en papier, aussi exténué que si cet échange verbal avait été un match de tennis enlevant.

Il étire le cou et, par la fenêtre, observe l'homme de loi. Celui-ci monte dans sa voiture et redémarre. Au risque de se fouler une cheville, le vieillard saute de son tabouret et se faufile dans la pièce adjacente à la réception.

Une voix hargneuse éclate.

* * *

À la SAQ, Nathalie Rioux, la jeune rousse, est absente: sa semaine de travail est terminée depuis vingt et une heures la veille. Grâce à l'amabilité et à la débrouillardise de la gérante, Michel Poirier réussit à obtenir son adresse.

Debout sur le perron, il attend. Il revoit le propriétaire

du motel. Il ressent toujours avec autant d'acuité son inconfort. Allez donc savoir pourquoi! Il est habitué à ce qu'un homme de loi rende les gens inconfortables, mais à ce point, jamais!

La porte s'ouvre sur une femme d'âge mûr au regard farouche. Michel lui présente sa carte d'enquêteur. De sa voix la plus aimable, il la salue et s'empresse de lui expliquer la raison de sa visite, afin de la mettre en confiance.

– Bonjour madame, j'aimerais poser quelques questions à Nathalie Rioux. C'est votre fille, n'est-ce pas? Rassurez-vous, ce n'est rien de personnel. C'est au sujet d'une cliente servie dans la journée d'hier. Puis-je lui parler?

La femme force un sourire et s'efface pour le laisser entrer. Il se retrouve dans un immense salon décoré de meubles rustiques aux couleurs chaudes.

De la main, elle lui présente un siège et s'adresse à lui d'une voix cassante.

– Assoyez-vous, je l'informe de votre présence.

Les yeux de l'enquêteur s'accrochent à un téléphone suspendu au mur. Une réplique parfaite d'un vieux modèle antique. Il s'approche pour l'admirer de plus près. Il a toujours rêvé d'en posséder un semblable, mais sa femme ne veut rien savoir de ces «vieilleries», comme elle baptise tout ce qui ressemble de près ou de loin à un objet qui n'entre pas dans sa vision du modernisme.

Presque immédiatement, une jeune fille pénètre dans la pièce et l'arrache à sa contemplation. Aux antipodes de celle de sa mère, sa voix, aussi douce qu'une brise printanière, caresse son oreille.

– Une belle reproduction, n'est-ce pas?

Michel se retourne. Une jolie frimousse, au milieu d'une épaisse crinière de feu, se dresse vers lui, souriante. Un vrai régal pour les yeux. Un qualificatif s'accordant à l'objet comme à la personne lui échappe.

– Merveilleux! Simplement merveilleux!

Une question le ramène vite à l'ordre.

– Vous voulez me parler?

Il quitte la peau légère de l'esthète pour revêtir celle beaucoup plus lourde de l'enquêteur.

– Effectivement! J'aimerais connaître l'heure approximative à laquelle une dame est passée à la SAQ, hier. Vous avez eu l'occasion de la servir.

En voyant la moue délicieuse affectée par la jeune fille, Michel sourit malgré sa déception. Sa requête est plutôt ardue, il le comprend, mais il fonde beaucoup d'espoir sur la notoriété de la journaliste.

– Je peux bien essayer de vous aider mais, avec les nombreux consommateurs qui défilent chaque jour, j'ai peur de ne pas pouvoir vous être d'une grande utilité.

– Il ne s'agit pas d'une cliente ordinaire, mademoiselle Rioux. Connaissez-vous madame Catherine Mathieux, la chroniqueuse?

Le visage de la charmante enfant s'éclate d'une joie soudaine. Un sourire lumineux irradie ses traits, puis une grimace adorable tord son joli minois.

La jeune fille se prend la tête à deux mains. Se lamente.

– Ah non! C'était vraiment elle? Je le savais! J'aurais dû lui demander de me dédicacer son roman. Je venais de l'acheter à la librairie; je l'avais encore avec moi. Si seulement je m'étais fiée à mon instinct! Tant pis! Ça m'apprendra! (Elle regarde l'enquêteur. Il peut lire la déception dans ses yeux.) Vous voulez savoir l'heure à laquelle elle est venue, c'est ça? Pourquoi? Il lui est arrivé quelque chose?

– Non, il ne lui est rien arrivé, je vous assure, mais si vous pouviez quand même vous souvenir avec exactitude de l'heure à laquelle vous l'avez vue, vous lui rendriez un fier service.

La jeune fille penche la tête vers l'arrière et retient sa nuque de ses mains. Sa magnifique chevelure retombe en cascade dans son dos. Elle se perd dans ses pensées un moment, puis se redresse, soulève les épaules et croise les bras sur sa poitrine. Elle marmonne, les yeux au plafond, l'air absent, comme si elle réfléchissait à haute voix.

– Mon *break* était à quinze heures. Je suis allée en courant à la librairie, juste à côté, chercher son roman. Drôle de coïncidence, vous ne trouvez pas? La journée où je l'ai comme cliente, et je ne suis même pas fichue d'en profiter! (Elle secoue la tête, désolée.) Elle est donc passée après ça puisque, en la voyant, j'ai eu envie de lui demander de me le dédicacer. (Elle grogne, exaspérée.) Si j'avais été plus fine, je l'aurais sa dédicace. Je m'en veux tellement! Quand je suis allée souper, à dix-sept heures, j'ai pris le temps d'examiner la photo derrière la couverture et j'ai compris que j'avais laissé passer la chance de ma vie. Elle était donc venue. Mais l'heure exacte à laquelle elle s'est présentée, impossible de me souvenir. Je regrette, monsieur l'enquêteur, je ne peux pas vous aider davantage.

– Après son départ, avez-vous parlé d'elle à quelqu'un? Je ne sais pas moi, à une amie, à...

– Non, il y avait tellement de monde, le temps n'était pas au bavardage.

– Au moment où madame Mathieux était à la SAQ, l'avez-vous vue discuter avec un autre client? Un employé? À part vous, quelqu'un d'autre l'a-t-il reconnue?

Elle secoue la tête, attristée.

– Je ne saurais vous dire. Lorsque je l'ai aperçue pour la première fois, elle était là, devant ma caisse. Je l'ai servie, puis j'ai continué à m'occuper des autres clients jusqu'à l'heure du souper. J'aurais aimé être en mesure de vous aider, monsieur l'agent, mais je ne peux rien vous dire de plus.

Michel Poirier refuse de laisser un si bel espoir s'effondrer. Il insiste.

– Réfléchissez bien, mademoiselle Rioux, c'est important. D'après vous, était-ce plus près du *break* ou plus près du souper?

La jeune fille se laisse choir dans un fauteuil et se prend

le visage à deux mains. Comme si elle surveillait la scène depuis le début, la mère fait aussitôt irruption dans la pièce, pareille à un fauve qui défend sa portée.

– Laissez-la donc tranquille, vous voyez bien qu'elle n'est sûre de rien.

Surpris par cette intrusion soudaine, bouche bée, l'enquêteur se retourne vers la nouvelle venue.

Nathalie se porte à son secours.

– Laisse tomber, maman, ça va aller.

La mère s'en retourne de mauvaise grâce, après avoir glissé une main protectrice dans la chevelure flamboyante de sa fille.

Celle-ci sourit, embarrassée et ajoute:

– Je dirais – elle plie le bras droit et lève l'index en signe d'avertissement –, mais je ne peux rien vous jurer, c'est vraiment approximatif, qu'elle est passée entre seize heures et seize heures trente.

Enfin de quoi étoffer la déclaration de la journaliste. La laver de tout soupçon est si impératif. Ce besoin le tenaille sans arrêt. C'en est presque vital. À croire que l'intérêt certain que lui portent ses confrères commence à déteindre sur lui.

Michel Poirier jubile comme s'il venait de remporter la victoire, mais la première manche est à peine entamée, et son champ d'action atteint maintenant la démesure. En éliminant sa principale suspecte, il se condamne à fureter pendant des heures, peut-être même des jours, des semaines, des mois à la recherche de la vraie coupable. Il a, pour tout partage, pour asseoir son enquête, il le craignait d'ailleurs, une menace exempte d'empreintes, à part celles de madame Mathieux: le laboratoire le lui a confirmé un peu plus tôt. Deux victimes irréprochables: rien, absolument rien dans les chroniques de la journaliste ne peut inciter qui que ce soit à la vengeance, à moins d'être une personne profondément déséquilibrée. Pour ce qui est de monsieur Gingras, comment un homme aussi parfait – s'il en croit sa petite amie – peut-il engendrer tant de violence, au point de pousser son semblable à une telle limite? Reste à voir.

Il tend la main à la jeune fille et lui offre son plus charmant sourire.

– Merci infiniment, mademoiselle Rioux, vous m'avez été d'un grand secours.

Nathalie éprouve le besoin de préciser une fois de plus.

– Comme je vous l'ai dit, inspecteur, elle n'est pas coulée dans le ciment, cette information-là. Ça peut aussi bien être à quinze heures quarante-cinq comme à seize heures quarante-cinq, vous savez. Le temps, lorsqu'on est débordé comme hier, on l'oublie.

Son enthousiasme quelque peu refroidi, Michel Poirier, dans un élan de sympathie pour cette belle enfant, propose quand même avant de la quitter:

– Si vous voulez, mademoiselle Rioux, je peux demander à madame Mathieux de le dédicacer, votre roman. (Encouragé par l'excitation avouée de la jeune fille, il reprend.) Mieux que ça, je vais lui suggérer de passer vous voir dès qu'elle aura une minute. Après tout, elle vous doit bien ça.

* * *

Le troisième étage du stationnement souterrain est plein à craquer. Après en avoir fait le tour à maintes reprises, juste devant lui, une place se libère. Michel Poirier se rue aussitôt sur cette perle rare avant de se la faire dérober.

Le samedi est jour de magasinage, et cet espace accommode autant les employés du Centre de recherche clinique que les clients du centre commercial adjacent. C'est donc la cohue la plus totale aux heures d'achalandage. Et il se donne probablement tout ce mal pour rien: ce serait vraiment surprenant de tomber sur les travailleurs en place au moment du drame. De toute façon, il en profitera pour en savoir davantage sur cet homme dont il n'a entendu parler qu'en termes élogieux. Sa démarche lui permettra peut-être de découvrir la face cachée moins flatteuse de ce chercheur, qui sait.

Il s'attarde un moment au bord de la rampe. À l'endroit où, selon leur calcul, monsieur Gingras a été poussé. Là, près de son auto qui, fidèle au poste, attend, tel un chien bien dressé, le retour de son maître.

Son carnet de notes en main, Michel Poirier se dirige vers l'entrée. Il pénètre dans le portique de l'édifice et fait volte-face. De l'endroit où il se trouve, la vue sur la scène du crime est imprenable.

Il jette un oeil accusateur à l'appareil téléphonique, sur le mur, à sa gauche – il s'agit du spécimen utilisé par le témoin oculaire pour dénoncer la tentative de meurtre contre monsieur Gingras: le numéro a été enregistré à la centrale. «Ce machin n'est même pas fichu d'identifier son utilisateur. À quand les téléphones parlants?, se dit Michel. Ce ne serait quand même pas plus bête que toutes ces techniques modernes, ces trucs qui vous facilitent l'existence mais en même temps vous rendent si accessibles et vulnérables. Plus de vie privée. Avec un peu d'astuce et d'entêtement, n'importe qui a accès à n'importe quoi, n'importe où, n'importe quand ou presque.»

Si seulement il mettait la main au collet de ce dénonciateur, que de renseignements précieux il en tirerait! Mais si celui-ci a pris soin de taire son identité la première fois – probablement par crainte de représailles de la part de l'agresseur s'il apprend qui l'a mouchardé ou par crainte de devoir l'accuser publiquement ou... –, il ne voit pas pourquoi il s'empresserait de lui venir en aide maintenant.

Une réceptionniste d'un certain âge, les cheveux remontés en un chignon sévère, l'accueille d'un sourire enjôleur. Il lui présente sa carte d'enquêteur, et le sourire de la dame s'intensifie.

Michel Poirier repense au propriétaire du motel. À sa nervosité palpable. «C'est fou ce qu'un titre peut générer comme effets contradictoires!», se dit-il.

– Bonjour, monsieur l'inspecteur; je m'attendais à votre visite.

Michel est frappé par la voix quasi virile de cette femme. Elle contraste avec son allure plutôt féminine si on fait abstraction, bien sûr, de sa coiffure et de son habillement assez austères. En fin de compte, si on imagine cette femme à une autre époque et dans un autre encadrement... un enterrement, un deuil par exemple.

– Bonjour madame, heureux de vous l'entendre dire. J'aimerais, si c'est possible, rencontrer des personnes qui connaissent intimement monsieur Gingras: ses collègues de travail, ses amis, ses ennemis, ses...

Profondément vexée, la dame l'interrompt avec brusquerie.

– Monsieur Gingras n'a pas d'ennemi, monsieur l'inspecteur, tout le monde vous le dira. Je ne comprends pas ce qui a pu se produire, c'est un homme si affable, si gentil. Je ne vois aucune raison de s'en prendre à lui.

– Il doit pourtant y en avoir une! (L'inspecteur feuillette son carnet jusqu'à une feuille immaculée.) Vous semblez bien le connaître, madame...

– Lemieux. Mais vous pouvez m'appeler Gisèle, s'empresse d'ajouter la réceptionniste. Moi, le connaître? Pas vraiment. Toutefois, je peux vous affirmer en toute honnêteté que c'est un homme très aimable et aussi très délicat. À son arrivée, à son départ, il prend toujours la peine de me saluer et parfois même de me dire quelques petits mots gentils. Ce n'est pas comme la plupart, ils passent devant moi sans même me remarquer. Parfois, j'ai l'impression de faire partie du décor, ce n'est pas mêlant. Lui, au moins, il me donne le sentiment d'être quelqu'un, vous comprenez?

– Hier, étiez-vous au travail, Gisèle?

– Oui, c'est aujourd'hui que je ne devrais pas y être. Mais madame Savard avait un mariage dans sa famille, et m'a demandé si je pouvais la remplacer. Étant donné qu'il lui

81

arrive de me rendre ce service à l'occasion, je n'ai pas pu refuser.

– Lorsque monsieur Gingras a quitté son travail, hier, a-t-il pris la peine de vous adresser la parole?

– Hier? Non. Il était en communication sur son cellulaire. Tout de même, il m'a souri et m'a saluée d'un geste amical de la main.

– Avez-vous une idée de la personne avec qui il s'entretenait?

– Avec sa petite amie.

– Pourquoi dites-vous ça? Vous avez surpris des bribes de conversation?

– Je l'ai surtout entendu l'appeler par son surnom, Cat. (Elle sourit, béate.) Leurs propos avaient l'air plutôt... amusants, je dirais. Juste avant de sortir, monsieur Gingras a éclaté de rire. Il est toujours de bonne humeur, cet homme-là. C'est tellement agréable de le côtoyer!

– Avez-vous vu quelqu'un d'autre sortir ou entrer en même temps que lui? Un peu avant? Un peu après?

– Écoutez, monsieur l'inspecteur, je ne passe pas mon temps à surveiller la porte; je n'ai pas rien que ça à faire, moi. Mais si vous voulez mon humble avis, ça ne circule pas beaucoup par ici. La plupart des employés préfèrent stationner au premier ou au deuxième plancher. Ils empruntent donc de préférence les sorties de ces étages.

– Monsieur Gingras, lui, sort toujours par ici?

– Toujours.

– À la même heure?

– Non, pas nécessairement, ça varie. Mais, la plupart du temps, c'est pas mal vers seize heures.

– Hier, quelle heure était-il?

– Je n'ai pas porté attention; il devait être à peu près cette heure-là.

– Vous, Gisèle, à quelle heure êtes-vous sortie?

– Après mon travail. À dix-sept heures.

– Entre le moment où monsieur Gingras a quitté et le moment où vous-même êtes sortie, vous n'avez rien remarqué de suspect? De bizarre? De louche?

– Non, rien de spécial.

– Et quand êtes-vous arrivée au stationnement?

– Quand je suis arrivée au stationnement? Euh... J'ai remarqué la présence d'un policier, mais je ne me suis pas posé de questions.

– Où stationnez-vous votre voiture, Gisèle?

– Le plus souvent, au premier plancher.

– Quand avez-vous appris au sujet de monsieur Gingras?

– En écoutant les nouvelles de dix-huit heures. Je vous avoue, ça m'a donné tout un choc. Pauvre monsieur Gingras! Un homme si correct!

– Si je reprends vos propres paroles, il est toujours de bonne humeur.

– Toujours. Et je ne suis pas la seule à penser ça.

– Ah! non? Qui d'autres pensent comme vous, Gisèle?

– Tous ceux et celles qui ont parfois l'occasion de travailler avec lui vous le diront, mais la plupart sont en congé pour la fin de semaine. Si on lui a confié le poste de responsable des laboratoires, ce n'est pas pour rien, vous savez, il le mérite, même s'il ne travaille pas ici depuis longtemps. En plus d'être compétent, il a un véritable don pour se faire accepter, se faire aimer.

Michel se souvient. Madame Mathieux a justement fait allusion à cette promotion qu'elle s'apprêtait à célébrer avec son amoureux. Est-ce là que le bât blesse?

– À part monsieur Gingras, quelqu'un d'autre avait postulé pour cet emploi de responsable des laboratoires?

Gisèle le foudroie du regard. Il vient de baisser d'un cran dans son estime, c'est clair.

– Je vous vois venir. C'est hors de question; vous ne m'entraînerez pas dans vos combines. Je vous l'ai dit, tout le

monde aime monsieur Gingras et tout le monde espère son retour. Le coupable, il va falloir le chercher ailleurs.

Digne, elle incline la tête et se remet à l'ouvrage. Se
blinde dans un silence de mort. Une mèche de cheveux gri-
sâtres glisse sur son oeil droit. D'une main agile, elle la replace
derrière son oreille.

Loin de se laisser rebuter par son attitude pour le moins
récalcitrante, d'une voix doucereuse, Michel Poirier ose une
dernière requête.

– Auriez-vous quand même la gentillesse, madame
Gisèle, de me donner leurs noms. Qui sait, l'une de ces personnes pourra peut-être m'apprendre des détails pertinents,
m'aider dans mon enquête.

La dame plisse les yeux. Agacée, elle réplique d'une
voix âpre.

– Il n'y a pas **DES** personnes; il n'y en a qu'une seule.
Il s'agit de madame Suzanne Côté, mais elle n'est pas là,
aujourd'hui; elle rentre seulement lundi.

L'enquêteur s'apprête à ouvrir la bouche. Semblable à
une institutrice devant un élève indiscipliné, madame Lemieux
lève une main sévère pour lui intimer l'ordre de se taire. Elle
fouille en vitesse dans un agenda et griffonne un numéro sur
un bout de papier. Le lui tend, bourrue, et darde sur lui un
regard de mégère.

– Tenez! avant que vous me le demandiez. Mais je vous
avertis, vous perdez votre temps.

Dans un effort évident pour ne plus s'en laisser imposer, de but en blanc, elle s'empare d'une pile de dossiers et
les remet en ordre.

L'enquêteur prépare le terrain pour une prochaine visite
– il a intérêt.

– Je reviendrai vous voir lundi, madame Gisèle.

La dame feint d'être absorbée par sa tâche et ne lui
concède aucun regard.

Michel Poirier la salue tout de même de sa voix la plus

amicale. Le numéro de téléphone à la main, il s'apprête à s'éloigner.

La frustration lui dictant sa conduite, d'un geste un peu trop brusque, Gisèle Lemieux imprime une poussée à sa chaise. Les voilà donc – elle et son engin diabolique – propulsés à la vitesse de la lumière dans le coin diamétralement opposé du minuscule espace alloué à ses déplacements. Son genou heurte avec violence l'arête de l'armoire.

– Aïe!

Elle laisse tomber ses dossiers. Les larmes lui montent aux yeux. Son visage s'empourpre de douleur.

Témoin de la scène, l'homme ressent sa souffrance. Dans un élan de compassion, il grimace. Il se demande si elle connaît, comme madame Mathieux, le pouvoir curatif de l'essence de vanille. De toute évidence, non, puisqu'elle souffre, stoïque, sans rien faire pour limiter les dégâts. Il regrette sincèrement de ne pas en avoir une bouteille à sa portée pour la lui offrir en gage de sympathie.

* * *

Michel Poirier s'identifie. Une grande femme blonde, plutôt jolie, dans la trentaine avancée, visiblement nerveuse, s'éclipse pour lui céder le passage. Blonde...

D'un geste de la main, elle lui désigne un fauteuil au tissu élimé par endroits. Par réflexe plus que par désir, Michel satisfait cette courtoisie muette.

Tout dans la pièce exiguë: le décor, les meubles, les tentures respirent la sobriété, pour ne pas dire la pauvreté. Mais surtout, la rigidité, à l'image de la locataire.

Suzanne Côté s'assoit, baisse les yeux, replace les plis de sa robe défraîchie. Comme si elle cherchait, à travers ces gestes familiers, à reprendre le contrôle. Maîtresse d'elle-même, elle redresse la tête et commente.

– Une bien triste histoire, cet attentat contre monsieur

Gingras. Un homme si gentil!

«Gentil... Affable... Aimable... Délicat... De bonne humeur... C'est une vraie conspiration, ma foi!, se dit l'enquêteur. Il doit pourtant y avoir quelqu'un qui le hait, cet homme-là, on a voulu le tuer!» S'il entend une fois de plus ce genre de qualificatif, il va exploser, c'est inévitable.

Michel Poirier ouvre son carnet et feint de lire ses notes. Le temps de retrouver son calme.

– Vous travaillez avec lui depuis longtemps?

– Il est arrivé au Centre de recherche clinique il y a environ un an. Je travaille avec lui depuis ce temps-là.

– Et vous, depuis combien d'années travaillez-vous au Centre de recherche clinique, madame Côté?

– Bientôt vingt ans, monsieur l'inspecteur. J'ai débuté ma carrière à cet endroit et, au fil des ans, j'ai gravi les échelons, un à un.

Michel Poirier ressent beaucoup d'amertume dans cette dernière réflexion. S'il crève l'abcès, peut-être en expulsera-t-il l'amas de pus qui y macère?

La confrontation force parfois les gens à sortir de leur retranchement. Ils se montrent alors sans fard, sans maquillage, et cela donne, à l'occasion, de bons résultats. Il aime bien ce procédé. Il s'en servira une fois de plus.

– De voir le poste vous échapper au profit d'un nouveau venu, ça a dû vous frustrer un peu, vous, une ancienne?

Un sourire tordu se dessine sur les lèvres de la femme. Elle se redresse sur son séant. Droite. Empesée.

– Je m'y attendais, vous savez. Même si monsieur Gingras est un peu plus jeune que moi, il a autant d'expérience dans le domaine. De plus, c'est un homme, **lui**. On a beau dire, il y a toujours un peu de sexisme, dans ces choses-là. Mais ne craignez rien, je n'ai pas essayé de le tuer pour autant. Je l'aime beaucoup, vous savez. Comme vous dites, c'est vraiment quelqu'un de bien. Il méritait d'avoir le poste, même si c'est à mon détriment.

«Quelle grandeur d'âme!, songe Michel. Quel altruisme! Beaucoup trop beau pour être vrai.» Avec sa carrure à faire crever de jalousie bien des hommes, et son air de quelqu'un qui ne s'en laisse pas imposer, il l'imagine facilement en train de pousser un collègue un peu trop encombrant par-dessus un muret d'à peine un mètre de hauteur. Un moment d'inattention de la part d'une pauvre victime en confiance, et le tour est joué. Un véritable jeu d'enfant.

Il la torture de ses questions sournoises, jusqu'à la pousser à l'extrême.

– Monsieur Gingras hospitalisé, il va bien falloir le remplacer. Êtes-vous la seule à avoir la compétence nécessaire, madame Côté? La seule à pouvoir remplir ce rôle?

Suzanne Côté clignote des yeux, mal à l'aise. Tire sur sa robe pour s'en recouvrir les genoux en un geste de pudeur excessive. La lisse d'une main tremblante.

– C'est possible, mais c'est seulement en attendant son retour.

«C'est quand même incroyable de voir comme les choses tournent à son avantage», se dit Michel. Il ne la lâche plus. Il veut la voir craquer.

– Où étiez-vous, hier, entre seize heures et seize heures trente, madame Côté?

Blessée dans son amour-propre, incapable de contenir sa hargne, Suzanne Côté pince ses lèvres minces. Pareilles à une vieille cicatrice, elles ne forment plus qu'une fine ligne rougeâtre.

Elle desserre un peu les dents et crache sur un ton acariâtre.

– Imaginez-vous donc que je travaillais, inspecteur. J'étais au laboratoire; je terminais une expérience. L'autre équipe était sur place quand je suis partie vers seize heures quinze. Si vous ne me croyez pas, demandez-leur; ils vous le confirmeront, vous verrez.

L'enquêteur ne se laisse pas intimider par l'irritation

avouée de la femme. Il poursuit de plus belle.

– Après le départ de monsieur Gingras, à aucun moment vous n'avez quitté le laboratoire?

Cette fois, devant l'accusation presque évidente de l'inspecteur, elle se rebiffe et réagit avec force.

– Franchement! Si j'avais voulu le tuer, pensez-vous que j'aurais pris la chance de le faire sous l'oeil de témoins? Ça voyage tellement dans ce stationnement-là!

Un soupçon de malice fait briller les yeux de la sorcière. Elle jouit d'un pouvoir maléfique et s'apprête à donner les ingrédients de sa potion magique.

– Avez-vous pensé à tous les produits manipulés au laboratoire, inspecteur? Si j'avais voulu m'en débarrasser, il suffisait d'un petit mélange bien orchestré pour faire croire à un accident. De l'acide sulfurique avec une goutte d'eau ou une étincelle et... bang! Plus de monsieur Gingras.

Le fait de se savoir investie d'une telle puissance lui donne une certaine suprématie sur l'inspecteur. Suzanne Côté éclate de rire. Se pâme. Se gonfle d'orgueil. Ce qui ne fait que conforter Michel Poirier dans son impression première: cette femme est capable de tout pour arriver à ses fins.

Il tente de la désarçonner. Change de tactique.

– Vous avez raison, madame Côté, c'est bien évident. Alors, le vrai coupable, vous pouvez peut-être m'aider à le trouver. Si vous travaillez avec monsieur Gingras depuis près d'un an, vous devez bien le connaître. Parlez-moi de lui.

Suzanne Côté respire difficilement. Son souffle saccadé témoigne d'une angoisse pas encore dissipée. Elle redresse son dos rigide – comme s'il était encore possible de le faire – et s'efforce de sourire.

– Monsieur Gingras est un homme assez discret, je dois vous dire. Je ne sais pas grand-chose de sa vie passée ou présente.

Michel Poirier flatte son ego pour l'inciter à s'ouvrir davantage.

– Quand même, une année à côtoyer une belle femme comme vous, il s'est sûrement laissé aller à des confidences; j'ai beaucoup de mal à croire le contraire.

La dame replace ses cheveux coupés aux épaules, frétille avec discrétion sur son siège et rougit. Il est manifeste qu'elle a perdu l'habitude des compliments. Elle le regarde; il lui dédie son sourire le plus aguichant. Elle se laisse prendre au piège habilement dissimulé, et l'enquêteur s'empresse de tout noter.

– Avant de venir faire application ici, il travaillait à Montréal dans un Centre de recherche clinique semblable à celui-ci. Je ne peux malheureusement pas vous dire le nom, mais en consultant son curriculum vitae vous n'aurez pas de difficulté à trouver. Pour ce qui est de sa vie privée, vous devez en savoir autant que moi. Avant d'emménager avec madame Mathieux, elle a dû vous le dire, il était marié à... une certaine Valérie.

Michel Poirier réussit à camoufler son étonnement. Il atteste d'un hochement de la tête et salive déjà en pensant à ce qui va suivre. Suzanne Côté s'arrête, comme si elle prenait conscience d'en avoir trop dit.

Déçu, l'inspecteur refuse de refermer la parenthèse à peine entrouverte. Il s'acharne.

– Il était marié à une certaine Valérie, vous dites? Vous l'avez su de quelle manière? Il vous en a informée lui-même?

Prise au dépourvu, Suzanne Côté est atteinte d'une quinte de toux sèche, comme si elle venait d'avaler de travers. Elle doit se sortir de ce faux pas.

Après s'être excusée, elle bafouille une réponse évasive.

– Euh... c'est possible.

Cette feinte n'échappe pas à la vigilance de l'enquêteur. Dans une tentative d'intimidation, il déclare:

– Il vaudrait mieux me dire la vérité, madame Côté; je n'en ai pas fini avec vous. D'ici la fin de l'enquête, nous aurons l'occasion de nous revoir très souvent, vous savez, et si à un moment ou l'autre je me rends compte que vous m'avez caché des choses, cela pourrait très bien se retourner contre vous.

La femme rougit encore. Elle se lève et arpente la pièce d'un pas nerveux. La réponse adéquate lui échappe. Elle panique. Elle doit trouver le moyen de satisfaire l'enquêteur, sans toutefois ternir sa propre crédibilité.

Elle lui tourne le dos et prend le temps de soupeser la portée de l'aveu qu'elle s'apprête à lui faire. Elle serre les mains l'une contre l'autre. Ses jointures revendiquent en choeur – un grief fort désagréable. À défaut de se boucher les oreilles, Michel Poirier plisse le front d'agacement.

– Ça y est, je me souviens. Un jour j'ai été témoin d'un appel téléphonique reçu par monsieur Gingras. Une conversation plutôt... enflammée. Juste avant de terminer, je l'ai entendu dire: «Il est trop tard, Valérie, jamais je ne retournerai avec toi. Ne me téléphone plus, ni ici ni ailleurs, c'est inutile, je ne te parlerai pas.» Lorsqu'il a raccroché, je l'ai regardé, et il m'a répondu: «C'est mon ex, mais je préfère ne pas en discuter.» Je ne lui ai donc pas posé d'autres questions.

L'inspecteur Poirier n'est pas convaincu de ce qu'elle avance. Il s'obstine sur elle comme sur une tache rebelle.

– Il était marié à cette Valérie, vous croyez? Pourquoi? Il vous l'a dit?

Suzanne Côté replace d'une main malhabile les revues jonchant la table du salon. Son visage devient d'une pâleur inquiétante. Elle balbutie et feint le désintéressement le plus total.

– Non, personne ne me l'a dit. Peut-être n'était-il pas marié non plus.

La confusion se lit toujours sur son visage. Michel Poirier change de tactique encore une fois: il ne veut surtout pas la dresser contre lui. Pas maintenant. Elle lui sera beaucoup trop utile.

– À votre connaissance, a-t-il reçu d'autres appels téléphoniques de cette... Valérie?

– Non, je ne crois pas. Du moins pas devant moi. Ou s'il ne voulait plus lui parler, il a peut-être raccroché, et je ne me suis rendu compte de rien.

– À quand remonte ce premier appel, madame Côté? Elle réfléchit, puis répond.

– C'est difficile à dire. Au mois de juin, peut-être. Fin juin.

– Il vivait déjà avec madame Mathieux, à ce moment-là?

– Bien sûr! Ils sont ensemble depuis au moins huit mois, ces deux-là.

Michel Poirier consulte ses notes. Effectivement, cela fait huit mois, Madame Mathieux le lui a confirmé. Cette madame Côté est très bien informée, peut-être même plus qu'elle ne veut l'admettre. Il n'en a pas fini avec elle. Oh non! Mais, aujourd'hui, il a d'autres chats à fouetter. Il lui faut contacter son adjoint avant que celui-ci ne se volatilise pour la soirée, ou encore pour la fin de semaine s'il ne lui donne pas matière à s'occuper.

– Bon! Ça va aller, madame Côté; je vous ai déjà suffisamment retardée dans votre souper. Votre conjoint va s'impatienter. (Il regarde autour de lui et succombe à l'envie de fureter dans sa vie privée.) Vous êtes mariée, n'est-ce pas? Votre mari n'est pas là? Est-il au travail?

Ces questions la troublent au plus haut point. Habile, Suzanne Côté se maîtrise et bredouille:

– Oui, oui, je suis mariée. Mon mari... est actuellement à la recherche d'un emploi. Vous savez, ce n'est pas facile de trouver du travail à son âge.

– Quel âge a-t-il?

– Quarante-sept ans.

– Dans quel domaine travaille-t-il?

La sonnerie du téléphone vient interrompre leur conversation. Soulagée, Suzanne Côté s'éloigne déjà.

– Désolée, inspecteur.

– Au revoir, madame Côté, à bientôt. Si certains détails vous reviennent, seriez-vous assez bonne de me téléphoner à ce numéro?

Il dépose une carte sur le coin de la table de salon et disparaît.

5

Le bureau est vide. Pas surprenant, il est près de dix-neuf heures. Qui aurait idée, à part lui, de travailler aussi tard un samedi soir.

Michel Poirier pense à Hélène, son épouse, sûrement en train de souper avec des amies. Comment lui en vouloir? Après des années à l'attendre, elle s'est finalement tournée vers ce palliatif.

Il faut bien l'admettre, le mal est beaucoup plus profond qu'il en a l'air. Beaucoup plus sévère. Un mal contre lequel ils ne se sont jamais donné la peine de lutter, par manque de temps, par manque d'intérêt surtout. Un mal devenu incurable. S'ils s'en accommodent, c'est pour sauver la face, pour faire reculer le moment où ils devront avouer au monde entier leur échec. Mais d'abord et avant tout, se l'avouer à eux-mêmes. Après vingt-cinq ans de vie commune, un quart de siècle, ce n'est pas facile.

Allongé dans sa chaise, l'air débonnaire, un café noir devant lui, une pointe de pizza à la main, les pieds croisés appuyés sur son bureau, Michel consulte ses notes et tente de trier le bon grain de l'ivraie. De se poser les bonnes questions.

Il relève les informations recueillies. Les regroupe. Les agence. Comme il le ferait avec les différents morceaux d'un puzzle. Un puzzle complexe dont il manque toujours des pièces maîtresses. Il essaie de dépister des indices qui lui auraient échappé depuis le début de l'enquête et dont la découverte lui permettrait de se substituer à l'agresseur. D'entrer un moment dans sa peau. De lui donner un visage. Malheureusement, il y a encore beaucoup trop de zones obscures sur lesquelles il devra faire la lumière avant d'y parvenir.

L'enquêteur referme son carnet de notes, essuie

minutieusement ses mains avec une serviette en papier, boit en grimaçant une gorgée de café un peu trop froid, un peu trop amer, tend le bras vers un sac en plastique et en retire le livre de Catherine Mathieux. Détendu, il l'examine avec soin.

Sur la couverture, on y voit une femme, de dos, vêtue d'un tailleur sombre, montant à bord d'un avion. Le titre, UN COEUR EN CAVALE, inscrit en majuscules noires, cache une partie du ciel peuplé de nuages. Une impression de mélancolie se dégage de ce décor sobre.

Il retourne le volume pour y lire l'endos. L'auteure y est photographiée en haut, dans le coin gauche. Un sourire radieux illumine son visage. Le bonheur transpire par tous les pores de sa peau. Un bonheur contagieux. Michel le ressent au plus profond de ses tripes, et l'envie de sourire le tenaille.

Il s'amuse à retourner le livre d'un côté et de l'autre à plusieurs reprises. En bon disciple de Freud, il se surprend à jouer au psychanalyste. «Quel contraste! Tout un monde sépare le début de la fin. Près de cinq cents pages à rechercher la sérénité. Des années. Une éternité.»

Près de la photo de la romancière, un court texte la décrit comme une journaliste de talent qui, après avoir parcouru le monde dans l'exercice de sa profession, est devenue, pour le plus grand plaisir de ses lecteurs, chroniqueuse. On y ajoute que ce premier roman, le fruit d'un travail de longue haleine, nous est offert comme un cadeau du ciel.

Dans le résumé, il y est question d'une jeune femme qui tente de s'étourdir en menant une véritable vie de débauche, afin d'oublier un échec amoureux dont elle se rend en tout point responsable, à cause d'un traumatisme de son enfance. Pour arriver à trouver le bonheur elle devra, tôt ou tard, voir la réalité en face et affronter ses démons. Ceux-ci la replongeront dans un passé qu'elle s'était efforcée d'endormir.

Michel se rappelle le regard lointain de madame Mathieux, et cette douleur diffuse vite réprimée – c'est à peine s'il avait eu le temps de l'apercevoir – lorsqu'il s'est informé à savoir depuis combien de temps elle aimait monsieur Gingras. Et en parlant de son roman, s'il s'agissait d'une histoire vécue. Il entend encore sa réponse un peu sèche. Un «non» un peu trop catégorique jeté sans ménagement.

Le doute s'installe dans son esprit, et il pénètre dans le «supposé» monde imaginaire de Catherine Mathieux.

* * *

Debout face au bureau, Karl Michaud, vêtu d'un complet marine, d'une chemise jaune à col Mao et de souliers soigneusement cirés, regarde son chef d'un air moqueur. Celui-ci, fasciné par le récit captivant de la romancière, ses sens prisonniers de l'intrigue, n'a pas réagi à l'arrivée fortuite de l'intrus.

Karl l'observe sans broncher depuis quelques minutes déjà. Malgré la peine éprouvée à le sortir de cet incontournable recueillement quasi religieux – il le comprend très bien, il en a été lui-même atteint –, il s'apprête à marquer sa présence. Il ne va tout de même pas sécher là en attendant que son patron daigne le remarquer, il est pressé: il a un rendez-vous.

Ce soir, il accompagne une jolie – il l'espère – jeune fille à un bal. Une étudiante en médecine de l'Université Laval. Son petit copain a eu la mauvaise idée de la plaquer là à quelques jours à peine d'une soirée importante, et il remplace le malotru au pied levé. Il n'a jamais eu l'occasion de la rencontrer, ce sera donc une surprise – une bonne –, il se le souhaite.

En fait, il s'agit de la soeur de l'amie de coeur de son frère. À la demande explicite de celui-ci, il n'a pu refuser de tendre la main à une âme esseulée. Et il est drôlement impatient de laisser tomber son travail pour quelques heures, le temps de libérer son esprit de tout ce qui se rapporte d'une façon ou d'une autre à cette enquête, pour mieux y revenir ensuite.

En dépit de sa très jeune expérience dans le domaine,

Karl est déterminé à faire des pieds et des mains pour aider son supérieur à innocenter madame Mathieux; il en est convaincu. Cette femme n'a absolument rien à voir dans cette affaire. À l'instar de son amoureux, elle n'est qu'une pauvre victime, même si les apparences sont contre elle.

Mettre la main au collet de la vraie coupable retarde, pour ainsi laver la romancière de tout soupçon. Si seulement on lui accordait un peu plus de pouvoir, au lieu de ne lui demander que des tâches annexes et trop souvent routinières.

Michel Poirier entend quelqu'un se racler la gorge. Il sursaute. Referme son livre et cherche à le dérober à la vue de son visiteur – on croirait voir un adolescent pris en flagrant délit, une revue pornographique entre les mains.

– Ah! c'est toi? Je m'occupais en t'attendant.

Karl, conscient de la valeur du travail accompli, s'avance en balançant les bras, désinvolte. Il s'empare d'une chaise droite, la retourne, s'y assoit à califourchon et se redresse avec fierté.

– Vous voulez un compte rendu de mon entretien avec Nicole Gingras, la soeur de la victime, boss?

Avec de grands gestes solennels, il fouille dans la poche de son veston et en retire un calepin aux feuilles barbouillées sur les deux faces.

– Prenez-vous des notes ou si vous préférez que je vous transcrive ça au propre?

Intrigué par le cérémonial dont s'entoure son subalterne, Michel Poirier passe outre les questions de formalité.

– As-tu découvert quelque chose d'intéressant?

– Ça dépend de quel point de vue on se place.

– Raconte.

Pour être certain d'avoir toute l'attention du grand patron, Karl, persuadé d'avoir mis à jour une mine de renseignements précieux, refait sa petite mise en scène et se racle la gorge, une fois de plus et commence à déchiffrer son gribouillage. Parfois il s'arrête, plisse les yeux pour mieux arriver à décoder ses pattes de mouches et poursuit.

Michel écoute, prend quelques notes à l'occasion, fait répéter, préciser certains passages, offrant à son interlocuteur un visage impassible. Mais à chacune de ses trouvailles, il exulte intérieurement.

Karl referme son calepin et se tait, déçu du peu d'enthousiasme de son patron sur ses découvertes aussi capitales surtout au sujet de l'ex-petite amie de monsieur Gingras : la belle Valérie Jasmin en personne.

Michel l'invite à lui livrer ses impressions. Karl, flatté par le crédit accordé à son opinion d'enquêteur en herbe, s'exécute avec tout le professionnalisme dont il est capable.

– Au début, Nicole Gingras m'a semblé un brin mal à l'aise, mais cela a été de courte durée. Si vous voulez mon avis, son témoignage est sincère et reflète la réalité. Du moins **sa** réalité. Elle est très ébranlée par cette histoire, c'est évident, elle l'aime beaucoup son frère; je dirais presque qu'elle le vénère. Si on se place dans le contexte, c'est très compréhensible, il est sa seule famille, et vice versa. D'après elle, il ne trempe dans aucune affaire louche, et je suis d'accord. Mais... c'est une simple déduction personnelle, il va sans dire. Une chose certaine, Nicole Gingras est prête à coopérer.

Michel Poirier lève un sourcil appréciateur. Une mimique de satisfaction anime finalement son visage, douce récompense pour Karl, il commençait vraiment à désespérer. Le patron, songeur, réplique en pensant à cette vedette.

– Valérie Jasmin! notre mannequin international! Qui aurait cru une chose pareille!

Encouragé par la réplique de son supérieur, le jeune homme renchérit:

– D'après Nicole Gingras, Valérie est une femme plutôt... particulière. Son frère en a eu vite assez d'être traité à l'égal d'une marionnette, d'un bibelot affiché pour bien paraître et mis de côté dès qu'on n'en a plus besoin. Toujours selon Nicole Gingras, son frère était d'accord pour ne pas être sous le feu des projecteurs, mais je trouve quand même bizarre que son union avec Valérie Jasmin soit restée secrète pendant les dix années de leur vie commune. Surtout avec une femme aussi en vue. Je m'intéresse de très près à ce qui touche les artistes, les personnalités publiques, et je n'étais pas au courant du mariage de la grande dame. Encore moins de sa fausse couche. C'est pour vous dire... En tout cas, Nicole Gingras m'a révélé tout ce qu'elle savait, je pense.

Le regard de Michel Poirier, véritable rayon laser, le traverse de part et d'autre et se perd dans le mur derrière lui. S'y attarde. S'y love. La confiance piétinée par l'apathie de son supérieur, Karl Michaud est foudroyé par le doute.

– J'ai omis d'éclaircir certains points, boss? Si vous aviez été à ma place, vous lui auriez posé des questions auxquelles je n'ai pas songé, c'est ça? J'ai son adresse et son numéro de téléphone. Tenez, si vous voulez la rencontrer.

Il lui présente une carte professionnelle. L'enquêteur en chef sort des nues et la place à l'intérieur de son carnet.

– Au contraire, tu te débrouilles pas si mal pour un jeunot; tu fais preuve d'un très bon jugement. Tu as parfaitement cerné le sujet. Ça ne veut pas dire qu'on n'aura pas à y revenir en cours d'enquête, mais pour le moment ça va.

Ragaillardi par cette appréciation élogieuse, Karl sent une véritable passion le gagner. Il en oublie son rendez-vous.

– De votre côté, boss, avez-vous recueilli quelque chose d'intéressant?

Pensif, Michel dévisage le jeune homme et apprécie sa curiosité vive. Sa soif impérieuse d'apprendre. Un appétit féroce de tout gober d'une seule bouchée transpire de ce regard vorace braqué sur lui. Il se revoit à trente ans, avec la même fougue, avec le même feu sacré. Fort d'un jugement qui ne lui a jamais fait faux bond jusqu'à aujourd'hui, il décide d'accorder pleine confiance à son partenaire et de poursuivre la route avec lui, d'être dans la même galère, non plus en parallèle, mais bien main dans la main. Un oeil neuf l'aidera peut-être à jeter plus rapidement la lumière sur cette investigation.

– As-tu un peu de temps? On peut regarder ça ensemble, si tu veux.

– J'ai tout mon temps, boss.

Fier comme un paon, Karl se lève, se colle au bureau de son chef et se rassoit. Cette fois, de façon un peu plus conventionnelle. D'un air sérieux, il s'empare de son carnet de notes et l'ouvre à une page vierge. Un crayon à la main, avide, il attend la suite.

Michel fait osciller sa chaise. En appui sur les deux pattes de derrière, elle se renverse contre le mur. Les doigts écartés en dents de peigne, il glisse les mains dans sa chevelure grisonnante, les croise derrière sa tête et, après une longue expiration, s'exécute.

Il reprend l'enquête du début. Chaque rencontre de la journée est décrite dans les moindres détails, farcie de ses propres réflexions et aussi de quelques déductions – trop hâtives, il le sait –, histoire de conserver à son paroxysme, jusqu'à la fin, l'intérêt de son jeune interlocuteur, et même de soulever son indignation, si possible. Il veut le voir se rebeller, défendre avec ferveur ses propres idées en réfutant les siennes. Dans le fond, il aime bien qu'on lui oppose une certaine résistance, cela met du piquant dans la conversation, le stimule et l'amène à se surpasser.

À sa grande désolation, à la suite de commentaires – volontairement – un peu trop... ambivalents, voire... retors, sur le compte de Catherine Mathieux, Karl fronce à peine les sourcils: il connaît son supérieur. Il ne le laissera pas se jouer de lui de la sorte, comme il prenait plaisir à le faire à ses tout débuts; il s'est affranchi de cette naïveté propre aux débutants.

Déçu que sa bonne vieille tactique ne fonctionne plus, bon joueur, Michel la met définitivement au rancart avec un haussement d'épaules, un sourire sur les lèvres. Reprenant une position un peu plus stable – les quatre pattes de sa chaise reposent de nouveau sur le sol –, il poursuit sous le regard captivé de son jeune adjoint. De temps à autre, il griffonne quelques mots.

– ... Voilà! En résumé, Valérie Jasmin est tombée enceinte de Philippe Gingras. Celui-ci l'a épousée même si, en réalité, il a toujours aimé Catherine Mathieux. Catherine, de son côté, était follement amoureuse de cet homme à l'époque, et l'est toujours autant, si l'on se fie aux apparences. Peu après, Valérie subit une fausse couche. En dépit de ce fait, Philippe Gingras demeure avec elle pendant dix ans avant de revenir à ses anciennes amours. Selon Nicole Gingras, après le départ de Philippe, Valérie a longtemps continué à le harceler pour le reconquérir, c'est exact? Et elle continue encore, ça m'a tout l'air, si j'en crois ce que madame Côté m'a raconté au sujet de l'appel téléphonique reçu au bureau. (Il se perd dans ses pensées.) Je me demande si madame Mathieux est au courant! Peut-être s'est-elle sentie menacée, qu'en penses-tu? (Il n'attend pas la réponse de son adjoint pour poursuivre.) En ce qui a trait à madame Suzanne Côté, elle espère obtenir une promotion, ce qui représente une augmentation substantielle de salaire. Elle se fait néanmoins damer le pion par un nouveau venu. Est-ce suffisant pour vouloir attenter à ses jours? Peut-être, si l'on considère que son mari est sans travail depuis un certain temps, et qu'une entrée d'argent supplémentaire serait la bienvenue. Et encore davantage si l'on tient compte de sa frustration: elle affirme avoir travaillé dans ce Centre de recherche clinique depuis toujours et avoir gravi les échelons un à un, **ELLE**. Madame Côté se fait également un devoir de dénoncer un certain sexisme dans le choix du candidat au poste de responsable des laboratoires. C'est beaucoup de déceptions pour une seule personne, tu ne trouves pas? Pour en revenir à madame Mathieux, son passé est un peu trop obscur à mon goût. Il va falloir remédier à la situation; on est loin d'avoir tout passé au crible; il reste encore bien des gens à interroger. (L'inspecteur réfléchit à haute voix.) Si Philippe Gingras était seulement une pauvre victime comme tous semblent le penser... Si on avait vraiment voulu atteindre Catherine Mathieux à travers lui... Après tout, il est ce à quoi elle tient le plus au monde, si on en croit sa parole... Mais... s'il n'en était rien... Si elle voulait seulement nous le faire croire...

Karl soupire. Regarde le barbouillage dans son calepin. S'étire.

– D'après moi, cette dernière piste n'est pas la bonne, patron. Mais une chose est certaine, on n'est pas sortis du bois.

– Ouais! Lundi, je retournerai fouiner dans le coin du stationnement, au cas où on aurait aperçu quelqu'un de suspect ces derniers temps. Si seulement on retrouvait notre informateur! (Il se gratte la tête avec la pointe de son crayon.) J'agacerai encore un peu madame Côté; j'ai l'impression qu'elle ne me dit pas tout, celle-là. Et aussi le reste du personnel, parfois en contact avec monsieur Gingras. (Il lève l'index, fouille dans sa poche de veston et en sort un papier qu'il remet à Karl.) Tandis que j'y pense, mine de rien, j'aimerais que tu passes voir monsieur Conrad Asselin, le propriétaire du motel. J'ai comme l'impression qu'il n'est pas *clean*, lui non plus. Tu pourrais aussi aller faire un tour au journal. Essaie d'en apprendre davantage sur ton idole. Recule dans son passé. Qui sait? Moi, je me charge de Valérie Jasmin. Tu n'aurais pas une photo à me montrer, toi qui collectionnes tout sur les bonnes femmes?

Karl s'étonne.

– Ce n'est pas vrai! Vous ne connaissez pas Valérie Jasmin! On la voit partout!

– Je n'ai pas seulement ça à faire, moi, courir les jupons. Elle est blonde, elle aussi?

Karl éclate de rire.

– Non! Pas de chance avec elle, elle est noire comme un corbeau.

– Ah oui! Je lui rendrai quand même une visite de courtoisie.

– Vous allez être chanceux si vous la rejoignez.

– Ne t'inquiète pas pour moi, le jeune, je la retrouverai bien.

– Ah! j'oubliais. En venant ici, je suis arrêté à l'hôpital voir si monsieur Gingras n'était pas sorti du coma. Malheureusement, il est encore dans les limbes.

– Tu aurais dû faire comme moi, téléphoner, tu aurais sauvé un temps précieux. Je suppose que ça te faisait un petit velours de rencontrer ta belle madame Mathieux par la même occasion.

Le jeune enquêteur rit, gêné. Il relance aussitôt la balle à son supérieur.

– Justement, patron, vous étiez pas mal «parti» quand je suis arrivé. Commenceriez-vous à la trouver de votre goût, vous aussi, notre belle romancière?

Karl Michaud s'apprête à s'en aller. Michel Poirier retrousse les lèvres et durcit la voix.

– Si tu n'as rien de plus intelligent à dire, tu fais bien de t'en aller.

Le jeune homme s'éloigne. Son rire insouciant s'estompe peu à peu, faisant place à un silence propice à la concentration. Michel Poirier le laisse s'installer ainsi qu'un ami de longue date. Un vieil ami accueilli sans manières. Il ouvre le roman de Catherine Mathieux à la page marquée d'un signet, presque le tiers, et reprend sa lecture où il l'a abandonnée. Cherchant à se convaincre que sa curiosité n'est que professionnelle, il pénètre une fois de plus dans le monde tourmenté de la romancière.

Les lignes défilent sous ses yeux à une vitesse vertigineuse. Les cours de lecture rapide, pris dans son jeune âge à cause de sa tendance à ronfler dès qu'il plongeait le nez dans un bouquin, lui serviront au moins à passer à travers cette brique en très peu de temps. L'esprit pratique de l'enquêteur coordonne les nouveaux éléments venus s'ajouter à l'enquête grâce à la précieuse collaboration de son compagnon, et ces réalités donnent encore plus de poids à ce qu'il devine derrière les mots. Arraché à l'anonymat, le récit de la journaliste devient un peu plus instructif à chaque page.

6

Depuis des heures, Catherine nourrit d'une présence chaleureuse un amoureux malade toujours aussi amorphe et absent. Pas un seul instant elle n'a cessé de lui parler. De l'encourager. De gaver son esprit de rêves les plus fous. Mais son coma perdure, et le médecin, malgré des paroles rassurantes, des paroles prononcées du bout des lèvres lors d'une trop courte visite, n'a pas été très optimiste. Il a même insisté pour qu'elle rentre chez elle se reposer, alléguant que les efforts pour maintenir l'esprit d'un comateux en éveil sont plus ou moins inutiles. Mais Catherine refuse de baisser les bras. Philippe l'entend et finira par réagir, elle est toujours aussi convaincue.

Lorsqu'elle sera à bout, peut-être s'allongera-t-elle sur le lit de camp? On a consenti à lui en installer un près de celui pas vraiment plus confortable de son homme. Mais là, ils ont beaucoup trop de beaux souvenirs en commun, et elle n'a pas encore eu le temps de les évoquer en sa présence.

Le regard rivé au visage inexpressif du malade, Catherine poursuit son monologue coloré.

– Te souviens-tu, Philippe, de notre première rencontre clandestine, au printemps dernier? Tu as effleuré ma main... puis tu l'as finalement prise dans la tienne. (Un sourire amusé se dessine sur ses lèvres.) Ça m'avait tellement fait de l'effet! Tu ne peux pas savoir. Pour t'en donner une idée, je suis revenue chez moi les petites culottes si humides, j'aurais quasiment pu les tordre. C'est vrai, je te jure! On était dans ta voiture, dans un stationnement. Je pensais dur comme fer que le fait de nous montrer en public, de ne pas chercher à nous cacher, empêcherait les gens de porter des jugements sur nous. J'étais si heureuse de te retrouver; je me contais des histoires et j'y croyais. Ou plutôt, je voulais y croire. J'avais besoin de te parler, de te toucher, de sentir le désir en moi. J'étais de la lave en fusion, un volcan en éruption. Je ne voyais que nous deux, je ne voulais voir que nous deux. Même si tu me disais qu'il n'y avait plus rien entre Valérie et toi, je refusais de faire quoi que ce soit de peur de vous nuire. Néanmoins, que de risques on a pris pour se retrouver.

Elle embrasse sa main, les yeux lointains, à la rencontre d'autres souvenirs.

– Te souviens-tu de la fois où tu étais descendu de Montréal pour une entrevue au Centre de recherche clinique? On s'était donné rendez-vous à l'heure du lunch. Vu le peu de temps dont tu disposais, je croyais qu'on se contenterait de jaser assis bien sagement dans ta voiture, mais tu avais planifié une rencontre beaucoup plus romantique.

Elle embrasse sa main encore une fois, et ses lèvres ne la quittent plus. Elle poursuit, songeuse. Tout son être revit, a-nimé d'une énergie nouvelle.

– Tu nous as conduits en dehors de la ville, sur un chemin peu fréquenté, et tu as enfilé dans une entrée déserte. On s'est installés en pleine nature. Le soleil, la brise, les ar-bres, les fleurs, les oiseaux, les... moustiques.

À l'évocation de ces petites bêtes parfois si détestables, un souvenir attendrissant lui revient. Catherine éclate de rire. Comme s'il était inconvenant de faire étalage d'ivresse au chevet d'un grand blessé, elle cache son visage dans ses mains pour étouffer le son de sa voix. Les larmes viennent lui donner bonne conscience. Elle les essuie, renifle, relate les faits et partage ses sentiments avec son bouffon adoré.

– Tu te souviens, Philippe, chaque fois que le plus petit moucheron osait poser ses pattes sur moi, tu t'empressais de le chasser en disant: «Va-t-en, elle est à moi, tu n'as pas le droit de la toucher.» Je riais de tes bouffonneries. J'étais si heureu-se. Comment pouvais-je ne pas t'aimer? Tu me faisais me sentir si belle, si importante, si... unique. Maintenant, il s'agit qu'une de ces bestioles m'embête pour que je pense à toi. Et j'ai honte de te l'avouer, mais je suis jalouse d'imaginer que tu puisses avoir été aussi... possessif avec Valérie. Que tu puisses avoir utilisé le même stratagème pour la faire rire, pour la faire se sentir unique à tes yeux.

Catherine lève le menton et expire jusqu'à ce que ses poumons soient entièrement privés d'air. Puis elle inspire à nouveau et poursuit là où elle en était avant cette digression.

– Tu avais pensé à tout: de la couverture pour étendre sur le sol, jusqu'au pique-nique qu'on a partagé. On a parlé de toi, de moi, de nous, de ce que serait notre avenir quand... On s'est embrassés... On s'est caressés... Le soleil brûlait nos corps à moitié nus. Tu t'inquiétais de l'état de ma robe quand, dans nos ébats, on la chiffonnait sans ménagement; moi, je m'en moquais, c'était le moindre de mes soucis. J'étais beaucoup plus préoccupée par la crainte d'être aperçue d'un passant. Chaque fois qu'une automobile venait, je me recroquevillais pour mieux me dissimuler derrière la portière entrouverte; toi, tu riais de mes craintes. Le fait d'être vu en ma compagnie et dans une position aussi compromettante ne semblait pas t'inquiéter outre mesure. J'aurais voulu arrêter le temps, Philippe, j'étais si bien près de toi. J'aurais voulu t'empêcher de repartir. J'aurais voulu effacer l'image de Valérie: elle venait sans cesse semer le doute dans mon esprit, ralentir mes élans, m'interdire de me donner à toi, m'obliger à stopper ta main lorsqu'elle se faisait un peu trop aventureuse.

Elle se tait et frôle sa joue sur celle de l'homme toujours aussi étranger à ses tentatives de réanimation, à ses caresses autant qu'à ses baisers – en apparence. Tôt ou tard, quelque chose, un détail le fera sortir de son silence. Elle ne se laisse pas rebuter et enchaîne.

– Après toutes ces années à souhaiter ton retour, tu étais là, et je n'arrivais pas à y croire. Non, je n'y croyais pas, même si je sentais ta bouche affamée qui mordait la mienne. Ton corps qui épousait le mien. Ta peau. Ton souffle. Je l'avais tant de fois imaginée, cette scène, était-ce encore un rêve? Un simple scénario inventé pour atténuer ma douleur? Comme par magie, d'un seul coup, j'étais réconciliée avec la vie. Tu embrassais ma blessure et j'oubliais mon mal.

Elle effleure tendrement la main de son amoureux à plusieurs reprises. Elle voudrait, à son tour, grâce à cette magie, rendre inoffensives, indolores les plaies qui recouvrent le corps de son sauveur. Elle se replonge bientôt dans l'évocation de ces autres moments inoubliables vécus ensemble.

– Tu te souviens de ces fois où, lors de promenades dans les rues de la ville, on longeait les murs afin de pouvoir s'enlacer un court instant sans attirer les regards. De vrais adolescents! Comme eux, on s'aimait en cachette de peur qu'on nous interdise de nous revoir. Tu n'as sûrement pas oublié non plus le petit sentier où nous conduisaient chaque fois nos pas. Deux haies de cèdres, fidèles complices, nous dérobaient au monde entier. Que de fois on a fait un détour pour l'emprunter, ce sentier! (Son visage s'illumine.) On se jetait alors l'un sur l'autre en riant. On profitait de cette intimité pour se ressourcer à notre amour, pour faire le plein de tendresse. Nos corps se soudaient, inséparables, devenaient deux aimants puissants. Quand on parvenait à s'arracher l'un à l'autre et à poursuivre notre route, c'était pour aboutir sur la terrasse de Lévis, sous prétexte d'admirer le fleuve. Déserte, elle n'était qu'un endroit de plus pour nous étreindre. (Catherine se penche sur le visage du malade et pose ses lèvres sur les siennes.) Oh! Philippe. Si tu savais comme ils me manquent tes baisers! J'ai tant besoin de tes bras! À chaque nuit, je rêve de m'y enfouir. Dépêche-toi de revenir. Je veux qu'on retourne dans notre petit restaurant grec, sur l'avenue Bégin. Te souviens-tu à quel point il était achalandé, le midi? Même si le risque d'y être reconnue était considérable, on l'avait découvert ensemble, et pour rien au monde je ne l'aurais délaissé pour un autre. Tu me laissais choisir la table, et je m'installais toujours au fond, le dos à la porte, pour ne pas voir les gens circuler. J'évitais de les regarder, comme si le fait de ne pas les envisager les empêchait à coup sûr de m'identifier. Quelle autruche je faisais! C'était pareil à chaque rendez-vous. Je n'arrêtais pas de jeter autour de moi des regards de bête traquée. Et toi, tu t'amusais à mes dépens. Tu me faisais croire, avec tout le sérieux dont tu es capable, qu'une personne de ta connaissance venait vers nous. Chaque fois, je tombais dans le panneau. Tu as toujours aimé taquiner, Philippe, l'avais-je oublié? Te souviens-tu? Parfois, tu me touchais le bout des doigts, et je m'empressais de retirer ma main de peur qu'une mauvaise langue parte une rumeur à notre sujet: notre beau roman n'était pas encore prêt à être révélé au monde entier. Et la fois où on a prolongé l'heure du repas pour finalement se retrouver seuls. Là, au milieu de la place déserte, j'ai osé... Comme c'était bon de t'embrasser dans un lieu public, sans avoir à me cacher!

Une infirmière pénètre dans la chambre. Catherine l'aperçoit et remarque aussitôt l'attirail contenu dans son plateau. Elle s'adresse à elle d'une voix suppliante, le coeur débordant d'espoir.

– Le docteur Carrier vous envoie pour lui refaire ses pansements, c'est ça? Vous allez pouvoir le libérer un peu.

Garde Bernier admire cette femme. Émue de sa confiance presque puérile, elle sourit. Heureuse de pouvoir la satisfaire, elle s'empresse de répondre.

– Oui, madame Mathieux, c'est bien ça. Oui, nous allons sûrement pouvoir en enlever quelques-uns.

L'infirmière se met aussitôt à la tâche. Catherine l'observe du coin de l'oeil. À la vue du corps de Philippe parsemé d'escarres, l'émotion lui noue la gorge. Elle s'efforce de n'en rien laisser paraître et contrôle sa voix avec difficulté.

– Tu vois, Philippe, garde Bernier te refait tes pansements et va même en enlever quelques-uns, ce n'est pas merveilleux. Tu vas déjà un peu mieux. Très bientôt, tu vas pouvoir te lever, marcher et, l'été prochain, jouer au golf comme si de rien n'était. Mais surtout (elle se penche et lui parle à l'oreille), tu te souviens de ta promesse. J'en veux un petit chaton, Philippe, j'en veux même plusieurs. Tu dois te réveiller au plus tôt. Je t'aime, je...

Profondément troublée par l'image de cette femme amoureuse susurrant des mots doux à l'oreille de son amant, l'infirmière se fait discrète. Elle ne veut pas s'immiscer dans l'intimité de ces deux êtres frappés par le malheur. Elle se concentre donc à refaire de son mieux les bandages du malade, le plus rapidement possible, afin de les libérer de sa présence. «Si un amour aussi vrai est impuissant à sortir un comateux de son profond sommeil, qui ou quoi d'autre le pourra?», se demande-t-elle, avec un brin d'envie. Elle salue la romancière et quitte la chambre.

De nouveau seule avec Philippe, Catherine l'examine des pieds à la tête. Avec des pansements plus légers et, surtout, beaucoup moins nombreux, elle a la nette impression qu'il respire déjà mieux. Très bientôt, il ne pourra s'empêcher de remuer ses membres endoloris par une trop longue inactivité, elle en est convaincue. Comme elle l'espère ce moment où il reprendra vie sous ses yeux! Pour l'inciter à réagir au plus vite, elle fouille, une fois de plus, dans ses souvenirs afin de les partager avec lui et, ainsi, lui donner le goût de faire de même avec elle.

Debout à la tête du lit, elle caresse, du revers de la main, la joue bleue de son homme.

– Te souviens-tu, Philippe, du jour où on est allés au Parc du Bois-de-Coulonge, sur le boulevard Laurier? Tu te rappelles le temps frisquet de cette journée-là? C'était peu après notre première escapade au motel... Non, notre deuxième. Comme moi, tu aurais sans doute préféré ne pas faire mentir le proverbe «jamais deux sans trois», au lieu d'affronter l'humeur maussade de dame nature. Ça aurait été beaucoup plus chaud, je te l'accorde. Trop... C'est pourquoi j'ai refusé lorsque tu me l'as proposé. Tout n'était pas encore terminé avec Valérie, et je tenais à éviter, dans la mesure du possible, les situations où j'aurais à me débattre avec ma conscience. Que veux-tu, je suis ainsi. Mais ça n'avait quand même pas été si mal, cette balade, même si la couverture que tu trimballais avait servi à nous prémunir contre le froid plutôt qu'à nous dorer au soleil comme on l'avait d'abord espéré. (Elle rit et l'embrasse doucement sur la bouche.) Pauvre Philippe! Je marchais tellement vite, tu n'avais pas assez de tes deux yeux pour tout apprécier. Je comprends, tu venais dans ce paradis pour la première fois et tu n'en finissais plus de t'émerveiller des splendeurs qu'on y retrouve. Même si je t'ai un peu pressé, je suis heureuse d'être celle qui t'a fait connaître un endroit aussi unique. Je t'avoue sincèrement, j'aurais voulu, moi aussi, prendre le temps d'admirer, une fois de plus, les vingt-quatre hectares d'espaces boisés où l'on dénombre, en plus de l'érable à sucre: le chêne rouge, l'orme d'Amérique, le hêtre à grandes feuilles et l'épinette blanche, quelques spécimens remarquables dont un orme pleureur plus que centenaire et un majestueux tilleul européen. Des bâtiments patrimoniaux comme la maison du gardien, avec sa tourelle d'angle surmontée d'un toit conique qui tient lieu de sentinelle à l'entrée du parc, une cabane à sucre, la grange, une annexe qui servait de logement au fermier, le poulailler, les écuries à l'allure si fière qu'on les confond parfois avec le château. L'emplacement du château, maintenant disparu, marqué par des plantations aux lignes géométriques, les serres, le caveau à légumes, entièrement en pierre et un petit kiosque qui évoque la maison de thé que l'on trouvait à l'époque où Henry Atkinson, marchand de bois prospère, était propriétaire du domaine. Des aménagements horticoles aux innombrables variétés de plantes bien identifiées, se métamorphosant avec les saisons – dont trois cents lilas appartenant à vingt-cinq variétés, des iris, des salicaires, des lys du Canada, des vignes, des clématites et des arbustes à petits fruits, des hostas, des pivoines, des hémérocalles, des rudbeckies, des rhododendrons, une quarantaine d'espèces et variétés d'azalées, à peine un peu moins de plantes couvre-sols, des rosiers, des astibles, des campanules, des bulbes à floraison printanière et des tas d'autres encore. Au fil de notre promenade, apprendre l'histoire de ce parc public, l'un des plus remarquables du Québec – près de deux kilomètres d'un parcours éducatif qui invite à la promenade tout en réservant d'admirables points de vue sur le Saint-Laurent, et qui permet à chacun de renouer avec la nature et l'histoire. Profiter de tous les coins retirés pour nous embrasser, nous cajoler, mais le temps nous bousculait: tu ne disposais que de quelques heures. Et je voulais au moins te donner une vue d'ensemble du site. Mais ce à quoi j'aspirais surtout, c'était de me retrouver aussi vite que possible avec toi, au terme de notre exploration, à l'autre extrémité du terrain, sous le belvédère surplombant le fleuve. Là, on aurait droit à un peu plus d'intimité. Du moins je l'espérais très fort. Assis sur un banc, enroulés dans la couverture pour contrer les effets dévastateurs du vent – il menaçait de nous glacer jusqu'aux os –, dans cette oasis de paix,on a pu se plaquer l'un contre l'autre pour mieux sentir nos coeurs s'embraser. Un vrai feu de bois! Notre bon vieux poêle Légaré à son meilleur! C'est sans doute ce qui a poussé une femme solitaire à se rapprocher de nous. Elle voulait se réchauffer à notre bonheur. Malheureusement, elle a rompu le charme.C'était une pure étrangère, je sais, mais je n'arrivais pas encore à me défaire de cette crainte quasi maladive d'être reconnue. Crainte que cela parvienne aux oreilles de Valérie. Crainte de tout gâcher. De te perdre surtout. Votre séparation était presque effective à ce moment-là, et je ne voulais pas prendre le risque d'envenimer les choses en sautant les étapes.

Catherine s'assoit près du lit et caresse le bras de Philippe. Sa main glisse jusqu'à celle du malade. Elle s'en empare dans l'espoir de la voir se refermer sur la sienne: rien. Elle poursuit son soliloque. Philippe finira par réagir. Il le faut.

– Te souviens-tu, Philippe, au début de nos rencontres hors-la-loi, tu m'as dit: «Si Valérie apprend que je te vois, elle est capable de sortir le fusil.» Je t'ai demandé: «Pour toi ou pour moi?» Tu m'as répondu: «Pour nous deux.» Tu comprends maintenant pourquoi je prenais tant de précautions. Je tenais à ce qu'on soit ensemble, un jour. Bien vivants surtout. (Elle rit.) Non, je plaisante, ce n'était pas sérieux, cette histoire de fusil, je le sais, mais après avoir attendu dix ans, quelques mois de plus, c'était bien peu, surtout que je pouvais te voir en cachette, c'était encore plus excitant. Non, c'est faux, je trouve ça aussi excitant aujourd'hui, même si on n'a plus à se cacher depuis longtemps. Je t'aime, Philippe, une nuit sans dormir dans tes bras et je suis à plat. Jamais je n'aurais cru une telle chose possible! Tu dois revenir au plus vite, sinon on devra me ramasser à la petite cuillère. Là, au moins, j'ai un lit près du tien. Regarde. (Elle se tourne vers le lit de camp et tape dessus pour attirer l'attention du malade.) Ça va sûrement aller un peu mieux. Mais j'ai hâte de pouvoir me coller sur toi comme une sangsue.

Elle allie le geste à la parole et s'allonge à demi près de Philippe. Le policier en faction devant la porte regarde avec insistance à travers la baie vitrée. Sous son regard suspicieux, elle se relève.

Une chape de plomb s'abat sur ses épaules. Le sommeil la frappe de plein fouet. Pas surprenant, à part les quelques minutes où elle s'est assoupie ce matin auprès de Philippe; elle n'a pas fermé l'oeil depuis plus de trente-six heures. Elle consulte sa montre. Bâille à s'en décrocher les mâchoires, mais ne se résigne pas à laisser le silence envahir la pièce. Elle craint trop de voir ses efforts pour maintenir l'esprit du comateux en éveil, anéantis d'un seul coup, si elle met fin à cette guerre d'usure entreprise depuis son retour. Cette course contre la montre la tue. Plus le coma se prolonge, plus les probabilités de séquelles «graves» sont existantes. À son réveil, elle appréhende de se retrouver bêtement à la case départ. Elle paierait cher alors son manque de persévérance.

Elle appuie sa tête sur l'oreiller, près de celle de son amoureux et lui chuchote à l'oreille.

— Je voudrais bien dormir avec toi, Philippe, mais on ne

me laissera pas faire. La police croit que je te veux du mal, que c'est moi qui t'ai poussé dans le vide, tu te rends compte à quel point c'est ridicule. Je n'ai rien à voir là-dedans, tu le sais, toi. Si seulement tu te réveillais, tu pourrais leur dire; tu pourrais même leur donner le nom de la coupable. Eh oui! C'est une femme, il paraît. Si cette histoire pouvait se classer au plus tôt! J'ai tellement hâte que tu guérisses! Que tu me prennes dans tes bras! J'ai froid, moi, seule sur mon grabat. (Elle se redresse et ajoute, résignée.) Heureusement, je ne serai pas loin de toi. Je te tiendrai la main. Réveille-toi, Philippe, s'il te plaît, je veux t'entendre me dire: «je t'aime», avant de m'endormir.

Elle l'embrasse avec toute la douceur dont elle est capable, priant le ciel de le faire réagir au plus tôt. Après avoir rapproché encore davantage le lit de camp de celui de son homme – au risque de se faire déloger à la première visite de l'infirmière de garde –, elle s'y allonge sur le dos.

La main de Philippe dans la sienne, les yeux fixés au plafond, elle s'efforce de repousser le sommeil aussi loin que possible. Sa voix se fait traînante. Les mots sortent de sa bouche, déformés comme sous l'effet d'une absorption massive d'alcool.

– Philippe, est-ce que je t'ai raconté ma visite à l'exposition de Rodin, au Musée du Québec? (Ses yeux lourds de sommeil se ferment.) Je sais, on était censés y aller ensemble, mais tu vivais encore à Montréal, à ce moment-là; ce n'était pas facile à planifier. Finalement, je voyais le temps passer et j'avais peur de rater un si grand événement. J'ai donc décidé d'y aller seule, quitte à y retourner avec toi si tu arrivais à te libérer. Tu vois, j'ai bien fait, tu n'as pas pu. C'était vraiment beau! Philippe. Ses oeuvres ont une force sensuelle. J'aurais voulu que tu sois avec moi pour ressentir toute une gamme d'émotions à la vue de telles splendeurs. Tu imagines, cent trente-sept oeuvres du grand Auguste Rodin – cent trois sculptures en bronze, en marbre, en plâtre et en grès, vingt-six dessins à la mine de plomb, à la plume ou à l'aquarelle et huit gravures à la pointe sèche, auxquelles s'ajoutaient des photographies anciennes et une huile sur toile intitulée *Rodin dans son atelier*. C'était un vrai privilège de pouvoir admirer, grandeur nature, des oeuvres aussi magnifiques que *Le penseur, Le Baiser, L'Âge d'airain, L'Éternel Printemps, Le Monument à Victor Hugo*...

Sa tête bascule sur le côté. Ses souvenirs se figent comme une lettre ouverte qui attend d'être lue. Le sommeil a raison de ses dernières forces. Grignote les syllabes d'un «je t'aime» à peine audible.

Catherine se redresse, alerte. Regarde, extatique, la main de Philippe. Saute sur ses pieds et emprisonne le bel oiseau entre ses paumes. Elle est parvenue à soigner son aile blessée; elle espère maintenant le voir retrouver son autonomie. Mais le volatile ne cherche plus à s'envoler.

Le visage de Catherine perd peu à peu de son excitation. L'étonnement fait place à l'incrédulité. Si la fatigue, additionnée au désespoir, l'incitait à croire aux mirages... Non, ce n'était pas un mirage. Philippe l'aime, et il a surmonté sa faiblesse, sa langueur, ses craintes pour le lui prouver.

Elle le conjure, pantelante:

– Tu as bougé, Philippe. Tu as bougé, j'en suis certaine; je n'ai pas rêvé. Je t'en prie, bouge encore pour moi. Serre ma main. Fais-moi un signe. Montre-moi que tu m'entends, que tu m'aimes.

Elle s'arrête, retient son souffle. Rien. Elle jurerait pourtant avoir senti la main de Philippe se refermer sur la sienne. Est-ce le fruit d'une imagination trop fertile? Un rêve si réel qu'elle s'y est laissé prendre? Non, elle se refuse à le croire. Le malade a bougé, et si elle persiste à le regarder en le bombardant d'ondes positives, Philippe les captera et bougera encore, c'est sûr.

Elle reprend ses exhortations à grand-peine.

– Vas-y, Philippe, tu es capable. Tu m'entends, je le

sais. Prouve-le-moi. Je t'aime, Philippe. Je t'aime, et tu m'aimes aussi, mais tu dois me le dire. J'ai **BESOIN** de te l'entendre dire. Je...

Sa voix se brise. Catherine se tait, tremblante. Fixe la main du malade sur son radeau de fortune ballotté par les convulsions qu'elle retient. Une pluie d'eau saline asperge le fragile miraculé. Un banc de brouillard le dérobe à sa vue. Tenir le coup, garder espoir, se répète la jeune femme. La tempête finira par s'apaiser; le soleil reviendra, c'est inévitable.

Après une éternité de prières, de supplications, éberluée, Catherine sent les doigts de Philippe qui étreignent faiblement, les siens. Le même geste se répète.

La gorge nouée, elle veut hurler de joie, mais aucun son n'émane de sa bouche. Elle se rabat alors sur cet être qui sort des ténèbres et avance avec courage vers la lumière. Courbée au-dessus de son lit comme une ombre bienfaisante, elle n'en finit plus de le caresser. De l'embrasser. De l'arroser de ses larmes. D'un coin de couverture, elle les éponge en riant.

Puis elle retrouve l'usage de la parole. Plus volubile que jamais, elle le remercie. Le flatte. Le louange. L'encense.

– Merci! Philippe. Merci! Tu es l'homme le plus merveilleux qui soit! Tu es courageux comme pas un! Les médecins l'ont dit, tu as une volonté de fer, c'est la raison pour laquelle tu t'en es aussi bien sorti. Je t'aime, Philippe; je suis si fière de toi!

Elle se redresse, grisée, soûlée de bonheur. Cherche un auditoire.

– J'avertis l'infirmière de ton retour. Attends-moi, je reviens.

Elle court vers la porte, fiévreuse. Vacille. Revient près du malade. Dépose un baiser sur sa main. Replace avec minutie l'objet de culte et s'enfuit au galop au poste de garde.

Le policier, heurté par la bourrasque, s'étonne. Il l'entend clamer, généreuse:

– Garde Bernier, venez vite, Philippe se réveille.

Catherine refait le chemin en sens inverse, au pas de course, en riant aux éclats.

L'enthousiasme de la journaliste est si contagieux que l'infirmière laisse tout tomber pour la suivre. Arrivée près du malade, elle vérifie la réactivité de sa pupille à la lumière et s'informe:

– Il vous a parlé?

Catherine décèle une faible hésitation dans la voix de la jeune femme. Elle la supplie du regard de ne pas éclabousser ses espoirs de doutes non fondés, de théories basées sur la froide logique, de tests qui ne prouvent rien. Philippe a vraiment bougé; elle l'a senti. Elle a même vu ses doigts se refermer sur les siens.

Autant elle était anxieuse de propager la bonne nouvelle, autant elle craint maintenant de s'ouvrir, de peur qu'on ne s'amuse à ternir sa confiance de phrases toutes faites. Elle a vu Philippe bouger, et rien ni personne ne lui fera dire le contraire.

Elle affirme avec conviction:

– Il ne m'a pas parlé, mais par deux fois il a serré ma main lorsque je lui ai demandé.

Le visage de l'infirmière se pare d'un masque de désolation. Catherine devine ses paroles avant même qu'elle ne les prononce. Elles ne tarderont plus à traverser ses lèvres, elle le sait. Elle voudrait se boucher les oreilles pour ne pas avoir à les subir. Trop tard! Chaque mot la blesse comme autant d'insultes à son intelligence.

– Je suis désolée, madame Mathieux, mais il peut très bien s'agir de simples réflexes. Ce genre de chose arrive très souvent, vous savez. Vous feriez bien de vous allonger et d'essayer de vous reposer un peu.

L'infirmière referme la porte derrière elle. Malgré la profonde compassion dont elle a fait preuve, Catherine fulmine. Elle grimace et imite sa voix. Reprend ses paroles.

– «Vous feriez bien de vous allonger et d'essayer de vous reposer un peu.» Aussi bien me dire que j'ai tout imaginé!

Que je suis cinglée!

Debout près de son amoureux, sa main toujours dans la sienne, elle la caresse comme une lampe d'Aladin et répète sans fin dans son coeur un seul, un unique souhait. Des larmes lui picotent les yeux, mais elle refuse de se laisser décourager. Elle les essuie avec rage et cache sa déconvenue derrière des paroles hardies.

– Je vais lui en faire, moi, un réflexe. Tu as bougé pour vrai, Philippe; on lui montrera, à cette incrédule.

La confiance fortement ébranlée, Catherine n'a toutefois pas le courage de mettre immédiatement sa résolution en pratique. Elle ne survivrait pas à un échec. Elle reprend:

– Demain. Ce soir, je te laisse te reposer. Je m'allonge à côté de toi. Si tu as besoin de quoi que ce soit, tu n'as qu'à me l'indiquer d'un simple geste comme tout à l'heure. D'accord?

Elle prolonge l'attente. Espère un signe. En vain. Son cerveau ressemble à une passoire. Elle a beau l'approvisionner en pensées positives, celles-ci s'échappent dès qu'elles l'atteignent, la laissant aux prises avec une vacuité de plus en plus coriace. Incapable d'assumer plus longtemps son impuissance à la combler, Catherine se résigne à rejoindre son lit.

7

Michel Poirier pénètre dans la chambre. Catherine, assise auprès de son amoureux, surprise par le petit matin blême, lève vers lui des yeux d'insomniaque. Son beau visage marqué par l'amertume d'une existence momentanément suspendue, amputée de ses rêves, reflète, avec la plasticité d'une amibe, un flot d'émotions confuses.

En dépit de ses tentatives répétées, Philippe n'a plus montré de signes encourageants depuis hier soir. L'exaspération, amplifiée par la fatigue, la gagne au plus haut point. Pas étonnant que la visite matinale du policier l'importune.

Michel Poirier flaire sa tristesse. Taraudé à la seule pensée que ses révélations ne feront qu'ajouter à son chagrin, il se fait l'effet d'un véritable enquiquineur. Pire encore, un piranha des âmes.

Sa démarche soulève un goût fétide dans sa bouche. Il sent en lui une gigantesque implosion; son coeur est atteint de fatigue chronique. Face à une équation aux multiples inconnus, il doit s'armer d'une impartialité à toute épreuve et ne pas sacrifier sa probité d'enquêteur à des considérations personnelles. Jusqu'à preuve du contraire, aussi longtemps que la personne coupable ne sera pas épinglée, cette journaliste n'est qu'un pion parmi tant d'autres sur son échiquier. Il doit garder cette pensée en tête.

Michel vient de se rappeler à l'ordre. Malgré ce fait, il doit prendre le temps de pondérer ses ardeurs.

– Bonjour madame Mathieux; comment va monsieur Gingras, ce matin?

Catherine soupire. Se fait une raison: l'enquêteur est là pour son travail. Elle lui a fourni tous les alibis possibles, c'est vrai, et même si elle a le sentiment d'être toujours dans le collimateur des flics, elle doit coopérer de son mieux pour accélérer le dénouement de cette histoire abracadabrante dans laquelle elle est plongée depuis près de deux jours.

Elle voile son visage à deux mains pour écarter toutes traces d'émotions incongrues et s'apprête à répondre. Elle pense à Philippe. Il entend ses paroles, elle en est convaincue. Elle y met donc tout son coeur et son enthousiasme et parvient à se composer un air plutôt jovial.

– Très bien, monsieur l'enquêteur, très bien.

– Euh...

L'enquêteur n'est pas là pour prendre des nouvelles du malade, c'est évident. Catherine le voit venir avec ses grands sabots. Vulnérable et impuissant comme Philippe est en ce moment, elle répugne à le laisser seul. Néanmoins, il ne doit pas être témoin de ce genre de conversation, cela pourrait le troubler.

Elle s'empresse d'intervenir.

– Écoutez, inspecteur, j'allais me chercher un autre café. Si ça ne vous dérange pas, on va discuter en chemin.

Catherine s'approche de son amoureux pour l'embrasser, lui redire son amour et lui confirmer son retour immédiat. Pendant qu'elle le bécote, Michel tente de fuir l'impression tenace de se retrouver dans l'habit d'un voyeur. Au lieu de les épier effrontément, il déshabille la pièce d'un regard professionnel. Aussitôt, ses yeux se posent sur la table amovible, au pied du lit, où traînent déjà quatre tasses vides. Il se penche et découvre au fond des traces laissées par un liquide foncé. Une odeur amère s'en échappe. «Décidément, la dame carbure au café par les temps qui courent», se dit-il.

Catherine s'arrache à l'être aimé et passe près de l'enquêteur. Ses yeux l'invectivent de muets reproches. Le geste vient suppléer au mot manquant; d'un mouvement un peu brusque de la tête, elle l'invite à la suivre.

Une fois à l'extérieur de la chambre, elle soupèse l'alternative et se radoucit.

– Je m'excuse, mais ça m'exaspère de le voir comme ça

et de ne pouvoir rien faire pour l'aider à se sortir de sa noirceur. C'est si frustrant! Parfois j'ai l'impression d'être sur le point d'exploser à force de me retenir.

Michel pose une main compatissante sur son bras. Ensemble, ils se dirigent vers la cafétéria.

– J'imagine à quel point ce doit être frustrant une situation semblable. Surtout qu'en reprenant conscience votre petit ami pourrait nous aider à mettre en place les morceaux manquants de ce véritable casse-tête chinois. Mais son subconscient s'y objecte peut-être... pour protéger quelqu'un.

«Ça sert à quoi de me fendre en quatre pour le satisfaire, se dit Catherine, c'est bien évident qu'il ne me croit pas». Elle se mord la lèvre inférieure: elle cracherait du feu si elle ouvrait la bouche maintenant. Il vaut mieux doser ses paroles et lui poser la question sans détour.

– Vous ne pensez quand même pas encore à moi après toutes les preuves fournies de mon innocence?

L'enquêteur poursuit, énigmatique. La femme le devance de quelques pas. Il observe sa réaction.

– Vous êtes sans doute au courant, madame Mathieux, qu'il arrive encore parfois à Valérie Jasmin d'entrer en contact avec monsieur Gingras?

Catherine s'arrête brusquement. Un profond ravin s'est creusé à ses pieds, et elle craint de s'y engloutir si elle ose un seul pas de plus. C'est impossible, Philippe le lui aurait dit. C'est évident, l'enquêteur lui tend un piège pour éprouver cet amour unique partagé avec son amoureux, et dont elle a eu le malheur de se flatter.

Elle se dégage de ce traquenard. Joue franc-jeu.

– Vous me l'apprenez, inspecteur. Philippe ne m'en a pas parlé; il jugeait que ça n'en valait pas la peine, je présume.

Elle repense aux dernières paroles de Philippe: «Tu as raison, Cat, il est temps de t'avouer la vérité, mais pas au téléphone. Ce serait long, fastidieux, et j'ai beaucoup trop hâte de te retrouver.» Philippe était peut-être sur le point de lui annoncer son retour vers Valérie... Mais non, c'est absurde, pourquoi lui aurait-il proposé de lui faire un enfant, si c'était le cas?

Catherine lutte contre la résurgence de ses anciennes lubies toujours aussi promptes à la faire tomber dans les mêmes angoisses. Michel Poirier frappe encore plus fort, et elle doit déployer tout ce qu'elle a de ressources pour ne pas se laisser démolir encore une fois.

– Vous devez savoir, madame Mathieux, que Valérie Jasmin était enceinte, lorsque monsieur Gingras l'a épousée, il y a dix ans. Par la suite, elle a fait une fausse couche.

Catherine va s'effondrer. Heureusement, elle arrive à destination. Une table est là, tout près. Elle y dépose son café, se laisse choir sur une chaise et tente de montrer un semblant de dignité.

Après avoir cherché à s'expliquer durant tant d'années – elle a jonglé avec les possibilités les plus inimaginables – la cause réelle de l'abandon de Philippe, elle s'est défoulée dans son roman en y élaborant la pire de toutes, la moins humiliante. Et elle a frappé dans le mille. Est-ce possible?

Malgré la fraîcheur matinale de la cafétéria, son front et sa lèvre supérieure se constellent de gouttelettes de sueur. Pourquoi Philippe n'a-t-il rien dit? Elle lui a pourtant fait lire son manuscrit bien avant qu'il ne soit édité. Pourquoi ne lui a-t-il rien avoué non plus au sujet de ses «supposés» contacts avec Valérie? Quel intérêt a-t-il à les lui taire?

Elle croyait leur relation basée sur une confiance mutuelle. Son orgueil vient d'être remis à sa place. C'est vrai, elle non plus n'a pas joué franc-jeu. Elle ne lui a pas parlé de cette vie de dévergondée menée durant plusieurs années avant de retrouver le droit chemin – une portion de son existence dont elle n'est pas très fière. Elle ne lui a pas parlé non plus de cette enfant abusée dont elle a cherché à fuir le souvenir en se comportant de façon aussi outrancière.

Peut-être espérait-elle provoquer chez son homme quelques interrogations, en lui mettant dans les mains ses écrits en profitant de l'intérêt soulevé pour faire une mise au point nécessaire. Mais Philippe n'a rien dit sur le contenu. Il s'est borné à encenser l'élégance du style, la justesse du mot, la poésie. Sans doute craignait-il d'ouvrir une parenthèse, de peur de devoir se mettre lui-même à nu avant d'être autorisé à la refermer.

Il n'était probablement pas encore prêt au début de leurs rencontres pour une confession aussi spontanée. Aujourd'hui, il l'est, et c'est ce que cachent ses dernières paroles: il s'apprêtait à tout lui révéler.

Le policier sirote son café. La dévisage. Catherine retombe sur ses pieds, lui sourit.

– Je ne l'ai jamais interrogé sur son passé. Lui non plus, d'ailleurs. Mais lors de mon dernier coup de fil, quand il m'a proposé de me faire un enfant, il m'a dit qu'il avait des aveux à me faire. Il s'apprêtait à tout me dire, j'en suis convaincue. À mettre cartes sur table, avant de s'engager aussi à fond. (Elle lève vers lui un oeil indiscret.) Qui vous a appris ces choses, inspecteur? J'aimerais savoir, ça m'intrigue.

Michel Poirier lui rend son sourire et satisfait sa curiosité légitime.

– Ses contacts avec son ex, c'est Suzanne Côté, sa collègue de travail. Elle m'a parlé d'un coup de fil de madame Jasmin, reçu par votre ami en juin dernier. Je n'ai aucune preuve de ce qu'elle avance, mais ça ne saurait tarder. La fausse couche, c'est Nicole Gingras; elle en a informé mon adjoint. Elle doit savoir de quoi elle parle, ceci concerne son frère.

Nicole était donc dans le secret. Malgré leur belle amitié, elle a quand même cru bon de la tenir à l'écart, et Catherine est blessée de l'apprendre de façon aussi brutale. Elle invente l'excuse parfaite pour mieux avaler la pilule: «Elle me croyait au courant, c'est plausible et ça explique son silence.» Et pour oublier sa déception, elle se défoule sur les journaux, les médias: «Pourquoi ne se sont-ils pas emparés de l'histoire, à l'époque? Valérie était déjà un personnage public, ça aurait dû intéresser la presse. Peut-être l'ont-ils fait, et j'étais trop éparpillée à ce moment-là pour avoir vent de l'affaire.»

Elle constate, et sa voix traduit son profond désappointement.

– Je vois! C'est pratique le travail d'enquêteur: toutes les portes s'ouvrent devant vous.

«Voilà une remarque bien acerbe, se dit Michel. Lors de l'écriture de son roman, Catherine Mathieux s'est sûrement fait ouvrir plusieurs portes, elle aussi, grâce à son métier, pour réussir à s'approcher autant de la vérité en ce qui concerne sa rivale. Et si ce point est vrai, pourquoi le reste, ce qui a trait à sa propre existence, ne le serait-il pas?»

Il la relance d'un air de défi.

– Pas plus que celui de journaliste, madame Mathieux. Savez-vous, j'ai commencé à lire votre roman, hier soir. J'y ai même passé une bonne partie de la nuit. Ce n'est pas facile de le refermer une fois ouvert. Je...

Elle lui cloue le bec. Ses mots se veulent formule de politesse, mais jurent par le ton utilisé.

– Vous m'en voyez flattée, inspecteur.

Un regard en coin, et il poursuit:

– ... j'ai découvert des tas de similitudes entre l'histoire de votre personnage principal et celle de votre propre vie. C'est d'ailleurs la raison pour laquelle j'ai eu tant de mal à m'arrêter: j'avais l'impression que chaque page me faisait progresser dans mon enquête. Vous **prétendez** ignorer que monsieur Gingras vous a abandonnée pour suivre madame Jasmin enceinte de lui, pourtant, dans votre roman, c'est **exactement** ce qui arrive à votre héroïne, Marie-France. Daniel, son bel avocat, l'abandonne pour suivre sa collègue, Chantale. **Elle aussi attend son enfant**. Drôle de coïncidence, vous ne trouvez pas? Peu de temps après, Marie-France déménage ses pénates dans une autre ville, pour ne pas avoir constamment sous les yeux la preuve de l'échec de sa vie amoureuse. Là, elle mène une vie plutôt excessive. Elle invite des tas d'amants de passage, dans son lit pour s'étourdir, pour oublier. N'est-ce pas un peu ce que vous avez cherché à faire lors de vos voyages autour du monde, madame Mathieux, vous étourdir, oublier? Mais la vraie raison pour laquelle Marie-France se prostitue, la vraie raison pour laquelle elle abandonne ces hommes qu'elle est elle-même allée chercher; c'est surtout pour assouvir une vengeance. Pour laver une plaie rouverte avec le départ de Daniel. Une plaie qui refuse de guérir: un oncle l'a abusée sexuellement durant son enfance, sous la menace d'être abandonnée si elle refusait de le satisfaire, et elle ne peut se libérer de ce souvenir. Aujourd'hui, adulte, elle prend les devants. Elle quitte avant d'être quittée. À la suite d'une longue thérapie, Marie-France retrouve son équilibre et, peu de temps après, son amoureux de toujours. Un amoureux désabusé et repenti. Ça ressemble **étrangement** à votre histoire, vous ne trouvez pas?

Les allégations un peu crues du policier ne sont pas loin de la vérité. Est-il possible qu'elle soit aussi transparente? Elle peut toujours nier; il n'a pas à savoir.

Lorsqu'il se tait enfin, Catherine, la figure entre les mains, secoue la tête en riant pour cacher son embarras.

– Vous avez beaucoup d'imagination, inspecteur. Presque autant que moi. Vous avez des talents de psychologue, en plus. Malheureusement, vous vous trompez. Au risque de vous déplaire, mon roman est fictif d'un bout à l'autre. Je l'ai écrit avec mes mots, avec mes idées, inspirée par mes craintes, mes désirs, mes passions; il reflète un peu mon image, c'est vrai, et c'est souvent le cas chez les écrivains, mais ça ne va pas plus loin. Ne lui attribuez pas un rôle que je n'ai jamais voulu lui faire jouer.

Malgré la flamme dont Catherine enveloppe son allocution, Michel n'est toujours pas convaincu. Cet écrit n'a rien d'impersonnel, même si elle veut le lui faire croire. Comment une femme arriverait-elle à hypnotiser le lecteur au point de lui faire oublier sa propre identité pour se substituer aux personnages qui prennent aux tripes et remuent les plus endurcis, s'il ne s'agissait pas d'un fait vécu. Lui-même se croyait immunisé contre ces récits de bonnes femmes inventés de toutes pièces, et pourtant il s'est laissé embobiner. Non, cette histoire est la sienne, et elle finira par l'admettre. Elle n'aura pas le choix, il l'acculera au mur.

Il développe une hypothèse à la limite de la fiction, pour l'obliger à voir avec les yeux du lecteur et non plus avec ceux de l'écrivaine farouchement déterminée à se faire oublier.

– Disons que vous êtes l'enfant abusée, madame Mathieux, et que, par hasard, votre abuseur tombe sur ce roman. Même si vous déformez la vérité, croyez-vous qu'il apprécierait de se reconnaître à travers les lignes? S'il a refait sa vie, et s'il craint de voir son passé peu reluisant mis à jour à cause de vous, il réagirait comment, vous pensez? La rapacité humaine est sans limites, madame Mathieux.

L'oeil magnifié par un entêtement à la frontière du délire, Catherine nie avec encore plus de ferveur, mais l'enquêteur n'est pas dupe. Il a cru apercevoir, à plusieurs reprises, l'espace d'un éclair, une lueur évanescente dans son regard. Une crainte récurrente qu'elle s'est efforcée chaque fois de contrôler.

Il la fixe, le visage durci par le doute, la lèvre ourlée de scepticisme.

– Toutes les pistes peuvent nous mener au coupable, madame Mathieux. Il ne faut pas en négliger une seule.

– Je veux bien, inspecteur, mais on ne doit pas en inventer pour la frime non plus.

– C'est ce que je fais, vous croyez?

Catherine se contente d'un hochement de tête. Parvenu à sa dernière gorgée de café, Michel se lève et lui assène un dernier coup. Il l'espère fatal. Son sixième sens entre en jeu et capte la moindre réaction de l'écrivaine.

– Ça ne vous importune pas, madame Mathieux, si j'ai demandé à mon adjoint, Karl Michaud, de fouiller votre passé, au cas où quelque chose nous mettrait sur la piste de votre

agresseur et par le fait même de celui de monsieur Gingras...
Comme je vous l'ai dit tout à l'heure, c'est primordial de ne
rien négliger.

Catherine fait preuve d'un calme olympien, mais un profond sentiment d'exaspération rugit en elle comme un fauve pris au piège. De quel droit cet homme se permet-il de déterrer les morts? Pour qui se prend-il, au juste?

Son regard farouche trahit son anxiété. Elle sourit et lance, amère:

– Vous en avez du temps à perdre, inspecteur. Je vous croyais plus pragmatique. La personne coupable, la vraie celle-là, court toujours, ne l'oubliez pas.

– Justement, pour reprendre votre expression, madame Mathieux, je suis **TRÈS** pragmatique. Rien dans notre métier n'est du temps perdu. Parfois, on a l'impression de prendre des chemins qui nous détournent de notre but, mais tôt ou tard on trouve le lien qui manque et on finit par l'atteindre. (Il ramasse sa tasse vide et s'apprête à s'en aller.) Vous voyez, aujourd'hui par exemple, j'ai rendez-vous avec madame Jasmin. Croyez-vous qu'il s'agit d'une démarche inutile? Pour ma part, je suis convaincu du contraire.

Catherine ouvre les yeux, surprise, et interroge sans cacher son étonnement.

– La grande Valérie Jasmin en personne vous accorde de son précieux temps?

– Je peux être très persuasif, madame Mathieux, quand il s'agit de parvenir à mes fins.

Catherine ne donne pas suite à sa réplique. Michel Poirier a eu tout le loisir de lui déballer son fatras aussi, avant de la quitter, il tente de renouer avec l'amitié embryonnaire ressentie dès leur première rencontre.

Il cherche son regard; elle le fuit. Peut-être a-t-il seulement espéré la voir éclore entre eux, cette amitié. Il sort à tout hasard sa gentillesse du tiroir et la met au service de la romancière. Il lui désigne la tasse de café vide qu'elle porte à ses lèvres autant pour occuper ses mains que son esprit.

– Prenez-vous toujours des petits déjeuners aussi succincts, madame Mathieux? Vous en êtes à combien de tasses de café depuis le matin?

Catherine, l'esprit toujours aussi alerte, réplique:

– Est-ce susceptible de vous éclairer dans votre enquête, ça aussi, inspecteur?

Malgré sa réplique cinglante, Michel détecte une fine pointe d'humour dans la voix de la journaliste. Il s'esclaffe. Cette femme fait preuve d'un sang-froid hors du commun. Il vient de tenir devant elle des propos diffamatoires pour l'amollir, et elle ne s'est pas laissé démonter le moins du monde. Elle a du cran à revendre. Cela lui plaît. Elle ferait une bonne enquêteuse. La partenaire idéale. Satisfait, il s'éloigne d'un air digne.

Un crachin tombe sur la ville. Michel relève le col de son imperméable et s'engouffre dans sa voiture. «Elle n'a peut-être rien à se reprocher, après tout», se dit-il. Et il l'espère sincèrement. «Ce serait dommage qu'un être aussi fort soit mis hors de combat.»

Catherine se frotte les yeux. Elle n'a pas halluciné la visite de l'enquêteur et veut s'en convaincre. S'il parvient à reculer suffisamment loin dans son passé, il ouvrira la boîte de Pandore. Réussira-t-il? C'est peu probable. Mais comme il semble disposé à tomber à bras raccourcis sur le premier venu, elle doit prendre les devants pour l'empêcher de nuire.

Quinze années! Elle s'est refait une identité, a brouillé ses traces, elle ne va pas le laisser mettre son nez là-dedans sous prétexte de ne négliger aucune piste. Cette piste-là, elle s'en chargera elle-même. Personne ne doit savoir, sauf Philippe, le moment venu.

Malgré les mesures prises par sa tante, à l'époque, est-il possible que son beau-père soit quand même parvenu à la retracer? Comment y serait-il arrivé? Pourquoi maintenant, après toutes ces années de silence? À cause de son roman? Impossible! D'abord, comment aurait-il fait le rapprochement? Comment se serait-il reconnu? La vraie question est: comment l'aurait-il reconnue, elle?

Il n'est sans doute plus de ce monde depuis longtemps; la peine de mort a sûrement eu raison de cette crapule. Mais comment savoir? Depuis le décès de sa tante, quelques mois après l'arrestation de cet abuseur d'enfants, de ce meurtrier, elle n'a plus jamais demandé de ses nouvelles à personne. Elle l'a rayé de sa vie. Que cette histoire remonte à la surface quinze ans plus tard et l'entraîne dans son remous comme une vague de fond est trop bête.

Catherine pense à sa tante religieuse. Elle aimerait tant pouvoir la remercier encore une fois pour son dévouement et son précieux cadeau: une nouvelle vie fabriquée de toutes pièces. Mais elle est partie si vite. Un banal accident de la route, bête à n'y rien comprendre. Elle n'a pas eu le temps de lui témoigner sa reconnaissance. Une vie décente, c'est si précieux! Et quand l'amour se met de la partie, et que cette vie devient un véritable conte de fées, alors là...

Incapable de se défaire des doutes soulevés par les élucubrations du policier, par acquis de conscience et pour retrouver son calme, Catherine fouille dans son sac à main à la recherche de son carnet d'adresses, de sa carte d'appels, et court au téléphone.

8

Westmount, sous la pluie, avec ses jardins fleuris et multicolores, ressemble à un clown morose et triste. La maison de Valérie Jasmin n'échappe pas à la règle, malgré les ajouts destinés à rehausser son image.

De l'intérieur, on oublie la tristesse éprouvée au premier abord. Meubles de style Louis XV, en bois de placage marqueté orné de bronze ciselé et doré, recouverts de velours aux teintes chaudes: jaune, vert, rouge, bleu. Lourdes tapisseries, tableaux de peintres renommés, tout y est luxueux et dénote un goût effréné de la richesse et du glamour, à l'image de la propriétaire. Michel est anxieux de faire sa connaissance.

Il s'apprête à admirer une toile particulièrement exceptionnelle, lorsqu'une femme d'une grande beauté se présente devant lui dans un accoutrement non moins exquis. Son visage parfait aimante le regard, et, comme tous les autres, l'enquêteur est aspiré par l'aura qui entoure le personnage.

Elle ouvre la bouche: la magie disparaît. Sa voix est glaciale. L'enquêteur comprend Philippe Gingras de lui préférer Catherine Mathieux. Malgré une enveloppe corporelle parfaite, lui-même ne commettrait jamais d'impair avec une telle femme de peur d'être ensorcelé, puis emprisonné dans une tour d'ivoire d'où il ne pourrait plus s'échapper. Un peu comme l'a décrit Nicole Gingras en parlant de l'existence menée par son frère avec cette illusionniste. Il en a eu pour dix longues années avant de parvenir à se défaire de ses liens pour s'enfuir loin de sa prison dorée.

– Vous voulez me parler, inspecteur. Mon temps est très précieux; je vous demanderais d'être bref. Je ne vois d'ailleurs pas en quoi je peux vous être utile.

Son visage fait penser à un masque, tellement il est grimé. Ses muscles et même ses traits sont immobilisés, cimentés dans les crèmes et les fards qui le recouvrent. «Ça ne me surprend pas qu'elle soit si inexpressive, se dit Michel, elle craint sûrement de craqueler si elle se risque à sourire.»

Son carnet de notes à la main, il l'aborde sans artifices, à l'affût du plus petit détail.

– Où étiez-vous vendredi dernier à seize heures, madame Jasmin?

La jeune femme ne bronche pas. Le regarde, comme si elle n'avait rien compris à sa demande. Au moment où il s'apprête à reformuler sa question, elle réplique:

– J'étais à New York, à une séance de prise de photos pour un magazine. Mon agent pourra vous le confirmer, si c'est nécessaire. Mais je ne comprends toujours pas en quoi cela peut vous intéresser, inspecteur.

Faisant fi de son arrogance, Michel enchaîne de questions déstabilisantes par leur rapidité.

– Connaissez-vous monsieur Philippe Gingras?

– Évidemment! Nous avons vécu ensemble pendant dix ans.

– Étiez-vous mariés?

– Bien sûr.

– L'êtes-vous toujours?

– Oui, toujours.

– Quand l'avez-vous vu pour la dernière fois?

– Je ne l'ai pas revu depuis notre séparation.

– Ça remonte à quand?

– Il y a dix mois, environ.

– Quand lui avez-vous parlé pour la dernière fois?

Excédée – la grande Valérie Jasmin n'a pas l'habitude de se plier aux caprices des autres; c'est toujours elle qui instaure les règles –, elle refuse de jouer plus longtemps à ce jeu de cache-cache.

Elle établit ses exigences.

– Écoutez, inspecteur, je ne suis pas un pantin dont on tire les ficelles. Tant et aussi longtemps que vous ne consentirez pas à me dire de quoi il s'agit, je ne répondrai plus à aucune de vos questions.

Devant une moue aussi capricieuse, Michel accepte de lever un coin du voile sur la raison de sa visite. Lorsqu'il le fait – bien que cela lui paraisse une mission impossible d'arriver à détecter quoi que ce soit sur un visage aussi plastifié –, il canalise tous ses talents de détective sur les traits figés de la dame, au cas où il en transpirerait une émotion aussi infime soit-elle.

Il se contente d'une seule phrase qui ouvre la voie à de nombreuses suppositions.

– Vendredi, à seize heures, à la sortie de son travail, monsieur Gingras a été agressé.

Valérie montre – surprise! – un brin d'humanisme. Elle appuie sa main sur le dossier du fauteuil, comme pour contrer un malaise. Devant la possibilité de la pire des tragédies qui soit, la mort d'un homme, un ex en plus, son visage ne trahit toutefois pas la moindre émotion.

Michel continue de se taire. Valérie réagit enfin et demande d'une voix délavée.

– En quoi cela me concerne-t-il, inspecteur?

S'il se fie à son intuition première, la star ignore tout de ce drame. Mais peut-il s'y fier? Il n'a pas l'habitude de se frôler aux vedettes. On leur a enseigné à feindre sur commande une myriade de sentiments, comme on leur montre à bien se tenir et à marcher avec grâce et souplesse. De toute évidence, cette femme a très bien appris ses leçons et fait, en ce moment même, merveilleusement bien ses devoirs.

– J'aimerais le savoir, madame Jasmin.

Très vite, elle retrouve son assurance première et se meut dans la pièce avec l'aisance d'une vraie pro.

Elle reprend d'un air dégagé:

– J'ai quelque chose à voir là-dedans, inspecteur?

Michel Poirier ne tient aucun compte de sa réplique et prend une autre tangente.

– Quel genre de voiture conduisez-vous, madame

Jasmin?

– Une Porsche. Pourquoi? Philippe a-t-il été happé par une voiture?

– De quelle couleur est-elle?

– Noire. Cela a de l'importance?

– Je peux y jeter un coup d'oeil?

La grande Valérie Jasmin ne se laisse pas le moins du monde impressionner par le sérieux de l'enquêteur. Calme, d'un geste de la main, elle l'invite à la suivre.

Michel l'accompagne dans un long couloir lumineux aux murs décorés de candélabres. La dame avance en ondoyant «dangereusement» du postérieur. Un pas derrière elle, il se croit en bateau sur une mer démontée tellement ça tangue – ouf! Voilà que la nausée le guette. Les yeux rivés sur cette vague frémissante, il hume à loisir l'effluve de son parfum capiteux. Et ça n'a rien d'une odeur de varech.

Ils atteignent une porte qui donne accès au garage. Le mannequin la lui désigne d'un geste gracieux.

Michel Poirier descend les quelques marches pour se rapprocher du petit bijou rutilant à souhait. Il le contourne. S'y mire. Une vraie glace! Pas la moindre égratignure ne vient heurter son regard.

Le fermoir du sac à main de madame Mathieux est censé avoir été heurté, au moment où on a voulu la renverser. Ou bien il ne s'agit pas de la même automobile noire, ou bien depuis vendredi on a pris soin de faire disparaître un détail aussi incriminant. «Mais une Porsche... avec un aileron sur le coffre arrière en plus, madame Mathieux aurait sûrement reconnu un tel modèle, se dit Michel, et cela, même avec le soleil et des étoiles dansantes dans les yeux.»

La jeune femme n'a pas quitté son poste d'observation, en haut de l'escalier, dans le cadre de la porte demeurée entrouverte. Son inspection terminée, l'enquêteur revient vers elle.

– Vous avez là un vrai beau joyau, madame Jasmin. Ce

serait dommage de l'abîmer. Vous devez y faire attention, n'est-ce pas?

Valérie délaisse une pose étudiée et referme la porte d'un mouvement un peu brusque. Ce geste contraste avec le calme plat exhibé depuis l'arrivée de l'enquêteur chez elle. Toutefois, sa voix demeure aussi posée.

– Vous n'êtes pas là pour admirer ma voiture, inspecteur. Si vous arrêtiez de tourner autour du pot. Si vous en veniez au fait. Je vous l'ai dit, je ne dispose pas de toute la journée. Suis-je considérée suspecte, oui ou non?

Un peu comme le petit prince dans «*Le petit prince de Saint-Exupéry*», l'enquêteur pose les questions et ne donne jamais suite à celles posées.

Il réitère une demande laissée en plan.

– Quand avez-vous parlé à monsieur Gingras pour la dernière fois, madame Jasmin?

– Ça aussi je vous l'ai déjà dit, inspecteur, nous sommes séparés depuis bientôt dix mois.

Le taureau s'acharne sur le matador. L'enquêteur revient à la charge.

– Ça ne répond pas à ma question, madame Jasmin.

Toujours aussi élégante, Valérie s'éloigne, désinvolte, les pans de sa longue robe noire, soulevés par son élan. Les questions de l'inspecteur deviennent de plus en plus embarras-santes. Ce n'est pas le moment de flancher.

Elle relève la tête, fière.

– Je ne sais pas, moi. On s'est parlé au téléphone à quel-ques reprises par la suite, mais quand, c'est difficile à dire.

– Laissez-moi vous rafraîchir la mémoire, madame Jasmin. Vous n'auriez pas téléphoné à monsieur Gingras, à son travail, en juin dernier, entre autres? Fin juin.

– C'est possible. (Elle s'arrête face à la fenêtre et s'amu-se à replacer l'épais rideau de velours bleu royal sur la tringle dorée.) Oui. En effet, c'est possible.

Michel sait à quel point elle déteste se faire imposer

quoi que ce soit. Il choisit donc ses mots avec minutie, dans le simple but de blesser son orgueil aussi immense qu'une cathédrale.

– Lors de cette même conversation, monsieur Gingras ne vous aurait pas intimé l'ordre de ne plus jamais tenter de le contacter ni à son travail ni ailleurs?

Sa main se fige. Une fois de plus, un geste un peu brusque trahit sa frustration. Elle se retourne. Le projectile a atteint la cible en plein coeur, mais n'a toutefois rien abîmé de son aspect externe.

– Intimé l'ordre... Ce sont de bien grands mots, inspecteur. D'où tenez-vous une telle absurdité? De Philippe?

Michel juge le temps venu de la mettre dans le secret des dieux.

– Non, monsieur Gingras est toujours dans le coma, sinon il nous aurait déjà donné le nom de son agresseur.

Valérie Jasmin meurt d'envie d'en apprendre davantage sur l'état de son ex, mais ne veut surtout pas avoir l'air de trop s'y intéresser non plus. Aussi, elle s'arme de patience. Le policier laissera sûrement échapper d'autres informations aussi pertinentes.

– Qui s'amuse à répandre de tels ragots, alors?

– Notre informatrice est madame Suzanne Côté, la collègue de travail de monsieur Gingras. Elle...

Michel fouille dans son calepin de notes. Il s'apprête à révéler les termes exacts utilisés par madame Côté. Valérie ne lui en donne pas l'opportunité. Le visage toujours aussi impassible, elle braque sur lui un regard de furie. Lui coupe la parole.

– Ah oui! Ça se joue à deux, ce petit jeu-là.

Elle disparaît dans la pièce adjacente et en revient presque aussitôt, une enveloppe à la main. Elle la lui tend.

– Tenez, inspecteur, ça devrait vous intéresser. (Elle se parle à elle-même.) Si elle pense avoir le dernier mot avec moi, cette chipie, elle ne connaît pas Valérie Jasmin.

Face à un si beau festin, le tigre aux crocs acérés et à l'appétit vorace se pourlèche les babines et s'empresse d'ouvrir l'enveloppe. Il en retire une lettre qu'il lit à voix basse.

Madame Jasmin.

Loin de moi l'intention de m'immiscer dans votre vie, mais la semaine dernière j'ai été témoin, par hasard, de votre conversation téléphonique avec monsieur Gingras. Je dois vous avouer, j'ai été très surprise, pour ne pas dire choquée, de l'entendre vous interdire de le contacter. Si vous voulez mon avis, je crois que ses paroles ont dépassé sa pensée. Il vous aime encore. Comment pourrait-il en être autrement? Une femme comme vous...

Je ne voudrais pas me mêler de ce qui ne me regarde pas, mais je crois connaître la raison de votre rupture. Je travaille avec monsieur Gingras depuis ce temps, et il lui est arrivé de me prendre comme confidente. Je suis d'autant plus convaincue de ce que j'avance. Voilà! Si monsieur Gingras ne veut plus de vous, c'est que vous avez refusé de lui donner ce à quoi il tient beaucoup: des enfants. C'est compréhensible, l'un des buts premiers du mariage n'est-il pas de fonder une famille? Et n'oubliez pas, madame Jasmin, rien ni personne, à part la mort, bien entendu, n'a le droit de briser les liens bénis de ce sacrement.

Monsieur Gingras aime beaucoup les enfants et rêve d'en avoir un jour. Peut-être n'est-il pas trop tard pour remédier à la situation? Faites vite, si vous ne voulez pas que sa compagne actuelle ne vous devance.

L'amour devrait durer toujours. Je le crois et je veux votre bonheur à tous les deux.

Suzanne Côté.

D'une voix empreinte de dégoût, Valérie Jasmin répète:
– Je veux votre bonheur à tous les deux. Vieille chipie!

L'interrogatoire reprend de plus belle.

– Qu'avez-vous fait après avoir reçu cette lettre, madame Jasmin?

– J'ai téléphoné à Philippe, mais il m'a raccroché au nez. Je lui ai donc écrit. Je lui ai proposé d'adopter un enfant, si c'est vraiment ce que ça lui prend pour revenir, mais il n'a pas donné suite à ma lettre non plus. Elle m'a menée en bateau, la garce, c'est bien évident. Et je me suis humiliée à cause d'elle. Quel intérêt a-t-elle à vouloir nous réconcilier à tout prix, voulez-vous bien me dire?

– Je crois savoir, madame Jasmin. Voyez-vous, le poste de responsable des laboratoires était vacant, et on s'apprêtait à le combler avec quelqu'un déjà en place. Comme madame Côté et monsieur Gingras étaient les deux seules personnes susceptibles d'être promues, madame Côté a sûrement cru qu'en éloignant son rival de Québec ses chances d'obtenir le poste étaient meilleures. Malheureusement pour elle, son astuce n'a pas fonctionné.

– Ne cherchez pas plus loin, inspecteur, vous l'avez votre agresseur. Au fait, comment s'y est-elle prise, la vieille schnock? Elle lui a fait parvenir ses félicitations enrubannées d'un cocktail Molotov de fabrication artisanale?

Michel omet encore une fois de répondre et continue plutôt à s'acharner sur le mannequin.

– Avez-vous reçu d'autres lettres de madame Côté par la suite, madame Jasmin?

– C'est bien suffisant, vous ne trouvez pas?

– Si je vous emprunte celle-ci, vous n'y voyez pas d'objection?

– Pas du tout. Je me demande même pourquoi je l'ai conservée. Si ça peut remettre à sa place cette commère, vous pouvez en faire ce que vous voulez et même la lui faire bouffer, si ça vous chante. Elle peut bien se permettre de me faire la morale, elle. Si...

La jeune femme se laisse aller à sa hargne, sans toutefois

se permettre de tomber dans le vulgaire. L'oreille attentive à son monologue coloré, Michel s'offre une visite des lieux, d'un pas traînant, comme s'il disposait de tout son temps. Il note avec précision le moindre détail.

Il s'arrête finalement devant la cheminée. Des photos s'alignent sur la tablette du haut. Des photos d'hommes. De beaux hommes. Parmi eux, il reconnaît Philippe Gingras, grâce à un cliché aperçu chez madame Mathieux.

– Est-ce là tous des ex, madame Jasmin?

– Je n'ai été mariée qu'une seule fois, et c'est à Philippe Gingras. Les autres ne sont que des amis.

– En ce moment, vous avez un petit ami en particulier?

– C'est plutôt lui qui s'accroche. Moi...

– Qui est-ce?

– Celui à l'extrême droite.

– Quel est son nom?

– Jean-Pierre Martin.

– Vous habitez ensemble?

– Il n'en est pas question! Pas un homme n'a remis les pieds chez moi depuis le départ de Philippe.

L'enquêteur regarde l'homme en tenue sportive, une raquette de tennis à bout de bras: il s'apprête à frapper la balle. Il inscrit quelques phrases dans son carnet et tente d'amadouer la dame d'une voix mielleuse.

– Il est photographié d'assez loin; on ne distingue pas très bien ses traits, mais je dois vous avouer, il me paraît bel homme, lui aussi. Athlète, en plus. J'aimerais le rencontrer. Est-ce possible?

– Désolée, inspecteur, il n'est pas chez lui.

– Il ne travaille pas le dimanche, quand même.

– Justement, oui. Il est agent d'artistes et il est appelé à voyager beaucoup, même les fins de semaine.

– Je peux le rejoindre quelque part?

– Je regrette, je n'ai pas la moindre idée de l'endroit où il se trouve.

– Il part souvent, comme ça, sans même vous dire où il va?

Cette fois, la jeune femme paraît contrariée.

– Je vous l'ai dit, c'est chacun nos affaires. D'ailleurs, j'étais moi-même à l'étranger lorsqu'il a dû s'absenter. Que voulez-vous, c'est le métier qui veut ça, inspecteur.

Il en profite pour lui ramener de vieux souvenirs. Ils ne manqueront certainement pas de l'aiguillonner.

– Avec monsieur Gingras, c'était mieux, c'est certain. Son travail étant plus sédentaire, il devait toujours être là, chaque fois que vous reveniez à la maison. Ça vous manque? Vous l'aimez toujours?

D'une voix nostalgique, Valérie enchaîne avec une autre question.

– Ça change quoi?

– Si vous l'aimiez, pourquoi ne pas avoir eu d'enfants avec lui?

Après s'être montrée un peu plus ouverte, la grande dame se replie.

– Ma vie privée ne regarde que moi.

Cette remarque, on ne peut plus explicite, s'apparente davantage à un assaut qu'à une simple réponse. Malgré ce fait, l'enquêteur ne veut plus en démordre.

Il contre-attaque.

– Craigniez-vous de refaire une fausse couche?

Valérie se dirige vers la sortie d'un pas décidé mais bien orchestré. Près de la porte, elle se retourne et vomit d'une voix encore plus glaciale:

– Je vous l'ai déjà dit et je vous le répète, inspecteur, ma vie privée ne regarde que moi. Si je ne suis accusée de rien, je vous prierais de bien vouloir me laisser, j'ai du travail.

Posé, presque au ralenti, l'enquêteur s'avance vers elle. Lui sourit.

– Une dernière chose, madame Jasmin, pourriez-vous me donner les coordonnés de votre agent, de votre petit ami, et aussi celles de la clinique où vous avez été traitée lors de votre fausse couche?

La jeune femme ouvre la porte d'un placard et fouille dans son sac à main. Griffonne des noms et des numéros de téléphone sur une carte professionnelle et la remet au policier avec un empressement difficilement contrôlé.

– Voilà! Ça concerne mon petit ami, comme vous dites, et mon agent. Pour ce qui est de votre dernière requête, j'ai bien peur de ne pas pouvoir y répondre. (Sa voix se fait taciturne et lointaine.) J'étais seule à New York lorsque ça s'est produit. J'étais jeune, bouleversée, effrayée même. Je ne tiens pas à me remémorer des souvenirs aussi douloureux. Vous comprenez, inspecteur, ces choses-là ne sont pas très réjouissantes pour une femme. Cette étape de ma vie, j'ai pris des années à l'effacer de ma mémoire, et je vous serais reconnaissante de ne pas m'obliger à y replonger. Maintenant, je vous prierais de me laisser.

Michel se plie finalement à ses désirs.

– Vous avez raison, madame Jasmin, je m'excuse de m'être laissé emporter, d'autant plus que ça n'a aucun intérêt pour l'enquête en cours. Je vous remercie de m'avoir accordé un temps aussi précieux et je vous souhaite une excellente fin de journée. La prochaine fois, je compte rencontrer votre petit ami, monsieur... (Il consulte ses notes.) Martin. Jean-Pierre Martin.

L'inspecteur quitte la maison. Caresse de la main la lettre dans la poche de son imperméable. Quel plaisir il aura de confronter madame Suzanne Côté à ce nouvel élément! Chère madame Côté! Cette fois, devant une preuve aussi éloquente, elle n'aura pas le choix de cracher son venin à la face du monde.

9

Enfin seuls! Toute la journée a été une véritable procession dans la chambre. D'abord, à l'heure du petit déjeuner, l'enquêteur Poirier a mis le processus en marche, puis des collègues de travail sont venus par petits groupes, à intervalles réguliers, jusqu'à l'heure du lunch. À croire qu'ils s'étaient donnés le mot.

Julie Dumas, sa meilleure amie et collègue de travail, est derrière cette orchestration, Catherine en est convaincue. Cela lui ressemble trop. Mais lorsqu'elle s'est présentée à l'heure du repas, un vrai pique-nique sous le bras, Catherine lui a fait part de ses soupçons, et Julie a nié avec sa verve habituelle.

Catherine glisse un regard sur la tablette de la fenêtre. Elle déborde de victuailles. Chacun s'est fait un point d'honneur de l'approvisionner lors de sa courte visite: paniers de fruits, boîtes de chocolats, confiseries et gâteries de toutes sortes s'empilent pêle-mêle. Comme si elle avait le goût de s'empiffrer! Philippe est tributaire d'un soluté depuis deux longues journées, et de le voir toujours aussi vulnérable lui coupe l'appétit.

Elle regarde le liquide incolore qui s'échappe goutte à goutte du sac transparent, s'infiltre dans un long tube et pénètre dans le bras du malade par une aiguille dont la pointe effilée disparaît sous sa peau. Une image s'impose à l'esprit de Catherine. Un souvenir de son enfance. Pour lui faire craindre les flammes de l'enfer, on lui parlait du mouvement perpétuel qui y marque le temps. Une immense horloge dont le balancier répète sans fin les même mots: toujours, jamais, toujours, jamais, toujours, jamais...

Catherine secoue la tête pour dissiper ce souvenir morbide. Cette invention destinée à troubler de pauvres innocents. Le goutte à goutte monotone lui ressemble peut-être par l'angoisse qu'il génère, mais il est provisoire, lui. Philippe reprendra conscience très bientôt et se nourrira de lui-même. Elle doit garder cette image en tête.

Elle repense à la visite de Nicole, la soeur de Philippe, l'après-midi. À ce regard de petite fille terrorisée dont elle n'arrivait pas à se défaire en constatant l'état de son frère, toujours aussi précaire que la veille. C'est la raison pour laquelle elle a retardé sa mise au point. Elle s'était pourtant promis d'en avoir une avec elle à la première occasion au sujet de la fausse couche de Valérie. Si sa belle-soeur l'a tenue à l'écart, est-ce volontairement ou pas? Elle tient à le savoir. Elle le saura.

Le silence est maître des lieux. Des vapeurs aromatisées de café s'échappent de sa tasse. Catherine se laisse aller à rêver tout haut.

– Quel plaisir de se retrouver seuls, tous les deux, hein Philippe? Tout ce monde ne t'a pas trop fatigué? Quand tu iras mieux, on rentrera à la maison et on verrouillera la porte pour mieux filtrer les visiteurs. Pour éloigner les indésirables. J'allumerai un bon feu de bois dans notre vieux poêle Légaré, et on s'allongera devant, sur la peau d'ours, collés, collés. Là, sais-tu ce qu'on fera? On se fera un beau petit chaton, O.K? Tu n'as pas changé d'idée, au moins. (Elle s'arrête, se fait l'exégète de son amoureux et poursuit.) Bon, d'accord, tu as raison; je te laisserai récupérer, avant. De toute façon, il fait encore trop chaud pour allumer le poêle. Mais ce n'est que partie remise, hein mon gros matou? En attendant, je peux toujours rêver.

Elle appuie sa tête sur la poitrine de Philippe et murmure, entrecoupant son plaidoyer de pauses interminables:

– Je t'aime, Philippe, je t'ai toujours aimé, et je t'aimerai toujours. Tu es le seul homme de ma vie. Tu m'aimes aussi, je le sais maintenant. Bientôt, je te raconterai mes bêtises, mon existence sans toi... Une vraie pagaïe! Tu verras, je n'ai pas toujours été un ange. J'espère que cela ne t'empêchera pas de continuer à m'apprécier. La vie de l'héroïne de mon roman ressemble beaucoup à la mienne. Je croyais pouvoir la raconter sans éveiller le moindre soupçon, mais j'ai été prise à mon propre piège. L'enquêteur Poirier m'a démasquée, lui, malgré mon camouflage. Ça m'étonne. Il ne faudrait quand même pas que cela se retourne contre nous. (Elle sourit tristement.) Toi, tu n'as rien vu, même quand je te l'ai mis sous les yeux. Au fond, tu m'idéalises. Quand tu sauras, je retomberai vite de mon piédestal. Me pardonneras-tu? M'accepteras-tu avec mon lourd passé?

Une main effleure à peine ses cheveux. Catherine se tait, momifiée. Sa respiration cesse. Elle est en apnée physique. Mentale.

Le geste se prolonge. Une ode à l'amour, succession de notes mélodieuses jouées sur une harpe céleste, vibre au fond de ses tympans.

– Je t'aime, Catherine. Je t'ai toujours aimée. Peu importe ce que tu as fait, ce que tu as été, ne crains rien, je t'aimerai jusqu'à mon dernier souffle.

Des larmes pleins les yeux, Catherine s'interdit le moindre mouvement. Les mêmes mots se répètent. La même phrase. La même musique, douce, tendre, encore plus belle, encore plus vraie, la délivre – magie! – de ses craintes.

Sa main glisse, aveugle, à la rencontre de la tendresse. Étanche cette soif infinie repoussée depuis deux longues journées. Des siècles d'une sécheresse insoutenable.

De nouvelles notes s'ajoutent aux premières.

– Ai-je droit à un baiser, Cat?

Catherine se redresse. Éclate de rire. Pleure comme une fontaine. Debout près du lit, elle n'en finit plus de caresser le visage adoré qui lui sourit à travers ses larmes. Elle se penche et l'embrasse.

Un soupir s'échappe de sa poitrine.

– Tu es enfin de retour!

– Et j'ai plutôt l'impression de revenir de loin. Que m'est-il arrivé, Cat?

– Mon pauvre amour! Tu ne te souviens pas?

Philippe plisse le front. Grimace.

– C'est plutôt nébuleux dans ma tête; dans mon corps, ce n'est pas beaucoup mieux, je l'avoue. J'ai l'impression d'avoir été écrabouillé par un mastodonte. Je me rappelle avoir jasé avec toi au téléphone, puis... je ne sais plus. Je t'ai entendue parler de l'enquêteur... Poirier, qui est-ce?

Catherine s'assoit au bord du lit. Penchée au-dessus de son amoureux, elle lui raconte les faits. Ne ménage ni les détails ni les gestes.

Philippe l'écoute, les yeux rivés à ses lèvres. Il n'en croit pas ses oreilles.

– Je suis dans le coma depuis deux jours, et tu restes là à me veiller sans arrêt.

D'une logique indiscutable, Catherine réplique:

– Où voulais-tu que j'aille?

Le bras du malade se lève. À mi-chemin, retombe. Philippe grimace de douleur. Un sourire analgésique sur les lèvres, Catherine penche la joue à la rencontre de cette caresse avortée.

Philippe la couve d'un regard amoureux. Il susurre, la voix chagrine.

– Je t'aime, Cat, je t'aime tellement! Je voudrais me rappeler pour t'innocenter, pour dénoncer la personne qui s'est rendue coupable d'une telle ignominie, mais je ne me souviens de rien. J'ai beau essayer, c'est le noir le plus total dans ma tête.

Catherine caresse son front brûlant de fièvre.

– Chuuut! Ça ne fait rien, Philippe. Michel Poirier finira par la trouver. Ne te tourmente pas avec ça. Tu sais, cet enquêteur est vraiment quelqu'un de bien; j'ai hâte que tu le rencontres. D'ailleurs, je ferais mieux de l'informer de ta résurrection, il pourrait croire que j'ai voulu la lui cacher. (Elle lui pique un clin d'oeil complice.) Attends-moi, je reviens tout de suite.

Elle l'embrasse sur la bouche. Il l'accueille. Lui répond.

Enfin! C'est si bon!

Catherine court vers la porte en riant.

– Monsieur l'agent, vous pouvez avertir votre patron que Philippe est revenu à lui.

Elle poursuit sa course jusqu'au poste de garde où elle s'empresse de répandre la bonne nouvelle, puis revient à la chambre, une infirmière sur les talons.

Une fois à destination, elle s'arrête, affolée: Philippe s'est rendormi. Devant l'incrédulité de la jeune infirmière, elle plaide sa cause.

– Je vous jure qu'il s'est réveillé. Cette fois, on a même jasé quelques minutes.

Philippe ouvre les yeux. Le visage dans les mains, Catherine s'exclame:

– Ouf! Je commençais à me demander si je n'étais pas folle à lier.

Le malade sourit de sa mimique. Catherine se penche pour l'embrasser.

– Ne te paie pas ma tête en plus!

L'infirmière s'approche des amoureux.

– Bonsoir, monsieur Gingras, je suis contente de vous voir de retour. Peut-être pas autant que madame Mathieux, mais... pas loin.

Le visage tourné vers son ange gardien, Philippe cherche sa main.

– Je suis heureux d'être là.

La jeune fille les regarde d'un oeil envieux. Sa présence devenue inutile, elle s'éloigne vers la sortie.

– J'informe immédiatement le docteur Carrier de cette excellente nouvelle. Il passera sûrement vous voir très tôt demain dans la matinée. Reposez-vous, monsieur Gingras.

Philippe et Catherine se regardent. Se comprennent. L'excitation mêlée à l'épuisement entraîne Catherine dans un fou rire démentiel. Limité par la douleur, Philippe laisse échapper ce qui ressemble plutôt à un grognement sourd.

144

L'infirmière se demande ce qu'elle a bien pu dire pour provoquer une telle hilarité. Le malade ajoute à son intention:

– Comme si je n'étais pas assez reposé!

La jeune femme rit de la boutade, puis disparaît d'un pas léger.

Philippe saisit la main de Catherine. La regarde droit dans les yeux et reprend son sérieux.

– J'ai des choses bien plus importantes à faire que de me reposer. Tu sais, Cat, au sujet de l'héroïne de ton roman, j'ai deviné, moi aussi. J'attendais seulement que tu m'en parles, au moment où tu le jugerais opportun. Je ne voulais pas te forcer la main. Mais je te jure, ça n'a aucune importance, je t'adore telle que tu es. Il en a toujours été et il en sera toujours ainsi, peu importe ce que j'ignore de ton passé, de ton présent, de ton avenir. Je ne suis pas un saint, moi non plus. (Ses yeux ferment malgré lui.) Je dois t'avouer...

Prise de compassion, Catherine lui cloue les lèvres d'un baiser et caresse son visage. Tout comme lui, peu importe ce qu'il veut dire, elle est d'ores et déjà convaincue que cela ne changera rien au fait qu'elle donnerait sa vie pour lui. Aucun autre homme n'a jamais occupé une aussi grande place dans son coeur.

Pour ne pas la laisser seule encore une fois, Philippe s'efforce de rester éveillé. Catherine lui donne bonne conscience.

– Tu es épuisé, Philippe, tu me raconteras ça un autre jour. Tu es là, je suis une femme comblée. Tu me promets de m'aimer peu importe mes bêtises, mon cauchemar est terminé; je peux me relaxer. Dors tranquille. Tu as des forces à reprendre, si tu veux accomplir ta mission.

Philippe comprend l'allusion et sourit. Ses yeux ferment pour de bon, cette fois. Il bafouille, la voix empêtrée de sommeil. D'épuisement.

– Ne crains rien, Cat, cette proposition-là, je ne l'ai pas oubliée. On va s'en faire un, petit chaton, dès que je pourrai me lever, et même avant, si tu veux.

Catherine rit d'énervement. Embrasse le malade. Le caresse. Le policier devant la porte resserre sa surveillance.

Elle chuinte entre ses dents:

– Regarde autant que tu voudras, bonhomme, c'est mon mec, et tu ne m'empêcheras pas de le coller si j'en ai envie.

Elle allie le geste à la parole. Philippe veut coopérer, mais la douleur l'assaille à chaque mouvement. Faute de pouvoir enlacer sa belle indisciplinée, il l'effleure du bout des doigts.

Catherine se sent pousser des ailes. La moindre de ses craintes s'envole, se dissipe, balayée par le retour de son a-mant. Philippe est dans les mêmes dispositions à son égard qu'avant l'accident: leur bonheur est assuré. Malgré son traumatisme crânien, il se souvient d'elle, de sa promesse, de tout finalement, à part l'agression elle-même. Et Dieu sait combien ils s'en foutent de l'agression, puisque leur amour en est sorti indemne, peut-être même plus fort.

Elle est là à jouir égoïstement de sa bonne fortune, et Nicole n'est encore au courant de rien. C'est une honte. Elle s'empare du téléphone. Enfin! Une superbe nouvelle à lui annoncer. C'est si agréable! Sa petite belle-soeur, prompte comme une gazelle, reviendra, et la flamme de l'espoir scintillera à nouveau dans son regard.

10

Catherine ouvre les yeux et s'étonne que son sommeil n'ait pas été interrompu par l'arrivée soudaine de l'enquêteur Poirier. «Il doit pourtant avoir été averti des progrès de Philippe», se dit-elle. Cette dernière pensée agit comme un véritable remontant. Telle un ressort libéré de toutes contraintes, elle se lève d'un bond, s'approche du lit où l'homme, éveillé depuis un bon moment déjà, la regarde avec des yeux nimbés d'amour dans un visage encore marqué d'ecchymoses aux couleurs de l'arc-en-ciel.

– Bonjour mon bel amour, bien dormi?

– Tu m'as énormément manqué! Si j'avais pu me lever seul, je serais allé te rejoindre sur ton lit de camp. Au fait, comment as-tu réussi à obtenir la permission de rester auprès de moi la nuit? Tu t'es servie de ton charme?

– Tu as deviné, mon gros matou. Mais tu n'es pas un malade ordinaire, non plus, tu es très précieux. Tu vois, un policier surveille l'entrée de ta chambre jour et nuit, de peur qu'on ne t'enlève.

Philippe reprend son sérieux.

– Ils croient vraiment que l'agresseur peut récidiver?

– C'est une femme, ne l'oublie pas. Blooonde par-dessus le marché.

Catherine lève les bras et imite un loup qui sort ses griffes, prêt à se jeter sur sa proie. Elle emprunte une voix rauque et déclare:

– Je vais te manger, mon enfant.

Elle enlace le malade. L'embrasse avec effusion. Son élan est vite interrompu par l'irruption de Michel Poirier. Elle se redresse et affronte le nouveau venu, les mains sur les hanches.

– Vous me surprenez, inspecteur; je vous attendais

beaucoup plus tôt. Au fait, je vous attendais hier soir, étant donné la bonne nouvelle. Commenceriez-vous déjà à perdre le feu sacré?

L'enquêteur sourit de l'humour sarcastique de la jeune femme, et ne peut s'empêcher de renchérir.

– Désolé de vous décevoir, madame Mathieux. J'essaierai de me surpasser à l'avenir, je vous le promets.

Il s'approche du lit du malade et lui présente sa carte.

– Bonjour monsieur Gingras, je suis l'enquêteur Michel Poirier. J'aimerais vous poser quelques questions.

– Aucun problème, inspecteur, je suis disposé à tout pour faire progresser l'enquête, même si j'ai l'impression que je ne vous serai pas d'une grande utilité: je n'ai rien vu, et je ne me rappelle rien.

– Quand même, vous devez sûrement avoir quelques vagues souvenirs.

– Si peu! J'étais assis sur le muret de ciment; je parlais au téléphone avec Catherine. J'ai rangé mon cellulaire, et, la première chose que j'ai sue, je basculais dans le vide. C'est tout ce dont je me souviens. Je suis désolé.

L'enquêteur se tourne vers Catherine et la regarde avec insistance. Il s'adresse malgré tout à Philippe.

– J'aimerais, si vous le voulez bien, monsieur Gingras, éclaircir certains points avec vous, sur des sujets un peu plus personnels.

Catherine lève les bras, résignée.

– Bon, d'accord, j'ai compris; vous voulez rester seul avec Philippe. Vous voulez que je m'efface.

Philippe prend la défense de Catherine. Il lui tend la main.

– Elle peut rester, inspecteur, ce qu'elle ne sait pas déjà de ma vie, j'ai bien l'intention de le lui apprendre, et le plus tôt sera le mieux.

– Je préférerais quand même vous rencontrer seul, pour cette fois, monsieur Gingras.

Le malade se résigne à contrecoeur. Catherine se plie de bonne grâce à la demande du policier, sans toutefois manquer une si belle occasion de le défier.

– Ça ne fait rien, Philippe, j'en profiterai pour rentrer à la maison prendre une douche, l'esprit tranquille. Tu es entre bonnes mains, d'abord. Je l'espère!

Elle tourne son visage vers le policier et lui grimace un sourire. Elle se penche, embrasse son amoureux et se dirige vers la sortie, la tête haute.

Michel s'amuse de cette bravade. Il amorce quelques pas dans la direction de la journaliste et l'asticote.

– Vous avez raison, madame Mathieux, je m'en occupe; ne vous inquiétez pas. Je suis également en mesure de m'occuper de vous, si vous le désirez. Que diriez-vous d'un chauffeur privé?

– Ce n'est pas la peine, inspecteur, je préfère conduire moi-même ma voiture.

Catherine disparaît. Le policier revient en riant et s'exclame:

– Toute une femme! cette journaliste. Vous êtes un homme chanceux, monsieur Gingras, et vous le savez, j'en suis convaincu.

Philippe confirme, le visage resplendissant de bonheur.

– Oh oui! je le sais; Catherine est la femme la plus extra-ordinaire que je connais. Comment pouvez-vous imaginer un seul instant qu'elle puisse être l'instigatrice d'un tel complot?

– Dans des circonstances comme celle-là, monsieur Gingras, il faut envisager toutes les possibilités. Mais je dois vous avouer franchement, je n'y crois pas non plus.

– Vous le lui avez pourtant laissé entendre.

– Je sais, c'est ma façon d'opérer. Je considère tout le monde coupable, tant et aussi longtemps que je n'ai pas réussi à prouver sans le moindre doute leur innocence. Elle...vous a déjà tout raconté.

– Je le crois, oui.

– Vous a-t-elle parlé de la lettre de menace reçue dans votre boîte aux lettres le... seize septembre? Anonyme par surcroît.

– Aussi.

– Qu'en pensez-vous, monsieur Gingras? Quelqu'un peut-il la détester au point de vouloir la faire payer?

Philippe secoue la tête en signe de négation.

– Non, je serais plutôt porté à penser comme elle: un mauvais plaisantin a voulu lui faire une bonne frousse ou encore **ME** faire une bonne frousse.

– Vous a-t-elle raconté la tentative de la heurter dont elle a été victime peu de temps avant que vous ne soyez attaqué à votre tour?

– Oui, elle m'a raconté.

– Tous les deux et le même après-midi en plus, quelques jours seulement après avoir reçu cette menace, qu'il n'y ait pas de lien entre les deux agressions et cette tentative d'intimidation, vous ne trouvez pas ça un peu fort comme coïncidence?

– Oui, j'en suis conscient, ça peut avoir un lien avec la lettre de menace, mais je ne vois toujours pas qui voudrait s'en prendre à elle et surtout... pourquoi.

– Peut-être a-t-on voulu vous atteindre à travers elle ou l'inverse.

– Je suis désolé, je ne vois pas de raison. De votre côté, inspecteur, après plus de deux jours d'enquête, avez-vous découvert quelque chose?

– Rien de concluant mais des pistes intéressantes. J'ai justement besoin de vous pour m'aider à clarifier certains points.

– Allez-y, je vous écoute.

Michel Poirier regarde l'homme allongé devant lui, l'air d'une momie dont on a commencé à défaire les bandages. Il doit l'admettre – même s'il répugne à avouer ses torts –, cela le rend plutôt sympathique à ses yeux. Il se surprend même à lui donner la note de passage, malgré l'antipathie du début développée à force de l'entendre louanger par tous et chacun.

Il approche une chaise du lit et s'installe à son aise. Ouvre son carnet de notes sur ses genoux et se tape vigoureusement la cuisse en guise de signal de départ.

– Bon! Si on commençait par le commencement. Lors de l'attentat, vous étiez assis sur le muret, le cellulaire à l'oreille. Vous l'avez rangé et vous avez basculé dans le vide, comme ça? (Il se tait. Philippe, perdu dans ses pensées, ne dit mot. Il poursuit.) Au neuf, un, un, ils ont pourtant reçu un appel téléphonique anonyme, disant qu'une femme blonde venait de pousser un homme par-dessus le muret du stationnement du troisième étage. Vous étiez bien là, n'est-ce pas? Et vous n'avez pas aperçu de femme blonde entre le moment où vous êtes sorti de l'édifice et celui où vous êtes tombé dans le vide. Réfléchissez bien, monsieur Gingras, un simple détail peut être capital pour notre enquête.

Les yeux fermés, Philippe revit la scène. Des gens circulent dans le stationnement. Des gens pressés. Par contre, lui a tout son temps: Catherine vient le chercher. Il est tellement concentré sur sa voix, tellement anxieux de la retrouver, rien d'autre ne compte. À cet instant précis, leur rendez-vous amoureux est le centre de son univers.

Il se voit assis sur le muret, le visage tourné vers le vide, indifférent à tout, à part leur amour. Il éprouve une immense sensation de légèreté. S'il le voulait, il pourrait s'envoler vers ce lieu inconnu où Catherine propose de l'emmener. Dans l'euphorie du moment, a-t-il perdu l'équilibre? Non, on a vu quelqu'un le pousser dans le vide. Mais il ne se souvient pas d'avoir été poussé. Soulevé! C'est ça, oui, soulevé. Ses pieds ont été soulevés du sol, et il est tombé à la renverse.

L'enquêteur attend toujours une réponse. Philippe lui fait part de sa découverte.

– Je n'ai remarqué personne en particulier. Je ne pouvais rien voir, je regardais en bas. Par contre, je me souviens maintenant. Mes pieds ont été soulevés du sol; je l'ai senti. J'ai voulu me raccrocher à quelque chose, et mes mains n'ont rencontré que le vide.

À l'évocation de sa chute, des gouttes de sueur perlent sur le front du malade. Au lieu de s'arrêter pour le laisser se remettre de ses émotions, l'enquêteur s'acharne. Si la mémoire lui revient, ce n'est pas le moment de se laisser attendrir.

– Il est possible que vous ayez eu le temps d'apercevoir quelqu'un, monsieur Gingras, et qu'inconsciemment vous cherchiez à la protéger.

Il fait exprès de s'exprimer au féminin. S'il le secoue, peut-être en sortira-t-il encore quelques miettes.

Philippe réagit, furieux.

– Vous ne voulez quand même pas parler de Catherine? C'est absurde, j'étais avec elle au téléphone; elle était à plusieurs kilomètres de là.

– C'est ce qu'elle vous a raconté; vous n'en savez rien. Elle pouvait vous parler à l'aide de son cellulaire, elle aussi, à quelques pas de vous. Il se peut même qu'elle ait une complice.

– C'est ridicule!

– Vous croyez? Si ce n'est pas un crime passionnel, de quoi s'agit-il? Vous le dites vous-même, vous ne voyez aucune raison valable de s'en prendre à vous. Serait-ce un règlement de compte? Une dette de drogue? Une dette de jeu? Auriez-vous un vice caché, monsieur Gingras?

Philippe secoue la tête sans arrêt.

– Non, non, non, je vous assure, ce n'est rien de tout ça.

– Un conflit? Parlez-moi de votre collègue de travail, madame Suzanne Côté. Êtes-vous intime avec elle? Je veux dire, vous arrive-t-il de vous entretenir de choses personnelles en sa présence?

– Pas vraiment, mais c'est possible qu'à l'occasion j'aie laissé échapper des détails concernant ma vie privée. Pourquoi?

– La croyez-vous capable de meurtre, pour obtenir ce à quoi elle tient mordicus?

Philippe lève un sourcil sceptique.

– Comme quoi?

– Une promotion, par exemple.

– Vous voulez parler du poste de responsable des laboratoires, celui auquel je viens d'être promu? Sûrement pas! Elle était presque soulagée que sa candidature n'ait pas été retenue. Elle m'a félicité, et j'ai même eu droit à un baiser.

– Madame Jasmin, votre ex, l'en croyez-vous capable?

– Que voulez-vous dire?

– La croyez-vous capable d'un crime passionnel?

Philippe laisse entendre un rire effacé.

– Valérie risquer sa carrière... sa seule, son unique passion sur un coup de tête, je ne crois pas, non. C'est beaucoup trop important à ses yeux.

– Plus important que de vous reconquérir?

– Oh oui! et je n'entretiens pas le moindre doute à ce sujet.

– Un jour, elle vous a téléphoné au bureau, et vous lui avez interdit de vous contacter de nouveau. Ce refus l'a sûrement choquée de se faire rabrouer ainsi. Peut-être même au point de vouloir se venger.

– Non, je ne crois pas; vous faites fausse route, inspecteur. Valérie ne s'avoue jamais vaincue, c'est vrai. Elle est toujours certaine d'obtenir ce dont elle a envie, peu importe le temps que ça prendra, mais pas à n'importe quel prix. Surtout pas au prix de sa carrière.

– Et si elle n'avait pas vu de réelle menace pour sa carrière en tentant de vous éliminer. Un meurtrier se croit toujours invincible, sinon il y penserait deux fois avant d'agir.

– C'est illogique, inspecteur; vous ne comprenez pas. Elle ne souhaite pas ma mort, elle veut me ravoir.

– Vous croyez toujours faire partie de ses désirs de conquête?

– Malheureusement! oui.

– Pensez-vous pouvoir lui résister?

Philippe sourit. Il songe à Catherine, à cette force que

153

son amour lui communique. Il se tourne vers l'enquêteur et affirme avec conviction:

– Certainement! inspecteur. Mais, au fait, comment avez-vous su au sujet de son appel téléphonique?

– Madame Côté me l'a appris.

– Comment savait-elle qu'il s'agissait de Valérie Jasmin? J'ai peut-être prononcé le prénom, Valérie, au téléphone, mais jamais le nom, Jasmin.

– Par la suite, vous n'en avez pas discuté avec elle?

– Non. J'étais trop embarrassé que cela se soit produit devant une tierce personne. Ce n'était pas la première fois que Valérie tentait de me contacter, et je voulais y mettre un terme une fois pour toutes. Dans mon énervement, je me suis laissé un peu emporter et j'ai oublié la présence de ma collègue. Quand Suzanne m'a demandé qui c'était, je lui ai répondu: «C'est mon ex, mais je préfère ne pas en parler.» Et je suis sorti quelques minutes pour me calmer. Dès mon retour, elle s'est informée à savoir si j'avais eu des enfants avec Valérie. Je lui ai répondu par la négative. Elle m'a alors longuement louangé les siens, insistant sur le fait qu'une famille est une vraie bénédiction du ciel. Elle a voulu savoir si j'aimais les enfants et si je pensais en avoir un jour. Je lui ai répondu: «Je les adore, et c'est bien mon intention de fonder une famille si j'en ai l'opportunité.» C'est à peu près tout ce dont on a parlé.

– Vous êtes certain de n'avoir jamais mentionné le nom, Jasmin, lors d'une discussion avec elle, ni à ce moment-là ni à aucun autre moment.

– Certain.

L'enquêteur Poirier sort la lettre de sa poche et la lit sous le regard abasourdi de son interlocuteur.

– Mais d'où tient-elle cette ineptie? Je n'aime plus Valérie depuis longtemps; je me demande même si je l'ai déjà aimée. De quoi se mêle-t-elle, cette femme-là, inventer des trucs pareils. Je comprends maintenant pourquoi Valérie me promettait mer et monde dans sa dernière lettre. Elle était même prête à adopter un enfant pour me convaincre de revenir.

– Votre ex, elle vous écrit souvent?

– Elle m'a écrit deux fois depuis notre rupture.

– Lui avez-vous répondu?

– Bien sûr que non! Je ne veux plus rien savoir de cette femme, et cela, depuis longtemps.

– Pourquoi? Vous êtes-vous laissés en mauvais terme?

– Pas du tout! J'aime Catherine, je l'ai toujours aimée, et je veux l'épouser. Je veux des enfants avec elle et avec personne d'autre. D'ailleurs...

Il se tait. Hésite à révéler leur secret: Catherine n'est peut-être pas prête à en parler.

Michel Poirier termine la phrase pour lui.

– Le jour du drame, vous lui aviez proposé de lui faire un enfant, c'est ça?

Philippe sourit, ému et fier à la fois.

– Catherine vous a raconté?

– Oh oui! Et elle a même beaucoup insisté sur ce détail, je dirais.

Philippe rit librement.

– Je l'aime comme un fou!

Michel envie son bonheur. Il transpire par tous les pores de sa peau. De son côté, entre son épouse et lui, la passion a disparu depuis longtemps, faisant place à la monotonie, pour ne pas dire à l'ennui. Et l'ennui se traduit souvent par un sentiment de solitude. Et la solitude à deux est encore plus intolérable que toute autre.

Il cligne des yeux pour effacer l'image de son échec conjugal. Il lui faudra remédier à la situation, c'est certain, mais, encore une fois, comme depuis de nombreuses années, il remet à plus tard.

– Lui avez-vous parlé, à votre amie j'entends, des coups de fil de madame Jasmin? De ses lettres?

– Non, mais j'ai bien l'intention de le faire. Justement, j'étais déterminé à me mettre à nu, vendredi soir. J'en ai assez de ces cachotteries.

L'enquêteur tente de semer le doute dans son esprit. D'éprouver sa confiance. De lui faire perdre son aplomb.

– Si madame Mathieux était déjà au courant de ces lettres... Si elle en avait pris connaissance à votre insu et si elle avait craint que vous ne l'abandonniez pour retourner vers madame Jasmin... C'est une chose possible, vous savez. Peut-être vous préférait-elle mort plutôt que de vous savoir dans les bras de sa rivale.

– Non, Catherine ne peut pas avoir pris connaissance de ces lettres, je ne les ai pas apportées à la maison, et elle ne vient jamais au Centre de recherche clinique. Encore moins dans les laboratoires. De plus, je l'aime; je ne retournerai plus vers Valérie, et elle le sait. Elle n'aurait jamais posé un geste aussi radical sans demander d'explication.

– Qu'avez-vous fait des lettres de Valérie Jasmin, monsieur Gingras?

– Je les ai jetées.

– Il se peut très bien, vous avouerez, que madame Côté ait mis le grappin dessus et les ait fait parvenir à madame Mathieux.

Une crainte ternit le regard du malade, suivie d'un doute quasi imperceptible. Philippe les repousse aussitôt et cherche à comprendre l'entêtement maladif de l'enquêteur à les dresser l'un contre l'autre.

– Pourquoi aurait-elle fait ça?

– Pour la même raison qu'elle a écrit à madame Jasmin: pour vous éloigner de Québec; pour avoir la voie libre afin d'obtenir cet emploi.

Devant la logique de l'enquêteur, l'incertitude revient en force comme une horde de soldats sur un champ de bataille et, indisciplinée, persiste malgré les efforts incessants de Phillippe pour l'éradiquer de sa pensée. À bout d'arguments, le malade se rabat sur le gros bon sens.

– C'est impensable ce que vous échafaudez là, inspecteur. Pour vous le prouver, j'en parlerai à Catherine, dès son retour. Vous verrez, vous vous trompez.

– Je m'en charge, monsieur Gingras; laissez-moi ça entre les mains.

– Cessez de la tourmenter ainsi; elle n'a rien à voir là-dedans.

– Ne vous tracassez surtout pas pour elle, elle se défend très bien toute seule, vous pouvez me croire.

Le sujet à venir est plus épineux encore. Histoire de donner un peu de répit à la victime, Michel Poirier se lève et arpente la chambre en silence.

Le malade a repris son souffle et retrouvé son flegme. Il l'aborde de nouveau, épie la moindre de ses réactions.

– Vous avez avoué tout à l'heure avoir toujours aimé madame Mathieux, alors que vous n'étiez pas certain d'avoir aimé madame Jasmin. Pourquoi avoir choisi cette dernière, monsieur Gingras? Pourquoi l'avoir épousée?

Philippe ferme les yeux. Expire longuement. Ce souvenir éveille en lui un mal-être caché dans le tréfonds de sa conscience. L'enquêteur lui remet sous le nez la pire trahison de sa vie. L'oblige à y faire face. Le moment est venu de s'en confesser. De l'exorciser. Dommage! Catherine devrait être là pour entendre son aveu. Mais ce n'est que partie remise, il le lui répétera de A à Z et implorera une fois de plus son pardon.

– C'est vrai, inspecteur, Catherine a toujours été la femme dont j'ai rêvé. Je l'avoue, épouser Valérie Jasmin malgré ce fait a été la plus grande erreur de ma vie. Mais j'étais jeune, et Valérie était là, belle, aguichante, provocante. Catherine, elle, se montrait plus réservée. Je me suis laissé prendre au piège de Valérie, un soir. Un soir de trop. Et elle est tombée enceinte. Pour être franc avec vous, je l'ai épousée par devoir plus que par amour, et je m'en suis mordu les doigts à chaque jour de ma vie avec elle.

Il se tait. Une larme glisse sur sa joue. Michel respecte ce temps d'arrêt. Lorsqu'il juge le moment venu de poursuivre, il demande:

– Madame Mathieux était-elle au courant de l'état de madame Jasmin? Lui aviez-vous fait connaître la raison de votre rupture?

– Je n'ai pas eu le courage de le lui dire; je me suis comporté en lâche. J'ai préféré me taire, persuadé qu'elle me détesterait de l'abandonner sans explication aucune et qu'elle aurait moins de mal à m'oublier de cette façon.

– Pourquoi n'êtes-vous pas revenu vers madame Mathieux, lorsque votre épouse a fait une fausse couche? Vous n'aviez plus de raison de rester.

Philippe a du mal à cacher sa surprise. Comment l'inspecteur a-t-il su au sujet de la fausse couche de Valérie? «Décidément, ils n'ont rien à leur épreuve, ces flics, se dit le malade. Maintenant, tout le monde saura. Tant pis! si ça parvient aux oreilles de la grande star en personne.»

– Vous croyez? Valérie a mis du temps à s'en remettre. C'était à moi de la soutenir; ça n'aurait pas été loyal de la laisser seule avec sa douleur.

– Vous avez pourtant fini par le faire.

– Oui, je sais. (Il soupire, comme si ce qu'il allait dire était encore plus pénible que tout le reste.) J'ai l'impression d'avoir été manipulé. Entre ses mains, j'étais une simple marionnette. Elle s'amusait avec moi comme un chat avec une souris. À intervalles réguliers, suivant son humeur, elle me remisait dans un coin du placard. Puis l'envie de jouer lui revenait. Elle ouvrait grandes les portes et recommençait le même manège. Mais ça ne durait jamais longtemps. Et avec les années, de moins en moins longtemps. Elle s'est servie de moi, inspecteur. Servie, c'est bien l'expression appropriée.(Il répète en opinant de la tête, comme s'il venait de faire cette triste découverte.) Valérie s'est servie de moi, tout simplement. C'est difficile à expliquer, ça m'a pris beaucoup de temps à comprendre. Dix ans! Dix longues années. Et j'aurais pu les passer, ces années, avec une femme aimée au lieu de croupir dans un palais doré sans passion, sans amour, sans rien. Du vent... Rien que du vent.

«Dix ans! Ça lui a pris dix ans avant de mettre un terme à cette farce monumentale, se dit Michel, à ce modus vivendi. Moi, ça dure depuis plus de vingt longues années. Qu'est-ce que j'attends pour agir?» Encore une fois, il chasse cette pensée pour ne pas avoir à affronter les reproches de sa conscience.

– Madame Jasmin ne vous aime pas vraiment, vous croyez?

– Valérie, tout ce qu'elle aime, c'est elle-même. Ça semble peut-être un peu brutal à dire, mais c'est la triste vérité.

– Pourquoi s'acharne-t-elle à vous reconquérir?

– C'est simple, inspecteur, elle n'admet pas que quelqu'un ou même quelque chose puisse lui résister. J'étais là, et c'est à peine si elle me remarquait; je me suis éloigné, et elle s'accroche.

– Pourquoi avoir gardé votre mariage secret? Normalement, pour une personnalité de sa trempe, ce sont des choses qu'on s'empresse d'étaler dans les médias.

– Au risque de me répéter, je vous le redis, inspecteur, pour Valérie, seule sa carrière compte; le reste est sans importance. Elle évite donc tout ce qui peut entrer en conflit avec sa popularité. Le fait d'être une femme mariée aurait refroidi ses fans, vous pensez bien, surtout de sexe masculin, c'est pourquoi ils devaient ignorer notre union.

– Mais si elle n'avait pas fait sa fausse couche, elle n'aurait pas eu le choix d'avouer. Tôt ou tard, sa grossesse aurait été remarquée. Avec un métier comme le sien, c'est évident.

– Je me tuais à le lui dire, mais elle voulait attendre le plus longtemps possible avant de parler de son état. C'est comme si elle savait depuis le début qu'elle ne le mènerait pas à terme, cet enfant.

– Pourtant, vous prétendez qu'elle a été beaucoup affectée par sa perte.

– Je l'ai longtemps cru, mais je n'en suis plus aussi certain.

– Pourquoi dites-vous ça?

– Au début, elle prétextait avoir besoin de temps pour guérir, surtout sur le plan psychologique. Par conséquent, c'était trop récent pour songer à redevenir enceinte. Je la croyais: ça ne doit pas être facile de perdre un enfant après qu'il eut fait partie intégrante de soi. Le temps passait, et je me disais que la blessure devait être cicatrisée. Mais elle cherchait à éviter toutes les occasions d'en discuter. Un jour, entre deux rencontres éclair, j'ai réussi à la coincer et à lui faire part de mes réflexions. Elle m'a dit alors craindre de ne jamais arriver à oublier. Malgré cela, elle était disposée à tenter l'expérience une deuxième fois. Après quelques essais totalement dépourvus d'enthousiasme, elle a prétendu que son subconscient ne devait pas être assez rétabli et, pour cette raison, rendait son corps moins réceptif. J'avoue, j'en étais presque soulagé: je ne tenais plus à avoir un enfant avec elle. Et notre relation a continué à se détériorer. Finalement, j'ai cessé de me mentir à moi-même et je suis parti à la recherche de Catherine.

– Parlez-moi de cette fausse couche, monsieur Gingras. En quelle circonstance s'est-elle produite? Étiez-vous auprès d'elle?

– Non. Valérie était en tournée à New York pour quelques jours, quand c'est arrivé. Elle m'en a informé à son retour à la maison.

– Pourquoi ne pas vous avoir téléphoné? Vous auriez sûrement été la rejoindre pour vous supporter l'un l'autre dans cette terrible épreuve. Il me semble que ça aurait été normal, vous n'êtes pas de mon avis?

– Sans aucun doute, mais elle a prétendu être trop bouleversée pour affronter en plus ma déception. Elle préférait se remettre un peu, sur les plans émotionnel et physique, avant d'avoir à «subir» ma réaction. Subir, c'est bien le terme utilisé. Comme si j'étais un monstre d'incompréhension!

– Pourquoi vous craindre ainsi? Ça vous arrivait de vous

impatienter avec elle?

– Jamais!

– En avez-vous reparlé par la suite? A-t-elle fini par se confier, par vous ouvrir son coeur?

– Non, elle n'a jamais voulu. Même pas question d'en discuter.

– Vous ne savez toujours pas où elle a été soignée et par quel médecin?

– Non, et je m'en fous; ça n'a plus aucune importance.

– Madame Mathieux, elle, ignore tout de ce drame?

– Oui, mais pas pour longtemps.

– Je préfère vous le dire tout de suite, monsieur Gingras, elle est déjà au courant: votre soeur Nicole nous en a informés, et je lui en ai glissé un mot. Mais rassurez-vous, ça n'a pas eu l'air de la refroidir; elle est toujours aussi amoureuse.

– Je l'espère bien!

– Si on parlait d'elle, maintenant. Vous l'avez connue à l'université, c'est ça?

Le sourire aux lèvres, Philippe adore le sujet.

– C'est ça, oui.

– Que savez-vous de son enfance? De sa famille?

Philippe hésite. A-t-il le droit de dévoiler les secrets de Catherine? Comment le pourrait-il? Il ne connaît pas tous les détails. Il s'esquive.

– Je n'en sais pas grand-chose; elle vous en parlera elle-même.

Michel Poirier le toise du regard, sceptique.

Philippe baisse les yeux. Cherche un moyen de lui é-chapper. Feint la fatigue. Le sommeil. L'enquêteur ne lâchera pas prise, il le craint. Il reviendra à la charge d'une façon détournée pour finalement obtenir ce qu'il veut.

Une infirmière surgit dans l'encadrement de la porte. Ouf! Sauvé in extremis.

– Je suis désolé, inspecteur, c'est l'heure du bain; vous allez devoir me rendre mon malade. Le médecin est sur l'étage et je dois en avoir terminé avec monsieur Gingras avant sa visite.

Michel Poirier regarde sa montre. Le temps passe, il doit se rendre au Centre de recherche clinique.

– Ça ne fait rien, mademoiselle, j'allais justement partir. Prenez-en bien soin, monsieur Gingras est très populaire par les temps qui courent, et je risque d'en avoir encore besoin.(Il s'adresse au malade.) Bonne journée, monsieur Gingras, et merci de votre aide précieuse. Vous serez là à mon retour?

– Certainement, inspecteur. Si je peux encore vous être utile en quoi que ce soit, n'hésitez pas. Je désire clarifier cette situation au plus tôt.

– Je vous comprends, monsieur Gingras. Tôt ou tard, je mettrai la main au collet de votre agresseur, je vous le garantis.

Avec la délicatesse propre à un éléphant ivre se frayant un passage à travers une roseraie, fort de ses quatre-vingt-dix-huit kilos, Michel Poirier arpente en zigzaguant d'un pas lourd le long couloir en direction de l'ascenseur. Chemin faisant, il feuillette son carnet de notes d'un bout à l'autre à plusieurs reprises. Absorbé dans ses pensées, le nez dans ses griffonnages, il oublie de regarder où le conduisent ses pas. S'ensuit forcément des préjudices.

Des regards frustrés déferlent sur lui comme une volée de pierres pour le lapider. Pris dans l'engrenage de ses raisonnements, il les ignore. Il s'arrête à brûle-pourpoint: une infirmière s'aplatit dans son dos comme une mouche dans un pare-brise. Imperturbable, le géant ne bronche pas d'un cil. Grogne, frustré. La jeune fille le contourne. Le crucifie du regard. Il n'en a cure. Son esprit, concentré sur une piste prometteuse, a abandonné sa charpente. «Cette piste est si encombrée, il faudra d'abord la débroussailler avant de pouvoir la suivre, se dit Michel. Un petit coup de pouce de Sylvain sera le bienvenu.»

* * *

Fidèle à lui-même, l'enquêteur monte au troisième niveau du Centre de recherche clinique. Contrairement au jour de sa première visite, le stationnement est plutôt désert en ce lundi matin. Il remarque aussitôt la voiture de monsieur Gingras: personne n'est encore venu la récupérer.

Son attention se porte sur l'automobile juste à côté de celle de la victime, une Chrysler Intrepid rouge bourgogne. Ce véhicule était également là, la première fois, il en est convaincu. «Il appartient probablement à un travailleur, se dit Michel, lui aussi tient à ses habitudes, il faut croire.»

Il pénètre dans l'immeuble. Il imagine déjà la mimique hautaine de la réceptionniste lorsqu'elle le verra devant elle.

– Bonjour, monsieur l'inspecteur; je vous attendais.

Toujours aussi surpris par le ton de cette voix quasi masculine, Michel se retourne et aperçoit Gisèle Lemieux, à deux pas derrière lui, le chignon aussi sévère qu'un cactus, mais le visage souriant. Elle a visiblement oublié leur altercation. Il s'en réjouit.

Il la voit regagner ses quartiers. «Un peu de flatterie n'a jamais fait de mal à personne», se dit Michel.

– Bonjour, madame Lemieux, content de savoir que je suis attendu par une aussi charmante personne.

La dame se redresse sur sa chaise, le cou étiré et les yeux ronds comme une autruche.

– Vous vous souvenez, inspecteur, vous m'aviez demandé de vous téléphoner si je me rappelais d'autres détails. Je ne vous ai pas téléphoné, car je ne crois pas que cela puisse être utile à quoi que ce soit, mais, puisque vous êtes là, aussi bien vous en parler.

– De quoi s'agit-il, madame Lemieux?

Coquette, elle replace une mèche rebelle derrière son oreille, toujours la même, et amorce son récit en jouant du crayon.

– Au début du mois d'août, un homme est venu ici. Il s'est présenté comme étant un ancien collègue de travail de monsieur Gingras. Il a prétendu être de passage à Québec, et avoir voulu lui dire bonjour. Je lui ai offert de l'informer de sa présence, mais il a refusé: il ne voulait pas le déranger; il était un peu bousculé; il avait un rendez-vous, je ne me souviens plus trop à quel endroit. Il préférait revenir l'attendre à la fin de la journée. On a continué à jaser quelques minutes, puis avant de partir, il m'a demandé l'heure à laquelle il devait revenir pour ne pas manquer la sortie de monsieur Gingras. Voilà! Si je vous en parle, c'est que j'ai trouvé un peu étrange qu'il ne revienne pas.

– Il n'est pas revenu, vous en êtes certaine? Vous l'avez demandé à monsieur Gingras?

– Oui, le lendemain, et il m'a affirmé n'avoir vu personne. Aucun ami ou ancien collègue de travail.

– Avait-il l'air de savoir de qui il s'agissait?

– Pas vraiment! L'homme en question ne m'avait pas donné son nom, alors je n'ai pas pu l'éclairer non plus.

– De quoi d'autre avez-vous discuté, avec cet inconnu?

Gisèle Lemieux réfléchit un moment.

– Ah oui! On a parlé de Québec. Il prétendait aimer beaucoup cette ville et penser venir y habiter un jour. Pour plaisanter, j'ai précisé que c'était le moment idéal de s'exécuter, car il y avait un poste de responsable des laboratoires à combler. Il a voulu savoir si beaucoup de candidats étaient dans la course, et je lui ai dit qu'il n'y avait que madame Côté et monsieur Gingras. C'est à peu près tout, je pense.(Michel Poirier est sur le point de prendre la parole. Elle enchaîne.) J'oubliais. Quand j'ai mentionné le nom de madame Côté, il m'a demandé s'il s'agissait de madame Suzanne Côté. J'ai essayé de savoir s'il la connaissait, elle aussi, il a répliqué que Philippe lui en avait déjà parlé et il a ajouté que, si j'étais assez gentille pour la lui décrire, ça lui permettrait de la reconnaître et de la saluer, au cas où elle sortirait avant monsieur Gingras. Je la lui ai donc décrite. Cette fois c'est tout.

– Ça lui arrive souvent, à madame Côté, de sortir avant

monsieur Gingras?

– Parfois.

– Et en même temps?

– Parfois aussi.

L'enquêteur tourne les feuilles de son carnet de notes.

– Vous avez omis de me mentionner ce fait, lors de notre première rencontre, madame Lemieux.

Gisèle Lemieux laisse de côté son affabilité du début et le fusille du regard.

– Vous ne me l'avez pas demandé, inspecteur.

Michel Poirier regrette aussitôt cette remarque un peu brusque et poursuit sur un ton un peu plus amical.

– Le jour où cet homme s'est présenté ici, madame Côté est-elle sortie en même temps que monsieur Gingras?

– Oui, je m'en souviens très bien.

– Et le jour de l'attentat?

La réceptionniste le dévore avec des yeux de bête féroce. Il en faudrait bien peu pour qu'elle montre les crocs. Elle ne lui a pas pardonné sa rudesse, c'est le moins que l'on puisse dire, ou ce sujet de conversation est hors limite. S'achemineraient-ils vers une autre altercation?

La dame répond finalement. Sa voix est aussi implacable que son regard.

– Non, inspecteur, elle avait une expérience en cours.

– C'est vrai, vous avez raison, je me rappelle, madame Côté me l'a dit. Elle a de plus précisé être sortie vers seize heures quinze. Ça devait venir juste d'arriver...

– Je suppose, oui.

– C'est tout de même très bizarre qu'elle ne m'en ait pas parlé.

– Lui avez-vous posé la question?

– Non, je l'avoue.

Michel Poirier expire avec la constance d'une chambre à air qui se dégonfle. Grogne. Il est choqué d'avoir négligé un détail aussi important – les erreurs des autres, à la rigueur, il les tolère, mais les siennes... – Il devra remédier à la situation. Pour le moment, s'il veut retirer le maximum de cet entretien, il doit passer l'éponge sur cette omission et mieux se concentrer.

– Pour en revenir à votre homme, madame Lemieux, comment était-il?

Les yeux de Gisèle brillent d'une flamme soudaine. Le nouveau thème a vraiment l'air de lui plaire. Ses paroles et le ton de sa voix le confirment.

Elle s'amuse à dévisager l'enquêteur d'un air malicieux et décrit le personnage avec emphase.

– Exactement mon genre d'homme! inspecteur. Grand, mince, avenant, chic, dans la trentaine, les cheveux châtain clair attachés en queue de cheval sur la nuque, le teint basané, qu'est-ce qu'une femme peut demander de plus?

«Ouais! Elle les aime plutôt jeunes, se dit Michel. Physiquement, cet individu est aussi différent de moi que la belle l'est de la bête. Cette prise de conscience est voulue, je serais prêt à le jurer. Je le lis dans le regard arrogant qu'elle braque sur moi.»

Il s'apprête à réagir. Il lui fera remarquer «discrètement» son âge. Non, il sera plus malin. Il n'est pas intéressé à se la mettre à dos. Il ravale ses paroles et se contente de la taquiner.

– Dommage! que je ne sois pas votre genre, madame Lemieux. Auriez-vous quand même l'amabilité de demander à votre directeur si je peux avoir un entretien avec madame Côté? J'aimerais la rencontrer dans son milieu de travail.

Encouragée par la gentillesse de l'enquêteur, Gisèle Lemieux promet de lui donner satisfaction même si, visiblement, sa requête la contrarie.

11

Suzanne Côté est seule au laboratoire. Elle voit entrer Michel Poirier, accompagné du directeur, et cesse tout mouvement. Elle s'efforce de sourire de façon aimable, mais dans sa tête se dessine déjà le pire des scénarios: menottes aux poignets, on l'extirpe de ce milieu de travail où elle ne remettra plus jamais les pieds; on la traîne à l'extérieur, sous les yeux d'une foule de curieux, et on la pousse dans une auto patrouille qui démarre dans un bruit d'enfer; après l'avoir humiliée en la fouillant à nu, on la laisse moisir parmi des canailles de la pire espèce.

Les paroles des deux hommes lui parviennent en syllabes détachées, en sons sépulcraux.

– Madame Côté va s'occuper de vous, inspecteur. Je vous laisse.

– Merci de votre coopération, monsieur Bérubé.

Suzanne revient à elle, libérée du cauchemar qu'elle s'était inventé. D'un air renfrogné, elle prend la parole d'une voix cassante.

– Je ne croyais pas vous revoir si tôt, inspecteur. On a pas mal épluché la question, la dernière fois, il me semble. Je ne vois pas en quoi je peux vous être encore utile.

L'enquêteur l'attaque de plein fouet.

– Vendredi, après votre travail, lorsque vous êtes sortie du Centre de recherche clinique, vous êtes arrivée sur les lieux du drame, n'est-ce pas?

Suzanne Côté réprime un frisson. Elle ferme les yeux, inspire profondément et s'efforce de chasser de sa mémoire une image aussi lugubre.

La voix éteinte, elle murmure.

– Oui. Et j'ai tout de suite reconnu monsieur Gingras. Pauvre monsieur Gingras! Je n'ai pas pu le supporter. Je suis partie immédiatement.

– Vous êtes rentrée chez vous?

– Chez... moi, oui.

– Avez-vous parlé à quelqu'un de cet événement? À votre mari? À vos enfants?

– Non, ils n'étaient pas là.

– Cela a dû être pénible à vivre, toute seule.

– Très.

Michel Poirier se tait et prend le temps d'inspecter les lieux d'un bout à l'autre. Il ouvre les armoires vitrées remplies de contenants de formats divers parfois étiquetés, parfois numérotés, parfois les deux. Inerte, la dame le suit des yeux. Il sent naître et puis grandir en elle une profonde exaspération. Il feint l'indifférence: cela fait partie du cheminement de sa ruse.

Il lit à haute voix le nom des produits, s'informe de leur utilité, se fait expliquer le fonctionnement des différents appareils tous plus sophistiqués les uns que les autres, découverts au fur et à mesure de sa progression. Il ne sait trop pourquoi, mais des images du film «*L'huile de Lorenzo*» lui viennent à l'esprit. Sans doute à cause de ces fioles remplies de «solutions miracles». Son oeil aguerri d'enquêteur ne peut toutefois pas les identifier, mais leur utilité est indiscutable. Elles l'ont certainement été pour le gamin de cette histoire, en tout cas.

Ceux qui consacrent leur vie à la recherche ont pour mission de prouver l'efficacité de ces produits. En tant que profane, il les admire pour leur contribution à faire avancer la science. Et malgré ce qu'il vient d'apprendre, leur tâche demeure toujours quelque chose de fort abstrait et de fort mystérieux.

Finalement de retour à son point de départ, l'intérêt poussé au maximum, Michel Poirier insiste pour que madame Côté complète sous ses yeux une expérience en cours. Ce à quoi elle se plie de mauvaise grâce. Il entend presque son coeur se démener, au moment où elle s'y applique, mais, en dépit de ce fait, ses gestes demeurent sûrs et précis.

Lorsqu'elle retire ses gants en latex pour les jeter à la poubelle, il sort une lettre de sa poche et la place en évidence devant elle. Les yeux exorbités comme si elle venait d'apercevoir un vampire, Suzanne Côté fige sur place. Se change en pierre blanche à faire peur.

Michel Poirier est sans pitié.

– Vous aviez omis de me mentionner l'existence de cette lettre, madame Côté. Ce n'est pas très loyal de votre part, reconnaissez-le. Si on remédiait à la situation. Si vous me racontiez comment vous avez retracé madame Valérie Jasmin. Cette fois, par contre, je vous conseille de me dire la vérité.

Les lèvres tremblantes, la voix à peine audible, Suzanne Côté amorce sa confession.

– Je n'ai rien fait de mal, inspecteur, je vous jure, je n'ai rien fait de mal. Quand monsieur Gingras a reçu l'appel téléphonique de son ex, en juin, c'est moi qui ai décroché le récepteur. La dame s'est d'abord identifiée, puis a demandé à parler à monsieur Gingras. Je ne me doutais pas alors qu'il s'agissait de Valérie Jasmin, la star, et cela, même après avoir entendu sa voix. C'est tellement invraisemblable! C'est seulement plus tard que cette pensée a commencé à me tarauder, et j'ai voulu en avoir le coeur net. J'ai donc entrepris des recherches. Après coup, je n'étais pas encore tout à fait sûre que le mannequin était l'ex-amie de monsieur Gingras, mais j'ai quand même pris l'initiative de lui écrire. Après tout, si je me trompais, je ne risquais pas grand-chose. Et si c'était vraiment elle, je voulais essayer de les réconcilier. Il n'y a rien de mal à ça, inspecteur.

– Et vous espériez, suite à cette réconciliation, que monsieur Gingras retournerait travailler à Montréal, vous laissant la voie libre pour le poste de responsable des laboratoires, c'est bien ça, madame Côté?

La dame, affolée, tourne en rond et ne sait plus ou porter son regard.

– Si vous voulez, inspecteur, mais ce n'est pas un crime

en soi; je voulais simplement faire d'une pierre deux coups.

Michel profite de cette instabilité provisoire pour revenir à la charge, afin de l'obliger à courber l'échine et à avouer sa machination.

– Votre stratagème n'ayant pas fonctionné, au lieu de vous avouer vaincue, vous avez pris les grands moyens afin de vous débarrasser d'un confrère encombrant: vous avez décidé de l'assassiner. Malheureusement, vous avez encore échoué, n'est-ce pas, madame Côté?

Devenue cramoisie, scandalisée, Suzanne Côté défend sa peau avec l'énergie du désespoir propre au condamné.

– C'est faux! inspecteur. Vous n'avez pas le droit de m'accuser ainsi sans preuves; je n'ai rien fait de tel. J'étais toujours au laboratoire lorsque ça s'est produit, et, de plus, je n'aurais jamais pu commettre un crime aussi atroce. Je suis une bonne chrétienne, vous savez. C'est péché mortel de tuer son prochain.

Calme et sûr de lui, l'enquêteur poursuit sa démarche jusqu'au bout.

– Si ce n'est pas vous, c'est forcément quelqu'un d'autre. Qui croyez-vous capable de s'en prendre à monsieur Gingras, madame Côté?

Étonnée du revirement aussi soudain de la situation, sidérée qu'on lui donne carte blanche en lui demandant de se prononcer sur un sujet aussi délicat, Suzanne Côté demeure un moment bouche bée. S'agit-il d'un autre piège tendu par l'inspecteur? Elle s'est si bien dépêtrée de l'accusation qui pesait contre elle, elle ne va pas remettre les doigts dans l'engrenage. Elle a sa petite idée en ce qui concerne cette affaire, c'est certain, mais s'en mêler, jamais! Elle n'émettra même pas la moindre opinion, de peur que cela ne se retourne contre elle.

– Comment voulez-vous que je le sache, inspecteur?

– Vous n'en avez pas la moindre idée, vous en êtes bien certaine?

– Pas du tout, inspecteur. Je ne vois pas qui pourrait en

vouloir à monsieur Gingras, un homme si gentil, si humain, si...

Michel Poirier lui coupe la parole. Son opinion au sujet de la victime s'est améliorée à son contact, c'est vrai, mais il ne va pas écouter encore une fois ces sacro-saintes litanies. On les lui rabâche depuis le début de l'enquête, il en a plein le dos, à la fin.

– Croyez-vous que madame Jasmin ait de nouveau communiqué avec monsieur Gingras, après avoir reçu votre encouragement, madame Côté?

Un problème épineux se pose à elle. Suzanne Côté prend le temps de le soupeser. Comment contourner la question de l'enquêteur sans mentir, sans risquer d'attirer une fois de plus les projecteurs sur sa personne, sans mourir de honte sous les yeux accusateurs de cet homme de loi.

Elle est toujours à tergiverser. D'une recommandation sévère, Michel Poirier lui coupe tous les ponts. Ne lui laisse en partage que le droit chemin.

– Cette fois, je l'espère, madame Côté, vous allez me dire toute la vérité et rien que la vérité. Comme vous pouvez le constater, je finis toujours par savoir. Il vaut mieux que ce soit par vous, sinon je pourrais vous accuser d'entrave à la justice.

Elle doit se mettre à nu; elle n'a pas d'autre recours. Suzanne Côté croise les mains devant son confesseur et se confond en excuses.

– Je ne voulais pas regarder, inspecteur, mais ça a été plus fort que moi. Un jour, monsieur Gingras a reçu une lettre. Il l'a aussitôt dissimulée dans la poche de son sarrau sans l'ouvrir, et ça m'a énormément intriguée. Sa journée terminée, il a quitté le laboratoire en abandonnant l'objet de ma convoitise sous mes yeux comme une tentation suprême. Les doigts me démangeaient, je n'arrivais plus à me concentrer sur rien. Je voulais savoir de qui était cette fameuse lettre, même si en principe je le savais déjà. J'ai donc sorti l'enveloppe de sa cachette et je l'ai examinée de près. Elle venait de madame Valérie Jasmin: ses coordonnées y étaient inscrites. (Elle baisse les yeux, honteuse.) Je sais, ce n'est pas très régulier de ma part, mais je l'ai ouverte sous la vapeur et je l'ai lue, avant de la cacheter à neuf et de la remettre à sa place. Quelques jours plus tard, elle était au fond de la poubelle, déchirée en mille morceaux – son visage s'attriste –, et je ne sais toujours pas si monsieur Gingras s'est donné la peine de la lire.

L'enquêteur éprouve le besoin de la consoler.

– Rassurez-vous, madame Côté, monsieur Gingras l'a bien lue, il m'en a même parlé.

– Vous savez ce que lui proposait madame Jasmin, alors. De le reprendre et même d'adopter un enfant si elle n'arrivait pas à concevoir. Vous voyez, j'ai eu raison de vouloir les réconcilier. C'est clair, cette femme l'aime toujours.

– Mais les sentiments de monsieur Gingras, eux, qu'en faites-vous, madame Côté? (Il pointe un doigt accusateur vers son visage.) Vous teniez tellement à cette promotion, vous vous foutiez de ses sentiments, n'est-ce pas? Quand vous avez pris connaissance de la lettre de madame Jasmin et de toutes ses belles promesses, vous n'auriez pas eu la brillante idée, par hasard, de la montrer à madame Mathieux, histoire de les brouiller, elle et monsieur Gingras, augmentant par le fait même vos chances de le voir déguerpir et d'obtenir la promotion qui vous tenait tant à coeur?

L'homme la regarde intensément. Devant cette nouvelle accusation, Suzanne Côté écarquille les yeux, offensée et déçue à la fois – merde! L'idée ne lui a même pas effleuré l'esprit. Une telle démarche aurait sûrement été couronnée de succès. Dans des occasions semblables, si elle n'était pas si croyante, elle jurerait comme un bûcheron.

Une pointe de reproche se glisse dans son regard. Elle en veut à l'enquêteur de retourner délibérément le fer dans la plaie. La voix chargée de colère, elle déverse sa rancoeur.

– Pour qui me prenez-vous? Je n'aurais jamais fait une chose pareille.

Michel devine la cause de sa frustration. Il renchérit:

– Pourquoi devrais-je vous croire, madame Côté? Vous m'avez déjà menti une fois, vous pouvez très bien remettre ça. À moins... (Il prend un air désolé.) Ah non! Ne me dites surtout pas que vous n'y avez pas songé. C'est donc choquant! Vous ne trouvez pas?

Suzanne Côté vendrait son âme au diable pour s'en sortir indemne. Elle nie à plusieurs reprises, avec autant d'acharnement que l'apôtre Pierre a mis à renier son Maître.

– Même si j'y avais pensé, je n'aurais jamais rien fait de tel, inspecteur. Je vous jure, je ne vous mens pas; c'est l'entière vérité.

Michel Poirier s'efforce de soulever des doutes dans l'esprit de la chercheuse. Il fait planer au-dessus de sa tête un vautour aux griffes acérées. Il agit comme s'il était au courant de «certaines» choses. Qui sait, cette astuce portera peut-être fruits, et la dame lui révélera alors d'autres détails aussi pertinents.

– Ça s'est arrêté là? Vous n'avez plus rien tenté pour parvenir à vos fins? Ça m'étonnerait beaucoup, madame Côté, vous êtes une femme trop curieuse. Réfléchissez bien, une faute avouée est à moitié pardonnée.

Il est allé à la pêche sans vraiment croire au miracle; il rentrera avec la meilleure prise de la journée. Poussée à bout, Suzanne Côté ne va pas se pendre comme son pendant, mais fait plutôt le grand ménage de son âme, espérant l'absolution promise.

– D'accord, il y a autre chose, mais ce n'est pas si terrible. Après avoir lu le roman de madame Mathieux, je l'ai fait parvenir à madame Jasmin, accompagné d'une note. Je lui conseillais simplement d'imiter l'héroïne, si elle voulait reconquérir monsieur Gingras. Cette fois, c'est tout; il n'y a rien d'autre.

– Imiter l'héroïne... Que vouliez-vous dire par-là, madame Côté?

Elle le regarde, impatiente d'en finir.

– Vous ne l'avez pas lu, inspecteur? Vous devriez. (Sa voix se radoucit, et ses yeux se perdent au loin, rêveurs.) À un moment donné, l'héroïne propose à son amoureux de lui faire un enfant. Là, dans son bureau, à son travail. C'est tellement beau! inspecteur. Tellement touchant! Aucun homme ne saurait résister à ce genre de proposition. Surtout pas monsieur Gingras, j'en suis certaine, il est si doux, si humain, si bon, si...

Suzanne Côté peut bien attribuer à Philippe Gingras toutes les qualités de la terre, lui décerner le trophée de «**MONSIEUR PERFECTION**» si cela lui chante, Michel Poirier s'en moque éperdument. Il ne l'écoute plus. Il jubile. Madame Jasmin n'a pas cru bon de le mettre au courant de la deuxième tentative de corruption de madame Côté. Par contre, elle s'est fait un plaisir de lui parler de la première, de lui montrer sa lettre. Vraiment très intrigant. Il insère cette dernière information parmi les autres. Toutefois, une maille lui échappe toujours dans ce tricot aux multiples fantaisies.

Suzanne Côté met fin à son hymne de louanges et reprend son travail, l'âme exempte de remords – à part une légère tache que le temps parviendra forcément à dissoudre.

Michel l'interroge de nouveau. Elle poursuit ses mouvements posés. Elle a avoué ses fautes – en grande partie –, peu importe si l'absolution se fait attendre, elle n'en dira pas plus.

– Quel genre de relation entretenez-vous avec madame Gisèle Lemieux, la secrétaire-réceptionniste?

– On est des amies, sans plus. Il nous arrive d'aller *luncher* ensemble, parfois, prendre un café, mais seulement au travail. On ne se rencontre – pieux mensonge! – jamais en dehors du bureau.

– La croyez-vous capable de meurtre?

La question tombe comme un couperet, mais ne rencontre que le vide. Suzanne rit, amusée.

– Vous êtes drôle, inspecteur, ça vous prend un coupable à tout prix. Et dans l'édifice en plus. Quel motif aurait-elle de vouloir le tuer?

– La jalousie, par exemple. Peut-être a-t-il refusé ses a-
vances... Madame Lemieux semble beaucoup aimer les beaux
mâles. Jeunes, par-dessus le marché.

Suzanne Côté rit toujours, complètement décoincée. Une
métamorphose étonnante. Elle est en tout point différente de la
personne retrouvée en arrivant au laboratoire. Finalement, elle
se calme et ajoute une réflexion surprenante venant de la
bouche d'une femme aussi prude.

– Elle est comme tout le monde, je suppose. Elle aime se
rincer l'oeil à l'occasion, mais ça ne veut pas dire qu'elle souhaite nécessairement se faire «enculer» par ces hommes.

Surpris par la vulgarité soudaine de la dame, Michel
plisse le front, grimace – on jurerait qu'il vient de croquer par
mégarde dans un citron. Cette expression ne cadre pas avec
l'image qu'il s'est faite de la chercheuse. Il n'a pourtant pas
l'habitude d'être chatouilleux sur les mots, mais celui-ci est une
arête oubliée dans une bouchée de poisson frais et lui obstrue
carrément la gorge. Il avale sa salive, déstabilisé. Lui jouerait-
elle la comédie depuis le début?

Il la regarde. Son teint est écarlate. De quoi faire mourir
d'envie les homards des fonds marins et priver les fins palais
d'un mets recherché. C'est évident, le mot «enculé» a sorti par
inadvertance. Sa langue a fourché. Amateur de bonne chair,
Michel se garde de pousser plus loin et ainsi risquer l'héca-
tombe d'une race aussi prisée. Il passe l'éponge et poursuit.

– Madame Lemieux a-t-elle quelqu'un dans sa vie, en ce
moment?

Pas encore remise de ses émotions, Suzanne Côté est
soulagée que l'enquêteur ne relève pas sa méprise. Elle toussote
et répond à voix basse, les yeux rivés à un contenant vide.

– Madame Lemieux vit seule, et je ne pense pas qu'elle
changerait sa situation avec quiconque.

– Avez-vous parlé de l'accident de monsieur Gingras,
ensemble?

– Je vous l'ai dit, inspecteur, je ne la rencontre – après

tout, même à répétition, ce n'est toujours qu'un pieux mensonge – jamais hors du milieu de travail. L'accident s'est produit vendredi soir, et j'étais en congé en fin de semaine, je n'ai donc pas encore eu l'occasion de discuter de quoi que ce soit avec elle.

L'enquêteur s'apprête à la quitter. Sur le pas de la porte, il se retourne.

– Je vous laisse à votre travail, madame Côté. Je vous remercie de votre franchise. Dans les jours à venir, si vous pensez à autre chose susceptible de m'aider dans mon enquête, seriez-vous assez bonne de me le faire savoir?

Suzanne Côté n'a pas la moindre intention de remettre le nez dans ce guêpier. Afin d'éviter les foudres de l'enquêteur, elle croit tout de même bon d'acquiescer.

Michel Poirier repasse devant le bureau de madame Lemieux et la salue au passage. Celle-ci, l'air pincé, évite de le regarder et même de lui adresser la moindre parole de politesse. Décidément, il est condamné à la laisser sur une mauvaise note, celle-là.

Il ouvre la porte de sa voiture. Le voyant lumineux du téléphone attire son attention. Il s'empresse de répondre.

– Oui, qu'y a-t-il?

Son adjoint prend aussitôt la parole.

– Bonjour, boss. J'ai quelque chose qui pourrait fort bien vous intéresser. Je peux vous rencontrer quelque part, tout de suite?

Intrigué, l'enquêteur lui donne rendez-vous au bureau.

12

Enfermés dans le bureau depuis plus d'une heure, Michel et Karl sont toujours en grande conversation.

– Je vous dis, inspecteur, c'est comme si Catherine Mathieux n'avait jamais existé avant le début de son secondaire. Ça ne fait pas d'elle une criminelle pour autant, mais je trouve ça quand même étrange, pas vous? Si vous y tenez, je peux continuer à creuser jusqu'à sa naissance, mais on perd un temps précieux en suivant cette piste-là, j'en suis convaincu. Je ne vois pas en quoi son enfance serait liée à cette tentative de meurtre. Quant à ses collègues de travail, ses amis, ils n'ont que de bons mots à son sujet. J'ai également mené une petite enquête dans le voisinage de madame Mathieux, au cas où quelqu'un aurait aperçu une auto noire qui roulait à fond de train vendredi après-midi, mais je n'ai rien découvert. Personne n'a rien vu; la plupart étaient absents de chez eux. (Il plonge le nez dans ses notes.) Changement de sujet, samedi soir, vous m'aviez demandé de voir le propriétaire du motel, monsieur Conrad Asselin. Je suis donc passé en allant veiller, mais j'y ai plutôt rencontré sa femme. Quand j'ai voulu parler à son mari, elle m'a dit qu'il était couché, maintenu au lit par une grosse grippe. Je n'ai pas insisté. Je suis retourné aujourd'hui, mais encore là sa femme le remplaçait et m'a répété la même rengaine. Chaque fois, sa nervosité était flagrante. Je me demande pourquoi. Vous en avez une idée, boss?

Il referme son carnet de notes et lève les yeux vers son supérieur. Celui-ci, perdu dans ses pensées, se soucie de sa question comme de sa première poussée d'acné. Croyant le sujet dépourvu d'intérêt, Karl s'attaque à autre chose.

– Vous, patron, comment s'est déroulée votre rencontre avec la belle Valérie Jasmin?

La bombe à retardement explose enfin.

– Viens avec moi, Karl, on va rendre visite à monsieur Asselin. Ce ne sera pas un voyage inutile, je te le garantis. En cours de route, je te mettrai au courant de mes dernières découvertes. Pour ce qui est de l'énigme entourant le passé de madame Mathieux, je me charge d'éclaircir ça avec elle.

* * *

Madame Asselin voit revenir le jeune enquêteur avec une véritable armoire à glace. Une guerre froide se prépare, elle en a peur: ils doivent fourbir les armes. Prise de panique, elle court dans la pièce arrière prévenir son mari.

– Le voilà! Il revient avec du renfort. Je ne pourrai pas toujours les empêcher de t'approcher.

– Il le faut, Germaine. S'ils me voient comme ça, ils voudront savoir, et ça risque de nous être fatal la prochaine fois.

Elle entend le carillon de l'entrée. Agitée et avec des gestes incertains, en bon soldat chargé de garder le fort, madame Asselin retourne au poste, décidée à tenir tête aux belligérants.

Deux véritables cathédrales, droites et imposantes, se tiennent devant le comptoir de l'office. Germaine leur grimace un sourire. Ses dentiers s'agitent dans sa bouche. Elle serre les mâchoires pour faire obstacle à leur danse à claquettes compromettante.

Le plus costaud des deux hommes prend la parole d'une voix autoritaire. Le ton est impératif. Elle frémit.

– Je veux voir votre mari, madame Asselin. Je dois lui parler de toute urgence. Ça concerne notre dernière rencontre.

La dame âgée n'écoute que son courage et s'apprête à formuler une excuse. L'enquêteur lui en fait immédiatement passer l'envie.

– J'ai demandé à votre mari de ne pas quitter la ville; il

a respecté mes ordres, j'espère, sinon...

Il s'interrompt. Devant l'éventualité d'une sanction sévère, madame Asselin reconsidère sa réponse.

– Non, non, inspecteur, il n'a pas quitté la ville; il est ici, je vous assure, mais...

Elle hésite. Le regard de Michel Poirier la pénètre et s'infiltre dans les méandres de son cerveau comme l'eau dans une motte de glaise. Elle ramollit à vue d'oeil. Il n'a plus qu'à la modeler à sa guise.

– Il n'y a pas de mais qui tienne, madame Asselin. J'ai une enquête à mener, et votre mari peut me fournir des renseignements précieux. Il n'a pas le droit de nous refuser son aide.

– Devant cette poigne de fer, la pauvre vieille se laisse façonner, docile.

– Attendez, je vais voir s'il peut venir.

– On peut très bien aller le trouver, s'il est toujours au lit à cause d'une mauvaise grippe.

– Un instant, je reviens.

Elle referme la porte derrière elle.

Conrad Asselin a tout entendu. Il se redresse de peine et de misère et s'apprête à affronter avec courage la vengeance promise s'il ose raconter sa triste histoire à qui que ce soit. Il n'a pas le choix, il doit coopérer avec la police, sinon c'est l'emprisonnement. Et à tout calculer, la prison lui fait encore plus peur qu'une correction physique.

Il lève vers son épouse un visage pathétique.

– Dis-leur de venir ici.

Germaine lui tapote l'épaule en signe d'assentiment. Elle comprend son indigence, la partage. Elle est le lot des gens âgés, proies faciles dont on abuse trop souvent sous prétexte qu'ils n'ont plus la capacité autant physique que morale de se défendre.

Elle s'en retourne d'un pas lourd, malgré ses quarante-quatre kilos, à peine.

Abattue, résignée, d'un geste las, elle invite les policiers à la suivre. Sa voix a l'intonation de celle qui abdique.

– Vous pouvez venir.

Fiers de cette première manche remportée haut la main, les deux hommes se faufilent à la suite de la dame. Là, ils sont confrontés à un spectacle bouleversant. Leur victoire prend vite un goût amer.

Le vieillard est si amoché, on jurerait qu'il a été matraqué pendant des heures. Il a été passé à tabac, c'est évident, et l'horreur de la scène se lit toujours dans ses yeux tuméfiés. L'humiliation vient parapher le tout.

Karl reste à l'écart. La vue de cet homme estropié, effrayé comme une bête prise au piège, le touche profondément. Il imagine son grand-père dans un aussi piteux état, et la colère gronde en lui comme un roulement de tonnerre. Il a du mal à la contenir. Il serre les poings. Ravale ses larmes. Il en veut au salaud qui s'est rendu coupable d'une telle bassesse. Il en veut à tous les salauds de la planète. À tous les êtres patibulaires.

Michel Poirier, le coeur chaviré lui aussi, cache à grand-peine sa fureur. Il s'avance vers la pauvre victime. Une question traverse ses lèvres, aussi tranchante qu'une lame de rasoir.

– Qui vous a fait ça, monsieur Asselin?

L'homme cherche encore à nier, à échapper au mauvais sort qui l'attend s'il révèle l'identité de son bourreau. Il baisse les paupières pour mieux déguiser son mensonge.

– Personne, monsieur l'inspecteur, j'ai trébuché dans l'escalier.

Conscient de l'état de frayeur dans lequel Conrad Asselin est plongé, Michel Poirier soupire longuement, et son exaspération disparaît peu à peu comme une trace de pas dans le sable du désert balayé par le vent. La compassion prend la relève.

– Je vous comprends très bien, monsieur Asselin. Vous avez peur de dévoiler le nom de votre agresseur, et c'est normal. Il vous a sûrement menacé de tous les maux, si vous le trahissez. Vous devez quand même le dénoncer. Je sais, ce que je vous demande n'est pas facile, ça prend beaucoup de courage, mais c'est le seul moyen de l'empêcher de récidiver.

Conrad Asselin le regarde, indécis. Comment peut-il le dénoncer, il ne sait rien de lui ou si peu.

Devant son mutisme, l'enquêteur renchérit:

– La prochaine fois, il peut très bien s'en prendre à votre femme. Vous ne voulez pas ça, n'est-ce pas, monsieur Asselin? On souhaite vous aider, mais il nous faut votre témoignage pour y parvenir. On fera tout en notre pouvoir pour vous protéger contre lui, je vous le promets.

La police pourra-t-elle les prémunir jour et nuit contre un individu aussi cruel et retors? Il en doute. Mais l'évocation de sa tendre épouse malmenée par cette brute pousse le vieillard à ouvrir l'écluse. Il pèse trop lourd sur son coeur, ce silence. Il a besoin d'en parler à quelqu'un. De plus, il croit sincèrement que cela peut venir en aide à la journaliste accusée à tort.

Il a lu l'article dans le journal, a vu un lien avec la visite de la police chez lui, la veille, avec le gars qui l'a forcé à mentir au sujet de la cliente journaliste, et il a tiré ses propres conclusions sur cette affaire sordide. Le reporter fait fausse route en rendant la chroniqueuse responsable de la tentative de meurtre de son ami. Elle était trop gentille, cette femme. Le vrai coupable, c'est l'homme qui l'a agressé, lui; il en donnerait ses motels en garantie.

Son devoir de citoyen est de venir en aide aux forces de l'ordre. Il doit les aider à mettre la main le plus tôt possible au collet de cet être sans scrupule. Il coopérera donc de son mieux.

La larme à l'oeil, Conrad Asselin s'exécute. Les mots se déversent d'abord en mince filet, puis en torrent de plus en plus fort. Il avoue sa faiblesse sous les regards de pitié des deux hommes de loi, et il a mal à sa fierté encore plus qu'à sa carcasse. Il regrette tellement la fougue de sa jeunesse! Elle lui aurait sans aucun doute évité une telle avanie.

Il se frotte vigoureusement les mains l'une contre l'autre. Aujourd'hui, avec des moyens toujours aussi limités que la première fois, il se prépare à se défendre jusqu'au bout, s'il le faut, contre son tortionnaire, si jamais il ose revenir.

– Samedi, inspecteur, quand vous êtes venu il y avait un homme, ici même, comme vous êtes là dans le moment. Il m'avait fortement recommandé de vous mentir au sujet de la femme du motel numéro deux. Il m'avait même ordonné, sous la menace, de me faire sauter la cervelle si je refusais de vous dire qu'elle était partie vers quinze heures trente, alors que je l'ai très bien vue quitter les lieux après seize heures. Au dernier moment, je n'ai pas pu vous mentir. Vous vous souvenez, inspecteur, j'ai plutôt prétexté que je m'étais endormi vers quinze heures trente et que, lorsque je m'étais réveillé vers seize heures, elle n'était plus là. J'espérais que ma réponse le satisferait, mais je me trompais. Quand vous m'avez quitté, je suis retourné en arrière. Là, il s'est jeté sur moi en m'insultant et en me frappant de ses poings et de ses pieds. Il a même juré qu'il reviendrait m'achever, si je parlais de lui à la police.

Il se tourne vers Karl qui n'a toujours pas bronché. Sa voix se brise sous l'impact des sanglots.

– Vous comprenez pourquoi je refusais de vous recevoir, inspecteur. J'ai peur qu'il revienne et qu'il s'attaque à ma Germaine. Moi, je suis capable d'en prendre, mais elle... Si ça arrivait, je ne pourrais pas le supporter.

Il renifle. Son épouse lui tend un mouchoir en papier. Il s'essuie les yeux et se mouche. Elle le rassure.

– Ne t'en fais pas, mon homme, je suis capable d'encaisser, moi aussi. Puis même si on y restait, au moins on aura fait notre devoir.

Devant la résignation avouée de la vieille dame, Michel Poirier sent le poids de son incapacité à les mettre à l'abri derrière une cloche de verre, comme l'a fait le petit prince de Saint-Exupéry avec sa fleur, pour la soustraire aux dangers d'un monde rempli de prédateurs.

Du fond de son coeur monte cette promesse. Il se la fait à lui-même et s'empresse de la répéter haut et fort.

– Je vous jure, monsieur Asselin, je l'aurai cet homme, et il paiera pour ce qu'il vous a fait subir. Entre-temps, nous allons faire l'impossible pour vous protéger. Pourriez-vous essayer de me le décrire de votre mieux? Je sais, ce n'est pas facile après avoir subi un traumatisme comme le vôtre, mais si vous pouviez vous rappeler des détails le concernant: un tic, une tache de naissance, un tatouage, le genre de démarche, le timbre de voix, l'habillement, la voiture, tout, absolument tout ce dont vous pouvez vous souvenir nous sera utile. Vous avez un sens d'observation hors de l'ordinaire, je m'en suis aperçu lors de notre première rencontre. Vos précisions vont beaucoup nous aider, j'en suis certain. Allez-y, monsieur Asselin, je vous écoute.

De peur d'intimider le vieillard en notant lui-même ce qu'il s'apprête à relater, Michel fait un signe à son jeune adjoint. Karl sort aussitôt son carnet de sa poche.

Les yeux plissés, l'air d'un myope privé de verres correcteurs qui s'efforce malgré tout de voir au loin un point précis, le vieil homme rassemble son courage et y va d'une description détaillée.

– C'était un bel homme, je dois l'admettre, dans la trentaine avancée. Il était vêtu d'un complet gris, très chic. C'est d'ailleurs pour ça que je ne me suis pas méfié: on aurait dit un homme d'affaires. Il avait les cheveux mi-longs retenus derrière par un élastique. Il portait une boucle en or à l'oreille gauche. J'ai toujours trouvé ça un peu déplacé, pour un homme, les cheveux longs et les oreilles percées, mais, malgré ça, il paraissait tellement bien, je me suis laissé avoir. Il était grand, mince, les cheveux châtain clair, la peau foncée, les yeux bleus. Je n'ai pas aperçu de marques particulières, une tache de naissance ou un tatouage, car il avait des manches longues, c'était plutôt difficile. On était vendredi soir vers vingt heures. Je ne l'ai pas entendu arriver. La première chose que j'ai sue, il était là, devant moi. Il voulait un motel pour la nuit. Il s'est identifié, et quand il est venu le temps de me donner son numéro de plaque d'immatriculation, il a prétexté ne pas le savoir par coeur et n'avoir pas ses papiers sur lui. Il a ajouté, avec un air toujours aussi désolé, être tombé en panne et avoir été forcé d'abandonner son auto au garage jusqu'au lendemain matin. Il m'a payé en argent, et j'ai fermé les yeux sur cette irrégularité. (Il cherche à justifier son manque de méfiance.) Je vous dis, inspecteur, il avait tellement l'air de quelqu'un de bien! Le lendemain avant-midi, ça s'est gâché. Germaine était partie magasiner; j'étais seul à la réception. Il est entré et m'a pris en otage. Il m'a déclaré: «La police va passer te poser des questions sur la cliente du motel numéro deux, et je te conseille fortement de répondre ce que je te dirai.» Et il m'a gardé prisonnier derrière. Pas longtemps après, vous êtes arrivé. Lorsque vous êtes reparti, et qu'il en a eu fini avec moi, j'ai réussi à me relever et j'ai verrouillé la porte en attendant le retour de Germaine. Voilà! Vous savez tout; je ne peux rien vous dire de plus.

Michel Poirier pose des mains compatissantes sur les épaules chétives du vieillard.

– C'est beaucoup, croyez-moi, monsieur Asselin. On ne vous importunera pas plus longtemps. Rassurez-vous, je serais très surpris que l'homme ose revenir. Il doit plutôt se terrer quelque part en espérant se faire oublier. Le nom et l'adresse qu'il vous a donnés sont sûrement fictifs, mais pourriez-vous quand même me les mentionner?

Monsieur Asselin se lève avec difficulté; sa femme le devance et caresse son dos d'une main apaisante.

– Laisse, mon vieux, je m'en occupe.

Pressés de faire la lumière sur ce salopard, les enquêteurs repartent. Madame Asselin rejoint son mari. Encore plus angoissées qu'avant, faute de mieux, les deux personnes âgées se pressent l'une contre l'autre, dans une volonté commune de se protéger.

Sur le chemin du retour, Michel Poirier réfléchit à haute voix. Il donne, par la même occasion, des instructions à son jeune protégé.

– Il faut retracer ce sauvage, Karl. Même s'il est probable que cette approche s'avérera inutile, vérifie l'adresse donnée à monsieur Asselin. Ensuite, essaie de glaner le plus d'informations possibles sur le mari de madame Suzanne Côté. Son nom est Germain Côté, il a quarante-sept ans et est sans travail. Il est à la recherche d'un emploi, semble-t-il. J'ai cru comprendre qu'ils avaient des enfants. Regarde si tu peux apprendre quelque chose sur eux. Vérifie aussi dans leur entourage, auprès de leurs amis, au cas où quelqu'un ressemblerait à notre énergumène. (Il lui présente un bout de papier.) Tiens, c'est l'adresse et le numéro de téléphone de monsieur Côté. Demande-lui donc de passer au bureau, ce sera plus simple de cette façon et aussi plus rapide. Quant à moi, je retourne dire un mot à madame Mathieux, elle sera sûrement heureuse d'apprendre que le propriétaire du motel a confirmé sa version des faits quant à l'heure de son départ. J'en profiterai aussi pour lever le voile sur le côté obscur de sa vie. (Il songe à l'héroïne du roman de Catherine Mathieux, à son histoire lourde d'enfant abusée.) Qui sait s'il n'en surgit pas un bel homme dans la trentaine avancée qui revient, quelques années plus tard, pour se venger ou même pour venger quelqu'un d'autre...

Karl le regarde, intrigué.

– À quoi faites-vous allusion, boss?

Michel Poirier refuse de dévoiler un secret aussi bien gardé, et ainsi courir le risque de causer un tort irréparable à la jeune femme si ses soupçons s'avèrent non fondés – après tout, il ne s'agit que de simples présomptions.

– Je te le dirai si j'ai raison. Sinon, ce sera une piste de plus d'éliminée. (Songeur, il y va de propos décousus, entrecoupés de longues méditations.) J'ai mon copain, Sylvain, il est enquêteur lui aussi, et il a accepté de faire une recherche pour me dépanner. Il me donnera sûrement un compte rendu bientôt. Je songe aussi à retourner voir madame Jasmin pour lui demander ce qu'elle pense du roman de sa rivale.... C'est quand même étrange qu'elle ne m'ait pas mentionné le cadeau reçu de madame Côté. Pourtant, elle s'est fait un devoir de me montrer sa lettre. En parlant de madame Suzanne Côté, je l'ai trouvée pas mal lunatique la dernière fois. Imprévisible, je dirais. Ça me taraude. Venant de madame Lemieux, il me semble que ce serait plus normal. Si Sylvain pouvait se *grouiller!* C'est pratique d'avoir des *chums* un peu partout dans le monde. Entre amis, il faut s'entraider, hein! jeune homme?

Karl a du mal à suivre son supérieur dans des chemins aussi nébuleux que divergents. Il se demande s'il arrivera, un jour, à mener de front autant de pistes à la fois, sans s'embourber dans les contradictions à n'en plus finir. De plus en plus intrigué, il aimerait obtenir quelques éclaircissements, cela lui éviterait de se fourvoyer dans des démarches inutiles, mais tant et aussi longtemps que l'enquêteur Poirier en sera lui-même réduit au domaine de la spéculation, il refusera de préciser sa pensée, il en est persuadé.

Après avoir englouti un hamburger en vitesse, les deux hommes se présentent au bureau. Ils ne sont pas aussitôt stationnés que l'agent Roy court au-devant d'eux, une lettre à la main. Il la présente à Michel Poirier, anxieux d'en connaître le contenu.

– Tenez, inspecteur, un jeune garçon d'une dizaine d'années l'a apportée, il y a quelques minutes. Il a dit que c'était très important, et qu'on devait vous la remettre en main propre.

L'enquêteur la retourne d'un côté et de l'autre. Aucun nom n'apparaît sur l'enveloppe. Il s'empresse de la décacheter et la lit à voix haute.

Vous faites fausse route en vous en prenant à madame Suzanne Côté. Vous devriez plutôt chercher la propriétaire de la Chrysler Intrepid rouge bourgogne stationnée à côté de l'automobile de monsieur Philippe Gingras.

Il lève les yeux vers l'agent Roy. Toujours aux aguets, en bon petit chien bien dressé, il attend, après avoir fait la belle, la récompense promise.

Michel Poirier retrousse les lèvres et plisse le front, irrité, choqué d'avoir raté l'opportunité d'en apprendre davantage sur ce mystérieux informateur. D'une voix agacée, il se décharge de son agressivité sur le pauvre policier dont il n'a jamais réussi à accepter la mesquinerie.

– Un jeune garçon t'a remis ça, et tu n'as même pas cherché à savoir d'où il tenait un message aussi singulier?

– Au contraire, inspecteur. (Il s'amuse à le faire languir, et Michel Poirier se retient de ne pas l'apostropher d'une réplique malveillante.) J'ai réussi à lui tirer les vers du nez en lui offrant le double de ce qu'on lui avait donné pour l'obliger à garder le silence. Astucieux, vous ne trouvez pas?

N'en pouvant plus de ne recevoir l'information qu'en pièces détachées, Michel Poirier explose.

– Accouche, Roy, je n'ai pas rien que ça à faire, moi, écouter tes fanfaronnades.

– Choquez-vous pas, inspecteur, j'y viens. Le gamin ne connaissait pas le nom de son bienfaiteur, mais il m'a dit que c'était une personne avec les cheveux noirs ramassés derrière la tête. Elle était assez vieille pour être grand-père ou... grand-mère.

D'un synchronisme parfait, les deux enquêteurs froncent les sourcils. L'agent Roy, fier de sa performance d'orateur – il est parvenu à capter l'attention de son auditoire –, poursuit.

– Il a dit que c'était probablement un homme déguisé en femme, parce qu'elle avait une grosse voix. Elle passait en voiture et lui a remis l'enveloppe avec deux dollars en lui faisant promettre de la donner à l'inspecteur Poirier, sans mentionner sa provenance.

Cheveux noirs relevés... Une grosse voix d'homme... Michel Poirier songe immédiatement à la secrétaire-réceptionniste, Gisèle Lemieux. Cela ne peut être qu'elle. Toutefois, il s'étonne de sa témérité. «Si elle tient à demeurer anonyme, pourquoi avoir pris un tel risque? De plus, elle s'en remet à un enfant. Elle ne peut quand même pas ignorer qu'un môme dit tout, surtout à cet âge-là. Et si l'on fait miroiter sous ses yeux une pièce de monnaie, là...»

«C'est vrai, elle n'a pas d'enfant. Peut-être est-elle ignare en ce domaine. À moins qu'elle en ait assez de se taire, se dit Michel. Mais pourquoi tenir autant à innocenter Suzanne Côté?» Il percera ce mystère plus tard. Pour le moment, c'est l'auto rouge bourgogne qui l'intéresse. Il aurait dû s'en charger ce matin après l'avoir remarquée. Une autre négligence de sa part. Il les cultive, ma foi!

Michel Poirier sort de sa réflexion et aperçoit l'agent Roy: il attend toujours une gratification quelconque. Il passe outre l'antipathie éprouvée à son égard et se dépêche de le satisfaire – le seul, l'unique moyen de le faire déguerpir.

Il lui tape l'épaule. Lui sourit.

– Beau travail, Roy. Tu t'es bien débrouillé; ce sont là des informations très pertinentes.

Yves Roy retourne à l'édifice d'un pas de conquérant. Karl Michaud sent à son tour le besoin de se rendre utile aux yeux de son supérieur.

– Je me charge de retracer le propriétaire de la Chrysler, inspecteur.

Michel Poirier préférerait le faire lui-même, mais avec la visite surprise qui vient de se rajouter à son horaire de l'après-midi déjà surchargé, il n'a pas le choix, il doit déléguer des tâches, s'il veut arriver à tout concilier.

Il doit rencontrer de nouveau son informatrice secrète. S'il n'en tient qu'à lui, elle ne le restera plus très longtemps. Pas étonnant qu'au poste on ait confondu sa voix avec celle d'un homme, lorsqu'elle a appelé le jour où monsieur Gingras a été agressé.

– D'accord, Karl, je te laisse t'occuper de ça. Téléphone-moi dès que tu auras des nouvelles. Le mari de madame Côté, tu t'en occuperas plus tard.

Il démarre en trombe, pressé de connaître les motifs cachés de Gisèle Lemieux.

13

La réceptionniste voit apparaître l'enquêteur et feint d'être débordée pour ne pas avoir à affronter son regard. Michel Poirier la taquine. Cherche à la provoquer.

– Vous n'attendiez pas ma visite, cette fois, madame Lemieux?

Elle lève la tête. Fait semblant de l'apercevoir.

– Ah! C'est vous, inspecteur. C'est vrai, je ne m'attendais pas à vous revoir aujourd'hui.

– Vous en êtes certaine, madame Lemieux.

À ces mots, elle rougit des pieds à la tête. Michel imagine son corps aux formes avares. Un néon dont la luminosité écarlate traverse ses vêtements devenus diaphanes. Il retient un sourire.

Penchée au-dessus du tiroir du classeur, ignorant les lubies du cerveau du nouveau venu, Gisèle poursuit le rangement de ses dossiers.

– En quoi puis-je vous être utile, inspecteur?

Michel Poirier longe le comptoir derrière lequel elle cache son inconfort et jette brusquement la lettre sur les dossiers qu'elle tripote, nerveuse.

– Vous pourriez commencer par m'expliquer pourquoi vous préférez m'écrire au lieu de me parler face à face.

La réceptionniste s'empare du charbon ardent, du bout des doigts, et le rejette loin de sa vue. Elle nie avec vigueur.

– Je ne vois pas de quoi vous voulez parler, inspecteur.

L'enquêteur prend le parti d'en rire.

– Faites attention, madame Lemieux, si vous continuez à mentir, le nez pourrait vous allonger à l'exemple de Pinocchio. Vous seriez mal fichue de venir travailler avec une protubérance semblable.

190

La dame n'a pas le coeur à rire et ne se gêne nullement pour le lui faire savoir.

– Vous êtes grossier, inspecteur. Je ne vous permets pas de me parler sur ce ton.

Michel Poirier croit le moment venu de changer de tactique.

– D'accord, madame Lemieux, si vous préférez jouer les dures, nous allons nous y prendre à deux. D'abord, il est inutile de nier, le jeune garçon vous a trahie. Sa description m'a mené directement à vous. Quand j'y repense, c'est logique. Le jour du drame, monsieur Gingras était au téléphone lorsqu'il est passé devant vous. De ce fait, vous n'aviez pas pu lui dire au revoir comme vous le faites à chaque jour. Vous l'avez donc suivi jusqu'à la porte en espérant vous reprendre. Malheureusement, il est demeuré en grande conversation avec sa dulcinée jusqu'à l'extérieur. Vous êtes donc restée sur place, le temps de le voir partir. Là, vous avez été témoin d'une scène horrible. Vous avez réagi aussitôt en composant le neuf, un, un, au téléphone de l'entrée. Là-bas, on a cru que l'appel était logé par un homme. Ça s'explique, je ne vous apprends rien en vous disant que votre voix a une consonance plutôt... virile. Même le jeune garçon, votre commissionnaire, en a fait la remarque.

Gisèle Lemieux le regarde, interdite. Une crainte indicible se mélange à un profond soulagement. L'enquêteur relate les faits aussi conformes à la réalité que s'il avait été sur place. Mais, si elle avoue, jusqu'où cela va-t-il la mener? S'il elle doit comparaître en justice pour raconter sa version du drame, qu'adviendra-t-il de sa tranquillité d'esprit? Elle la protège depuis tant d'années au prix de profondes solitudes.

Devant l'entêtement de la dame, une idée germe dans l'esprit de l'enquêteur. Sa voix reprend, accusatrice.

– C'est peut-être vous, madame Lemieux, qui avez poussé monsieur Gingras dans le vide. Vous aimez beaucoup les hommes, je ne me trompe pas? Peut-être a-t-il refusé vos avances, et mine de rien vous avez décidé de vous venger en faisant passer le crime sur celle qui partage son travail de tous les jours, sur madame Côté, par jalousie...

Gisèle Lemieux éclate de rire.

– Ce que vous avancez ne tient pas debout, inspecteur, pourquoi vous aurais-je écrit que vous vous acharniez sur la mauvaise personne, si j'avais voulu la faire inculper?

– Bon! À la bonne heure! Vous avouez m'avoir écrit.

Elle regarde de tous les côtés à la fois. Chuchote.

– D'accord, vous avez raison, c'est moi, mais ne le criez pas sur les toits; je tiens encore à ma peau, même si elle commence à être pas mal froissée. Je n'ai pas envie que cette meurtrière s'attaque à moi.

– Vous l'avez vraiment vue?

– Bien sûr! je l'ai vue. Je n'aurais pas dit que c'était une femme, si je ne l'avais pas vue.

De plus en plus captivé, l'enquêteur demande.

– Racontez-moi ce que vous avez aperçu ce jour-là, madame Lemieux. Votre témoignage peut être capital pour notre enquête.

Il prend son carnet de notes. Elle rétorque, irritée.

– Vous me rendez folle avec votre manie de tout noter.

L'enquêteur ne tient pas compte de sa remarque. D'un geste de la main, il l'invite à s'exécuter. Ce à quoi elle se plie à contrecoeur.

– Quand je suis arrivée à la porte, monsieur Gingras se dirigeait vers le muret de ciment. Il s'y est installé, et c'est là que j'ai vu la femme. Elle se tenait près de l'auto rouge bourgogne, la Chrysler Intrepid. Elle fouillait dans son sac à main, comme si elle cherchait ses clefs de voiture. Elle était dos à moi, je ne pouvais donc pas voir son visage, par contre, j'ai remarqué qu'elle était grande, mince, les cheveux blonds coupés aux épaules, et qu'elle portait un tailleur bleu marine un peu trop ajusté, je dois le reconnaître. Beaucoup trop petit, en fait.

En écoutant la fin du récit de madame Lemieux, Michel songe au bouton bleu marine retrouvé près du muret le soir du drame. Cet élément de preuve est toujours en sécurité au bureau.

– ... Je l'ai vue se diriger vers monsieur Gingras. Celui-ci était penché au-dessus du vide; il regardait quelqu'un ou quelque chose en bas. Il a rangé son cellulaire. La femme s'est aussitôt accroupie à ses pieds et les a empoignés de ses mains. J'ai vu monsieur Gingras basculer par-dessus bord. Un vrai pantin! Je n'ai pas réalisé tout de suite ce qui venait de se produire, j'étais sous le choc. Puis j'ai aperçu de nouveau la femme. Elle se dirigeait vers l'entrée du centre commercial où elle a disparu. Je tremblais comme une feuille, mais j'ai quand même eu la présence d'esprit de composer le neuf, un, un.

– Et c'est tout à votre honneur, madame Lemieux. Mais pourquoi avoir tu votre identité jusqu'à aujourd'hui?

– Je vous l'ai déjà dit, inspecteur, je craignais pour ma vie et je ne voulais pas avoir à répondre à des interrogatoires à n'en plus finir, comme c'est le cas en ce moment. Je ne voulais pas me retrouver sur la sellette, c'est simple.

– Pourquoi le faire maintenant?

– Est-ce que j'ai le choix?

– Si vous ne m'aviez pas fait parvenir cette lettre, je n'aurais sans doute jamais deviné. Jusqu'à ce jour, je croyais dur comme fer qu'un homme avait téléphoné. J'étais presque persuadé que l'agresseur l'avait fait lui-même: il avait accusé une femme pour détourner l'attention sur quelqu'un d'autre. Sur madame Côté, par exemple. Et ça aurait pu fonctionner, elle avait un motif pour vouloir se débarrasser de monsieur Gingras, elle. Mais vous, vous êtes persuadée du contraire. Comment pouvez-vous clamer haut et fort son innocence? Pourtant, elle est mince, grande, les cheveux blonds aux épaules, exactement la description que vous venez de me faire. Et vous avouez ne pas avoir vu son visage. C'est peut-être elle, la coupable, après tout, pourquoi le nier?

– Parce que ce n'est pas elle. L'allure en général d'une personne, ça ne ment pas. La démarche, par exemple: elle ne marchait pas du tout comme Suzanne. Son pas était... incertain. Et le maintien, c'est pareil: elle n'avait aucunement le port de Suzanne. Son dos était... courbé. Ses épaules... Ses cheveux... Non!

– Si elle avait voulu leurrer tout le monde en changeant sa démarche, son allure, c'est une chose possible. Pourquoi risquer de sortir de l'ombre pour prendre sa défense, madame Lemieux? Vous tenez tant que ça à elle?

Gisèle Lemieux plisse un front soucieux. Elle ne sait trop comment interpréter la question de l'enquêteur. Elle préfère se taire, attendre. Il ne va pas tarder à la reformuler, c'est certain.

L'enquêteur Poirier reprend.

– Madame Côté m'a dit qu'il vous arrivait à l'occasion de *luncher* ou de prendre un café ensemble, mais seulement au bureau. Comment pouvez-vous prétendre la connaître au point d'affirmer son innocence comme vous le faites?

Butée, Gisèle Lemieux réplique:

– Je le sais, c'est tout.

Devant son entêtement, Michel Poirier s'interroge. Si elles étaient de connivence pour rejeter le blâme sur... Il tâte le terrain.

– Vous connaissez madame Mathieux? Croyez-vous que ça puisse être elle?

Elle le regarde comme s'il était le pire des idiots.

– Vous faites exprès ou quoi? Il était avec elle au téléphone.

– Vous en êtes certaine?

– Je l'ai entendu l'appeler Cat. Je vous ai déjà dit ça, inspecteur. Perdez-vous la mémoire?

– Si vous aviez mal compris... Si vous n'aviez fait que supposer... Catherine Mathieux, vous la connaissez? Elle ressemble à la description de la femme que vous avez aperçue ce jour-là.

La réceptionniste commence à s'impatienter.

– Est-ce que je sais, moi! Je connais surtout le visage de madame Mathieux, je le vois presque tous les jours dans le journal quand je lis sa chronique, mais pour le reste... À part ça, vous fabulez, inspecteur, ils s'aiment comme ce n'est pas possible, ces deux-là. Pourquoi voudrait-elle le tuer?

– C'est pourtant ce que les journaux ont insinué.

– Bah! Ils disent n'importe quoi pour augmenter leur tirage. Vous ne croyez tout de même pas ces balivernes. C'est tellement simpliste!

Satisfait de sa réponse, convaincu de sa sincérité à vouloir défendre à tout prix madame Côté autant que madame Mathieux, même s'il ne comprend toujours pas pourquoi elle y met autant d'acharnement, Michel Poirier change de sujet mais pas d'idée. Il doit trouver le moyen de rencontrer la chercheuse pour lui soutirer un échantillon de cheveux. On ne sait jamais. Dire que cela aurait été si facile, la veille, lorsqu'elle était concentrée sur son expérience! Mais puisqu'il connaît le chemin, rien ne l'empêche de retourner dans son repaire.

Il fouille dans ses notes.

– Ce matin, vous m'avez parlé d'un homme qui est venu ici, au début du mois d'août, se prétendant un ancien collègue de travail de monsieur Gingras, de passage à Québec.

– Oui, pourquoi?

– Vous n'auriez pas oublié un détail?

Gisèle Lemieux le regarde sans comprendre.

– Quel genre de détail, inspecteur?

– Portait-il des bijoux, par exemple?

– Ah! Je n'ai pas remarqué. Le plus souvent, il avait les deux mains plongées dans ses poches de pantalon et faisait tinter sa monnaie ou ses clefs, je ne sais trop. (Ses yeux s'illuminent.) Ah! Mais vous me faites penser. Il portait un anneau en or à l'oreille.

Michel Poirier exulte.

– À quelle oreille, madame Lemieux? La gauche? La droite?

La dame réfléchit. Elle tourne le torse d'un côté et de l'autre. Plisse les yeux.

– La gauche, je pense.

L'enquêteur serre les poings. Éclate de rire. S'exclame:

– «Yes!» Merci! Merci beaucoup, madame Lemieux!

D'autres éléments, et très importants ceux-là, prennent place dans ce charabia de personnages, de faits, d'événements. S'emboîtent les uns dans les autres pour former une sorte de magma encore confus, mais qui se précisera peu à peu. Il s'agit de se poser les bonnes questions et, surtout, de trouver les bonnes réponses.

Un homme s'est présenté au Centre de recherche clinique sous prétexte de rencontrer monsieur Gingras, mais n'est jamais revenu par la suite. Ce même homme se trouvait au motel le soir du drame, et, le lendemain, il a forcé monsieur Asselin, le propriétaire, à mentir au sujet de madame Mathieux, sans doute pour la faire inculper de la tentative de meurtre avortée, la veille, contre son amoureux. D'où vient-il, ce mystérieux inconnu? Quel lien a-t-il avec monsieur Gingras? Avec madame Mathieux? Avec la vraie coupable: cette blonde que madame Lemieux a vu faire culbuter monsieur Gingras en enfer.

«Bel homme, dans la trentaine, vêtu de façon très chic, grand, mince, cheveux longs, châtains, attachés en queue de cheval sur la nuque, la peau bronzée, une boucle en or à l'oreille gauche, ça ne peut être que le même spécimen dans chacun des cas, se dit Michel. Ce serait bien plus qu'une coïncidence, s'il y en avait deux façonnés dans le même moule et reliés aux victimes en plus. Il faut retrouver ce type, et le plus tôt sera le mieux.»

L'enquêteur s'élance vers le couloir menant au laboratoire où travaille Suzanne Côté. Gisèle Lemieux bondit sur ses pieds. Riposte.

– Vous n'avez pas le droit, sans permission.

– Il faut que je la voie.

– Vous...
– J'en ai seulement pour une minute.

14

Après une avant-midi aussi mouvementée que la veille, Catherine se retrouve seule avec son amoureux. Un amoureux qui ressemble de plus en plus à un être humain.

Depuis la visite de son médecin traitant, on lui a retiré encore quelques bandages, ce qui a permis de découvrir de nouvelles parties de son corps, meurtries mais visibles au moins. De nouveaux endroits qu'elle pourra toucher, caresser, réchauffer de son souffle et couvrir de baisers à sa guise.

Philippe ne peut toujours pas se lever, mais cela viendra bientôt. C'est ce que le docteur Jacques Carrier lui a confirmé. Il lui faudra se déplacer à l'aide de béquilles ou, pour de plus longues distances, à l'aide d'un fauteuil roulant, c'est certain, mais c'est tout de même une excellente nouvelle.

À son retour de la maison, l'enquêteur Poirier avait disparu, Philippe était fraîchement lavé, beau comme un sou neuf, et Nicole était là, auprès de son frère chéri. Malgré son immense désir de l'avoir tout à elle, Catherine a dû le partager avec sa petite belle-soeur jusqu'à cette minute.

Voilà! Il lui appartient entièrement. Elle se penche vers son homme, l'embrasse, se redresse et soupire:

– Ouf! Ça fait du bien!

Philippe ébauche un sourire moqueur.

– Ce n'est tout de même pas Nicole qui t'empêchait d'agir. Tu es plus frondeuse que ça, d'habitude.

Catherine lève le nez et le regarde de travers, espiègle.

– Ça dépend pourquoi. Je ne suis pas certaine qu'elle aurait été à l'aise, si j'avais mis de l'avant mes projets... Mais j'ai bien l'intention de me reprendre, tu vas voir.

Elle se jette sur lui et l'embrasse partout où un bout de chair fraîche apparaît. Ses lèvres s'attaquent d'abord au visage, passent au thorax et poursuivent leur descente, laissant une traînée d'air chaud sur la peau du malade. Au fur et à mesure qu'elles progressent, elles se font moins frivoles, plus gourmandes, plus ardentes... Philippe frémit. La couverture se gonfle à un endroit... explicite. Forme finalement un pic audacieux.

La bouche grande ouverte, Catherine feint la surprise.

– Wow! Tu as vu ça, mon gros matou.

Philippe surveille la porte et supplie, embarrassé.

– Arrête ça tout de suite, Cat, s'il fallait que quelqu'un arrive.

Au lieu d'obtempérer, Catherine glisse la main à la rencontre de cette protubérance dont la simple vue l'émoustille. Elle la caresse et s'adresse à son propriétaire d'une voix langoureuse.

– Huuum! Fameux! Pas tuable, à part ça!

Philippe rit, flatté, et répète d'une voix un peu moins autoritaire.

– Arrête ça, Cat, tu n'es pas raisonnable.

Catherine lui jette un regard lubrique.

– Tu veux vraiment que j'arrête?

De plus en plus esclave d'une libido qui ne cesse de grandir, Philippe hésite. Catherine poursuit sur le même ton languide.

– Tout le monde est passé; il ne viendra plus personne, crois-moi. Tu as vu, même le policier à ta porte a disparu depuis ce matin. Tu n'as plus besoin de chaperon, depuis qu'on a raconté au journal que tu es sorti du coma et que tu n'as aucun souvenir de ton agresseur. Ce n'est pas merveilleux?

Le souffle court, Philippe reprend:

– Tu y es pour quelque chose, je suis prêt à le parier.

Entre deux caresses, elle pose ses lèvres et insuffle de l'air chaud au point le plus névralgique de sa personne... Elle avoue, candide.

– J'ai envie de toi depuis si longtemps! J'en ai assez d'être espionnée à longueur de journée.

Philippe attrape le sein gauche de Catherine du bout des

doigts. Plaide – sans conviction – sa cause.

– Ce n'est pas juste, Cat, je ne peux même pas te toucher. Je t'en prie, laisse-moi le temps d'aller un peu mieux. L'amour, tu sais, ça se fait à deux...

Il est sur le point de capituler. Elle le sent. Elle y met encore plus de zèle et murmure:

– Tu as toute la vie pour te reprendre.

Un rond humide se forme sur le drap. Philippe expire longuement, les yeux fermés. Catherine, la tête appuyée sur la poitrine de son amant, écoute son coeur affolé reprendre sa vitesse de croisière.

Une main caresse ses cheveux. Elle s'en empare, l'embrasse, la mord à belles dents. Comme elle l'aime, cet homme! Si elle suivait ses impulsions, elle le dévorerait en entier.

Philippe la laisse s'extérioriser. Rit... jaune.

Sa séance de défoulement terminée, Catherine prend la boîte de mouchoirs en papier et, aussi discrète que possible, s'attaque au vaillant soldat maintenant désarmé. Folâtre.

– Le grand Manitou a tenté de me convaincre que la tuyauterie n'avait pas été endommagée lors de ta chute, mais tu me connais, je suis visuelle, moi, ça me prend beaucoup plus que des belles paroles pour m'endormir. Un bon vieux test manuel! Il n'y a rien de plus concluant! Tu n'es pas de mon avis?

– Tu es une vraie délinquante, Catherine Mathieux, mais je t'aime comme ça; ne change surtout pas d'un iota.

– Ne t'inquiète pas, il n'y a pas de danger que je change. Même si je le voulais, j'en serais incapable.

Catherine reprend sa position initiale: la tête au pays des merveilles; les doigts enfouis dans la forêt enchantée. Le silence s'installe. Un silence riche de vibrations amoureuses auxquelles se gavent deux rêveurs insatiables.

Un roucoulement lointain parvient à l'oreille de la belle flâneuse. La grise.

– Je t'aime, Cat, tu es l'amour de ma vie, et je t'aimerai

toujours.

Ragaillardie par cette douce romance, Catherine creuse davantage son lit, s'y love, s'y installe à perpétuité.

Philippe poursuit:

– Je t'ai promis de te raconter ce que j'ai sur le coeur depuis dix ans; j'aimerais le faire maintenant, veux-tu?

Pour toute réponse, elle embrasse la paume de sa main. Il s'exécute, entrecoupant son monologue de pauses interminables.

– Quand on était à l'université, tous les deux, je t'aimais vraiment, tu sais, c'est pourquoi je n'ai jamais pu m'expliquer ce qui est arrivé. Un soir où tu ne pouvais pas sortir à cause d'un examen à préparer, je suis allé dans un bar, prendre un verre avec un copain. Tu te souviens de Robert Pigeon? C'est avec lui. Valérie était là, en compagnie d'une de ses amies. Elles sont venues se joindre à nous, et, après la soirée, Robert est reparti avec l'amie de Valérie. Quand je me suis levé à mon tour pour rentrer, Valérie a insisté pour que je reste, sous prétexte qu'elle avait des choses importantes à me dire. Je sais, j'aurais dû refuser et m'enfuir à toutes jambes, mais je n'ai pas pu: elle semblait si malheureuse! Elle s'est mise à me parler de nous, du temps où on sortait ensemble, me répétant sans fin à quel point elle regrettait son inconscience. On a commandé un premier verre... un deuxième... un troisième... et j'ai cessé de compter. Le lendemain matin, quand je me suis réveillé, Valérie était là, dans mon lit, à mes côtés. J'avais un de ces «mal de bloc» incroyable et je ne me souvenais plus de rien. Puis elle est partie. J'étais tellement honteux de ma conduite, j'ai tout fait pour l'oublier. J'aurais voulu t'en parler, je te jure, mais j'avais beaucoup trop peur de te perdre. Un jour, Valérie est revenue pour m'apprendre qu'elle attendait un enfant de moi. J'ai pensé mourir, Cat – sa voix se brise et Catherine essuie furtivement une larme. Tous les beaux projets inventés pour nous deux s'effondraient du même coup. Logiquement, je ne pouvais pas la laisser tomber, c'était aussi mon enfant. L'année scolaire était terminée. Sans regarder ce que je laissais derrière moi, de peur de ne pas avoir le courage d'aller jusqu'au bout de mon rôle de père, je suis parti avec elle. On a emménagé à Montréal et on s'est mariés dans le plus grand secret: sa carrière de mannequin était déjà amorcée, et elle craignait qu'une publicité tapageuse nuise à son image.

Une question s'impose à l'esprit de Catherine. Comme si elle la lui avait communiquée par télépathie, il y répond.

– Je sais, ce n'était pas très logique de sa part et encore moins de la mienne de ne pas m'être posé la question à ce moment-là, à savoir comment elle expliquerait le fait d'être enceinte lorsque ça commencerait à paraître.

Il renifle. Catherine voudrait le consoler, mais ça lui prend déjà tout son courage pour ne pas éclater en sanglots autant que de colère. Elle ne fait donc aucun geste dans sa direction et se contente de plaquer ses lèvres sur sa main pour étouffer les plaintes qu'elle refoule.

Philippe poursuit ses révélations déchirantes.

– Quelques semaines plus tard, en revenant de New York, elle m'a appris qu'elle avait fait une fausse couche lors de son voyage, mais n'a pas voulu s'étendre sur le sujet. Par la suite, elle a continué à refuser d'en parler, sous prétexte que ça lui faisait trop mal. (Encore une fois, une question vient aux lèvres de la jeune femme, et Philippe y répond.) Si j'avais su ce qui m'attendait en demeurant avec elle, j'aurais pris mes jambes à mon cou et je serais revenu vers toi. Mais j'ai vraiment cru qu'elle était malheureuse et qu'elle avait besoin de moi pour traverser cette épreuve. Maintenant, je suis persuadé qu'elle m'a joué la comédie: elle ne désirait pas cet enfant; elle ne l'a jamais désiré, et cette fausse couche l'arrangeait drôlement. Elle n'en voulait pas non plus par la suite, même si elle me disait qu'elle avait besoin de temps pour se remettre avant d'espérer une nouvelle grossesse. Même si elle faisait semblant de le souhaiter autant que moi. Ça m'a pris dix ans pour comprendre, Cat. Tu imagines toutes ces années qu'on aurait pu partager. Je les ai gâchées par ma faute. Je te demande pardon.

D'un coin de la couverture, Catherine s'essuie les yeux, le nez, le visage entier. Il ruisselle de regrets... et de mascara – tant pis! Avec l'explosion qui a précédé, le drap est à changer de toute façon.

Philippe enchaîne avec un monologue de phrases syncopées, de phrases tronquées.

– Je suis revenu vers toi, et Valérie continue toujours de me traquer. Mais je t'assure, elle joue perdante. Si je ne t'en ai jamais glissé mot avant, c'est que, désormais, elle ne signifie rien pour moi. Encore dernièrement, elle m'a écrit pour me dire que si je revenais vers elle, elle ferait tout en son pouvoir pour me donner un enfant. Et si ça ne fonctionnait toujours pas, elle irait jusqu'à en adopter un, pour me prouver son amour. Je te jure, je n'ai jamais donné suite à aucune de ses lettres et il m'est arrivé à plusieurs reprises de lui raccrocher le téléphone au nez. Tu me combles comme un roi, Cat, tu es ma reine, et bientôt on va s'offrir un petit prince ou une petite princesse. Je n'attends rien de plus de la vie ou même de la mort. Avec toi, je suis déjà au paradis.

De peine et de misère, de sa seule main valide, Philippe réussit à lever le visage de Catherine vers le sien et l'embrasse en buvant chacune de ses larmes. La jeune femme lui rend ses baisers en pleurant, non pas sur son mal à elle, mais sur celui encore plus cuisant de Philippe: le mal que sa propre confession va lui causer. Elle doit tout lui avouer, elle aussi, même si elle est persuadée qu'elle dégringolera vite du trône sur lequel il l'a placée.

Elle rassemble ce qui lui reste de courage, disposée à payer pour son inconduite. Elle ouvre la bouche. La voix de Philippe reprend, lui faisant grâce, une minute encore, d'un amour sans frontières.

– Je te demande pardon, Cat, de t'avoir abandonnée sans explication. J'étais si malheureux et je me sentais si coupable envers toi, je n'ai pas eu le courage d'affronter ton chagrin. J'ai préféré m'enfuir comme un voleur, avec notre amour. Un trésor que j'ai toujours gardé vivant au fond de moi. Bien souvent, je le contemplais pour me donner la force de continuer ma route sans toi. Si tu savais comme je hais ma lâcheté! Si tu savais comme je m'en veux encore aujourd'hui! Si tu savais comme je t'aime, Cat! Si...

Catherine pose la main sur les lèvres de Philippe pour l'obliger à se taire. S'il continue dans cette voie, elle n'aura plus le cran de mettre sa tête sur le bûcher, et c'est son tour maintenant de le faire.

D'une part, Philippe a raison de s'en vouloir: s'il ne l'avait pas abandonnée, elle n'aurait jamais mené une vie aussi déglinguée, une vie de pur dévergondage; d'autre part, la disparition de son amoureux n'est pas la seule responsable du comportement libertin qu'elle s'est permis. Le mal était beaucoup plus profond. Il était même déjà présent entre eux lorsqu'ils sortaient ensemble, sauf qu'il s'extériorisait d'une autre manière. L'abcès devait crever un jour, et le départ de Philippe n'a été que l'évocateur. Que serait-il arrivé s'il n'avait pas fui en l'abandonnant à son triste sort? À la longue, son comportement farouche l'aurait refroidi, et il l'aurait laissée tomber de toute façon. Peut-être même que, désenchanté, il ne serait jamais revenu.

Si Philippe se confond en mille excuses à cause d'une conduite compréhensible et légitime, de quel oeil verra-t-il sa propre conduite, à elle, qui n'a rien d'équitable? L'aimera-t-il assez pour la lui pardonner?

Des peurs multiples se collent à son coeur. Des ventouses, des sangsues drainent son audace et l'enveloppent d'un véritable halo d'effroi. Si Philippe n'arrive pas à lui pardonner son comportement abominable, qu'adviendra-t-il d'elle? Cet argument péremptoire la force à se taire encore pour profiter au maximum de la main douce et tendre qui la caresse sans arrière-pensée. De la bouche généreuse qui s'offre, et qu'elle accueille, comme un condamné, sa dernière cigarette.

Catherine évite d'épiloguer sur le sujet, de peur de bifurquer en cours de route. La vérité sans fard, sans maquillage sort de sa bouche. Crue. Philippe la reçoit, magnanime.

– Avec toi, j'étais une funambule; j'évoluais avec grâce. Tu étais ma perche. Tu m'aidais à garder l'équilibre. Tu tenais ma main. Tu m'empêchais de trébucher. Ton départ est venu rompre le fil sous mes pieds, et ma vie s'est brisée net. Alors, j'ai agi comme si je n'existais que par toi. Que pour toi. Je me suis saoulée pour t'oublier. Je me suis prostituée pour me punir de ne pas avoir su te garder. J'ai vendu mon âme au diable pour me défaire de ton souvenir obsédant. Tu te souviens combien j'étais puritaine avec toi? J'ai toujours cru que c'était la raison pour laquelle tu m'avais abandonnée. À cause de mon entêtement, de mon refus de me donner, physiquement, j'entends. Aussi, à partir du moment où j'ai été affectée à l'étranger pour mon travail, ça a été l'inverse. C'est un peu comme si, tout à coup, je souffrais d'un dédoublement de personnalité. En invitant ces hommes dans mon lit, ces hommes que je rejetais dès le lendemain, j'avais l'impression d'exercer un certain pouvoir sur ma vie amoureuse. Personne ne pouvait plus me blesser, je ne leur en donnais pas le temps. Le sexe, grâce auquel je manipulais ces pauvres types, n'était en fait qu'une façon de prendre ma revanche. De faire rejaillir sur eux la haine que j'entretenais, que je cultivais depuis tant d'années pour un seul représentant de la race, mon beau-père. Il s'était servi de ce procédé pour m'assujettir à ses fantasmes malsains. Oui, Philippe, tout vient de là, je t'assure. Tu n'es en rien responsable même si, inconsciemment, j'ai moi-même longtemps rejeté le blâme sur toi. Et la preuve de ceci est toute simple. Quand on sortait ensemble, tous les deux, je me refusais à toi. Tu vois bien que le problème était déjà là, en effervescence. Les agissements de mon beau-père s'étaient échelonnés sur de nombreuses années au cours de mon enfance et avaient complètement déboussolé cet aspect de ma vie. Et même si j'avais grandi, malgré le recul, je n'arrivais pas à remettre les choses en perspective. Peut-être qu'avec beaucoup d'amour tu serais venu à bout de ma résistance. Sans doute. Peut-être que tu serais parvenu à faire tomber ces barrières érigées pour nier ma peur de n'être encore qu'un objet de plaisir entre des mains sans scrupule. Sûrement. Mais ce n'était pas ton rôle de m'affranchir de mes craintes, je devais le faire moi-même, et je l'ai fait. Pour ce qui est de la manière dont je m'y suis prise, j'avoue, je n'en suis pas très fière, mais c'est la seule qui s'est offerte à moi à ce moment-là. Je me suis retrouvée du jour au lendemain comme une naufragée au milieu de l'océan et, pour ne pas sombrer, je me suis raccrochée à ce que j'ai pu. Je t'épargne les détails scabreux, tu les connais déjà, ils se retrouvent pour la plupart dans mon roman. L'écriture a été ma thérapie; mon héroïne, elle, a dû s'offrir l'aide d'un psychologue. Mon roman, je l'ai écrit tout au long de ces sombres années où tu as été absent de ma vie, et je l'ai terminé avec ton retour, au moment où j'ai finalement aperçu la lumière au bout du tunnel. Comme tu vois, Philippe, ce que tu me demandes de te pardonner n'est rien à côté de ce que j'ai fait, moi. Tu m'as été redonné comme un cadeau du ciel, et je voudrais être en mesure de t'offrir un corps et une âme purs et sans tache, mais c'est impossible. J'en suis désolée, crois-moi.

Catherine se tait, surprise de toujours apprécier la douceur de la main de Philippe: elle n'a pas quitté la sienne. Longtemps, de peur que sa vie ne se lézarde et n'éclate en mille morceaux comme un vase de cristal lancé à bout de bras sous l'effet de la colère, elle s'oblige à demeurer immobile et se prélasse dans la moiteur des caresses qui lui reviennent en mémoire. Mais Philippe ne se met pas en colère. Au contraire, il frôle son visage de sa main et, d'une voix brisée par l'émotion, lui murmure les paroles qu'elle croyait ne plus jamais entendre prononcées de sa bouche.

– Je t'aime, Cat, je t'aime tellement!

Extatique, Catherine se redresse et se perd dans le regard

de Philippe où rien n'a changé. Où un amour grand comme le monde brille toujours de mille feux. Au risque d'étouffer de sa tendresse ce brasier ardent, elle se laisse porter par son coeur, l'enveloppe de ses bras et couvre son visage de baisers.

– Je t'aime, Philippe. Je t'aime, je t'aime, je t'aime.

Devant un tel débordement de «je t'aime», Philippe éclate de rire; Catherine ne tarde pas à l'imiter. Le malade reprend son sérieux et lui parle sans aucun détour et sans aucune ambiguïté.

– Tu n'avais pas peur de raconter tes frasques amoureuses dans un livre? Peur que quelqu'un se reconnaisse et n'apprécie pas?

– Il y a de très fortes possibilités pour que mon roman ne dépasse jamais les frontières du Canada. De plus, ce que j'y raconte s'est produit à l'étranger, dans des pays éloignés, sous d'autres cieux, et j'ai toujours caché, changé ou encore ajouté des faits qui diffèrent de la réalité. Ça le rend par le fait même inoffensif, tu peux me croire.

Pas encore convaincu, Philippe insiste, la voix tourmentée.

– Dans ton roman, ton héroïne est victime d'inceste de la part d'un oncle, si je me souviens bien. En ce qui te concerne, tu viens de me dire qu'il s'agit de ton beau-père. La différence est plutôt infime, tu dois l'admettre. Si ton beau-père a lu ton histoire et s'il a cru se reconnaître; s'il s'est senti visé et s'il en a été choqué, tu ne crois pas qu'il ait pu chercher à se venger? Et même s'il ne l'a pas lue, il suffit que quelqu'un d'autre lui en ait parlé pour susciter sa colère.

– Il n'y a pas de danger, je te dis; tu t'inquiètes pour rien. Mon enfance s'est également déroulée à l'extérieur du pays. Quand je suis arrivée ici, j'avais douze ans. Une tante religieuse m'a accueillie et m'a aidée à me refaire une nouvelle identité. J'ai même changé d'apparence pour être certaine de ne pas laisser de traces derrière moi. J'ai décoloré mes cheveux, je les ai coupés et j'ai troqué mes lunettes pour des verres de contact. Teintés à part ça.

Philippe la regarde, étonné.

– Pourquoi t'avoir donné tant de mal pour disparaître? Il est si dangereux que ça, cet individu?

Le coeur au bord des lèvres, Catherine se tait. Le seul fait de parler de cet être immonde lui donne la nausée. Soulève sa répulsion.

– Plus maintenant. Il ne peut plus nuire à personne: il est emprisonné. Peut-être même mort.

– Il a été emprisonné pour inceste?

– Non..., pour meurtre.

Sa voix est dure, intransigeante. Philippe a du mal à reconnaître ce vent nordique qui lui glace le sang. Il retient Catherine de son bras et enfouit son visage dans ses cheveux pour tenter de retrouver une odeur familière.

Elle reprend, vindicative:

– Il a tué ma mère.

Philippe est consterné. Un coup de pic à glace en pleine poitrine ne lui ferait pas pousser plus triste râlement.

Catherine se libère de son refuge ouaté et replonge de plein gré dans un passé raboteux, traumatisant. Elle relate les faits pour mieux désaliéner son esprit et son coeur des résidus d'une enfance vécue en eau trouble. Des larmes glissent sur ses joues.

– Quand j'ai finalement trouvé le courage de dénoncer les atrocités que me faisait subir mon beau-père en son absence, ma mère, en le voyant revenir à la maison, l'a menacé de le livrer à la police, si jamais il osait remettre les pieds chez elle. Il s'est alors rué sur moi en me traitant de tous les noms inimaginables. Ma mère s'est interposée entre nous pour me défendre, et, comme s'il voyait noir, il s'est mis à la frapper à coups de poing et à coups de pied.

Une brèche se forme dans sa voix. Catherine serre les dents. Essuie ses larmes. Elle a décidé de faire place nette, elle ne s'arrêtera pas tant et aussi longtemps qu'elle n'aura pas terminé.

– Ma mère s'est effondrée, mais l'écoeurant a continué quand même à s'acharner sur elle. Alerté par ses plaintes et mes hurlements, un voisin a prévenu la police. Elle ne bougeait plus, lorsque les policiers sont arrivés. Et elle ne s'est jamais relevée. Ils ont embarqué mon beau-père, mais trop tard. Je me souviendrai toujours de son regard cruel et de ses paroles haineuses alors qu'ils l'emmenaient. Il hurlait comme un damné: «Un jour je vais te retrouver mon enfant de chienne, et je te jure que tu vas regretter d'être venue au monde.»

La voix dévastée pareille à un champ de bataille après une guerre sans merci, Catherine se tait. Des débris de souvenirs pernicieux, salve de missiles lancés des conflagrations de son enfance, s'abattent sur elle et l'agressent, impitoyables. Au bord de la névrose, elle se précipite dans les bras de Philippe comme dans un abri nucléaire.

Philippe la retient contre lui pour faire obstacle à sa propre angoisse qui ne cesse de croître. Les révélations de Catherine n'ont fait qu'ajouter à une inquiétude latente: si ce monstre était de retour pour mettre sa menace à exécution... Si c'était lui le vrai responsable de ce chaos... La perdre, il ne lui survivrait pas.

Il la berce sans fin. Catherine s'apaise peu à peu. Ainsi blottis l'un contre l'autre, deux enfants s'assoupissent, épuisés par un lourd chagrin.

Sur le pas de la porte, Michel Poirier s'arrête et contemple les amoureux avec tendresse. Sur le drap, à un endroit très... révélateur, il remarque un cercle encore légèrement humide. Un sentiment d'envie heurte sa virilité. Lui et Hélène n'ont plus froissé les draps ensemble depuis si longtemps! Encore moins mouillé leur couche sous les caresses.

Catherine commence à se mouvoir. Sa main glisse avec lenteur de la poitrine aux flancs de Philippe. Michel craint de se retrouver malgré lui «en pleine action». Il se racle la gorge et amorce quelques pas vers le lit pour attirer l'attention des occupants.

La jeune femme se tourne vers lui. Son visage porte les séquelles d'une immense douleur: des joues balafrées de traces de larmes mêlées de maquillage.

À la vue de l'enquêteur, elle retrouve vite ses esprits et cherche à sauver la face. L'apostrophe.

– C'est encore vous, inspecteur?

Sa remarque relève plus de l'ironie que de la critique, il le sait. Malgré tout, Michel sent le besoin de tempérer.

– Si je tombe à un mauvais moment, je peux très bien revenir un peu plus tard.

Philippe caresse les cheveux de Catherine pour quêter son assentiment.

– Non, non, inspecteur, si on veut en finir un jour, il ne faut pas perdre une minute. D'ailleurs, vous ne pouvez mieux tomber, on vient de parler de vous.

L'enquêteur pose les yeux sur Catherine: il veut sa bénédiction à tout prix. Elle la lui donnera, mais pas avant de s'amuser à ses dépens. Elle se lève et, sans la moindre gêne, plante devant lui sa figure affreusement barbouillée – une image digne d'un véritable Picasso.

Embarrassé, Michel Poirier ne sait plus où poser son regard. Certaine que ses facéties ne tomberont pas dans le vide, Catherine coupe court à son supplice et s'empresse de le mettre à l'aise.

– Vous voyez l'effet que ça me fait lorsqu'on parle de vous, inspecteur.

Toujours aussi étonné de son sens de l'humour subtil, Michel rit de bon coeur.

– Là, je vous apporte de bonnes nouvelles, madame Mathieux. Avec ça, je compte bien remonter dans votre estime.

L'enquêteur se prépare à lui offrir un cadeau dans un bel emballage: le visage de Catherine s'illumine de joie. L'air espiègle, elle jette sur l'homme un regard en coin et se dirige vers la salle de bain. Ouvre le robinet et, à l'aide d'une débarbouillette, s'attaque aux dégâts.

– Vous avez retrouvé la femme blonde?

– Pas encore, mais ça ne saurait tarder. La bonne nouvelle, c'est que le propriétaire du motel a finalement avoué vous avoir vue quitter l'endroit passé seize heures. Avec un tel alibi, tous les soupçons qui pesaient contre vous sont définitivement écartés.

Malgré sa déception – elle s'attendait à une nouvelle beaucoup plus percutante –, Catherine ne peut s'empêcher de se réjouir. Elle le taquine.

– Que faites-vous de ma complice, inspecteur?

– Si vous en aviez une, vous n'auriez quand même pas choisi votre sosie, j'imagine. Ce ne serait pas très malin, en tout cas.

Intriguée, Catherine suspend ses gestes. Se mord la lèvre inférieure. S'interroge.

– Mon sosie. Qu'entendez-vous par-là?

Elle revient vers le lit de son amoureux, le visage débarrassé de toutes traces compromettantes. Fier d'avoir marqué un point, Michel Poirier la couve d'un air suffisant.

– Laissez-moi vous expliquer, madame Mathieux, vous allez comprendre. On a retrouvé notre informateur anonyme. Notre homme est en réalité une femme que vous connaissez très bien, monsieur Gingras. Il s'agit de madame Gisèle Lemieux, la secrétaire-réceptionniste du Centre de recherche clinique. Elle a tout vu, selon ses dires. Même la femme qui vous a agressé, et la façon dont elle s'y est prise. Vous disiez n'avoir aperçu votre agresseur à aucun instant. C'est très plausible, elle a choisi le moment où vous aviez la tête tournée vers le côté, où vous regardiez dans le vide pour s'accroupir à vos pieds et les soulever afin de vous faire perdre l'équilibre sans trop d'efforts.

De plus en plus intéressé, Philippe s'agrippe à la main de Catherine pour lui réitérer sa confiance. Il s'informe.

– Madame Lemieux vous a dépeint cette femme? Elle

vous a dit qu'elle ressemblait à Catherine, c'est ça?

– Non, elle n'a pas pu dire ça, elle n'a jamais vu madame Mathieux, à part sa photo dans le journal, et elle n'a malheureusement pas aperçu le visage de votre agresseur, non plus. Par contre, elle m'a décrit son apparence en général, et j'en ai déduit que, de dos, elle est à peu de détails près le sosie de madame Mathieux.

Il pense à la remarque de la réceptionniste concernant le costume beaucoup trop ajusté de la dame, et précise en savourant déjà sa revanche pour toutes les fois où la journaliste «s'est payé sa tête».

– Le sosie de madame Mathieux engoncée dans un corset.

Catherine le dévisage, sans voix. Elle ignore ce à quoi Michel Poirier fait allusion, mais, une chose certaine, son humour est aussi efficace qu'un coup de poing en plein front. Convaincue que son intention n'est toutefois pas de la blesser, elle prend le parti d'en rire et retient un gloussement. Grimace. Tire la langue.

La journaliste ne s'offusque pas de son sans-gêne ni même de sa maladresse, cela rassure l'enquêteur, même si le contraire l'avait étonné. Satisfait de sa bonne blague – elle lui permet de marquer un point dans ce duel amical et on ne peut plus inoffensif qu'ils se livrent de façon tacite depuis leur première rencontre –, tout sourire, il bifurque et plonge dans un autre domaine.

– Il n'y aurait pas parmi vos connaissances un homme grand, mince, les cheveux châtain clair attachés en queue de cheval, le teint basané? Un homme qui porte un anneau en or à l'oreille gauche?

Catherine et Philippe s'interrogent du regard et explorent tous les recoins de leur mémoire respective. Catherine est la première à réagir.

– Moi, non. Toi, Philippe?

Philippe secoue la tête, l'air désolé.

– Moi non plus. Pourquoi?

Même s'il ne s'attendait pas vraiment à avoir la tâche aussi facile, l'enquêteur les regarde, déçu.

– Premièrement, cet homme est passé au Centre de recherche clinique, au mois d'août, et il a demandé à madame Lemieux des informations à votre sujet, monsieur Gingras, sous prétexte qu'il était un ancien collègue de travail de passage à Québec. Il était censé revenir vous attendre à la sortie le jour même, mais ne s'est jamais présenté. Elle m'a dit vous en avoir parlé.

Philippe plisse les yeux et cherche à se rappeler.

– Il me semble, oui, elle m'a glissé un mot au sujet de ce supposé ami, lorsque je suis revenu le lendemain. Je n'y ai pas accordé d'attention; ça pouvait être n'importe qui. J'ai quand même trouvé un peu surprenant qu'il ne se soit pas donné la peine de me prévenir de sa venue.

– Deuxièmement, vendredi dernier, le jour où vous avez été agressé, un homme, qui répond à la description faite par madame Lemieux de votre supposé ami, a loué un motel au même endroit que vous, madame Mathieux. Le lendemain, il a obligé le propriétaire à nous mentir au sujet de l'heure de votre départ. Non satisfait de la réponse de monsieur Conrad Asselin, il s'est permis de lui donner une sévère correction. Terrorisé, ce n'est qu'aujourd'hui que monsieur Asselin a osé rectifier son tir.

De plus en plus captivé et inquiet – il repense aux révélations de Catherine au sujet de son beau-père –, Philippe demande:

– Avez-vous vérifié l'identité de cet homme, inspecteur?

– Mon adjoint le fait à l'instant, mais il n'aura pas laissé de traces compromettantes derrière lui, vous devez vous en douter.

Sur ces dires, Karl Michaud passe la tête dans l'entre-bâillement de la porte.

– Vous voilà! inspecteur. J'espérais vous trouver encore

ici. C'est au sujet de la Chrysler.

D'un geste de la main, il invite son supérieur à le suivre à l'extérieur de la chambre. Catherine et Philippe se regardent sans comprendre.

Michel Poirier s'empresse d'aller aux nouvelles.

– Puis?

– Ça va sûrement vous intéresser, boss. En ce qui concerne l'identité du tortionnaire de monsieur Asselin, ça ne sert à rien d'en parler, elle était fausse, bien entendu. Mais pour ce qui est de la Chrysler Intrepid, c'est beaucoup plus intéressant. Il s'agit d'une voiture louée. Je suis allé chez le concessionnaire, et l'un des employés de service au moment de la location m'a déclaré que le locataire de cette automobile est passé vendredi, à treize heures trente, et qu'il a payé à l'aide d'une carte de crédit. Je lui ai demandé de me le décrire. Croyez-le ou non, il ressemble étrangement au spécimen qu'on cherche. Et oui! Un homme avec une queue de cheval. L'employé n'a pas manqué de mentionner ce fait. Intéressant, n'est-ce pas? Avec la coopération de ce même employé, j'ai pu communiquer avec le détenteur de la carte de crédit. Il fallait s'y attendre, il s'agit d'une carte volée. Monsieur Gilles Aubé m'a déclaré s'être fait dérober son portefeuille vendredi, probablement à l'heure du lunch. Il ne s'en est rendu compte que le soir: il n'a donc pas annulé ses cartes avant. Ce qui a laissé le temps à notre individu de s'en servir sans problème.

Michel Poirier retrousse les lèvres, contrarié.

– Tu as les coordonnées de ce... Gilles Aubé?

Karl lui présente un bout de papier.

– Oui, boss, voilà! J'ai tout inscrit là-dessus, même le nom et l'adresse du restaurant, sur la Grande Allée, où le larcin a été commis. J'ai également noté l'adresse du bureau où monsieur Aubé travaille, au cas où vous voudriez aller le rencontrer à cet endroit.

L'enquêteur en chef lit les détails et secoue la tête de haut en bas.

– Oui, en effet, ce ne serait pas une mauvaise idée de voir de quoi a l'air cet homme-là. (Il se redresse, inquiet.) Tu n'as pas touché à la Chrysler Intrepid, au moins.

Karl grimace et feint d'être blessé dans son orgueil. Intérieurement, il pavoise: il a été à la hauteur et il le sait.

– Franchement! boss, vous me prenez pour qui? Je savais que vous voudriez la passer au peigne fin, avant de la ramener à son propriétaire.

Michel Poirier veut se faire pardonner son manque de confiance. Il assène un coup de poing amical sur l'épaule de son adjoint et ajoute le glaçage sur le gâteau.

– Tu me surprends de plus en plus, jeune homme. Allons-y tout de suite.

Heureux et comblé, Karl se permet d'imiter son supérieur. Il lui donne un coup de poing... timide.

Michel affecte un air de reproche peu convaincant et tourne aussitôt les talons. Il entrebâille la porte de la chambre et glisse la tête dans l'ouverture.

– Je reviens.

Catherine et Philippe n'ont pas le choix, ils doivent se contenter de cette sortie inopinée.

Les deux hommes inspectent avec soin l'extérieur du véhicule. Celui-ci leur paraît en parfaite condition. L'espoir d'établir un lien quelconque entre les deux attentats est sur le point de s'effondrer, lorsque le regard de Michel est attiré par une petite égratignure derrière le rétroviseur du côté du conducteur.

Il se penche, l'examine de plus près, glisse le doigt dessus pour être certain qu'il ne s'agit pas d'un mirage ou encore des vestiges d'une toile d'araignée. Sa peau rencontre une légère rugosité. Cela confirme ce que ses yeux lui ont déjà révélé. Il extériorise sa satisfaction en faisant claquer ses doigts.

– Viens voir ça, Karl, il se pourrait que ce soit l'automobile qui a servi à agresser madame Mathieux. Tu te souviens au sujet de la fermeture de son sac à main? Elle a heurté la voiture... Eh bien! on en a les résultats ici même. Regarde.

Il lui montre l'égratignure. Karl s'extasie devant la perspicacité de son supérieur.

– Ouais! Il n'y a pas grand-chose qui échappe à votre oeil de lynx, inspecteur.

– Rien de plus facile, il laisse traîner ses empreintes partout, ce gars-là. Espérons seulement qu'il en a oubliées d'aussi visibles en dedans. Morin doit être sur le point d'arriver; tu t'occuperas de lui. Quand il aura vérifié l'intérieur de la voiture, tu la retourneras chez le concessionnaire. Il se pourrait que je la lui emprunte, une heure ou deux, dans les jours à venir, peut-être même demain. N'oublie pas de le prévenir de cette éventualité.

– Pas de problème, boss.

– As-tu pris rendez-vous avec le mari de madame Suzanne Côté?

– Oui, oui, c'est pour seize heures trente. Mais j'ai bien peur de devoir reporter ça à demain, si notre gars de laboratoire tarde toujours à arriver.

– Essaie de le rencontrer au plus tôt, c'est peut-être lui qui va nous mettre sur la piste de notre homme à la couette ou encore de notre femme blonde, on ne sait jamais. (Il regarde le papier que Karl lui a remis.) Moi, je vais de ce pas rendre visite à monsieur Gilles Aubé, pour voir si ce qu'il raconte est plausible ou bien s'il n'invente pas ce vol de toutes pièces.

Michel Poirier lève la main en un geste amical et s'éloigne d'un pas décidé, abandonnant son partenaire derrière lui. Il fait le point. Beaucoup d'éléments nouveaux sont venus se greffer depuis le matin, mais il doit avouer que l'enquête piétine, et cela le met en rogne.

La veille, il a terminé la lecture du roman de Catherine Mathieux, et il est de plus en plus convaincu que ce drame y a son origine. Il lui faut amener la journaliste à s'ouvrir, même s'il doit y consacrer la soirée... et pourquoi pas la nuit, tant qu'à y être.

Il y a également Sylvain, son copain. Il n'a malheureusement pas encore reçu un traître mot de lui. Si seulement il pouvait satisfaire sa demande! C'est vrai, le monde est grand, il en convient, mais avec des contacts comme les siens dans à peu près tous les milieux, sa requête doit être un jeu d'enfant entre des mains aussi instruites.

Il en recevra des nouvelles concluantes – il l'espère. En attendant, il ne va pas rester là à se tourner les pouces. Une autre visite à madame Jasmin s'impose. Il emprunte la direction du bureau. Il prendra les dispositions nécessaires.

L'inspecteur Poirier a laissé entendre qu'il serait vite de retour, mais il sera bientôt dix-neuf heures. Ce départ précipité au milieu de l'après-midi, a bien sûr éveillé la curiosité de Catherine et de Philippe.

Ils ont reparlé de l'homme à la queue de cheval, et rien n'a transpiré de leurs réflexions, malgré la volonté de venir en aide à l'enquêteur. Cette façon bien à lui de leur faire partager ses découvertes a quelque chose d'humain, de fraternel, et donne l'envie pressante de coopérer. Son arrivée est donc accueillie avec empressement.

Michel Poirier se tourne vers Catherine. Elle lui sourit, une pointe de fébrilité dans le regard. Flatté, il lui en met plein la vue.

– J'ai une autre bonne nouvelle à vous apprendre, madame Mathieux. On vient probablement de retracer l'automobile avec laquelle on a tenté de vous écraser – il a une moue désolée –, sans son conducteur. Il s'agit d'une auto louée, d'une Chrysler Intrepid rouge bourgogne. Ça vous dit quelque chose?

– Désolée, inspecteur, je vous l'ai déjà mentionné, j'avais le soleil dans les yeux, je ne suis certaine de rien. À prime abord, l'auto m'a semblé noire, mais je peux me tromper. Pour ce qui est de la marque, j'aurais bien du mal à vous dire, je ne suis pas une fanatique de voitures. De votre côté, qu'est-ce qui vous fait croire qu'il s'agit bien de celle-là?

– Elle est abandonnée dans le stationnement près de la vôtre, monsieur Gingras, depuis vendredi dernier. Ce jour-là, lorsque vous êtes sorti de l'édifice, madame Lemieux vous a suivi jusqu'à la porte. Elle a alors remarqué une femme blonde: celle qui vous a attaqué par la suite. Elle se tenait près de ce véhicule en fouillant dans son sac à main, comme si elle cherchait ses clefs. Était-ce une simple tactique pour ne pas attirer l'attention? Se trouvait-elle là par hasard? Je ne saurais le dire. On a examiné cette automobile, et elle est en parfaite condition, à part un léger détail: une égratignure derrière le rétroviseur. Ce qui nous fait penser qu'il pouvait s'agir de la voiture dont on s'est servi pour vous agresser, madame Mathieux. Ne disiez-vous pas que la fermeture de votre sac à main a été heurtée? Peut-être a-t-elle causé ce dommage par la même occasion. (Catherine le regarde, sceptique. Il éprouve le besoin d'étoffer ses présomptions.) Ce n'est pas tout, c'est une automobile louée. Chez le concessionnaire, le vendeur nous a fait une description détaillée du client en question, et il s'agit bel et bien du même homme qui a cherché à intimider le propriétaire du motel pour qu'il mente à votre sujet, madame Mathieux. Et également de votre «supposé» ami, monsieur Gingras, l'homme à la queue de cheval. Les trois descriptions, celle de monsieur Asselin, celle de madame Lemieux et celle du vendeur sont presque identiques. Il ne peut s'agir que du même individu. Il a loué la voiture, c'est incontestable, mais est-ce également lui qui vous a agressée, madame Mathieux ou plutôt la femme blonde aperçue près de cette même voiture un peu plus tard? Celle qui s'en est prise à monsieur Gingras? Quel lien unit ces deux personnages? D'où viennent-ils? Avec un peu de veine et beaucoup de patience, on le découvrira.

Philippe rétorque:

– S'il a loué la voiture, le concessionnaire doit sûrement avoir pris des informations à son sujet.

Michel Poirier extériorise sa déconvenue dans un rire

amer.

– Il est plutôt rusé, cet homme, il a payé à l'aide d'une carte de crédit volée. Cette après-midi, je suis allé rencontrer le pauvre bougre délesté de son portefeuille, et il s'agit d'un travailleur honnête. Il s'est simplement retrouvé à la mauvaise place au mauvais moment. Vous êtes certains de ne pas connaître cet homme à la queue de cheval et à la boucle d'oreille?

À l'unisson, Philippe et Catherine secouent la tête en signe de négation.

Après un moment de silence quasi religieux, Michel Poirier reprend.

– J'ai pensé... madame Mathieux, demain, ils annoncent une très belle journée ensoleillée, exactement comme vendredi dernier. Il serait peut-être bon de reconstituer les faits, qu'en dites-vous?

– Vous voulez dire simuler l'agression avec la même voiture?

– Exactement! Et on pourrait le faire à la même heure pour voir si, aveuglée par le soleil, vous la reconnaissez.

Catherine tente de se soustraire à une telle exhibition. Cela ne lui dit rien qui vaille.

– Justement, inspecteur, à cause du soleil, je n'ai rien vu. Pourquoi est-ce que je verrais mieux demain?

Il ajoute un argument de poids.

– En même temps, j'aimerais vérifier si c'est crédible pour votre sac à main. A-t-il vraiment pu avoir un impact à cet endroit de l'automobile? Ce serait bon d'en être certain.

Catherine n'apprécie pas cette initiative de la part de l'enquêteur, mais s'y plie finalement de bonne grâce et hausse les épaules.

– Puisque vous y tenez, inspecteur.

– Si tout s'avère exact, ça constituera une preuve de plus contre notre homme ou notre femme lorsqu'on lui mettra la main au collet. (Il se caresse le menton.) Je peux vous parler seul à seule, madame Mathieux?

Catherine se rapproche de Philippe. Elle lui prend la main et l'enveloppe d'un regard complice.

– On n'a plus aucun secret l'un pour l'autre, inspecteur. Vous pouvez me parler de tout ce que vous voulez, ici, devant Philippe.

Libéré d'un jeu de cachette astreignant, fort aise, Michel Poirier reprend:

– Comme vous voulez, madame Mathieux. Alors voilà! J'ai terminé la lecture de votre roman. En passant, je ne m'y connais pas très bien en écriture, mais j'ai beaucoup aimé. C'est très bon. Je vous félicite.

– Merci inspecteur, c'est gentil, mais ne vous croyez pas obligé de m'envoyer des fleurs pour mieux m'assommer ensuite.

– Ce n'est pas mon but; je suis sincère.

– Je veux bien vous croire, mais encore; qu'est-ce qui vous tracasse, inspecteur?

– J'aimerais être convaincu que votre récit ne ressemble en rien à votre vécu. Vous avez nié ces allégations une première fois, mais vous n'avez pas réussi à me convaincre. Aujourd'hui, si vous m'affirmez toujours que je me trompe, je vous laisserai en paix avec mes soupçons, je vous le promets. Mais je vous en prie, soyez sincère, madame Mathieux. Si quelqu'un a été blessé par vos écrits, il cherche peut-être à se venger en s'en prenant à vous et à la personne à laquelle vous tenez le plus, et cela, même si vous ne racontez pas les événements tels qu'ils se sont produits. Il y en a qui sont chatouilleux, vous savez. J'aimerais être en mesure de mieux vous protéger contre eux. Pour y arriver, j'ai besoin de connaître l'entière vérité. Vous devez admettre que cet homme et cette femme viennent de quelque part, ils ne sont quand même pas tombés du ciel. On ne doit rien laisser au hasard. Il faut les démasquer.

Philippe encourage Catherine d'un baiser sur la main. Stimulée par son amour, elle avoue. En partie.

– D'accord, inspecteur, vous avez vu juste, du moins en ce qui a trait à mon enfance. Mais le problème ne vient pas de là, j'en suis convaincue. Ce... – sa voix devient haineuse – dégénéré a été emprisonné, et il croupit toujours derrière les barreaux, si ce n'est pas six pieds sous terre. Pour apaiser votre esprit tourmenté, après notre rencontre de ce matin, j'ai fait des démarches. Je devrais recevoir un coup de fil demain. Je serai alors en mesure de vous en donner la preuve.

– Je préférerais m'en assurer moi-même.

Poussée par la peur de voir son passé revenir l'écorcher vive, Catherine s'y objecte avec fermeté. La voix âpre, elle le fixe d'un air farouche.

– Écoutez, inspecteur, j'ai la paix, maintenant; je ne tiens pas du tout à ce que ça change, croyez-moi.

Conscient que les paroles de Catherine sont inspirées par la crainte, l'enquêteur lui fait valoir son point de vue.

– Je comprends votre réticence, madame Mathieux, mais ça sent mauvais, vous ne trouvez pas? Je veux tirer cette histoire au clair. Même si votre abuseur est toujours en prison ou... mort et enterré comme vous l'espérez, quelqu'un d'autre peut agir à sa place. À sa demande.

Catherine refuse d'accorder crédit à cette possibilité.

– On en a déjà discuté, Philippe et moi. Il faudrait d'abord que cette personne ait eu vent de la publication de mon roman, et je ne crois pas que ce soit possible, il n'est pas distribué aux États-Unis.

– Si quelqu'un de passage au pays lui avait rapporté votre manuscrit. Je ne sais pas, moi, un touriste, un ami, un parent, un frère, une soeur.

Le doute s'infiltre dans l'esprit de Catherine comme l'eau dans une barque non étanche. Elle doit se secouer pour lui faire obstacle, pour colmater la fuite avant d'être totalement envahie.

– Impossible! Il ne peut m'associer à l'enfant que j'ai été, inspecteur, c'est inconcevable. J'avais douze ans à l'époque et j'étais très différente d'aujourd'hui. Il n'a pas pu me retracer. Pour vous donner une idée, avec la complicité d'une tante religieuse, j'ai non seulement changé de pays, mais j'ai également changé d'identité, d'apparence. Même la personne la plus entêtée n'arriverait jamais jusqu'à moi; elle se perdrait quelque part entre mon enfance et mon adolescence. Tous les ponts sont coupés, je vous jure.

La journaliste dit vrai. Karl s'est lui-même heurté à un obstacle. Insurmontable? C'est beaucoup moins sûr. Avec un peu de ténacité, il serait sûrement parvenu à faire tomber bien des barrières. Lui, en tout cas, en ferait tomber plusieurs, s'il s'en donnait la peine. Mais il ne veut pas se mettre la journaliste à dos. Aussi, il y reviendra plus tard, lorsqu'elle sera moins agressive.

– Bon, d'accord, oublions ça et passons à autre chose. (Il la regarde droit dans les yeux.) Un amant éconduit...

Catherine rougit. L'inspecteur ne voit même plus la nécessité de lui demander si les aventures décrites dans son roman sont vécues ou fictives. Il en a tiré ses propres conclusions, et elle n'ose plus nier.

– C'est aussi peu probable, inspecteur. Tout ça est arrivé à mille lieues d'ici. De plus, ça n'a jamais été assez loin pour qu'on s'attache à moi au point de vouloir se venger d'avoir été laissé pour compte.

– Vous en êtes certaine?

– Certaine.

L'enquêteur se gratte le cuir chevelu. Consulte ses notes. Étouffe un bâillement. S'exclame:

– D'accord, oublions ça; ce sera tout pour ce soir. Demain j'ai une journée vraiment chargée. Je vous retrouve chez vous à quatorze heures trente, madame Mathieux, pour reconstituer les faits comme je vous l'ai demandé. Ça vous va?

– Si vous voulez, inspecteur.

Il se retourne et désigne le lit de camp.

– On vous permet toujours de camper dans la chambre?

Catherine a une moue chagrine.

– Ce soir, ça me surprendrait beaucoup. Déjà, j'ai eu du mal à les convaincre hier soir...

– Seriez-vous effrayée de rentrer chez vous, madame Mathieux?

Catherine réplique avec conviction, l'oeil malicieux.

– Pas du tout, inspecteur, je regarde toujours deux fois, maintenant, avant de traverser la rue, et je verrouille toujours la porte à double tour.

– C'est bien, ça, madame Mathieux.

L'enquêteur se dirige vers la sortie. Catherine Mathieux l'interpelle.

– Inspecteur, croyez-vous possible qu'on n'ait pas voulu me heurter mais seulement m'effrayer?

– Pourquoi soulevez-vous une telle hypothèse, madame Mathieux? Qu'est-ce qui vous permet de le penser?

– Si l'agresseur avait vraiment voulu me tuer, il s'y serait pris autrement, il me semble.

– C'est très possible, on verra ça de plus près demain. J'espère être de retour à temps! Si toutefois je prévois un retard à l'horaire prévu, je vous téléphonerai vers l'heure du lunch pour vous en avertir.

– Dans ce cas, vous pourrez me rejoindre ici.

– Quand avez-vous l'intention de retourner au travail, madame Mathieux?

– Pas avant la semaine prochaine. (Elle le taquine.) D'ici là, vous aurez réglé cette affaire depuis longtemps.

Las, il soupire. Ouvre la porte d'un air qu'il veut distrait et en profite pour faire passer son message.

– Si vous acceptiez de coopérer, de me donner des précisions sur votre passé: des noms, des endroits, des dates, ça débloquerait peut-être plus vite, qui sait?

Il l'épie. Catherine baisse les yeux. Pèse le pour et le contre. S'entête.

– Je verrai ça demain, quand j'aurai eu mon coup de fil.

– D'accord, madame Mathieux. En attendant, continuez de penser positivement, ça ne peut pas nuire.

Persuadé de l'avoir à l'usure, Michel disparaît pour de bon. Catherine s'assoit près de Philippe, lui prend la main et la caresse de sa joue.

– Comment va mon bel amour, ce soir?

Philippe l'attire sur sa poitrine et l'enlace à lui couper le souffle.

– Un peu fatigué. Surtout de ne pas pouvoir bouger à ma guise. De ne pas pouvoir te prendre dans mes bras quand et comme bon me semble. De ne pas pouvoir te courir après à travers la chambre. De ne pas pouvoir te transporter jusqu'au lit pour t'aimer à t'en faire chavirer. De...

Catherine rit de ses fantasmes avoués avec autant de fougue. Elle lui coupe la parole, l'embrasse et lui susurre à l'oreille.

– Moi aussi tu me manques, mon gros matou. Si je n'avais pas aussi peur de te faire mal, je m'allongerais dans ton lit, à côté de toi, et je me frôlerais en ronronnant comme une chatte. Je te caresserais partout, partout, partout...

Ses mains se font baladeuses. Au lieu de s'objecter à leur progression de plus en plus hardie, comme elle s'y attendait, Philippe anticipe la promesse d'une volupté à chaque fois renouvelée et gémit déjà sous ses doigts experts. Consciente que le malade a vraiment besoin de refaire ses forces, Catherine se montre la plus raisonnable. Elle prend la tête de son amoureux entre ses mains et l'embrasse avec tendresse. Pour se faire pardonner d'être aussi rabat-joie, elle a recours à la plaisanterie.

– Si le médecin nous surprend, il nous grondera, et je me ferai flanquer à la porte. Tu as eu une grosse journée, tu as besoin de refaire tes forces. Tu dois te reposer. Qu'en penses-tu?

La porte s'ouvre sur l'infirmière de garde.

– Madame Mathieux a raison, reposez-vous, monsieur

Gingras. (Elle se tourne vers Catherine.) Je regrette beaucoup, mais vous allez devoir dormir chez vous ce soir, nous avons déjà été trop permissifs.

Catherine arbore une mimique amusante, se lève et rassemble ses pénates en plaisantant comme toujours.

L'infirmière n'en finit plus de rire de ses pitreries. «Pas étonnant que monsieur Gingras se remette si vite de ses blessures, avec une femme aussi... vivante», se dit-elle.

15

Un soleil radieux transforme le paysage en une véritable féerie de couleurs. Michel Poirier prend quelques minutes pour admirer le jardin aux plantes multiples et respirer les effluves envoûtants qui s'en dégagent, puis se résigne à affronter pour la seconde fois le monstre de vanité tapi à l'intérieur de la résidence de Valérie Jasmin.

Il la redécouvre encore plus rigide, plus guindée que dans le pire de ses souvenirs. Il passe outre son aversion et s'efforce de sourire. Débite une formule de politesse utilisée des milliers de fois en des circonstances similaires, mais pour des personnages beaucoup plus réceptifs.

– Bonjour, madame Jasmin; je vous remercie d'avoir accepté de me recevoir. Je sais, votre temps est très précieux, je m'efforcerai donc d'être aussi bref que possible.

Malgré un effort sincère de sa part, malgré un comportement de vrai gentilhomme, Valérie Jasmin trouve le moyen de le rabrouer d'une voix hautaine et capricieuse.

– J'espère que c'est capital, inspecteur. Vous m'avez obligée à remettre un rendez-vous important, je vous serais donc reconnaissante de ne pas vous éterniser.

Il vient encore une fois de rater son entrée – c'est devenu sa marque de commerce, on dirait. Devant un tel ultimatum, Michel Poirier se voit forcé d'aller droit au but, autant dans ses paroles que dans ses pas. Ceux-ci le conduisent à la cheminée, devant le chapelet de photos masculines. Son regard s'attarde sur l'une d'elles.

Dos à l'objet de sa convoitise, il s'adresse à son interlocutrice. Lui débite son baratin.

– Si je suis ici, madame Jasmin, c'est au sujet de Catherine Mathieux. Après lui avoir fait parvenir une lettre de menace, on a tenté de la tuer, et cela, quelques minutes avant de s'en prendre à monsieur Gingras. J'ai de très bonnes raisons de croire que la même personne est impliquée dans ce double attentat. À moins que deux individus n'agissent de connivence.

Il fait une pause. La dame, toujours aussi inexpressive, s'empresse de la combler.

– Je ne vois vraiment pas en quoi cela me concerne, inspecteur; vous me faites perdre mon temps. Si c'est tout ce dont vous aviez à me parler, je vous prie de me laisser.

Elle allie le geste à la parole. Elle pivote sur elle-même et se dirige vers la sortie. Poussé par un esprit démoniaque, Michel Poirier se retourne et s'empare d'une photo. Il la glisse dans sa poche et s'élance lui aussi vers la porte, nerveux comme un gamin qui vient de piquer sa première cigarette. Par ce délit – même mineur –, il sacrifie sa probité d'enquêteur, il en est conscient, mais c'est pour une noble cause. Et il parvient aisément à s'en convaincre. Il s'accorde même l'absolution la plus totale.

Vu le bilan positif de sa démarche – la grande dame n'a rien remarqué –, de nouveau en possession de ses moyens, il reprend le contrôle de la situation et referme la porte ouverte à son intention.

– Je n'ai pas terminé, madame Jasmin. J'aimerais, avant de partir, vous parler du roman de Catherine Mathieux.

Valérie ne se laisse pas déconcerter et répond du tac au tac.

– Je vous avoue franchement, inspecteur, tout ce qui touche de près ou même de très loin Catherine Mathieux est le moindre de mes soucis.

– Vous ne lisez donc pas ses écrits, madame Jasmin?

– Ça ne m'intéresse pas.

– Vous ne savez pas ce que vous manquez!

Elle secoue une poussière invisible sur son vêtement et rétorque:

– Ce qu'on ne sait pas ne fait pas mal, inspecteur.

Elle s'apprête à ouvrir la porte une seconde fois. L'enquêteur appuie la main dessus pour l'en empêcher. Elle lui fait face. Ses yeux lancent des flammèches.

Une réelle irritation transpire, non seulement de son regard, mais aussi du ton de voix emprunté pour l'assommer.

– Si c'est tout ce dont vous vouliez me parler, inspecteur, allez-vous-en. Je vous le répète, je n'ai pas de temps à perdre avec des conneries pareilles.

Michel Poirier lui envoie un direct au menton qu'elle soulève effrontément.

– Madame Suzanne Côté vous a fait parvenir un manuscrit de Catherine Mathieux, n'est-ce pas, madame Jasmin? Qu'en est-il advenu? C'est curieux, vous avez omis de m'en parler lors de notre première rencontre, alors que vous vous êtes empressée de me montrer sa lettre. Ne vous aurait-il pas plu?

Valérie parvient de peine et de misère à maîtriser ses gestes. Ils sont de moins en moins élégants, de plus en plus disgracieux. L'enquêteur tient toujours le bras étendu devant elle. Elle l'empoigne avec rudesse et l'oblige à retirer sa main de la porte.

– Ce que Catherine Mathieux peut dire ou écrire ne me fait ni chaud ni froid, inspecteur. Si vous voulez savoir, son roman s'est retrouvé au fond de la poubelle avant même que j'aie fini de l'extirper de son emballage.

Encouragé par la fureur abritée derrière ces phrases, Michel Poirier renchérit.

– Vous ne vous êtes pas donné la peine de lire le petit mot rédigé par madame Côté à votre intention? Vous en êtes certaine, madame Jasmin? Vous me décevez; je vous croyais plus curieuse.

– Désolée, inspecteur, je n'ai rien à foutre de cette chipie, pas plus que de cette conasse de journaliste, Catherine Mathieux.

Michel Poirier en remet. Il s'attaque même à ce qu'elle a de plus précieux: sa propre personne. Il ironise sur son compte.

– Les gros mots! Vous devenez vulgaire, madame Jasmin. Je n'aurais jamais cru qu'une créature de votre statut s'abaisserait ainsi sur le compte de simples femmes du peuple.

Contrairement à toute attente, après un long soupir, Valérie Jasmin se ressaisit. De toute évidence, il a sous-estimé sa capacité à supporter les sarcasmes. Elle va jusqu'à relever ses arguments, et il a même droit à un sourire enjôleur – plutôt inhabituel de sa part. Croit-elle vraiment que ses paroles sont le reflet de sa pensée lorsqu'il dédaigne les deux femmes ou a-t-elle décidé de jouer le jeu? Il aurait du mal à le dire.

– Vous avez raison, inspecteur, elles n'en valent pas la peine. Mais vous comprenez, j'en suis sûre, le temps d'un mannequin de mon calibre est planifié à la minute près. Aussi, de le voir s'envoler sur ces balivernes, quand je pourrais le consacrer à des activités plus constructives, me frustre énormément. Alors, si vous n'avez pas encore terminé avec moi, je vous demanderais de faire vite. D'accord?

Elle délaisse l'entrée et revient au salon. De peur qu'elle ne s'approche trop du lieu de son crime et ne remarque son larcin, Michel s'abstient de la suivre. Très vite, Valérie se rend compte qu'il n'est pas derrière elle. Elle se retourne et lui fait face.

– Allons, inspecteur, vous avez l'esprit de contradiction. Avez-vous autre chose à ajouter ou si vous avez terminé avec moi?

– J'aimerais, comme je vous l'ai mentionné au téléphone, rencontrer votre petit ami.

– Désolée, inspecteur. Je vous l'ai dit lors de notre première rencontre, Jean-Pierre est agent d'artistes et il est **TRÈS** occupé. Lorsqu'il travaille, je n'ai pas la moindre idée du moment où il va rentrer chez lui et encore moins de celui où il va passer me voir.

Déçu, Michel ouvre son carnet de notes et le feuillette.

– Quel est son nom de famille, déjà?

– Martin, inspecteur.

Elle disparaît dans une autre pièce et revient, une carte professionnelle à la main. Avant même de la regarder, l'enquêteur s'exclame:

– Martin! C'est ça, oui, j'ai trouvé. Vous m'aviez donné son adresse personnelle; je l'ai inscrite au bas de cette page.

Elle lui présente la carte.

– Voilà! inspecteur. J'ai également l'adresse de son bureau, au cas où ça vous intéresserait de la connaître. Néanmoins, je ne vois pas en quoi cette histoire le concerne. Elle ajoute un peu plus bas, en baissant la tête, ce qui lui donne un air candide. Mais ça n'a pas l'air de freiner votre ardeur, on dirait. Pour vous, tout le monde est dans le même bain, à ce que je voie. Même moi.

Michel sourit malgré lui de cette réplique presque parfaite. Il se surprend à trouver la star sympathique dans ce rôle de femme blessée. Il est grand temps de partir avant de se laisser séduire. Il en serait bien capable, avec une vie sentimentale aussi décevante que la sienne.

Il tend la main et, du bout des doigts, comme s'il craignait que d'un simple contact physique cette femme ne le contamine, il prend la carte et renchérit:

– En effet, madame Jasmin, rien ne me rebute lorsque j'enquête. J'irai de ce pas le rencontrer à son lieu de travail.

Il s'apprête à partir. Elle lui applique un véritable sabot de Denver.

– J'ai bien peur que ce ne soit impossible aujourd'hui, inspecteur. À moins que vous ne soyez disposé à vous payer un voyage à New York.

«Jean-Pierre Martin n'est pas plus à New York qu'elle au Japon», se dit Michel. Devant la mauvaise volonté évidente dont fait preuve la jeune femme, il fait volte-face.

– Puisque c'est comme ça, il devra me rendre visite à mon bureau. Je lui conseille d'être là demain matin, neuf heures.

Valérie croyait avoir réussi à mettre l'enquêteur dans sa poche. Elle le regarde, interdite. Son naturel revient au galop.

– Vous n'y pensez pas, inspecteur, il n'est pas censé revenir avant la fin de la semaine. Ce n'est pas très sérieux, ce que vous demandez. Il ne va pas interrompre un voyage aussi important pour se rendre à Québec, sous prétexte que vous voulez étoffer votre petite enquête de pacotille.

Michel Poirier mesure ses mots et parvient à répondre, flegmatique.

– Je me suis payé deux voyages à Montréal dans l'espoir de le rencontrer, c'est à son tour de se déplacer, vous ne croyez pas?

Devant son entêtement, Valérie cherche à l'amadouer.

– Je croyais que vous veniez surtout pour moi, inspecteur, je me trompais?

Parfaitement conscient de sa ruse, Michel lui fait cadeau de son plus beau sourire, mais ne lui concède rien.

– Demain, neuf heures tapant.

Humiliée, Valérie crache:

– Vous avez ses coordonnées, débrouillez-vous avec, je ne vois pas pourquoi je ferais votre sale boulot à votre place.

Cette fois, après un tel impératif, il ouvre lui-même la porte avant d'avoir à subir les récriminations du mannequin, mais surtout pour fuir au plus tôt cet endroit où l'artifice mène le bal.

– Je vous demande de ne pas quitter la ville, madame Jasmin, tant et aussi longtemps que je ne vous en donnerai pas l'autorisation.

* * *

Catherine pénètre dans la chambre. Une merveilleuse surprise l'y attend. Après la visite de son médecin, on a autorisé Philippe à se lever. Elle le retrouve donc assis dans un fauteuil, les jambes allongées sur un tabouret, le sourire fendu jusqu'aux oreilles. Excitée et émue, elle se jette à ses pieds.

Philippe se demande s'il doit lui parler de l'appel téléphonique qu'elle devait recevoir ce matin, l'informant de ce qu'est devenu son abuseur. Il la regarde. Elle exulte de joie. «Si les nouvelles étaient mauvaises, si elle était le moindrement inquiète, elle ne serait pas si explosive, se dit Philippe. Alors à quoi bon! À fouiller dans les ordures, on ne respire que le remugle et on oublie trop souvent de se griser aux parfums délirants de la vie.»

Il lui prend la main. Elle s'inquiète de son état.

– Comment es-tu arrivé jusque là, avec les deux jambes et un bras dans le plâtre?

– Ils sont parvenus à me déplacer avec beaucoup d'efforts et de précautions. Je ressemble plus à un robot qu'à un être humain, j'en conviens, mais ça vaut le coup. À la verticale, j'ai l'impression de renaître.

– Tes côtes ne te font pas trop souffrir, dans cette position?

– Non, je t'assure, ça va. Il ne faudrait quand même pas que tu sautes sur moi à califourchon comme tu prends souvent plaisir à le faire, par exemple.

Catherine sourit, friponne. Elle se fait câline, l'embrasse, le caresse.

– Je n'oserais jamais faire ça devant le monde, tu le sais bien.

– Ah! non? Au Bois-de-Coulonge, l'automne passé, ce n'était pas devant le monde?

Elle prend un air de gamine repentante.

– Il n'y avait personne lorsque je me suis assise. La vieille dame est arrivée après.

Il embrasse sa main.

– Tu es vraiment impossible, Cat. Je t'aime et j'ai hâte de rentrer dans notre petit chez-nous d'amour. Au fait, comment t'es-tu débrouillée, sans moi, cette nuit?

Elle grimace.

– Ça a été affreux! Une vraie nuit cauchemardesque!

Il la regarde, incrédule.

– Menteuse! Je ne te crois pas. Je suis certain que tu as dormi sur tes deux oreilles; je t'entendais ronfler d'ici. Tu as même fait la grasse matinée, j'en gagerais ma jaquette d'hôpital. Mais ne te culpabilise pas pour autant, je te comprends très bien, après toutes ces nuits blanches.(Il l'attire à lui de son bras valide.) Pauvre petit chaton épuisé!

– Non, tu fais erreur, mon gros matou. Allez, donne-moi ta jaquette, tu as perdu. Je me suis levée très tôt et j'ai même eu le temps de passer faire un tour au journal.

Catherine tire sur le vêtement de Philippe et le chatouille pour le faire rire, tandis qu'il tente de la neutraliser.

– Tu as bien fait, Cat, ça doit te manquer. Tu peux recommencer à travailler, tu sais. Maintenant que j'arrive à me lever, c'est plus facile de me distraire, et le temps me paraît moins long entre tes visites.

– Ils se débrouillent très bien sans moi, je t'assure. J'y retournerai lundi matin, pas avant. D'ici là, je veux me consacrer à toi, si tu n'y vois pas d'objection. Ah oui! Tandis que j'y pense, tout le monde te fait dire un beau bonjour.

– Tu leur diras bonjour de ma part aussi, à ta prochaine visite. Dis-leur également que j'apprécie leur soutien et leur amitié.

– Personne du Centre de recherche clinique n'a appelé pour prendre de tes nouvelles?

– Oui, Gisèle Lemieux a téléphoné ce matin. Elle et Suzanne Côté m'envoient leurs meilleurs voeux de prompt rétablissement.

– Pourquoi Suzanne Côté ne fait-elle pas ses commissions elle-même?

– Avec ce qu'elle a comploté derrière mon dos, elle ne doit pas être très à l'aise de me parler.

– J'imagine.

* * *

Germain Côté se présente au bureau de l'enquêteur, à l'heure prévue, l'air nonchalant et désabusé de celui qui n'attend plus rien de la vie ni de personne.

Karl Michaud voit s'asseoir cet homme maigrichon, mal fagoté, à la barbe non rasée et aux cheveux hirsutes. Il l'aborde sans manières.

– Vendredi dernier, un collègue de travail de votre épouse a été agressé à la sortie du Centre de recherche clinique, vous êtes au courant?

L'homme le regarde, à peine étonné.

– Ah! C'est la première nouvelle que j'en ai.

– Votre épouse ne vous en a pas parlé?

Germain Côté ne répond pas et se contente d'un haussement d'épaules.

– Vous ne lisez pas les journaux non plus, monsieur Côté?

– Tout ce que je fais dans le moment, c'est de me chercher un emploi.

Karl l'inspecte des pieds à la tête – pas certain qu'il va se trouver du travail dans un accoutrement semblable et dans un tel état d'esprit. Malgré l'antipathie ressentie envers son visiteur, il poursuit l'investigation de son mieux.

– Votre épouse est seule à travailler dans le moment, monsieur Côté?

L'homme se redresse sur sa chaise. Renifle.

– Oui, mais... c'est temporaire; je suis sûr de trouver quelque chose bientôt.

– Depuis quand êtes-vous sans emploi, monsieur Côté?

– Euh... ça remonte à un petit bout de temps, mais là j'ai quelque chose en vue.

– À combien de temps, monsieur Côté?

Il baisse les yeux sur ses souliers troués.

– Je ne suis pas très chanceux, inspecteur.

Cet individu lui inspire la pitié. Karl évite de l'humilier davantage. S'y prend autrement.

– Vous et votre épouse avez des enfants?

Une note de fierté vibre dans les yeux surmontés de sourcils épais.

– Oui, deux beaux enfants, inspecteur. Tous les deux aux études, à part ça.

– Quel âge ont-ils?

– Dix-sept et dix-huit ans.

– Votre épouse défraie seule les coûts reliés aux études.

– Ils ont des prêts et des bourses. Mais je vous l'ai dit, c'est temporaire; bientôt je vais faire ma part, moi aussi, c'est certain, répète l'homme cherchant encore à se justifier, à se raccrocher à un rêve auquel il ne croit pas vraiment.

Karl secoue la tête en signe d'encouragement et poursuit, même s'il se rend compte du ridicule de sa démarche. Rien ne transpirera de cette entrevue.

– Avec d'aussi grosses dépenses et un seul salaire, une augmentation de revenu serait sans doute utile. Vous avez sûrement été déçu que votre épouse n'obtienne pas la promotion de responsable des laboratoires?

L'homme lève un sourcil, étonné. À croire qu'il débarque d'une autre planète.

– Quelle promotion de...?

Devant le ridicule de la situation, Karl prend son visage à deux mains. Est-il possible que cet homme soit aussi hurluberlu ou le fait-il exprès?

– Où étiez-vous, monsieur Côté, vendredi dernier vers seize heures?

– J'avais fini ma journée de recherches. Je prenais un verre dans un bar avec un copain.

– Lorsque vous êtes rentré à la maison, vous n'avez rien remarqué d'anormal chez votre épouse?

L'homme réplique, amorphe.

– Il y a longtemps que plus rien ne m'étonne chez mon épouse, inspecteur. Mais pour ce qui est de vendredi soir, elle n'était pas là quand je suis arrivé; elle n'était pas là non plus quand je me suis couché.

Une lueur d'espoir incite Karl à emprunter cette avenue.

– À quelle heure êtes-vous allé au lit, monsieur Côté?

– Il passait vingt-deux heures.

– Et votre épouse n'était pas encore revenue?

– Pas encore, non.

– Ça lui arrive souvent, à madame Côté, de rentrer aussi tard?

– Normalement, elle est toujours là quand j'arrive, vers dix-huit heures.

– Quelle explication vous a-t-elle donnée, le lendemain matin, pour justifier son retard?

– Je ne lui en ai pas demandé. Elle m'aurait envoyé promener, de toute façon. (Sur le ton de la confidence, il ajoute.) C'est elle qui porte les culottes à la maison, si vous voyez ce que je veux dire.

Encouragé par cette découverte intéressante, Karl lance de but en blanc et étudie la réaction de ce personnage lymphatique.

– Il n'y aurait pas dans votre entourage, dans vos connaissances ou dans celles de votre épouse, un homme qui correspond à ce que je vous décris, monsieur Côté: dans la trentaine, grand, mince, le teint foncé, les cheveux châtains attachés en queue de cheval sur la nuque, et qui porte un anneau en or à l'oreille gauche?

Le visage de monsieur Côté demeure toujours aussi fermé. De toute évidence, il attend un élément hors du commun pour s'ouvrir. Karl poursuit.

– Et une grande femme blonde, les cheveux aux épaules?

– Ça, il en pleut, inspecteur. À commencer par la mienne.

– Connaissez-vous monsieur Philippe Gingras?

– C'est qui, ça, Philippe Gingras?

Voyant l'inutilité de sa requête, Karl consulte ses notes et décide de renvoyer chez lui cette âme en peine aux allures de clochard, même si Germain Côté ne semble pas du tout pressé d'en finir. Le fait de sortir de sa routine met sans doute du piquant dans un quotidien un peu trop médiocre.

* * *

Michel Poirier entre en coup de vent dans son bureau. Il aperçoit Karl, penché sur la machine à café et l'interpelle.

– M'en apporterais-tu un, Karl?

Karl arrive, deux cafés à la main, le visage réjoui de celui qui apprécie l'arrivée de son maître.

– Comment a été ce voyage dans la Métropole, boss?

Michel sort une photo de sa poche et la remet à son adjoint. Celui-ci l'examine minutieusement. S'informe:

– Quelqu'un qui nous intéresse?

– C'est ce que je veux savoir; je l'ai empruntée à notre mannequin. Disons plutôt que je la lui ai subtilisée. Va la porter au laboratoire et demande-leur d'en faire un agrandissement au plus tôt. Ensuite, reviens me voir, on doit discuter, tous les deux.

– Tout de suite, boss.

Karl s'éloigne, fier comme si on venait de lui confier une mission d'importance capitale. Il se dandine. Un vrai paon. Avant qu'il ne disparaisse, Michel lui crie à tue-tête:

– Demande-leur s'ils ont les résultats de la fouille de la Chrysler Intrepid.

– D'accord.

Michel s'assoit devant son carnet de notes ouvert à la dernière page. Se délecte d'une gorgée de café brûlant. Se renverse sur sa chaise et la fait basculer sur ses deux pattes de derrière. La tête contre le mur, il s'amuse à élaborer, pour la millième fois au moins, des tas de scénarios. Cette fois, il y greffe en plus ses dernières trouvailles.

«Quand est-ce que Sylvain va me rappeler? se demande-t-il. Il faut que la réponse vienne de là pour que ma thèse tienne. Mais Karl, de son côté, a peut-être découvert quelque chose en interrogeant le mari de Suzanne Côté. Ma propre théorie prendra alors du plomb dans l'aile.»

Il consulte sa montre. Dans une heure trente, il rencontrera Catherine Mathieux, et ils reconstitueront la scène du chauffard. En réalité, ce n'est qu'une simple formalité, il est presque déjà convaincu qu'il s'agit de la bonne voiture. Mais on n'est jamais trop méticuleux lorsqu'on mène une enquête.

Ce qui l'intéresse avant tout, c'est d'en apprendre un peu plus sur la face cachée de la journaliste. Sera-t-elle mieux disposée à son égard? S'ouvrira-t-elle davantage? Et ce fameux coup de fil, a-t-il été révélateur?

Il boit une autre gorgée de café. Ferme les yeux. Son voyage à la va-vite l'a épuisé. Si on ajoute à cela ses dernières nuits d'un sommeil douteux et sa vie matrimoniale chamboulée, on a le candidat parfait au surmenage.

Quand cette enquête sera terminée, il s'offrira les vacances toujours remises à plus tard depuis des millénaires. Cette fois, ce sera la bonne. Il fera le grand ménage de sa vie et partira. Seul. Deux semaines, un mois, il n'en sait trop rien, mais il partira, c'est certain. Histoire de recommencer à neuf avant qu'il ne soit trop tard. Histoire de se refaire une vie un peu plus décente. Une vie digne d'être vécue. Il y a si longtemps qu'il n'a plus été anxieux de rentrer chez lui pour y retrouver la douceur d'un foyer que l'amour réchauffe de ses bras de velours.

Un bruit étranger à ses rêveries l'incite à ouvrir les yeux. Karl est à deux pas derrière son bureau et lui présente une feuille de papier.

– Voilà le rapport du laboratoire! boss. En fin de compte, il n'y avait aucune empreinte ni sur le volant ni sur la poignée de la portière. Elles ont sans doute été essuyées. Ailleurs, il y en a des tas, mais aucune n'est assez précise pour être identifiable. Par contre, j'ai une bonne nouvelle. Ils ont trouvé des cheveux. Parmi eux, des blonds d'une certaine longueur.

Michel s'empare de la feuille et y jette un coup d'oeil rapide.

– Et la photo?

– Elle sera prête dans moins d'une heure.

– Parfait. (Il regarde son collègue et, de la main, lui désigne un siège.) Comment s'est passé ton entretien avec monsieur Côté?

Karl prend le temps de s'asseoir et ouvre son carnet de notes pour la forme: à aucun moment il ne les consulte.

– Je ne sais pas si c'est important, mais madame Côté n'est pas rentrée chez elle vendredi après son travail. Elle a pourtant l'habitude d'être là à dix-huit heures. Et lorsque monsieur Côté s'est couché, vers vingt-deux heures, elle n'était toujours pas rentrée. Pour ce qui est de monsieur Côté, il n'a pas l'air de s'en faire avec la vie. Il est plutôt nonchalant, si je peux dire. Il se laisse vivre. J'ai la nette impression que c'est sa femme qui pourvoie à tout, même aux frais d'études des deux enfants de dix-sept et dix-huit ans. À l'heure où le drame s'est déroulé, vendredi, monsieur Côté était au bar avec un ami. Vous voyez le genre? Je lui ai décrit notre homme, et il ne connaît personne de ce gabarit. Pour ce qui est d'une grande femme blonde, les cheveux aux épaules, c'est un peu comme si je lui demandais de chercher un grain différent dans une poche de blé. Il ne connaît pas monsieur Philippe Gingras et n'est pas informé non plus de la promotion à laquelle aspirait son épouse, au point où je m'interroge à savoir s'il est au courant qu'il fait partie de ce monde.

– Ouais! C'est pas rigolo. (Rêveur, il continue.) Où est allée madame Côté, vendredi, après son travail? J'ai bien envie de le lui demander.

Aussi alerte que s'il venait de faire une longue sieste, Michel Poirier se lève. Ce nouvel espoir a l'effet d'une véritable poussée d'adrénaline.

– Toi, retourne chez le concessionnaire chercher la Chrysler Intrepid et rejoins-moi chez Catherine Mathieux à quatorze heures trente.

Sa phrase à peine terminée, il disparaît.

* * *

Gisèle Lemieux voit rebondir l'enquêteur. Malgré leurs différends, elle ne peut s'empêcher de le recevoir avec son plus beau sourire – les hommes lui font toujours cet effet, jusqu'au moment où ils la contrarient. Lorsque Michel lui demande de lui faire avoir une rencontre avec madame Suzanne Côté, elle l'engueule comme des oeufs pourris.

– Vous n'en avez pas encore fini avec elle? Quand est-ce que vous allez la laisser tranquille? Je vous le répète, elle n'a rien à voir là-dedans.

– Comment pouvez-vous en être aussi certaine, madame Lemieux?

– Je le sais, c'est tout.

– Si vous êtes si bien renseignée à son sujet, peut-être pourriez-vous me dire où elle se trouvait vendredi soir dernier? Elle n'était pas de retour chez elle, à vingt-deux heures, lorsque son mari s'est couché.

Un rictus de haine tord le visage de la réceptionniste. Elle laisse éclater sa hargne.

– Lui! Il peut bien parler! Un ivrogne! Un bon à rien qui se laisse entretenir par sa femme! Pauvre Suzanne! Depuis des années, elle se tue à la tâche pour les faire vivre tous autant qu'ils sont. Des jeunes de dix-sept et dix-huit ans, pensez-vous qu'ils ne seraient pas capables de faire leur part, eux aussi? Il y en a des étudiants qui travaillent et des plus jeunes qu'eux. Ça ne fait pas mourir. Au contraire, ils apprennent la valeur de l'argent. (Consciente de s'être un peu trop emportée, elle se radoucit et cherche l'approbation de l'enquêteur.) Je n'ai pas raison, inspecteur?

– Je suis entièrement d'accord avec vous, madame Lemieux. Mais vous ne répondez pas à ma question.

Gisèle Lemieux baisse les yeux sur son bureau. Replace crayons et papiers. Soupire, résignée.

– Si je vous dis tout, inspecteur, vous me promettez de la laisser tranquille?

Elle n'attend pas sa réponse et poursuit:

– Suzanne était chez moi.

– Il me semblait que vous vous rencontiez seulement au travail?

– C'était vrai jusqu'à vendredi dernier, inspecteur.

Elle se tait et tourne son regard vers le couloir qui mène au laboratoire où travaille son amie. Elle craint d'être surprise en pleine trahison.

La voie est libre. Elle enchaîne:

– Je devrais peut-être la laisser vous le dire elle-même. En tout cas! Si vous me promettez de lui fichier la paix, je le ferai à sa place. (Elle regarde l'enquêteur droit dans les yeux et se vide le coeur.) En sortant de son travail, vendredi, Suzanne est arrivée sur les lieux du drame et a été énormément secouée. Elle est revenue en courant me raconter ce qui venait de se produire. Elle ne cessait de répéter: «Ce n'est pas de ma faute; je n'ai jamais voulu qu'une chose pareille arrive à monsieur Gingras.» Des tas de trucs semblables. J'ai bien vu qu'elle n'était pas dans son état normal. Alors, comme j'avais fini ma journée et que je n'en menais pas large moi non plus après ce que je venais de voir, je lui ai offert de venir chez moi prendre un café. Je lui ai dit qu'on reparlerait de ça calmement, et elle a accepté. Rendue à la maison, elle m'a tout raconté: au sujet de la lettre à Valérie Jasmin, du roman aussi. Elle m'a dit avoir agi de la sorte pour obtenir la promotion. Cela signifiait pour elle une augmentation de salaire substantielle, et cet argent lui aurait été fort utile avec un mari et deux enfants sur les bras. Elle a ajouté: «Jamais au grand jamais je n'ai souhaité un tel malheur à monsieur Gingras.» Et elle était sincère, croyez-moi. Quand elle est repartie, vers vingt-trois heures, elle était calme. (Elle lui offre un regard sévère.) Avec vos questions, vous l'avez toute chambardée, dès le lendemain. Maintenant qu'elle est redevenue elle-même, tâchez donc de la laisser en paix, pour l'amour du ciel; n'allez pas tout gâcher encore une fois.

– Vous avez l'air de beaucoup tenir à son amitié.

– C'est vrai, inspecteur, c'est de loin la meilleure amie que j'ai depuis longtemps. Surtout depuis qu'on s'est ouvertes l'une à l'autre. On a besoin l'une de l'autre. Ce drame nous a permis de mieux nous connaître. Elle est sincère avec moi, j'en suis certaine, et je peux affirmer, avec autant de conviction, qu'elle n'a rien à voir dans l'agression de monsieur Gingras.

Perdu dans ses réflexions, Michel Poirier demeure un moment silencieux. Si Suzanne Côté a révélé son petit manège à Gisèle Lemieux sous l'effet de la panique, il s'agit proba-blement de la vérité. Il se plie donc au désir de la secrétaire-ré-ceptionniste. Du moins, tant et aussi longtemps qu'un nouvel élément ne viendra pas encore une fois semer le doute dans son esprit.

– Très bien, madame Lemieux, je suivrai votre conseil; je n'irai pas l'importuner.

La dame lui offre un visage où se lit la reconnaisse.

– Merci beaucoup, inspecteur. Pour elle.

Cette fois, ils se laissent en bons termes.

* * *

Michel Poirier se jette sur la photo comme un félin sur une pièce de viande. Bien campé sur ses deux jambes, l'objet convoité prisonnier entre ses griffes, il l'examine en détail. Le flaire... de plus en plus près. Voila! Il est entièrement convain-cu de ce qu'il voit.

Pour donner encore plus de poids à sa découverte, il demande l'avis de plusieurs de ses collègues. Rassuré, il glisse son trésor dans une enveloppe et file à son rendez-vous.

Karl et Catherine sont déjà sur place. Ils ont même eu le

loisir de reconstituer la scène à deux reprises en attendant l'arrivée de l'enquêteur en chef. Dans son excitation, Michel n'a pas vu le temps passer. Il sort de sa voiture au pas de course et les rejoint en bordure de la route, le visage rayonnant de la fierté de sa dernière découverte.

– Désolé de vous avoir fait attendre; je vous assure, ça en valait la peine.

Karl l'interroge du regard, et Michel le gratifie d'un clin d'oeil complice. Anxieux de connaître la raison de ce débordement, il s'empresse de répliquer:

– Ça ne fait rien, inspecteur, on s'est débrouillés sans vous. Par deux fois on a reconstitué les faits, et, de la façon dont madame Mathieux portait son sac en bandoulière, c'est plausible mais... peu probable que la fermeture ait provoqué une égratignure à cet endroit.

Déçu, Michel doit se faire violence pour parvenir à refouler une envie quasi irrésistible de recommencer, de juger par lui-même. S'il agit de la sorte, il heurtera la fierté de son subalterne, et il doit l'avouer, il a une confiance absolue en lui.

Peu habitué à déléguer des tâches et surtout à se fier aux autres – sauf si cet autre est sa vieille branche de toujours, Sylvain –, il éprouve le besoin de mettre la main à la pâte.

Il s'adresse à Catherine.

– Lorsque la voiture s'est éloignée, l'avez-vous reconnue?

Malgré son immense désir de combler les attentes de l'enquêteur – il se donne tant de mal pour être à la hauteur de sa mission –, elle ne peut le satisfaire qu'à demi.

Elle lève son visage vers lui – il la dépasse de plusieurs centimètres. Le soleil incendiaire l'oblige à plisser les yeux malgré ses verres fumés. Elle réplique avec une drôle de frimousse.

– J'aimerais vous dire, inspecteur, que c'est bel et bien cette voiture-là qui a tenté de me heurter vendredi dernier, mais je vous mentirais. Voyez-vous, je ne suis pas très férue d'automobiles; ça manque à ma culture, je le reconnais. Par contre, dans les couleurs, je m'y connais et je suis «presque» certaine qu'elle était noire.

Michel Poirier ne peut s'empêcher de sourire en voyant le visage de la jeune femme s'animer aussi joliment. Il lui pardonne aussitôt cette lacune et la prend par les épaules pour la reconduire à sa porte.

Karl, un brin envieux devant la complicité partagée par ces deux êtres qu'il admire, s'en retourne seul, à contrecoeur. En dépit de leur attitude détachée, il devine une certaine tension entre l'enquêteur en chef et la journaliste.

Assis dans sa voiture, il attend le retour au bercail de son supérieur. Il se surprend à philosopher, à chercher la source de leur malaise. L'amitié est-elle possible entre un homme et une femme? La vraie? Une amitié basée sur le désintéressement? La différence des sexes n'engendre-t-elle pas automatiquement un genre de fièvre? Lui, en tout cas, n'y échappe pas. Encore tout à l'heure, en présence de la journaliste, cela le travaillait drôlement en dedans. Est-ce dû à son jeune âge? À son manque d'expérience?

Michel Poirier éprouve le besoin de susciter l'admiration chez sa compagne.

– Même si vous n'êtes pas certaine pour l'automobile, ça ne fait rien, j'ai dans ma voiture une preuve encore plus accablante que cette égratignure.

Il a atteint son but. Catherine l'interroge d'un regard où se lit un vif intérêt. Il fait aussitôt dévier la conversation. La taquine. Lui rappelle ses paroles de la veille.

– Et puis, madame Mathieux, vous n'étiez pas censée apaiser mon «esprit tourmenté», aujourd'hui? Avez-vous eu la confirmation que vous espériez?

Elle le défie, la mine triomphante.

– Oui monsieur! Ce misérable est toujours de ce monde, malheureusement, mais hors d'état de nuire. Et il en a encore pour plusieurs années à moisir dans son cachot.

– Vous ne voulez toujours pas me donner plus de détails?

– Ça servirait à quoi?

– Voyez-vous, madame Mathieux, je suis comme Thomas. Je dois mettre mon doigt dans la plaie pour croire. (Il supplie, l'air d'un enfant qui a trop grandi.) S'il vous plaît! Je vous promets d'être extrêmement discret. Je vous jure, ça ne se retournera pas contre vous.

Catherine le regarde, indécise, et se laisse finalement fléchir.

– Ah! vous! Une vraie tête de pioche!

Il a gagné. Quel temps précieux il va sauver! Il resserre son étreinte à en broyer les os de la journaliste. Tassée comme un vieux chiffon, Catherine grimace. Il relâche l'étau. Témoigne sa reconnaissance.

– Merci! madame Mathieux, vous êtes un ange.

Il sort un carnet de sa poche, un stylo, et attend ses aveux.

Catherine redresse le torse. Respire un bon coup. Elle veut puiser à même l'air pur le courage de ne pas flancher. Finalement, elle prend sa figure à deux mains et gronde en secouant la tête pour masquer sa réticence à exhumer un passé aussi morbide.

Conscient de l'épreuve exigée de la jeune femme, Michel tempère.

– Écoutez, ce n'est pas facile, je sais. Donnez-moi seulement des noms, des dates.

– Ça s'est passé en juillet 1989, au Texas, à Dallas plus précisément. C'est là que mon beau-père est toujours incarcéré. Ma mère s'appelait Betty Chester; mon beau-père, Jack Bart; moi, Kathy Miller. (Elle précise, le regard absent d'une aveugle.) Miller est le nom de mon père. Il est décédé j'avais à peine deux ans. Je n'ai aucun souvenir de lui.

Catherine se fait muette. Michel Poirier écrit quelques mots, puis relève la tête. Le crayon sur le menton, il demande:

– Et cette religieuse dont vous m'avez parlé hier, votre... mentor, si je peux dire, qui est-elle?

– Son nom de famille était Judy Miller. Elle était la soeur de mon père.

– Pourquoi était?

– Elle est morte quelques semaines après m'avoir libérée des griffes du diable.

– Comment?

– Un banal accident de voiture.

– Ah!... Dans quelles circonstances?

– Elle a raté un virage à la sortie de la ville.

L'infatigable esprit d'analyste du policier se met aussitôt en branle.

– Y a-t-il eu enquête?

– Oui, mais elle n'a rien révélé: aucun bris mécanique de la voiture, aucun problème ou malaise physique chez la conductrice, rien. Il pleuvait, la chaussée était mouillée, il y avait même des flaques d'eau par endroits: son auto a dérapé. C'est la conclusion qu'ils en ont tirée.

Le nez dans son calepin, Michel Poirier retrousse les lèvres, se caresse le menton et balance la tête sans arrêt de haut en bas.

Catherine essuie discrètement une larme. L'observe. Elle se revoit, enfant, au côté de sa mère, à Noël, à l'église, devant le petit ange tout de rose vêtu qui répétait inlassablement ce même geste, chaque fois qu'elles déposaient une pièce de monnaie dans sa bourse. La nostalgie la prend en otage. Ses larmes se multiplient.

Troublé, Michel range ses accessoires de travail dans sa poche et lui présente un paquet de mouchoirs en papier froissés. Elle lui sourit tristement. Malhabile, il la prend par les épaules et l'entraîne jusqu'à la porte. La lourdeur de son bras s'additionne à celle de sa mélancolie.

Michel essaie de lui changer les idées. Se montre bon prince.

– Allez! Oubliez ça! Vous retournez à l'hôpital auprès de votre amoureux, j'imagine? Quel homme comblé!

L'ours pataud – mais combien attachant – ne peut réprimer un soupir et se décharge, sans préavis, du poids de sa patte sur sa compagne. Pour contrecarrer l'effet de pesanteur, Catherine se cambre – aïe! –, échappe – miracle! – au lumbago.

Elle devine la tristesse derrière la réflexion de l'enquêteur. Elle songe à Philippe, à sa bonne fortune, malgré tout. Elle ressent de façon encore plus marquée la solitude de l'homme qui se colle à elle, sans manières, en quête d'un peu de chaleur. Son bonheur lui apparaît un peu trop provocant aux yeux de ceux que l'amour malmène. Les mots lui manquent pour se faire pardonner.

Michel devine son malaise et lui donne bonne conscience.

– Vous n'avez pas à vous sentir coupable, madame Mathieux, le bonheur se mérite, et vous méritez largement le vôtre, croyez-moi. Au fait, me prêteriez-vous votre sac à main pour un jour ou deux?

Catherine le vide aussitôt de son contenu et le lui remet. L'enquêteur abandonne la jeune femme à sa plénitude pour retrouver la banalité de sa propre existence qu'il renie, le temps d'un sourire complice à son adjoint, d'une nouvelle piste à suivre, d'une enquête à terminer.

Karl met un point final à son étude philosophique et rejoint le grand chef. Michel ouvre l'enveloppe et en retire une énorme photo. Il la présente à son collègue d'un air triomphant.

Karl s'exclame en pointant aussitôt du doigt l'oreille gauche de l'homme, ce qui conforte Michel dans son opinion.

– Eh! C'est bien un anneau doré que je vois là! Accroché au pavillon de l'oreille gauche du bonhomme en plus! Il n'y aurait pas une queue de cheval, derrière tout ça?

Les deux hommes éclatent de rire. Michel reprend avec l'assurance du vainqueur.

– Oui mon ami! On le tient, cette fois.

– C'est la photo prise chez Valérie Jasmin? C'est qui, cet homme-là?

– Rien de moins que son petit copain.

Karl soulève les sourcils en même temps qu'une interrogation.

– On a notre homme, c'est bien beau, mais la femme blonde, elle?

– Elle? C'est pour demain. J'ai donné rendez-vous à monsieur Jean-Pierre Martin, à mon bureau, demain matin neuf heures. Je vais lui faire cracher le morceau, et je compte sur toi pour être présent.

Son supérieur lui fait un très beau cadeau en l'incorporant de façon aussi étroite à son enquête, et Karl en est très heureux. Il s'empresse donc de confirmer sa présence, avant que le patron ne constate sa méprise et ne l'assigne plutôt à quelques tâches routinières.

Michel replace l'élément de preuve dans l'enveloppe, garde le tout précieusement dans sa main et fait part de ses intentions à son confrère.

– Il faudrait trouver deux ou trois autres photos de mâles avec une queue de cheval. On les présentera à nos témoins en même temps que celle-ci, pour voir s'ils sont en mesure d'identifier notre suspect, tu comprends?

– Vous voulez dire: au propriétaire du motel, à l'employé chez le concessionnaire d'autos et à la secrétaire-réceptionniste du Centre de recherche clinique?

– En plein ça! Tu t'en occupes? Tu sais où t'approvisionner en photos?

De plus en plus stimulé par la confiance témoignée de la part de l'enquêteur en chef, Karl promet de se charger de tout. Michel lui remet finalement son trésor, non sans lui faire une dernière recommandation.

– Prends-en bien soin, Karl.

– Craignez rien, inspecteur.

Michel regarde s'éloigner le jeune homme et se surprend

à regretter de ne pas avoir un fils plein d'ambitions, comme lui, avec lequel il partagerait sa passion. Quel sacré tandem ils formeraient! Mais, pour cela, il lui aurait fallu s'y prendre avant, bien avant. Même s'il agissait aujourd'hui, il serait déjà à la retraite lorsque son fils entrerait sur le marché du travail. En supposant, bien sûr, que le métier d'enquêteur éveille chez lui quelque intérêt – ce n'est malheureusement pas héréditaire. Et même s'il était prêt à se contenter de le regarder évoluer au moment où lui-même en serait à son dernier tour de piste, il faudrait d'abord et avant tout qu'il ait une partenaire disposée à lui donner une descendance, et ce n'est certainement pas le cas.

Il chasse ses idées moroses d'un mouvement de la tête et grimpe dans sa voiture, décidé à rétablir la situation. L'après-midi est encore jeune, Hélène sera sans doute à la maison, sinon il n'aura pas de difficulté à la rejoindre chez sa copine. «Aujourd'hui, ça passe ou ça casse, se dit Michel. Si je renvoie encore une fois le tout aux calendes grecques, aussi bien dire que je ne m'en sortirai jamais.» Il démarre en trombe.

16

Huit heures du matin. Michel est déjà au poste. Son effort en vue d'une mise au point, la veille, a dégénéré en véritable catastrophe. L'atmosphère n'est plus respirable à la maison. Il préfère encore celle du bureau avec ses relents de mégots de cigarettes, de cafés abandonnés et de sueur. Comme à chacune de ses tentatives avortées, tout lui est retombé sur le dos. Encore une fois. Une dernière fois...

Hélène s'entête à vouloir le punir au lieu de chercher un terrain d'entente. Il n'a donc pas d'autre choix que d'abandonner la lutte. Même s'il voulait revenir en arrière pour lui faire plaisir, pour lui donner raison, il en serait incapable. Et elle refuse de le comprendre. Elle lui attribue des pouvoirs surhumains, on dirait.

Tant d'énergie gaspillée à vouloir empêcher un édifice en ruine de s'effondrer! Pourquoi ne pas le démolir et reconstruire du neuf avec des matériaux plus sains, plus forts, plus beaux? Voilà ce à quoi il va s'employer à partir de maintenant. Fini de se culpabiliser, de se creuser les méninges pour arriver à calfeutrer les brèches qui se multiplient sans cesse, malgré ses efforts pour freiner leur action destructrice.

À force de vivre en promiscuité avec Hélène, il a fini par sous-estimer le pouvoir de l'amour. Mais le fait d'avoir devant les yeux un couple aussi épris que Catherine et Philippe lui a permis d'y croire de nouveau. S'il est donné à d'autres de connaître une telle plénitude, pourquoi pas à lui?

Pour construire sur des bases solides, il faut d'abord nettoyer le terrain en profondeur. Il faut également de bonnes fondations. C'est ce qui manquait à leur couple. À vingt ans, on s'engage trop souvent dans une vie à deux sans vraiment savoir ce que cela implique. À quarante-cinq ans, est-on plus avertis?

Il ose l'espérer.

Quand il rentrera ce soir – si toutefois il trouve le courage de rentrer –, Hélène sera déjà partie. Elle aura rassemblé ses choses, vidé ses tiroirs, son côté de la garde-robe, divisé la vaisselle, les casseroles, les ustensiles en parts égales – elle a toujours été un peu maniaque en ce qui a trait à un partage juste et équitable.

Qu'en sera-t-il des meubles? Un salon accueillant contre une chambre vide? Une cuisine déserte contre une salle de bain confortable? C'est un peu ce à quoi il s'attend. Pour ce qu'il en a à foutre!

Michel se lève. Se rend au distributeur de café. Son deuxième. Noir. Sans sucre. Une grosse journée l'attend. Il doit retrouver ses esprits, ne pas laisser sa vie privée empiéter sur son travail.

Jean-Pierre Martin sera bientôt là. Il lui faut être en possession de tous ses moyens pour arriver à le piéger. Il doit être au meilleur de sa forme. Il ne peut se permettre de louper cette chance.

Ensuite, il doit trouver le temps de rassembler le plus d'informations possible sur le décès – seulement quelques semaines après l'arrestation de l'abuseur, ça sent le coup monté à plein nez, cet accident – de Judy Miller, la religieuse, sans toutefois faire de remous. Il l'a promis à Catherine. Être sur place lui faciliterait la tâche, mais les journées n'ont que vingt-quatre heures, et voyager, peu importe le moyen de transport, prend un temps fou.

«Il y a toujours le voyage astral, se dit Michel. Mais encore là, il risque d'y avoir des ratés, ma technique n'est pas encore au point. Se déplacer d'un endroit à un autre en une fraction de seconde, en l'espace d'un claquement de doigts, ce serait pourtant si pratique! Un jour, qui sait. Tant qu'il y a de la vie, il y a de l'espoir.»

Si Jack Bart a manigancé derrière les barreaux le meurtre de la Bonne Samaritaine de Catherine, il est capable d'avoir nourri sa vengeance pendant dix longues années pour retracer sa dénonciatrice et lui faire payer sa traîtrise. Il ne peut fermer les yeux sur cette possibilité et s'en laver les mains, même si Catherine est convaincue de l'inutilité de sa démarche. Il en fait un véritable cas de conscience. Reste donc la bonne vieille méthode: Sylvain. Si cela continue, il sera en dette avec lui, pas à peu près.

L'enquêteur soupire. Bâille. Se frotte les yeux. Courir un troupeau de lièvres à la fois a de quoi épuiser le plus obstiné des hommes.

Après une bonne lampée du breuvage amer, il dépose le verre sur son bureau et risque quelques étirements. Une nuit passée sur un canapé trop dur l'a un peu courbaturé, mais rien d'irréparable. Rien que des rotations de la tête et des mouvements savamment orchestrés ne viendront à bout.

Un «salut au soleil» rythmé, et il retourne à son trône, prêt à jouer son rôle. Ses notes sous les yeux, il prépare son entrevue.

Des bruits de portes qu'on ouvre et referme le replacent bientôt dans l'atmosphère. Karl se présente devant lui; Michel l'accueille avec la curiosité inhérente à son personnage. Revêtir sa peau d'enquêteur est toujours séduisant.

– As-tu trouvé les photos que je t'ai demandées? Les as-tu montrées aux témoins?

Le fidèle serviteur, heureux de l'enthousiasme soulevé par sa démarche, conscient de l'importance des résultats qui en découlent sur la confrontation à venir, s'empresse de satisfaire son maître.

– Oui, boss, au moins dans deux cas. Madame Gisèle Lemieux a formellement identifié notre homme, et monsieur Conrad Asselin aussi l'a reconnu sans hésiter. Il s'agit donc du même individu dans ces deux cas-là. Pour ce qui est du vendeur chez le concessionnaire, il n'a pas voulu se prononcer: il craignait de commettre une erreur. Mais j'ai bien vu que la photo de Jean-Pierre Martin retenait son attention.

– Peu importe, deux sur trois, ça me suffit. Je l'attends de pied ferme, ce cher monsieur Martin.

Digne, le roi Michel se campe dans sa chaise et regarde son sujet avec fierté. Il lui désigne le coin de la pièce où une table encombrée laisse assez d'espace libre pour accueillir sa fesse droite.

– Tu t'installeras là et tu prendras le plus de notes possible. Si certaines questions pertinentes te viennent à l'esprit sans que je songe à les poser, tu n'auras qu'à me faire signe, d'accord?

Karl se dirige vers le lieu indiqué. Chemin faisant, il se permet une mise au point avec un immense professionnalisme.

– Ce dont on peut l'accuser, en fait, c'est d'avoir subtilisé un portefeuille à son propriétaire, d'avoir utilisé une carte de crédit volée pour louer une automobile et d'avoir abandonné cette automobile sans la retourner au concessionnaire. Quant à l'égratignure sur la voiture, sans témoin... Et comme il n'est pas question de parler de monsieur Asselin pour ne pas mettre sa vie en danger... C'est bien mince, vous ne trouvez pas? J'ai peur que ce ne soit pas assez pour lui coller une tentative de meurtre sur le dos. Et ça ne nous conduira pas nécessairement à notre agresseur non plus, notre fameuse femme blonde. Avec si peu de matériel, vous ne vous attendez tout de même pas à ce qu'il vous offre sa confession sur un plateau d'argent, inspecteur?

– Tu as raison, Karl, on n'a rien pour l'envoyer en prison bien longtemps. Ce n'est pas mon intention, d'ailleurs. Je préfère attendre d'obtenir des preuves beaucoup plus accablantes pour agir. Ce que je veux surtout, aujourd'hui, c'est le faire parler sans trop avoir l'air de l'accuser de quoi que ce soit; je veux même lui laisser croire qu'on ignore tout de ses frasques. S'il pense avoir réussi à nous berner, il va peut-être faire un faux pas. Là, on l'attendra au tournant.

Il se tait. Karl l'imite et réfléchit à la tactique de l'enquêteur. L'assimile. La fait sienne.

Michel fait pivoter sa chaise dans la direction de son confrère et termine sa pensée.

– J'espère pour lui qu'il aura un alibi en béton pour justifier son emploi du temps de vendredi après-midi.

Les deux hommes consultent leurs notes, Karl reprend.

– Vous êtes sûr qu'il va venir, inspecteur?

L'agent Roy entrouvre la porte du bureau et annonce l'arrivée de Jean-Pierre Martin. Les enquêteurs se jettent un regard entendu et s'apprêtent à recevoir le truand.

Monsieur Martin pénètre dans la pièce. Michel et Karl, le souffle coupé, le voient s'installer... Le reluquent. Un fantôme ne provoquerait pas pire effet.

Assis devant eux, le suspect ne ressemble en rien à la photo dérobée chez Valérie Jasmin. Habillé sévèrement, les cheveux bruns très courts, les yeux également bruns surmontés de verres correcteurs aux montures foncées, presque noires, il a plutôt l'aspect d'un personnage sorti tout droit d'un film d'Alfred Hitchcock.

Assommé, l'enquêteur se couvre le visage de ses deux mains, puis regarde encore. Est-il en train de rêver?

L'homme est toujours là, l'air crispé de celui que l'on dérange, et il ne se gêne pas pour exprimer son mécontentement.

– Vous vous rendez compte, inspecteur, à quel point vous me faites perdre un temps précieux. J'ai dû revenir de New York pour satisfaire votre exigence. Venez-en au fait, voulez-vous, je dois retourner à mes occupations.

L'enquêteur en chef s'octroie quelques secondes pour retrouver ses esprits. La réalité manque à l'appel; ils se sont invraisemblablement laissé prendre au piège de la mystification.

Son subordonné, les yeux fixés sur l'étranger aux allures de croque-mort, cherche à comprendre où a bien pu se glisser l'erreur, où s'est produite cette bavure qui les a amenés à commettre une telle méprise.

La voix posée de son supérieur le ramène à la réalité.

– Pouvez-vous me donner votre nom, votre adresse et votre numéro de téléphone, monsieur?

Le visiteur fronce les sourcils et débite d'un seul trait les renseignements demandés. Michel Poirier vérifie au fur et à mesure ses dires sur la carte professionnelle remise par Valérie Jasmin. Tout correspond.

Si cet homme est réellement l'ami en question, alors qui est celui de la photo dérobée sur la cheminée? Pourquoi Valérie Jasmin lui a-t-elle menti? Elle devait savoir qu'il découvrirait la vérité un jour ou l'autre. À moins qu'elle croyait s'en sortir indemne grâce à ses charmes? Non, elle est beaucoup trop futée.

– Montrez-moi vos cartes d'identité, monsieur Martin. Permis de conduire, carte d'assurance maladie, carte...

Jean-Pierre Martin lui coupe la parole et rouspète contre de telles exigences. De mauvaises grâces, il finit tout de même par s'exécuter.

– C'est ridicule. Suis-je convoqué ici pour conduite dangereuse? Pour ivresse au volant? Pour permis suspendu? Pourquoi au juste?

Michel examine chaque document avec minutie. Au fond de lui, l'indignation gronde à la vue de la photo sur la carte d'assurance maladie, identique à son propriétaire. Il réplique – autant pour son bénéfice que pour celui de son invité –, la voix grave, lointaine et mystérieuse, comme s'il présidait une séance d'hypnose. Un autre rêve sacrifié sur le bûcher des contraintes de la vie. Et dire qu'il en a plus derrière lui que devant!

– Détendez-vous, monsieur Martin, détendez-vous; ce sont de simples formalités.

Une envie soudaine de lui jeter l'autre photo, la vraie celle-là, en pleine figure pour le confondre, le prend par surprise. Il se contrôle: ce serait beaucoup trop draconien comme procédé. Il est préférable d'utiliser la ruse, de suivre son plan initial, même si la résistance s'annonce plus forte qu'il ne l'avait d'abord imaginé. Même s'il est évident que son adversaire se joue de lui.

En effet, plus il le regarde, plus cette pensée le taraude. «Grand. Mince. Le teint foncé. Dans la trentaine avancée. Le reste peut toujours se transformer, se dit Michel. Des cheveux, ça se taille, ça se teint. Des yeux, avec des verres de contacts teintés, ça se modifie. Des cartes, ça peut toujours se truquer.»

Un détail capte l'attention de Michel Poirier. Lui saute aux yeux. Grandit démesurément. L'aveugle. Ça y est! La lumière vient de se faire; le mystère vient d'être élucidé. Quelque chose a trahi le fraudeur: le trou laissé par l'anneau absent dans l'oreille gauche est toujours là, lui, visible, délateur perfide. Judas.

L'enquêteur jubile mais n'en laisse rien paraître. Il poursuit, calme et sûr de lui.

– Sur la photo aperçue chez madame Jasmin, vous avez une queue de cheval. Vous l'avez sacrifiée depuis longtemps, monsieur Martin?

Loin de se laisser intimider, l'homme réplique, à l'aise:

– Il y a un moment, oui. Pour les affaires, ça fait un peu plus professionnel.

– C'est la même raison pour la boucle à l'oreille gauche, je suppose?

– Pour la même raison, oui.

– Si je me souviens bien, vous ne portiez pas de lunettes, non plus.

Jean-Pierre Martin retient un geste d'agacement.

– J'ai toujours porté des lunettes, inspecteur, sauf quand je joue au tennis. Je préfère alors des verres de contacts, c'est moins encombrants.

– La couleur de vos cheveux et même de vos yeux m'a paru plus pâle sur la photo.

– C'est possible, à cause des reflets du soleil. Mais... m'avez-vous fait venir ici pour critiquer ma physionomie, inspecteur?

– Simple curiosité, monsieur Martin. Simple curiosité. (L'enquêteur consulte ses notes sans les voir.) Parlez-moi de votre relation avec madame Jasmin.

– On est... amants.

– Amants?

– Oui, amants.

– Depuis longtemps?

– Assez.

– Madame Jasmin m'a dit que vous ne demeuriez pas ensemble, est-ce exact?

– Ça viendra.

Quelque chose dans sa voix dénote de l'agressivité refoulée. Une image vient à l'esprit de l'enquêteur: un cheval prend le mors aux dents, et le cavalier tire à tour de bras sur la bride sans parvenir à le maîtriser. Michel Poirier sait pertinemment que Valérie Jasmin est la cavalière à la poigne de fer dans ce couple.

Il essaie d'en apprendre davantage en sympathisant à la cause du malheureux.

– Vous semblez le regretter?

Jean-Pierre Martin se méfie, se tait.

L'enquêteur constate à quel point il est sur ses gardes. Il s'y prend de façon un peu plus détournée. Se décontracte. Croise les mains sur sa nuque et s'étire nonchalamment sur sa chaise. Karl, chacun de ses sens en éveil, le crayon à la main, étudie sa démarche.

– Vous connaissez madame Jasmin depuis longtemps?

– Comme tout le monde, oui.

Michel en a plus qu'assez de ses réponses évasives. Il y va d'un cortège de questions claires et nettes.

– Quand l'avez-vous rencontrée pour la première fois, monsieur Martin?

– Ça fait des années.

– Combien d'années?

– Est-ce que je sais, moi, six ans, sept ans...

– À quelle occasion?

– C'était à une soirée donnée en son honneur.

– Qui vous y avait invité?

– L'organisateur de la soirée, évidemment.

– Vous l'avez rencontrée souvent, comme ça?

– Quelques fois, oui.

– Combien de fois? Deux, trois, quatre, est-ce que vous étiez invité à chaque soirée?

La fierté illumine le regard du suspect. Il répond en se redressant sur sa chaise.

– Pas à toutes, mais à la plupart.

– À ces occasions, est-ce que madame Jasmin était accompagnée?

– Pas à ma connaissance.

– Vous saviez qu'elle était mariée?

– Je suppose, oui.

– Vous supposez, monsieur Martin ou vous saviez?

L'homme reprend, agacé.

– Oui, oui, je savais.

– Comment l'aviez-vous appris? Madame Jasmin a toujours tenu son mariage et tout ce qui a trait à sa vie privée dans le plus grand secret. C'est elle qui vous l'a dit?

L'homme baisse les yeux et époussette son genou de pantalon.

– Secret de polichinelle, oui. Avec des contacts, rien de plus facile. Il suffisait de s'informer.

– Si je comprends bien, vous vous intéressez à madame Jasmin depuis longtemps, et le fait qu'elle soit mariée ne vous rebutait pas. Quels genres de liens entreteniez-vous avec elle, monsieur Martin, au moment où elle cohabitait avec son conjoint?

– En quoi cela vous regarde-t-il?

En hockeyeur habile, l'enquêteur file directement au but, mais change de tactique à la dernière seconde afin de déjouer le gardien. Il fait volte-face et vise la fierté du rebelle.

– Avez-vous également utilisé vos contacts pour connaître votre rival? L'heureux élu de son coeur. Celui avec qui elle
partageait sa vie.

Blessé dans son orgueil, d'une voix dédaigneuse, Jean-
Pierre Martin reprend:

– Ce n'était pas lui qui m'intéressait, c'était elle. Je ne
vois pas pourquoi j'aurais cherché à connaître ce cocu.

Une voie s'ouvre devant lui. Michel s'y engage avec
promptitude.

– Vous ne l'avez jamais rencontré?

– Jamais.

– Vous ne lui avez jamais parlé non plus?

– Jamais.

– Vous n'avez jamais travaillé ensemble non plus?

L'homme maîtrise avec difficulté une nervosité crois-
sante. Il la cache de son mieux en crânant.

– C'est bien évident, inspecteur.

Sans hésiter, le maître compteur y va de nombreux lan-
cers. Ils atteignent à tout coup la cible.

– Alors pourquoi vous être présenté au Centre de recherche clinique où travaille monsieur Gingras, sous prétexte que
vous étiez un ancien collègue de travail? Pourquoi avoir pris
des informations à son sujet? Pourquoi avoir fait croire à la secrétaire-réceptionniste que vous vouliez le rencontrer, si vous
n'aviez pas l'intention de revenir par la suite?... À moins que
vous ne soyez revenu.

Jean-Pierre Martin secoue la tête et hausse les épaules,
comme s'il ne comprenait rien de rien à ce que l'enquêteur
vient de lui débiter. Comme si c'était du véritable chinois. Il
éclate d'un rire sarcastique.

– C'est quoi, cette histoire-là, inspecteur? Je n'ai rien
fait de tel. Pourquoi je m'intéresserais à Philippe Gingras? Il ne
m'a jamais intéressé, ce crétin-là, pas plus aujourd'hui qu'a-
vant.

– Vous mentez, monsieur Martin. Comment avez-vous

su qu'il s'appelait Philippe? Moi, je n'ai fait que mentionner le nom Gingras.

– Franchement! Vous veniez de me parler du mari de Valérie, j'ai fait le rapprochement, c'est tout. Il va falloir lâcher la dope, inspecteur, vous êtes pas mal mêlé, je trouve.

Poussé à la limite par l'arrogance de l'individu, l'enquêteur s'offre un petit plaisir, même si cela va à l'encontre de la procédure qu'il avait d'abord projeté de suivre.

– Ce n'est pas vous non plus qui avez volé le portefeuille de monsieur Gilles Aubé, je suppose. Qui vous êtes servi de sa carte de crédit pour louer une Chrysler Intrepid que vous avez abandonnée par la suite sur le stationnement du Centre de recherche clinique où travaille monsieur Gingras. Ce n'est certainement pas vous non plus qui avez tenté de heurter madame Catherine Mathieux avec cette même voiture, vendredi après-midi. Catherine Mathieux qui, par hasard, est l'amie de coeur de monsieur Gingras. C'est également inutile de vous parler de la femme blonde qui a tenté d'assassiner monsieur Gingras vers seize heures cette même après-midi. Vous n'avez probablement aucun doute aucun lien avec elle.

Les accusations déferlent sur lui. L'homme rit effrontément. L'enquêteur se tait. Loin d'être satisfait de sa performance, Jean-Pierre Martin en rajoute:

– Vous avez raison, inspecteur, je n'ai absolument rien à voir là-dedans.

Michel Poirier l'imite. Désinvolte, il rit à son tour, bien que son plus grand désir serait de secouer cet insolent comme un pommier jusqu'à en faire jaillir la vérité.

Il songe à lui parler de monsieur Asselin, le propriétaire du motel, mais se retient. Il ne veut pas mettre en jeu la sécurité des deux personnes âgées. Il leur a promis de les protéger, et il tiendra parole. Cet être abject a prouvé qu'il était capable de s'en prendre à plus faible que lui, il ne va pas lui donner un motif pour recommencer. D'ailleurs, il ne peut se servir de la photo subtilisée – un fou! Il tient à sa peau. Valérie se ferait une joie de le scalper, si elle savait –, tant et aussi longtemps qu'il n'aura pas un mandat de perquisition pour fouiller la maison de Valérie Jasmin. Là, il aura tous les droits, et Dieu sait combien il se fera un plaisir d'attraper au tournant cet imposteur de la pire espèce. «Il se croit malin. Il verra bien de quel bois je me chauffe», se dit Michel.

– C'est ce que je croyais, monsieur Martin, vous êtes blanc comme neige. Monsieur Net en personne!

– Si vous le savez, inspecteur, pourquoi m'avoir dérangé?

– Je voulais vous l'entendre dire.

Un goût de vengeance taquine les papilles de l'enquêteur. Il ne peut s'empêcher de le satisfaire.

– Puisque vous avez de si bons contacts, monsieur Martin, vous êtes sûrement au courant au sujet de votre petite amie. Il n'y a donc pas de cachotteries à se faire. Je ne vous apprends rien en vous disant que madame Jasmin est toujours aussi amoureuse de son ex, et qu'il suffirait d'un seul mot de sa part pour qu'elle reprenne avec lui. Elle irait même jusqu'à adopter un enfant pour le reconquérir. C'est ce qu'elle lui a déclaré dans sa dernière lettre. Mais vous savez déjà tout ça, n'est-ce pas?

Ce n'est qu'un misérable coup d'épée dans l'eau. L'homme se contrôle à la perfection. Il se lève, la tête basse, replace sa chaise et se dirige droit vers la sortie. D'une voix neutre, il annonce:

– Si vous n'avez rien d'autre à ajouter, inspecteur, permettez-moi de me retirer.

Surpris de le voir toujours aussi maître de lui après avoir encaissé un tel choc, Michel lui coupe la parole et lui intime l'ordre de se rasseoir. Ou bien ce malotru a un sang-froid hors du commun ou bien il ne lui apprend rien qu'il ne sache déjà.

Jean-Pierre Martin reprend son siège, le dos droit. S'apprête à se relever à la première occasion.

L'enquêteur poursuit:

– Pourriez-vous me décrire, avec autant de précision que possible, votre emploi du temps pour ce qui est de la journée de vendredi dernier, monsieur Martin.

En bon élève, Jean-Pierre Martin s'exécute. Il connaît la réplique par coeur.

– J'ai passé la journée à mon appartement. Je me suis levé avec une mauvaise grippe, alors je ne suis pas sorti.

– Et samedi?

– La même chose, inspecteur, je suis resté à la maison.

– Et dimanche?

– Aussi.

Une réponse beaucoup trop fuyante au goût de l'enquêteur. Malheureusement, il n'a pas le choix de s'en accommoder, il ne peut rien prouver pour l'instant. Mais ce petit nigaud ne perd rien pour attendre.

– Je vois, monsieur Martin.

– Quelqu'un peut corroborer vos dires?

– Je n'ai vu personne.

– Vous n'avez pas eu de téléphone non plus?

– Je n'en ai pris aucun. Malade, je suis un lion en cage, inspecteur, je ne laisse personne m'approcher.

Michel Poirier lorgne du côté de son adjoint. En signe d'impuissance, Karl hausse les épaules. Il se retourne et, d'un geste de la main, indique au belligérant de déguerpir en vitesse.

Avant même que celui-ci ait le temps de poser le moindre geste, il ajoute:

– Je n'ai pas besoin de vous préciser que vous n'êtes pas autorisé à quitter Montréal. Sous aucun prétexte. (Il lui présente la carte professionnelle qu'il tient à la main.) Je peux toujours vous rejoindre n'importe où, n'importe quand à ce numéro?

L'homme, heureux de s'en tirer à si bon compte, s'élance vers la sortie. Au moment où il traverse la porte, Michel ne peut s'empêcher de le narguer. Il veut lui faire comprendre qu'à aucun moment il n'a été dupe de sa mascarade.

– À quand remonte votre dernière visite chez le coiffeur,

monsieur Martin?

Jean-Pierre Martin fuit les lieux, le feu aux fesses.

Les deux enquêteurs se regardent sans parler, le temps de décompresser, puis éclatent de rire.

– Vous ne l'avez pas ménagé, boss.

Michel pense à son étonnement du début. Il secoue la tête.

– Il le méritait, tu ne trouves pas? Un tel accoutrement! (Il se lève en vitesse.) Écoute, Karl, on a affaire à un petit malin. On n'a pas de temps à perdre; il faut agir tout de suite; il ne faut pas lui laisser le temps de se retourner, de détruire des preuves qui pourraient l'incriminer en le reliant à notre agresseur. On va demander un mandat de perquisition pour les deux endroits: chez Valérie Jasmin et chez Jean-Pierre Martin. J'en profiterai pour faire disparaître les traces de mon larcin: on remettra la photo à sa place en arrivant chez madame Jasmin, à son insu, bien sûr, et je la reprendrai avec sa bénédiction avant de repartir. J'espère seulement qu'elle ne s'est pas encore rendu compte de sa disparition. Là, c'est vrai que je serais dans de beaux draps.

– Verriez-vous ça, inspecteur, si elle vous accusait de vol? Ce serait comique.

– Je ne vois pas ce qu'il y aurait de comique là-dedans, jeune homme.

– Vous ne voyez pas!

– Pas du tout!

Deux gamins quittent le bureau en se bousculant.

17

Michel Poirier et Karl Michaud se présentent chez Valérie Jasmin, appuient sur la sonnerie à tour de rôle: personne ne répond malgré leur insistance. Quelques minutes plus tard, la même déception les attend chez Jean-Pierre Martin. Ils ne vont tout de même pas faire la navette entre les deux endroits jusqu'à ce que quelqu'un réapparaisse!

Après s'être concertés, ils optent pour retourner chez Valérie Jasmin. Après tout, le suspect numéro un dans cette affaire est une femme. Grande... mince... cela correspond très bien à Valérie. Blonde... ce n'est pas incontournable.

De retour au poste, les deux acolytes en profitent pour sonder leurs notes – pour la millionième fois au moins –, et s'efforcent de bâtir une histoire aussi réaliste que possible avec chacune des personnes susceptibles d'être l'auteure de l'une ou l'autre de ces tentatives de meurtre. Ils se consultent afin de trouver des motifs valables dans chacun des cas, ce qui, parfois, constitue un véritable tour de force.

Au bout d'une heure à tromper l'ennui, à essayer de percer l'énigme, la porte du garage s'ouvre, et la Porsche noire de Valérie Jasmin s'engouffre dans cet habitacle mis à jour et escamoté aussitôt. Les enquêteurs se dirigent à l'entrée principale et, après avoir signifié leur présence, attendent qu'on daigne leur ouvrir.

Michel donne les dernières directives à son jeune adjoint. Celui-ci l'écoute avec attention, même si le boss lui rabâche la même rengaine depuis leur départ de la Vieille Capitale.

– Dès qu'on sera entrés, on présentera à notre hôtesse le mandat de perquisition, ce qui, j'en suis persuadé, n'aura pas l'heur de lui plaire. Je prendrai aussitôt le couloir en direction de son bureau. Madame Jasmin se fera un devoir de me suivre, j'en suis convaincu, pour mieux m'encenser de sa belle voix... morne. Tu auras alors tout le loisir de te rendre au salon replacer la photo sur la cheminée. N'oublie pas, tu la remets à la suite des autres, à l'extrême droite. Ensuite, tu nous rejoins. Tu...

La porte s'ouvre: Michel n'a pas le temps de terminer sa ritournelle. Tant pis, ce n'est en fait que du radotage superflu. Karl sait très bien ce qu'il doit faire.

Valérie les étudie d'un regard neutre. Michel la salue et lui présente son compagnon, puis s'empresse de lui mettre sous le nez le laissez-passer officiel qui justifie leur présence.

– Bonjour, madame Jasmin, l'inspecteur Karl Michaud et moi avons ceci qui nous accorde le droit de perquisitionner votre demeure.

Sans un regard pour le nouveau venu, Valérie réplique. Un léger froncement de sourcils trahit son mécontentement, mais son visage ne perd rien de sa placidité.

– Je sais très bien ce qu'est un mandat de perquisition, inspecteur. Ce que je ne m'explique pas, c'est le motif invoqué pour poser un tel geste.

– On a toutes les raisons de croire que vous êtes liée aux tentatives de meurtre perpétrées contre madame Catherine Mathieux et monsieur Philippe Gingras.

La dame ne bronche pas. Vu son manque de promptitude à collaborer, Michel Poirier se faufile à l'intérieur avant même d'y être invité, et se dirige vers le fond du couloir.

Vexée, la star le suit de près et peste sans arrêt contre lui.

– Je n'ai jamais rien entendu d'aussi absurde de toute ma vie. Vous perdez votre temps et, de plus, vous me faites perdre le mien. C'est inacceptable, venir fourrer le nez dans mes affaires comme ça! Vous n'avez pas le droit de profaner mon intimité. Je porterai plainte pour atteinte à la vie privée. Je vous jure, je le ferai.

Voyant que ses invectives ne donnent pas les fruits

escomptés, Valérie se résigne à suivre chacun des mouvements de l'enquêteur, le regard meurtrier, mais les traits toujours aussi statiques. Une véritable acrobatie faciale.

Après avoir accompli sa mission, Karl rejoint son supérieur et sourit aimablement à la dame. À son grand désarroi, elle ne lui retourne pas sa politesse et feint même de l'ignorer. Il n'en fait donc plus aucun cas et se met au travail.

Chaque tiroir du secrétaire est passé au peigne fin. Crayons, gommes à effacer, agrafeuse, règle, trombones, papier à lettres, enveloppes: rien de compromettant. Rien de compromettant non plus dans le carnet d'adresses que Michel Poirier étudie en détail, ni dans l'armoire à rangement où s'empilent boîtes en carton à usages multiples.

La première pièce fouillée de fond en comble, les deux enquêteurs se dirigent vers la seconde, une chambre d'amis. Encore une fois, une investigation totale de l'endroit ne donne aucun résultat.

Arrogante, Valérie ne manque pas de faire passer une fois de plus son message.

– Je vous l'ai dit, vous perdez votre temps. Je ne suis pas une meurtrière.

Au lieu de se laisser démonter, les deux hommes se dirigent vers le garage où ils effectuent une fouille complète des lieux, sans oublier l'intérieur de la voiture sport et même l'intérieur de la poubelle. Encore là, c'est peine perdue.

Cette fois, c'est la salle de bain qui écope. Les deux enquêteurs, dont l'image se reflète sur les murs entièrement recouverts de miroirs, sont séduits par le faste de ce décor invitant. Malgré la méticulosité qui guide chacun de leurs gestes, cet endroit n'est pas plus loquace que les autres. Reste la chambre à coucher, la cuisine, la salle à manger et le salon.

Ils pénètrent dans la chambre des maîtres. Un subtil parfum féminin s'en dégage, et Michel Poirier a la désagréable impression de n'être qu'un intrus perfide. Ce sentiment est vite amplifié par le regard réprobateur de l'hôtesse qui se montre de moins en moins accueillante, de moins en moins susceptible de remplir un rôle qu'on lui impose.

Après une brève hésitation, il passe outre ses scrupules et se dirige vers la coiffeuse. Il en extirpe le contenu, comme un affamé pressé de se mettre sous la dent un mets recherché.

Karl lui emboîte le pas et s'arrête devant la commode. Contrairement à son supérieur, il en explore chaque compartiment avec parcimonie, et soulève la fine lingerie avec autant de doigté qu'un chirurgien tient une vie humaine entre ses mains.

À l'entrée de la pièce, le mannequin n'a toujours pas décoléré. Elle promène son regard de l'un à l'autre en souhaitant de toutes ses forces que cette invasion grotesque de son intérieur cesse au plus tôt.

Puis vient le tour de la penderie. Michel fait glisser les portes vitrées et aperçoit une grande variété de tailleurs, de robes, de jupes, de pantalons, de souliers et d'escarpins tous plus élégants les uns que les autres. Il lève les yeux sur la tablette du haut. Son regard s'accroche à une multitude de têtes sans visage, recouvertes de velours foncé, surmontées de perruques de teintes et de coupes variées allant du blond au noir, en passant par le brun et le roux.

Son attention se porte sur la blonde coupée aux épaules. Hypnotisé par cette découverte, comme dans un film tourné au ralenti, il lève les bras et la ramène jusqu'à lui en la tenant avec fermeté: il craint de l'échapper et de la voir se pulvériser sous ses yeux impuissants, telle un objet précieux et irremplaçable.

Il appelle son adjoint. Celui-ci est aussitôt près de lui pour partager la joie de cette incroyable trouvaille, et la mettre en lieu sûr en attendant le moment de leur départ, malgré les protestations de sa propriétaire.

Chatouilleuse en ce qui a trait à ses biens matériels, Valérie s'objecte avec force.

– Vous n'allez tout de même pas m'enlever cette perruque! Je ne m'en suis pas servi depuis des années, mais il s'agit que je ne l'aie pas en ma possession pour en avoir besoin. À quoi peut-elle vous être utile?

Le silence des deux hommes agit comme un véritable déclencheur dans l'esprit de Valérie. Elle ouvre de grands yeux blessés.

– Vous ne croyez tout de même pas que c'est moi...

Scandalisée, elle n'arrive pas à poursuivre. Cette fois, le moindre de ses traits reflète son indignation.

Persuadé qu'il s'agit d'une très belle performance de la star pour les convaincre de l'irrationalité de leur geste, Michel Poirier termine pour elle.

– ... qui aurait enfilé cette perruque pour tenter de tuer Philippe Gingras sans risquer d'être reconnue?

– Comment osez-vous m'accuser d'une telle perfidie, inspecteur? Ça ne se passera pas comme ça, oh non! Je ferai appel à mon avocat, et vous paierai cher cette calomnie.

– Ce n'est pas une calomnie, madame Jasmin, ce sont de simples suppositions. L'accusation viendra plus tard, lorsqu'on sera en mesure de fournir des preuves irréfutables de ce qu'on avance.

– Vous ne trouverez aucune preuve contre moi; je n'ai rien à voir là-dedans. Pourquoi aurais-je voulu tuer Philippe? Je l'aime toujours et vous le savez très bien.

L'enquêteur ne donne pas suite à cette réplique et poursuit son investigation. Cette fois, ce sont les tailleurs qui sont disséqués fibre par fibre. Arrivé au dernier, un spécimen des plus chics, Michel le décroche.

Le mannequin le voit s'emparer de son tailleur préféré. Exaspérée, elle explose et passe d'un extrême à l'autre. Autant elle jalousait ses biens il y a quelques minutes, autant elle s'en désintéresse à présent. Elle prend les tailleurs un à un et les lui jette au visage.

– C'est le comble! Je suppose que votre meurtrière blonde portait un costume comme le mien? Vous êtes certain qu'il ressemblait à celui-ci, inspecteur? Regardez attentivement, j'en ai trois semblables. Vous feriez peut-être mieux de les embarquer tous les trois, au cas où vous vous tromperiez.

D'un calme toujours aussi déroutant, l'enquêteur fait obstacle à l'extravagance de la dame.

– C'est le seul qui nous intéresse, madame Jasmin.

Toujours prise d'une véritable folie passagère, Valérie Jasmin poursuit ses ravages.

– Une paire de souliers avec ça, inspecteur? J'en ai des noirs, de bleus aussi, regardez. (Elle se penche, se saisit d'une paire dont le ton est identique au costume et les lance aux pieds de l'enquêteur.) Ce sont ceux que je portais la dernière fois que j'ai revêtu ce vêtement. Vous êtes certain de ne pas vouloir les apporter?

Michel la regarde. La rage la rend méconnaissable. Sous le regard perçant de l'enquêteur, le mannequin prend conscience de sa bêtise. Elle songe aux dommages irréversibles qu'un tel laisser-aller peut engendrer sur les traits de son visage, outil aussi précieux qu'indispensable à son travail. Au prix de mille efforts, elle se rétracte.

Elle relève la tête et, d'un mouvement de hanche soigné, tourne les talons. Accompagne ses gestes de mots adaptés à son comportement.

– Ah! Et puis, prenez donc ce que vous voulez! Je m'en fous! Je n'ai rien à me reprocher.

Ce spectacle est si navrant, Valérie craint de perdre une fois de plus la maîtrise d'elle-même. Aussi, elle quitte la chambre sous les yeux incrédules des deux hommes.

Soupçonneux, Michel s'interroge sur la vraie raison de ce départ théâtral. Karl commente ce coup d'éclat.

– Ouais! Pas commode, la star.

Michel, toujours perdu dans ses pensées, ne fait aucun cas de la remarque de son adjoint.

Celui-ci reprend de plus belle, sur le ton de la confidence.

– Croyez-vous possible que les cheveux blonds retrouvés dans la Chrysler Intrepid viennent de cette perruque, inspecteur?

Parvenu au terme de sa réflexion, Michel réagit enfin et s'empresse d'avouer ses craintes à son collègue.

– Va vite la retrouver, Karl, au cas où elle nous aurait faussé compagnie pour faire disparaître des traces gênantes ou encore pour avertir son petit ami de l'éventualité de notre visite. Reste avec elle, ne la quitte pas des yeux; je me charge du reste.

Karl s'élance à la poursuite du mannequin. De toute évidence, elle a disparu. Il l'aperçoit enfin, à l'autre extrémité du couloir. Elle ouvre la porte qui donne accès au garage. S'apprête à fuir... Il se précipite à ses trousses et arrive juste à temps pour la voir refermer le couvercle de la poubelle.

Elle revient sur ses pas; Karl se glisse dans l'entrée du bureau pour ne pas gêner sa progression. Valérie passe devant lui, aussi indifférente que s'il n'était qu'une potiche, et s'éloigne vers le salon.

Offensé par cette froideur à son égard, alors que la grande Valérie Jasmin a toujours été son idole, Karl accuse très mal le choc. Voir l'image qu'il se faisait de cette femme si belle, si désirable, se putréfier sous ses yeux le désole. Il a une impression de déjà vu. Il se rappelle un film dans lequel des personnages, s'étant bien conservés durant des millénaires, se détériorent soudain pour devenir des vieillards de plus en plus abîmés, mutilés, jusqu'à ce qu'ils s'affaissent et se décomposent pour finalement tomber en poussière. Valérie Jasmin n'aura plus aucun intérêt pour lui désormais. Elle aussi deviendra poussière à ses yeux, et il la piétinera sans regret.

Le jeune homme oublie sa désillusion. Troque son habit de fan pour celui d'enquêteur et se dirige à son tour vers le salon. Il retrouve la star, confortablement installée dans un fauteuil, les yeux fermés, en pleine méditation. Encore accroché à l'idée qu'il se faisait de cette femme adulée, il n'ose troubler son retranchement et reste là, à la regarder, à admirer son incroyable beauté.

C'est dans ce respectueux garde à vue que Michel le découvre, beaucoup plus tard, après avoir visité de fond en comble la salle à manger et la cuisine, et n'y avoir rien découvert d'inusité. Envoûté par le silence qui règne dans la pièce, réticent à le violer, d'un geste, il fait comprendre à son compagnon qu'il ne reste plus que le salon. Au lieu de se mettre immédiatement à la tâche, Karl abandonne son patron sur place.

Intrigué par ce départ inattendu, Michel Poirier reluque le couloir. À son grand étonnement, il voit son compère emprunter la direction du garage. Curieux d'une telle initiative, il s'apprête à le suivre, mais de peur de perdre de vue la suspecte, il se résigne à poireauter sur place.

Presque aussitôt, Karl revient en exhibant avec fierté sa dernière trouvaille. Cette fois, l'enquêteur en chef ne peut résister à l'envie impétueuse de le rejoindre. À mi-chemin, Karl remet à son supérieur l'objet familier tenu à la main, et murmure à voix basse:

– Tenez, inspecteur, j'ai trouvé ça dans la poubelle du garage.

Michel se souvient très bien de l'avoir entrouverte pour n'y découvrir qu'un amas de papiers sans importance. Il retrousse les lèvres et un sourcil en point d'interrogation. Karl explique.

– Quand vous m'avez demandé de rejoindre madame Jasmin, tout à l'heure, je suis arrivé juste à temps pour la voir s'en débarrasser.

Extatique, l'enquêteur s'empare du volume, le tient d'une main ferme et, de l'autre, fait défiler les pages en éventail, tel un jeu de cartes. Aussitôt, son attention est attirée par un vide. Il examine de plus près cette irrégularité et découvre que plusieurs feuilles ont été extirpées du volume. Il a beau essayer de se souvenir à quelle étape de la vie de l'héroïne elles correspondent, c'est peine perdue. Et ce serait beaucoup trop long de s'entêter.

Il pense à leur propre héroïne abandonnée au salon. Il revient donc sur ses pas, accompagné de son partenaire dont il n'est pas peu fier.

Le bruit tire Valérie de sa torpeur. La belle au bois dormant émerge de son sommeil, ouvre les yeux et aperçoit le livre dans la main de l'enquêteur.

– Où avez-vous déniché cette ordure? Je l'ai jetée aux rebuts depuis longtemps.

Michel ne relève pas la provocation et demande plutôt, tout miel:

– Vous permettez que je vous l'emprunte, madame Jasmin?

La jeune femme fait contre mauvaise fortune bon coeur et réplique sur un ton on ne peut plus désintéressé.

– Débarrassez-m'en donc une fois pour toutes.

L'oeil coquin, l'enquêteur ne peut s'empêcher de la tourmenter.

– Je l'ai feuilleté en vitesse et j'ai remarqué qu'il a été abîmé: il y manque certains passages. Que s'est-il passé, madame Jasmin?

Loin de se laisser intimider, avec toute la condescendance dont elle est capable, Valérie réplique:

– C'est le sort que je réservais à toute cette feuille de chou. J'ai malheureusement été interrompue et je n'ai pas pu terminer ce que j'avais entrepris.

– Un geste bien agressif pour un objet de si peu de valeur à vos yeux, madame Jasmin. (Il l'observe et, devant son silence, frappe encore plus fort.) Vous vous êtes défoulée sur l'oeuvre à défaut de le faire sur l'auteure? Une façon comme une autre de vous venger. C'est peut-être également la raison pour laquelle vous vous en êtes prise à monsieur Gingras. Vous vouliez atteindre madame Catherine Mathieux à travers l'être qu'elle aime le plus au monde.

Valérie secoue la tête, hautaine et dédaigneuse.

– Des extrapolations sans fondement! Ça ne mérite pas

qu'on leur accorde la moindre importance. Si seulement vous vous donniez la peine de vérifier auprès de mon agent l'emploi de mon temps de vendredi dernier, vous verriez que vos présomptions ne tiennent pas debout, inspecteur. J'aimerais bien, parfois, il est vrai, me dédoubler, mais c'est en dehors de mon pouvoir. Un jour, à force d'y croire, qui sait?

Michel Poirier écoute la star d'une oreille attentive – ses théories rejoignent drôlement sa propre ligne de pensée, mais il ne doit pas se laisser distraire –, philosopher avec de grands gestes sur les pouvoirs de l'âme, du subconscient et de la pensée positive. Il fait le tour de la dernière pièce et inspecte scrupuleusement chaque objet.

Dans l'armoire de l'immense bibliothèque, il découvre deux albums de photos. Son coeur bondit dans sa cage au moment où il entrouvre le premier. Valérie le regarde, toujours aussi indifférente, comme si plus rien de ceci ne la concernait. Histoire de joindre l'utile à l'agréable, l'enquêteur étudie avec beaucoup d'intérêt chaque cliché du mannequin dans diverses positions et tenues vestimentaires.

Karl, occupé à déplacer et à replacer les volumes dans les étagères, à l'affût de quelques secrets bien gardés, épie, envieux, son supérieur affairé à une tâche qu'il soupçonne beaucoup plus distrayante.

Déçu de ne pas avoir mis la main sur ce qu'il espérait, Michel referme le premier album et s'empare du second, résigné, presque assuré à l'avance de n'y rien découvrir de plus profitable en ce qui regarde leur enquête.

Ce sont des photographies de personnages et de paysages que son oeil exercé scrute en détail. Son attention est retenue par l'une d'elles: Jean-Pierre Martin, dans toute sa magnificence, tel que décrit par les gens qu'il a floués et même brutalisés, y est représenté en compagnie de sa «douce moitié». Cette fois, de très près. Michel glisse l'index dans la pochette, en retire le spécimen et l'emprunte avec l'assentiment arraché à sa propriétaire.

– Faites, inspecteur, ne vous gênez surtout pas. Si vous voulez l'original– elle regarde sa montre dont le bracelet est en or–, il doit être de retour chez lui, à l'heure où on se parle.

L'enquêteur se targue d'être parvenu à amadouer la tigresse. Valérie Jasmin se comporte comme si elle n'avait rien à se reprocher, mais cela lui semble très peu probable, toutefois. C'est vrai, elle n'a pas le choix, ou bien elle nie tout et réagit de la façon dont elle le fait en ce moment, ou bien elle avoue et signe son arrêt de mort. Mais l'aveu, on la lui sert toujours au dernier moment, quand toutes les autres avenues sont épuisées.

Sa tournée complétée, la photo sur la cheminée devenue inutile, l'enquêteur en chef s'apprête à quitter les lieux, suivi de son adjoint les mains chargées de pièces à conviction.

Le mannequin se lève à la dernière minute pour les raccompagner. Elle en profite pour se moquer de l'homme sur qui elle n'a pas cessé de rejeter le blâme tout au long de cette perquisition.

– Je peux vous donner le nom de mon couturier, inspecteur, si c'est la coupe de mes vêtements qui vous intéresse. Vous n'aurez plus à vous donner autant de mal pour les copier. Et même le nom de mon coiffeur, si vous avez envie d'une belle coupe de cheveux ou encore d'une perruque. À moins que ce ne soit pour votre épouse. Vous êtes marié, inspecteur?

Michel évite de lui donner satisfaction en s'étendant sur sa vie privée.

– Ce ne sera pas nécessaire, madame Jasmin. Au fait, on se reverra très bientôt, je vous le promets. En attendant, la consigne tient toujours: vous ne devez pas quitter la ville.

– Je compte bien vous revoir, inspecteur, au moins pour récupérer mes choses.

La porte se referme. Karl, humilié d'avoir été ainsi mis à l'écart, se vide le coeur. Toutefois, il le fait en plaisantant pour mieux faire passer la pilule.

– Quelle suffisance a cette femme! Hautaine avec ça!

Elle n'a même pas daigné lever les yeux sur moi une seule fois. Pourtant, je ne suis pas si mal que ça. Je suis même beau gosse, vous ne trouvez pas?

Michel soigne son orgueil blessé. Le taquine.

– Certainement! Si j'étais homosexuel, tu serais en plein mon genre!

* * *

Les deux hommes arrivent chez Jean-Pierre Martin. Suivant la prédiction de sa petite amie, il se trouve effectivement chez lui. Encore enclins à la mettre sur un piédestal, ils croyaient que sa dulcinée l'aurait prévenu de leur visite, mais cette femme est tellement imbue d'elle-même qu'elle n'y a pas songé. À preuve: en les apercevant, l'homme s'empresse de sortir ses lunettes de sa poche, les enfile en vitesse et ouvre de grands yeux surpris. Il y a quelques heures à peine, il était en présence de ces deux mêmes enquêteurs, et cela, dans une ville éloignée, sans qu'il ait été question de leur visite prochaine.

Michel Poirier exhibe le mandat de perquisition. Jean-Pierre Martin retombe sur ses pieds et leur cède aimablement le passage, comme s'ils n'étaient là que pour une simple visite de courtoisie. Il s'offre même à leur faciliter la tâche.

– Si vous cherchez quelque chose en particulier, vous feriez bien de me le demander, mes chers messieurs, vous sauveriez un temps précieux.

Michel et Karl se mettent à la tâche, surpris par la disparité de l'ameublement. Ils ont la curieuse impression que chaque meuble a été acheté à un endroit différent. Des meubles usagés, pour la plupart. «Peut-être est-ce un amateur de marchés aux puces», songe l'enquêteur en chef.

Leur hôte pousse l'outrecuidance jusqu'à leur offrir un verre. Déstabilisés par l'apparente quiétude du suspect, les deux hommes s'interrogent du regard. Michel prend la parole.

– Merci, monsieur Martin, c'est très aimable à vous,

mais ça va aller.

Jean-Pierre Martin poursuit son verbiage. Les suit au pas. Les entretient de la pluie et du beau temps, de la politique, de l'actualité. Les informe sur la provenance et la valeur des objets qu'ils touchent, des meubles qu'ils assiègent.

– Je sais, le décor est un peu excentrique. La plupart des objets ont été achetés lors de mes voyages à l'étranger, ce qui explique leur hétérogénéité. Ou encore, ils m'ont été donnés, ce qui leur confère une valeur sentimentale. C'est pourquoi je n'arrive pas à me départir d'aucun d'entre eux; je leur trouve plutôt une utilité quelconque. (Il pointe du doigt un pouf en cuir que Michel frôle au passage.) Ce tabouret, par exemple, il vient du Brésil, plus précisément de Rio de Janeiro. Ils ont beaucoup de cuir, par là. Lorsque je l'ai ramené, il y a quelques années, le cuir était moins dispendieux que par ici. Je ne sais pas comment c'est aujourd'hui. Cette urne, à votre gauche, elle vient du Japon. Elle est très colorée, n'est-ce pas? C'est comme ça partout chez eux. Ce piano antique vient de ma défunte mère. Je n'en joue malheureusement pas, mais c'est quand même pratique quand j'ai des invités qui savent se débrouiller en musique.

Leur séjour en ses murs se déroule ainsi. Le même manège se répète à chaque pièce; ils ont droit à une véritable leçon d'histoire. Michel a du mal à imaginer que cet homme a voyagé autant qu'il veut le leur faire croire. Essoufflé par son bavardage, il n'est pas fâché de voir s'achever cette fouille inutile. Il est évident que Jean-Pierre Martin s'ingénie à leur en mettre plein la vue, après s'être départi de ce qui peut nuire à son intégrité, sinon il ne serait pas aimable au point d'en être encombrant.

L'enquêteur a beau tabler sur une irrégularité quelconque pour miner la belle confiance de l'escroc et ainsi lui rabaisser le caquet, c'est peine perdue. Il se dirige donc vers la sortie, suivi de près par son collègue. Lui aussi en a assez de ce fanfaron.

Jean-Pierre, qui n'a rien perdu de sa verve, les raccompagne jusqu'à la porte. L'enquêteur en chef passe devant le placard, l'entrouvre puis, pressé d'en finir, le referme. Il tourne la tête et aperçoit, accrochée à droite de la porte, une plaquette en bois décorée d'un paysage et portant l'inscription, Manitoba. Un porte-clefs. Un trousseau riche de plusieurs spécimens y est suspendu en plein centre. Michel s'en empare. En dessous, prisonnière du crochet, une clef unique...

– À quoi sert celle-ci, monsieur Martin?

Le regard consterné de leur hôte l'aiguillonne. Une brève hésitation renforce son plaisir, mais la réplique qui suit l'atténue.

– C'est la clef de la maison chez ma mère.

Michel, à qui aucun détail n'échappe, reprend:

– Vous n'avez pas mentionné tout à l'heure que votre mère est décédée?

– Oui, inspecteur, il y a de cela cinq ans, mais je n'ai quand même pas encore réussi à me départir de cette clef pourtant devenue inutile. C'est comme le reste. Que voulez-vous, je suis un grand sentimental!

– Si elle ne vous est plus utile, vous ne verrez pas d'inconvénient à ce que je vous l'emprunte.

Jean-Pierre Martin hésite, puis se plie à la demande de l'enquêteur. Curieusement, il a perdu son charisme. La tête basse, il regarde partir les deux inspecteurs, sans leur souhaiter un bon retour ni même les saluer.

Au comble du délice, Michel Poirier exulte. Il a finalement réussi à fermer le clapet à ce vantard.

18

Après avoir aidé Philippe à regagner son lit, après l'avoir bordé gentiment, garde Bernier se retire dans sa bonne humeur habituelle. Catherine, sur le seuil de la porte, la salue au passage. Elle se réjouit de savoir son amoureux aussi bien traité, mais dans un repli secret de son coeur, un léger pincement persiste toutefois. Une sonnette d'alarme, vestige d'un passé pas très lointain, trahit un soupçon de jalousie. Elle voudrait être celle qui comble Philippe en tout temps, ne jamais avoir à le partager, mais c'est impensable.

Philippe est appelé à côtoyer plein de gens. Des gens qui, étant donné sa personnalité attachante, se montreront gentils et affables avec lui. Elle doit donc composer avec ce fait et se résigner à ne pas toujours être celle par qui le bonheur arrive. «Le fait qu'il soit aussi bien entouré et en sécurité doit être mon seul, mon unique souci», se dit Catherine.

Philippe l'aperçoit. Elle voit son regard amoureux s'éclater de joie, et elle en oublie aussitôt ses inquiétudes. Elle accourt à son chevet. Se jette dans ses bras. L'accueil chaleureux de son homme vient sceller une fois de plus le pacte d'amour qu'ils ont signé.

– Où étais-tu passée? Je croyais que tu reviendrais beaucoup plus tôt.

Poussée par un besoin pressant de se faire confirmer l'emprise exercée sur cet être qu'elle adore, Catherine quête son amour comme une enfant se pend aux jupes de sa mère.

– Te serais-tu ennuyé de moi, par hasard?

Philippe l'entoure de sa tendresse. L'embrasse.

– Tu parles d'une question! Je n'ai pas cessé deux minutes de penser à toi.

Apaisée, elle le taquine.

– C'est vrai, tu n'as pas grand-chose à faire, ici. Mais Nicole était avec toi, tu n'as pas de raison de te plaindre non plus; il y en a des moins gâtés, tu sais. Je t'aime, mon gros matou.

Elle lui ébouriffe les cheveux et, avant qu'il ne songe à lui répondre, enchaîne:

– Sais-tu ce que j'ai fait durant mon absence? Une chose que j'aurais dû faire depuis longtemps. Je suis allée récupérer ta voiture, avant qu'on ne la remorque à la fourrière et qu'on ne la vende comme objet non réclamé.

– Ce n'est pas une mauvaise idée; elle peut encore me servir.

– Je suis également passée à l'épicerie, au journal, chez le coiffeur. Ça a été un voyage fructueux, comme tu peux voir.

– Même si tu me manques quand tu n'es pas là, Cat, tu n'es pas obligée de rester constamment à mes côtés.

– Que veux-tu, je suis si bien auprès de toi! (Elle caresse sa joue.) Il y a longtemps que ta soeur est repartie?

– Non, pas tellement, elle m'a quitté quand garde Bernier est arrivée, il y a une quinzaine de minutes environ. Elle va finir par penser que tu la fuis: chaque fois qu'elle s'annonce, tu disparais.

– Ah non! Elle ne va pas croire une chose pareille. Seulement, j'en profite pour faire mes courses, lorsque tu es en bonne compagnie. Comme ça, tu n'es jamais seul, et le temps doit te paraître moins long.

– La vraie raison de ce synchronisme, Cat, ce ne serait pas plutôt par crainte que je ne sois pas en mesure de me défendre si...

Catherine baisse la tête et passe aux aveux.

– Un peu, oui. Je ne voudrais pas que la femme blonde profite de mon absence pour revenir t'agresser.

– Ne t'inquiète pas, Cat, je saurais me dépêtrer.

– Organisé comme tu es en ce moment, je ne veux pas te faire de peine, mais je me débrouillerais pas mal mieux que toi pour la faire fuir.

Philippe feint de prendre cela à la légère et essaie de dissiper jusqu'à la moindre crainte de Catherine, mais il n'a pas le choix de se l'avouer, les jours se traînent gros de l'angoisse de voir réapparaître son agresseur, même si l'enquêteur est convaincu du contraire.

– Tu t'inquiètes pour rien, Cat, l'enquêteur Poirier l'a dit, rappelle-toi, je n'ai rien vu: je ne représente donc pas un réel danger pour elle. Elle va se tenir tranquille; elle n'osera pas sortir de son retranchement et ainsi risquer de mettre en péril sa sécurité. Provisoire, je l'espère. Mais je ne m'en cache pas, moi aussi j'ai hâte que cette enquête soit terminée.

Catherine se blottit sur la poitrine de son homme et l'entoure de ses bras, afin de le rassurer à son tour. Au bout d'un moment de silence, elle réfléchit tout haut.

– En parlant de l'enquêteur Poirier, ça me surprend qu'il ne soit pas encore venu faire son tour, aujourd'hui. Je me demande bien s'il a fini par coincer l'homme à la queue de cheval. Ça prend du toupet pour louer une voiture avec une carte de crédit volée! Moi, en tout cas, j'aurais bien trop peur de me faire prendre.

– S'il a abandonné cette voiture la journée même, ce n'est pas sans raison; il ne devait pas se sentir en sécurité derrière le volant, lui non plus. En s'en débarrassant aussi vite, le risque était minime. Avant que la personne rapporte sa carte comme étant perdue ou volée, il s'écoule toujours un certain laps de temps.

– Oui, tu as raison. En plus de l'égratignure derrière le miroir, je me demande s'ils ont trouvé des indices à l'intérieur de la voiture.

Quelques minutes de silence s'écoulent. Catherine est sur le point de s'assoupir. Un léger murmure la sort à pas feutrés de sa léthargie, puis un feu d'artifice la propulse haut et fort.

– Cat, que dirais-tu si, quand tout sera terminé, quand

j'aurai enfin retrouvé l'usage de mes deux bras et de mes deux jambes, on partait en voyage... de noces, toi et moi? Veux-tu m'épouser, Cat?

Catherine se redresse, interdite, la bouche grande ouverte. La vitesse fulgurante de l'ascension lui a littéralement coupé le souffle. Elle s'apprête à crier de bonheur, puis perd son enthousiasme et s'affaisse sur la poitrine de son amoureux.

– Pourquoi me donnes-tu de faux espoirs, Philippe? Tu sais bien que Valérie refuse toujours de divorcer.

Philippe l'oblige à se relever et à lui faire face. Il prend sa main et la regarde droit dans les yeux. Elle peut lire dans son regard l'espoir et l'amour du monde lorsqu'il murmure:

– Je me fous de son consentement, Cat. Après tout, les ministres du mariage sont les futurs époux eux-mêmes. On n'a besoin de personne d'autre pour devenir mari et femme, si on le souhaite vraiment. Alors, pourquoi pas tout de suite? (Il prononce les paroles magiques.) Je t'aime, Catherine, je te veux pour épouse et je jure de t'aimer, de te chérir tous les jours de ma vie, tant et aussi longtemps que je vivrai.

Les yeux toujours soudés à ceux de son amant, une larme s'aventurant hors de sa paupière, Catherine murmure à son tour:

– Je t'aime, Philippe, je te veux pour époux et je jure de t'aimer, de te chérir tous les jours de ma vie, tant et aussi longtemps que je vivrai.

Elle s'approche pour l'embrasser. Philippe l'en empêche.

– Seulement après l'échange des anneaux. Regarde dans le tiroir du petit bureau.

La jeune femme s'exécute, sans trop savoir à quoi s'attendre. Elle ouvre le tiroir et découvre deux anneaux dorés fabriqués à l'aide d'attaches pour sacs à congélation. Elle retient un éclat de rire. Les cueille religieusement, lui remet le plus petit et conserve le plus grand.

D'une seule main et avec la collaboration de son épouse

à venir, Philippe prend l'annulaire gauche de Catherine, y glisse le jonc artisanal et accompagne son geste de paroles de circonstance.

– Reçois cette alliance en gage d'amour et de fidélité.

Catherine l'imite et répète à son tour:

– Reçois cette alliance en gage d'amour et de fidélité.

Sans s'être consultés, ils reprennent en chœur:

– Je nous déclare mari et femme.

Entre deux étreintes, Catherine chuchote à l'oreille de son époux.

– Je meurs d'envie de consommer ce mariage!

Elle s'apprête à mettre son projet à exécution. Philippe intercepte un mouvement un peu plus explicite.

– Pas maintenant, Cat, seulement quand je serai à la hauteur.

Elle s'amuse à déformer ses paroles.

– Tu es juste à la bonne hauteur, mon gros matou.

Il se laisse gagner par le désir et caresse les seins de Catherine de sa main valide.

– Alors, je peux aussi?

Les yeux rivés à la porte entrouverte, craignant d'y voir surgir à tout moment un importun – l'enquêteur Poirier, plus particulièrement –, Catherine n'arrive pas à apprécier les caresses de son amant. Aussi, lorsque la main de Philippe glisse sur sa taille, sur ses hanches et s'apprête à remonter sous sa jupe, frissonnante, elle entrave son élan.

– Il vaut mieux pas, Philippe, l'inspecteur Poirier peut aussi bien nous arriver comme un cheveu sur la soupe. On risque de se faire arrêter pour attentat à la pudeur ou encore pour exhibitionnisme. (Elle enfouit sa main sous le drap et regarde son amoureux d'un air chafouin et libidineux.) Par contre, moi, je peux te caresser sans que ça paraisse.

Philippe saisit sa main.

– Tu crois ça?

Elle suit son regard et voit la couverture qui se soulève

par à-coups.

– Oh! Oh!...

– Oh! Oh! certain. Sincèrement, Cat, je préfère attendre d'être chez nous. Après tout, l'amour, c'est un échange; ce n'est pas toujours au même d'en profiter.

Son regard l'implore. Catherine se soumet.

– D'accord, mon gros matou, on va attendre.

Elle blottit sa tête sur sa poitrine et, bercée par les battements accélérés de son coeur, admire son nouveau bijou.

– Dis donc, c'est un véritable chef-d'oeuvre. «Home made» à part ça. Où as-tu trouvé le matériel nécessaire?

– Mon fournisseur, c'est Nicole.

– Tu en as fait ta complice!

– Oui mais, je t'assure, je les ai fabriqués moi-même, à bout de bras et à la sueur de mon front.

Catherine l'imagine en pleine action. Pour accomplir un travail d'une telle minutie, il lui a fallu utiliser ses deux mains. «Ça a dû être un véritable tour de force avec son plâtre», songet-elle.

– Elle a encore plus de valeur à mes yeux. Je la conserverai précieusement.

– Dans ton coffret à bijoux, si tu y tiens; dans ton doigt, je me charge de t'en offrir une vraie, dès que je sortirai d'ici. (Il embrasse sa main.) Je t'aime, Cat.

– Je t'aime aussi, Philippe.

19

La nuit étend déjà son voile sombre sur la ville lorsque les deux enquêteurs, épuisés, franchissent le pont Pierre-Laporte. Ils ne sont pas aussitôt rendus au bureau que Karl, avec l'assentiment de son patron, saute dans sa voiture pour rentrer chez lui en rêvant d'une bonne douche chaude. Après avoir manipulé tous ces objets au cours de la journée, il a la désagréable impression qu'une invasion microbienne assaille son corps, et qu'il doit l'en débarrasser au plus tôt s'il veut le prémunir contre d'éventuels dommages.

Michel, les bras chargés de leur précieuse recette, le regarde s'éloigner. Malgré sa propre fatigue, il ne peut s'empêcher de gravir le long escalier qui le conduit au bureau: il n'a vraiment pas le courage de se retrouver dans une maison hantée par le fantôme de son épouse.

Conscient de sa lâcheté, il se défait de son chargement sur sa chaise et s'apprête à faire demi-tour. Dans la pénombre, il aperçoit un long ruban blanc qui s'échappe de son télécopieur pour retomber en cascade sur le plancher.

Poussé par un espoir démesuré, il se jette sur cette mine d'informations. Sans prendre le temps de détacher les feuilles de leur source ni même de faire un peu de clarté, au risque de s'arracher les yeux, il perce leurs secrets. Sylvain! La réponse à ses prières...

Une main sur l'interrupteur, l'autre sur son trésor, excité, il s'efforce de tout assimiler. Chaque page lui apporte des réponses à ses questions. À toutes ses questions. Il savait, là encore davantage, qu'il peut compter sur son copain: celui-ci fera toujours des pieds et des mains pour le satisfaire. À ce jour, jamais il n'a été déçu, et il le lui rend bien.

Grâce en grande partie à son aide, il sait qui est la

femme blonde et quels sont les motifs qui l'ont poussée à commettre l'attentat contre madame Mathieux et peut-être même contre monsieur Gingras, coup sur coup. Reste à établir la preuve de sa culpabilité. À construire le scénario. Le vrai. Celui qui la laissera pantoise et contre lequel elle n'aura aucun recours. Mais d'abord et avant tout, reste à la neutraliser. Il saute sur le téléphone et donne des instructions claires et nettes à un collègue.

Il est finalement parvenu au moment le plus valorisant d'une enquête. Au moment le plus exigeant. Un peu comme le dernier chapitre pour un auteur. S'il rate sa sortie, le lecteur restera à jamais avec un goût amer et il en oubliera la finesse de l'intrigue. Michel est conscient qu'il ne s'attaque pas à une mince tâche. Le succès est étroitement lié à la sagacité de son jugement.

Il suit minutieusement les pointillés et détache les feuilles, hypnotisé par la fatigue et par la répétition du geste. Une fois le tout rassemblé, il adopte sa position préférée: renversé dans sa chaise, les jambes allongées, les pieds sur le bureau, la tête en appui contre le mur – chaque fois qu'il doit fournir un effort de concentration, il privilégie cette attitude. Elle l'aide à se relaxer et à mieux se concentrer.

Il ferme les yeux. Inspire en profondeur à plusieurs reprises. La nuit porte conseil, à ce qu'on dit, il verra bien. Tant et aussi longtemps qu'il n'aura pas trouvé de quoi le satisfaire, il ne rentrera pas chez lui. Il campera ici. Passera la nuit à chercher, s'il le faut, en espérant un coup de fil de son collègue.

Après avoir tenté en vain de rassembler ses idées dans un silence accusateur, à plat, Michel retrousse les lèvres et se caresse le menton. «C'est vraiment mal connaître les raffinements du cerveau, se dit-il. Cette solution extrême de passer la nuit au bureau, dans l'état d'épuisement où je me trouve, est certainement inspirée par mon subconscient. Hélène est – à n'en pas douter – passée aux actes, et cela m'arrangerait drôlement de ne pas avoir à affronter l'autre silence: celui de ma demeure à moitié démembrée...» Devant cette prise de conscience, il se montre un peu plus raisonnable et se donne plutôt jusqu'à minuit.

L'enquêteur est réveillé en sursaut par un ronflement: le sien. Un début de torticolis le fait grimacer et l'amène à reconsidérer sa décision. À quoi bon se leurrer? La nuit sera certainement meilleure conseillère après avoir fait disparaître toutes traces de cette journée éreintante sous un jet d'eau chaude et, par surcroît, confortablement allongé dans un bon lit douillet.

Malgré la meilleure volonté du monde, il ne peut s'empêcher de tergiverser encore quelques minutes. Puis il met de côté les appréhensions soulevées à la pensée de la solitude qui l'attend si Hélène a mis ses menaces à exécution et rassemble sa paperasse. Enfile son manteau et rentre chez lui.

Pour encourager son esprit à faire fi de ses craintes, il admire la voûte céleste peuplée d'étoiles. Ce face-à-face intime avec l'infiniment grand lui rappelle chaque fois la futilité de ses petites misères. L'absurdité de se battre ici-bas pour un oui ou pour un non. L'absurdité du monde et de la destinée humaine, en fin de compte. Il pense à Sartre, à Camus, à ces grands philosophes et écrivains, et à leurs théories sur l'absurde. Ce soir, il se range de leur côté.

Arrivé à destination, étourdi par le calme plat de son home désert, la réalité le foudroie sans ménagement. L'absence d'objets divers est autant de flèches tirées par un archer invisible, qui l'atteignent en plein coeur et lui rappellent son cuisant échec amoureux.

Michel songe à ouvrir le téléviseur pour se donner l'illusion d'une présence. Pour, peut-être, défier le sort. Au dernier moment, il se ravise et se dirige vers la chambre. Encore là, des effets manquants, parties de lui-même dont on le détrousse, créent un déséquilibre inquiétant. Il se déshabille en vitesse et s'octroie une bonne douche. Chante à tue-tête pour faire obstacle à sa détresse. La sonnerie du téléphone interrompt sa mélopée.

Dégoulinant au milieu de la pièce, l'oreille collée à l'acoustique, Michel laisse échapper un long soupir de soulagement.

– Bouge pas, j'arrive.

* * *

Assis à son bureau, détendu, Michel examine la rangée de chaises droites qui s'alignent devant lui. Dans quelques minutes, suspects et témoins s'affronteront comme chiens et chats. Le rôle de modérateur qu'il s'est donné risque d'être plutôt ardu, surtout dans l'atmosphère surchauffée de cette pièce exiguë où la promiscuité agira comme irritant premier, sans compter que les arguments en main serviront à attiser le feu lorsque la flamme menacera de s'éteindre. Chacun rejettera le blâme sur l'autre, et la vérité jaillira – c'est inévitable –, mettant un terme à ce combat sans merci. Ce n'est pas la première fois qu'il tente une telle expérience, et il en est toujours sorti vainqueur avec un bon mal de bloc en prime – deux cachets d'aspirine sont déjà dans son tiroir de bureau, prêts à relever le défi.

Karl, dans le coin de la pièce, une fesse appuyée sur le rebord de la table, se demande si son supérieur est conscient que cette confrontation audacieuse, pour ne pas dire téméraire, minutieusement pensée et planifiée, toutefois, peut quand même dégénérer en bataille générale. Risque à tout le moins de barder.

C'est la première fois qu'il assiste à un tel déploiement de ruse et d'astuce pour confondre un coupable, et il n'est pas très à son aise, il le reconnaît. Cela dépasse son entendement. Malgré la meilleure volonté du monde, il n'arrive pas à croire à l'efficacité de cette démarche. Il s'en remet donc à son supérieur.

C'est vrai, contrairement à lui, il n'a pas tous les éléments en main. Michel a fait allusion, à mots couverts, un sourire satisfait sur les lèvres, aux informations reçues de Sylvain et à une «certaine» arrestation en rapport avec cette affaire. Tant pis! Il apprendra en même temps que tout le monde, et la partie n'en sera que plus captivante.

Ce qu'on attend de lui, en fait, c'est d'être là, prêt à arrêter la personne coupable lorsqu'elle aura été démasquée. Même s'il s'efforce d'être confiant, il ne peut retenir une remarque.

– J'espère que vous savez dans quoi vous vous embarquez, boss.

– Crains rien, le jeune; ça se règle aujourd'hui, je te le promets.

– Quand tout ce beau monde va se retrouver ensemble dans la même pièce, j'ai l'impression que ça va faire des flammèches, pas vous?

– J'y compte bien.

– Savez-vous au moins qui est la coupable, avant de commencer cette mise en scène?

– J'ai ma petite idée.

Le patron demeure toujours aussi évasif. Karl voudrait bien lui tirer les vers du nez, mais quelques coups discrets contre la porte close mettent fin à leur entretien.

Catherine Mathieux apparaît. D'une voix musicale, elle salue les deux hommes et leur adresse à tour de rôle son plus charmant sourire.

– Bonjour inspecteurs. Vous vouliez me voir?

Michel et Karl lui offrent leur meilleur portrait. Le grand patron lui désigne une chaise. Chacun a été convoqué à la même heure, sans explication. Catherine est la première à se présenter, en avance de quelques minutes. Cela donne le temps à Michel de la prévenir de ce qui l'attend.

Elle lui montre les nombreux sièges à sa gauche. Lui ouvre la voie d'une remarque pertinente.

– Attendez-vous d'autres invités, inspecteur?

– Justement, oui. Je n'ai pas voulu vous en informer au téléphone – il éprouve le besoin de tempérer –, je n'en ai d'ailleurs parlé à personne. Si je vous réunis tous ici, aujourd'hui, c'est dans l'espoir de clarifier la situation. Seul monsieur Gingras n'est pas invité, à cause de son état. Si cela s'avère nécessaire pour mettre un point final à cette enquête, on ira même jusqu'à reconstituer les faits. À ce moment-là, quelqu'un d'autre se portera sûrement volontaire, pour jouer les cobayes.

À la fois surprise et inquiète, Catherine baisse la tête. Elle songe à Philippe, abandonné en vitesse: elle croyait venir au-devant d'une bonne nouvelle.

– Qui sont ces autres personnes, inspecteur?

La porte s'ouvre, livrant le passage à mesdames Suzanne Côté et Gisèle Lemieux. Michel n'a donc plus le temps de satisfaire la curiosité de la journaliste. La suite des événements s'en chargera.

Les nouvelles venues aperçoivent madame Mathieux et les places toujours vacantes. D'un air catastrophé, elles amorcent un mouvement de recul. Michel leur donne en vitesse des précisions de dernière minute.

– Assoyez-vous, mesdames, il manque encore deux invités, et on va pouvoir commencer la séance.

Gisèle Lemieux se rebiffe. Pour un esprit aussi pratique que le sien, ce débat auquel on les a tous conviés n'est qu'une perte de temps pure et simple. Une vaste fumisterie.

Droite comme un manche à balai, elle replace sa mèche rebelle derrière son oreille et défend son point de vue.

– À quoi rime tout ceci, inspecteur? C'est une véritable imposture. On a mieux à faire que de s'amuser, nous.

Michel Poirier a appris, au fil de leurs rencontres, à mieux la cerner. Il a tôt fait de la ramener à de meilleurs sentiments.

– C'est une occasion inespérée de servir la justice, madame Lemieux.

Elle s'assoit en maugréant, pour sauver la face, sans

plus.

Suzanne Côté songe à cette manoeuvre qui n'aboutira qu'à l'humilier en révélant sur la place publique ses agissements malhonnêtes. Ses vieilles craintes refont surface. Et cela ne fait qu'empirer en voyant entrer la belle, la grande, l'inattaquable Valérie Jasmin.

Quel poids auront ses arguments auprès de ceux d'une femme de sa trempe? À cette pensée, elle se voit rapetisser jusqu'à se retrouver au sol à ramper comme un serpent, une couleuvre, un simple ver de terre écrasé par la créature à la démarche légère mais au pied très pesant.

Devant un si bel auditoire, Valérie, habituée à être constamment le point de mire partout où elle va, se redresse dans toute sa dignité. Elle se retrouve une fois de plus sous les feux de la rampe. Se meut avec prestance. Prend toute la place. Éclipse tous les autres.

Confrontée à un tel étalage d'orgueil et d'égocentrisme, Catherine, au tempérament habituellement généreux, ne peut s'empêcher de rêver à une douce vengeance. La proximité de la star ravive sa combativité. Aujourd'hui, après tout ce temps, elle l'a sous ses yeux. À sa merci. Si on lui en donne la chance, elle ne va pas lui faire de cadeau; elle ne va pas s'écraser devant elle.

Pourquoi se priver d'un plaisir aussi légitime? Valérie a bien osé, elle, manigancer derrière son dos pour lui enlever Philippe une deuxième fois. Heureusement, son plan a échoué. Philippe lui a résisté; elle a trouvé chaussure à son pied. C'en est bien fait pour elle.

Cet affrontement n'est pas une si mauvaise idée, après tout. Les enquêteurs ne lui feront pas la vie dure, à elle, Catherine, ils savent déjà, ils en ont la preuve, elle est blanche comme neige.

La grande dame met un point final à ses exhibitions et pose son précieux derrière sur l'avant-dernière chaise. Son petit ami, Jean-Pierre Martin, arrive à ce moment précis, comme si son entrée en scène était planifiée de façon à ne pas interférer avec les entourloupettes de sa dulcinée. Erreur! Ils se regardent en chiens de faïence. L'imminence d'une querelle électrise l'air.

À la suite des derniers événements, on a l'impression qu'une friction s'est installée entre eux. Michel Poirier ne serait pas du tout étonné qu'ils aient même choisi de faire le trajet séparément. «Il va y avoir de l'action», se dit l'enquêteur.

L'assistance est complète pour l'instant. En bon professeur à ses étudiants un premier jour de classe, après les présentations d'usage, Michel leur fait part de ses attentes.

– Vous vous doutez sûrement de la raison pour laquelle je vous ai tous réunis ici, aujourd'hui. Je vais quand même vous rafraîchir la mémoire. Madame Catherine Mathieux ainsi que monsieur Philippe Gingras ont tous deux été victimes d'une agression, vendredi dernier en après-midi, et le ou les responsables de ces attentats sont parmi vous. J'ai pensé qu'une confrontation serait un moyen amusant de découvrir qui s'est rendu coupable d'une telle vilenie.

Un silence lourd s'installe dans la pièce. À part Catherine, tous les figurants ont les yeux rivés au sol, tels des élèves paresseux qui craignent une question embarrassante de leur professeur. Michel continue son monologue.

– Si on reprenait du début. Le seize septembre, madame Catherine Mathieux trouve une lettre de menace dans sa boîte aux lettres. Comme il n'y a pas le nom du destinataire, elle croit que celle-ci lui est adressée et n'y accorde pas d'importance, estimant qu'il s'agit d'une plaisanterie de mauvais goût. Le dix-neuf septembre, elle et son ami, monsieur Philippe Gingras, sont tous deux agressés. (Il fait une pause. Rien ni personne ne bouge.) Qui peut bien leur en vouloir? Existe-t-il un lien réel entre ce double attentat? (Il se caresse le menton, se perd dans ses pensées et raisonne à haute voix.) La haine était peut-être axée sur une seule personne, mais en s'en prenant à l'autre également, étant donné les rapports étroits qu'ils entretiennent, on était très conscient de doubler ainsi l'effet. Qui a agi de la sorte? Voilà! la vraie question.

Il reprend contact avec son public et décide de le faire participer de façon active. Ils ne sont quand même pas là pour leurs beaux yeux.

– J'ai ici madame Gisèle Lemieux, témoin de la scène, du moins en ce qui concerne l'agression de monsieur Gingras. Elle affirme avoir vu une femme blonde faire basculer la victime dans le vide.

À ces mots, Valérie Jasmin se tourne vers sa droite. Elle crucifie Catherine et Suzanne du regard, et profère sur un ton irrévérencieux:

– Vous les avez, vos blondes, inspecteur, pourquoi chercher plus loin? Deux pour le prix d'une, ça ne vous suffit pas?

– Ce n'est malheureusement pas aussi simple, madame Jasmin. Au moment où cela s'est produit, madame Mathieux était en communication téléphonique avec monsieur Gingras. C'est quand même un alibi incontournable, vous ne trouvez pas? De plus, elle était à des kilomètres de là; on en a la preuve. Quant à madame Côté...

Valérie lui coupe la parole. Sans rien perdre de ses bonnes manières, elle déclare:

– Justement, parlons-en de madame Côté. Avec ce qu'elle manigançait derrière le dos de Philippe pour se débarrasser de lui, elle est très capable, vu la lenteur de son procédé, d'avoir adopté une méthode un peu plus rapide.

Suzanne Côté baisse la tête. Tout lui tombe dessus. Elle s'y attendait et ne peut nier: elle est coupable de complots indignes. Si elle pouvait disparaître, elle le ferait. Repentante, elle se tait, prête à encaisser des reproches bien mérités.

Gisèle Lemieux hasarde un geste amical à son intention. Elle pose la main sur son avant-bras et l'enserre un moment, puis se replie sur elle-même. Son tour viendra bien assez vite; elle non plus n'échappera pas à la vague.

L'enquêteur laisse le temps à Valérie de vider son sac et

reprend, sans chercher à lui donner tort. Un sentiment de fausse sécurité peut très bien servir sa cause...

– C'est une possibilité, en effet. Si on en venait à vous, maintenant, madame Jasmin. Vous n'aviez pas de raisons de vouloir vous débarrasser de monsieur Gingras?

Il se lance dans une diatribe sur les effets du rejet de l'être aimé et observe la réaction du petit ami de la dame qui, jusqu'à maintenant, a gardé les yeux cloués au sol.

– Étant donné que monsieur Gingras refusait vos avances, l'espoir de le voir revenir vers vous s'amenuisait de jour en jour. Vous auriez très bien pu, madame Jasmin, vous en prendre à madame Mathieux pour la punir de vous avoir enlevé le seul homme jamais aimé.

En entendant dire aussi effrontément ses quatre vérités à la grande star – ce que lui-même n'a encore jamais eu le courage de faire –, Jean-Pierre Martin n'ose toujours pas lever ses yeux surmontés de lunettes noires à l'allure sévère, mais Michel décèle sur son visage une faible lueur de satisfaction. Il songe au moment où il le forcera à enlever son déguisement, et un sourire amusé fleurit sur ses lèvres.

Valérie s'acharne à sauver la face. D'une voix accusatrice, elle jette une fois de plus le blâme sur la pauvre madame Côté. Michel écoute son raisonnement. La réplique de Suzanne Côté ne se fait pas attendre. S'ensuit une véritable échauffourée de mots et de gestes, à laquelle il doit mettre un terme pour ne pas perdre le fil conducteur.

– Si cette idiote ne m'avait pas abreuvée de mensonges, je ne me serais jamais abaissée à quêter l'amour d'un homme. C'est ridicule, je les ai tous à mes pieds. Pourquoi est-ce que risquerais ma carrière pour l'un deux? Personne n'est assez important pour ça. Pas même Philippe Gingras. Votre chère madame Côté l'a compris, elle. Ce n'est pas pour rien qu'elle a voulu le tuer.

Une ride soucieuse barre le front de l'accusée. Elle trouve le courage de défendre sa peau.

– C'est vrai, j'ai peut-être forcé un peu la note en vous écrivant ces choses au sujet de monsieur Gingras, mais l'idée m'est venue après votre appel téléphonique. J'ai su alors que vous teniez mordicus à lui. Ça ne fait pas de moi une meurtrière pour autant. (Elle pousse l'effronterie jusqu'à attaquer la star en personne.) Tout ça, c'était avant de vous connaître. Si j'avais su quel genre de femme vous étiez, je n'aurais jamais essayé de faire tomber monsieur Gingras dans vos griffes une deuxième fois. Il ne mérite pas ça.

Suzanne Côté baisse la tête, sidérée par ses propres paroles. Comment a-t-elle pu faire preuve d'un tel culot?

Piquée à vif, Valérie Jasmin se lève. Sans un regard pour personne, elle tourne les talons d'un air digne.

– Je ne suis pas venue ici pour me faire insulter de la sorte.

Michel Poirier lui interdit un seul pas de plus.

– Je vous prie de vous rasseoir immédiatement, madame Jasmin, notre petite séance ne fait que commencer.

Visiblement humiliée, elle s'exécute, puis émet une opinion bien arrêtée.

– Contrôlez cette chipie et venez-en au fait, inspecteur. Si vous connaissez la coupable, pourquoi ne pas l'accuser qu'on en finisse. Ce serait logique, non?

– Un peu de patience, madame Jasmin, j'y viens. Outre cette histoire d'amour entre vous et madame Côté, quelque chose d'autre se tramait ailleurs, et j'aimerais bien savoir de quoi il en retourne. Il y a quelque temps, un homme qui se prétendait l'ami de monsieur Gingras est passé au Centre de recherche clinique. Quand madame Lemieux lui a offert d'avertir monsieur Gingras de sa présence, il a refusé, prétextant qu'il reviendrait plus tard. Après avoir glané un tas d'informations à son sujet, il s'en est allé et n'est jamais revenu. (Il se tourne vers Gisèle Lemieux et lui présente Jean-Pierre Martin.) Cet homme, c'est lui, Jean-Pierre Martin. Le reconnaissez-vous, madame Lemieux?

La femme écarquille les yeux, incrédule. Encore un peu et son chignon s'écroulerait comme un immeuble en ruine sous l'effet d'une secousse tellurique. Elle examine l'individu de la tête aux pieds – pas très ragoûtant! Elle croit à une riposte de l'enquêteur pour sa propre impertinence. Un jour n'a-t-elle pas osé les comparer en louangeant l'allure exceptionnelle du bel inconnu.

– Mais non! Ce n'est certainement pas lui, il était beaucoup plus...

Elle n'ose exprimer le fond de sa pensée. Michel Poirier lui remet alors la photo prise dans l'album de Valérie et termine la phrase laissée en plan.

– ...avenant, plus élégant, plus séduisant, madame Lemieux? C'est bien ce que vous alliez dire? Plus à l'image de l'homme sur cette photo?

Mal à l'aise, la dame acquiesce d'un mouvement de la tête. Si le regard de Valérie Jasmin pouvait tuer, Jean-Pierre Martin tomberait raide mort.

L'enquêteur s'adresse maintenant à celui qui tente depuis le début de se faire oublier.

– Pourquoi avoir changé votre «look», monsieur Martin? Vous en aviez assez que les femmes vous trouvent irrésistible?

Gisèle Lemieux n'en croit pas ses oreilles. Elle se tourne vers l'homme en question, incapable de faire sienne cette idée.

– C'est impossible! L'autre était châtain clair, les yeux bleus, les cheveux longs...

Plus elle avance dans ses énumérations, plus le débit de sa voix ralentit. Elle doit admettre que les traits de ce visage lui sont familiers. Elle imagine le bluffeur impénitent sans ses lunettes. Les cheveux plus longs. Plus pâles. Et la possibilité qu'il puisse s'agir de la même personne devient de plus en plus plausible. À part la couleur de ses yeux: ils étaient sans contredit d'un bleu de mer à faire rêver.

L'enquêteur reprend la photo, la regarde à son tour, puis détruit ses derniers doutes.

– Est-ce que vous regrettez vos cheveux longs, monsieur Martin? Pourquoi les avoir coupés et surtout les avoir foncés? Madame Lemieux a raison, vous étiez plutôt bel homme, avant.

Il le fixe d'un air effronté, et, devant tant d'insistance, Jean-Pierre Martin ne trouve rien de mieux que de baisser la tête.

– C'est pratique des verres de contacts, n'est-ce pas? On peut changer la couleur de nos yeux comme bon nous semble. On peut même les agencer avec le ton de nos vêtements, si le coeur nous en dit. Au fait, monsieur Martin, lequel des deux est ajusté à votre vue, vos lunettes ou vos verres de contacts? Les deux? Ni l'un ni l'autre, peut-être?

Devant ces propos insolents, l'homme ne peut résister à un regard haineux. Michel n'en tient aucun compte et poursuit, plus arrogant encore.

– Ça s'est fait dernièrement, cette mutation. Quand vous êtes passé chez le concessionnaire pour louer une Chrysler Intrepid, vendredi dernier, vous portiez toujours les cheveux longs et une jolie boucle dorée à l'oreille gauche. Je le sais, le vendeur vous a reconnu lorsqu'on lui a présenté votre photo. De même que monsieur Asselin, le propriétaire du motel. Pourquoi changer maintenant? À part le fait d'avoir soulagé monsieur Gilles Aubé de son portefeuille et d'avoir utilisé une de ses cartes de crédit pour louer une voiture, et à part le fait d'avoir molesté un vieil homme qui a refusé de mentir sur votre demande, aviez-vous d'autres raisons valables de vous déguiser? L'halloween, c'est seulement dans un mois.

Un rire discret vient détendre l'atmosphère. Choqué qu'on se paie ainsi sa tête, Jean-Pierre Martin réagit enfin.

– En quoi mon apparence physique vous concerne-t-elle, inspecteur?

Après s'être un peu amusé, l'enquêteur passe aux choses sérieuses.

– Ce qui concerne mon enquête me concerne également, monsieur Martin. Dites-moi, dans quel but êtes-vous passé au

Centre de recherche clinique prendre des informations sur monsieur Gingras? Dans quel but avez-vous loué une voiture, la journée même où lui et madame Mathieux ont été agressés?

Valérie Jasmin assassine une fois de plus son petit ami du regard. Celui-ci ne trouve rien de mieux à faire que de se murer dans le silence le plus total.

Après s'être lancé à fond dans des accusations contre l'homme jusqu'à le terrasser, Michel Poirier bifurque pour s'attaquer à une nouvelle cible, prenant tout le monde par surprise.

– Je vais vous le dire pourquoi, monsieur Martin. Vous vous êtes informé de l'heure à laquelle monsieur Gingras terminait sa journée de travail, parce que madame Jasmin vous avait demandé de le faire. Et vous avez également loué cette voiture, à la demande de madame Jasmin.

Il se tourne vers Valérie. Elle le regarde, confuse. Il s'adresse à elle d'un débit rapide, et ne lui laisse aucune chance de riposter.

– Monsieur Gingras refusait de répondre à vos lettres et même de vous parler au téléphone, alors vous avez décidé de venir le voir en personne. Avant tout, à bord de l'auto louée par votre petit ami, vous avez tenté de vous débarrasser de votre adversaire, madame Mathieux. Comme cette tentative a avorté, vous avez opté pour la deuxième alternative: jouer de votre charme pour regagner le coeur de monsieur Gingras. Lorsque celui-ci est sorti de son travail en grande conversation avec sa bien-aimée, vous avez compris, à la suite des propos enflammés qu'il lui tenait, que votre démarche était inutile, que madame Mathieux était la plus forte et que cette fois-ci vous n'auriez pas le dessus sur elle. Au lieu de vous avouer vaincue, sachant que l'homme convoité ne reviendrait jamais vers vous, vous avez préféré le savoir mort, plutôt que dans le lit d'une autre.

Valérie prend la parole et ajoute un autre sarcasme à son palmarès.

– Vous êtes incroyable! inspecteur. Est-ce trop vous demander de me dire comment vous en êtes venu à une conclusion aussi brillante?

L'enquêteur ne se laisse pas déboussoler par son cynisme et lui débite ses boniments.

– Je vous comprends très bien, madame Jasmin. Vous avez toutes les raisons d'en vouloir à madame Mathieux au point de souhaiter sa mort. Premièrement, elle est une entrave à vos projets de reconquête de monsieur Gingras, deuxièmement, à cause de ceci. (Il sort le roman de la journaliste de son tiroir de bureau.) Comme vous le savez, nous l'avons récupéré dans votre poubelle. Pourquoi avoir jeté un cadeau que vous a si gentiment fait parvenir madame Côté? (Il s'adresse à Suzanne Côté.) Avant de l'offrir à madame Jasmin, madame Côté, aviez-vous pris soin de retirer des pages afin de ne pas heurter sa sensibilité?

– Bien sûr que non!, affirme la dame, sans comprendre où veut en venir l'enquêteur.

Michel l'ouvre à un endroit spécifique.

– Pourtant, vous êtes à même de le constater, il en manque une bonne vingtaine, ici.

Valérie ne se prive pas d'une aussi belle occasion pour exprimer verbalement son hostilité envers l'auteure présente.

– Je vous l'ai déjà dit, inspecteur, si je n'étais pas aussi occupée, je l'aurais détruit page par page. Malheureusement, je n'ai pas de temps à perdre avec une cochonnerie semblable. J'ai donc choisi la solution la plus rapide: je l'ai jeté à la poubelle.

Catherine laisse entendre un rire indifférent, ce qui a l'heur de déplaire à la star. Celle-ci s'apprête à la dénigrer de plus belle. L'enquêteur ne lui en laisse pas le loisir.

Il referme le volume et, les yeux fixés sur la couverture, en fait un résumé détaillé, comme si ses pupilles, puissants rayons lasers, lui permettaient de voir au travers.

– Par hasard, madame Jasmin, les seules pages détruites sont celles où l'auteure raconte que son héroïne, Marie-France, est abandonnée par Daniel, son amoureux. Celui-ci a choisi d'épouser Chantale, une jeune fille devenue enceinte de lui à la suite d'une aventure passagère. Après quelque temps, lors d'un voyage hors de la ville, prétextant une fausse couche, Chantale se fait avorter et même ligaturer les trompes, pour ne pas risquer de retomber enceinte. Par souci de son apparence, mais surtout pour ne pas hypothéquer sa carrière d'avocate qu'elle veut à tout prix florissante. Et cela, sans consulter son mari au préalable et sans même le mettre au courant de sa décision après coup. Par la suite, afin d'attirer la pitié de son conjoint et ainsi lui faire croire que le souvenir de la fausse couche est toujours aussi omniprésent et beaucoup trop pénible pour songer à l'éventualité d'une nouvelle grossesse, elle prend un air affligé chaque fois qu'il est question de fonder une famille. La réalité, c'est qu'elle refuse d'avouer la triste vérité à son mari, de peur de le perdre. Au bout d'un certain temps, comme elle ne tombe plus enceinte, Daniel s'interroge sur leur capacité à concevoir et propose d'aller tous les deux passer un examen médical. Chantale refuse cette initiative pourtant légitime. Il revient donc à la charge de temps à autre, mais se heurte toujours à la même réponse. De plus en plus intrigué par son entêtement, Daniel mène sa petite enquête et découvre le pot aux roses. Furieux d'avoir été ainsi trompé, il abandonne Chantale et retourne vers Marie-France.(L'enquêteur lève les yeux et interroge la jeune femme.) Vous ne trouvez pas que ça ressemble étrangement à votre vie, madame Jasmin? Une fausse couche lors d'un voyage et l'absence de grossesse par la suite, pour finalement être abandonnée par monsieur Gingras au profit de madame Mathieux. Est-ce par crainte de voir la vérité éclater au grand jour, si vous avez tenté de tuer votre rivale? De peur qu'à l'occasion d'une interview elle en dise un peu trop, et qu'un journaliste futé fasse le rapprochement avec sa propre vie? Remonte jusqu'à la vôtre et découvre lui aussi le pot aux roses? Cela refroidirait l'ardeur de vos fans, n'est-ce pas, madame Jasmin?

Valérie sourit, l'air de celle qui s'ennuie royalement.

– Je ne vois pas de quoi vous voulez parler, inspecteur.

– Au contraire, je crois que vous voyez très bien ce que j'insinue, madame Jasmin. Le hasard a voulu que l'histoire de madame Mathieux soit identique à la vôtre, du moins en ce qui concerne cette partie de votre vie et même davantage. Comme pour Chantale, le personnage du roman, votre carrière est plus importante que tout le reste. Alors vous avez décidé de vous faire avorter lors d'un voyage à l'extérieur de la ville, et même de vous faire opérer pour être certaine de ne plus concevoir, de peur que la venue d'un bébé interfère avec vos chances d'avancement. De retour à la maison, vous avez annoncé à monsieur Gingras que vous aviez fait une fausse couche. Continuez-vous toujours à affirmer que votre vie diffère de celle du personnage de madame Mathieux?

Un peu moins sûre d'elle, le mannequin s'entête malgré tout à nier les allégations de l'enquêteur.

– Absolument! inspecteur. Ce que vous dites est entièrement faux!

Poussé à la limite, Michel Poirier sort les télécopies reçues de New York et les étale devant lui.

– J'ai ici de quoi vous contredire, madame Jasmin. Voulez-vous le nom de la clinique où vous avez subi cette opération radicale? Voulez-vous des dates?

Cette fois, le monument est fortement ébranlé sur son socle. Les yeux exorbités, Valérie allonge le bras et s'apprête à arracher la langue de ce faiseur de troubles, faute de pouvoir déchirer les feuilles qu'il ramasse en vitesse. Constatant qu'elle s'est laissé emporter, elle se rassoit aussitôt.

L'enquêteur s'adresse de nouveau au mannequin et l'assomme d'une dernière déclaration.

– C'est vrai, votre réalité diffère de la fiction de madame Mathieux, je dois l'admettre, en ce sens que vous, madame Jasmin, vous n'avez pas eu à vous faire avorter, puisque vous n'avez jamais été enceinte.

Les trois femmes posent sur elle des regards pleins de

reproches. Catherine est atterrée. Par quelle ironie du sort a-t-elle imaginé l'inimaginable? Elle n'arrive même plus à en vouloir à sa rivale tellement celle-ci lui fait pitié; elle a perdu jusqu'à la moindre velléité combative. Philippe a été dupé par un être immoral, et elle a mal pour lui. Elle voudrait effacer cet outrage fait à sa fierté, pour ne pas lire l'humiliation dans ses yeux lorsqu'il l'apprendra. Effacer ces années où Valérie l'a emprisonné derrière une supercherie. Un mariage basé sur le mensonge, voilà ce qu'était leur union.

Valérie songe à sa vie. Très bientôt, elle sera étalée au vu et au su de monsieur et madame tout le monde. Peut-être même aujourd'hui. Une chose certaine, elle n'y échappera pas.

Elle fulmine.

– Vous n'avez pas le droit de fourrer votre nez dans mes affaires, inspecteur. Mon avocat va vous poursuivre pour atteinte à la vie privée.

– Si votre vie privée sert aux fins de la justice, madame Jasmin, ça me donne tous les droits.

– Voulez-vous bien me dire en quoi le fait d'étaler ma vie au grand jour peut servir à la justice? Vous agissez par pure vengeance, exactement comme Catherine Mathieux a voulu se venger de moi avec son petit roman à l'eau de rose.

Catherine s'était promis de ne pas ménager la star. Abasourdie, elle ne trouve rien à répondre. Les mots se forment dans son esprit et se brisent sur ses lèvres, tels des bulles d'eau et de savon qui flottent dans l'air et éclatent au moindre contact.

Michel Poirier a compris. Il la dispense de cette tâche et poursuit, prosaïque.

– Le roman de madame Mathieux est pure vengeance; vous le pensez vraiment, madame Jasmin? Je n'ai aucune misère à vous croire. Je l'ai compris en voyant ce livre massacré de la sorte. Étant donné qu'il est impensable d'arriver à détruire toutes les pages compromettantes de tous les romans sur le marché, tel que vous auriez aimé pouvoir le faire, vous avez choisi une méthode un peu plus radicale. Poussée par la crainte de voir votre vie éclaboussée, vous avez essayé de vous débarrasser de l'auteure, avant qu'elle ne s'échappe dans une entrevue et que ça aille plus loin. (Valérie secoue la tête en signe de négation, ce qui n'entrave en rien la verve de l'enquêteur.) On a examiné l'auto louée par votre ami, retrouvée abandonnée sur le stationnement près de celle de monsieur Gingras, et une légère éraflure derrière le rétroviseur du côté du conducteur renforce nos soupçons. Vous vous êtes servie de cette voiture pour agresser madame Mathieux, n'est-ce pas?

Valérie profite d'un silence pour plaider sa cause. Elle ressasse, tel un leitmotiv, l'argument plus d'une fois invoqué.

– Désolée de vous décevoir, inspecteur, mais votre belle théorie tombe à plat. Je me trouvais à New York au moment où ça s'est produit. J'y suis même demeurée toute la fin de semaine. Je m'étonne d'ailleurs que vous n'ayez pas déjà vérifié avec mon agent.

Bluffeur invétéré, Michel Poirier se joue aussi habilement de ses suspects lors d'une confrontation, que de ses partenaires lors d'une partie de cartes. De voir ses adversaires s'empêtrer dans ses tromperies adroites jusqu'à ne plus savoir où donner de la tête, lui procure un réel plaisir. Aujourd'hui, c'est une occasion inespérée de s'amuser à sa guise. Il ne va pas la laisser lui filer entre les doigts.

– Justement, madame Jasmin, j'ai vérifié, et personne ne peut affirmer avec certitude que vous vous trouviez à New York vendredi dernier. Pas même votre agent. Tard dans la soirée, d'accord, mais pas dans l'après-midi...

Valérie est clouée sur sa chaise. L'enquêteur s'allie ce moment de faiblesse pour l'achever. Il sort la perruque blonde, le tailleur bleu marine de derrière le paravent et les exhibe.

– On a récupéré des cheveux blonds dans la voiture louée. Sur les lieux de l'attentat, juste après le drame, on a recueilli un bouton bleu marine. Vous reconnaissez tout de même votre perruque et votre tailleur, madame Jasmin? Comment pouvez-vous continuer à soutenir que vous n'êtes pas coupable de ces agressions?

L'accusation est flagrante. Tous les visages se tournent instinctivement vers Valérie.

Depuis un bon moment déjà, la star survole un plafond de nuages opaques, cherchant désespérément le moyen d'atterrir de façon sécuritaire. Une éclaircie lui permet enfin d'entrevoir la terre ferme. Autant elle était amorphe, autant elle reprend vie, s'agite sur sa chaise pour finalement bondir. Une grenade dégoupillée, hors de contrôle.

D'un naturel distingué, elle oublie les bonnes manières acquises au prix de mille et un efforts et, sans que personne s'y attende, charge sur son petit ami et lui assène un coup de poing magistral en pleine figure. Voilà ce que Michel Poirier espérait! Les paroles de la furie ne tarderont plus à corroborer chacune de ses déductions les unes après les autres. À l'amener lentement mais sûrement sur la voie du grand chelem. Le compte à rebours est commencé.

Jean-Pierre Martin se prend le visage à deux mains et grimace de douleur. Valérie écume de rage. Elle assaille une fois de plus le pauvre homme et vitupère. Les mots sont propulsés de sa bouche à la vitesse de la lumière. Drus. Vulgaires. Chaque taloche est une ode au défoulement. Jean-Pierre Martin n'a pas assez de ses deux mains pour contrer les coups.

– Ça y est, tout s'éclaire à présent. Mon écoeurant! Tu veux me faire porter l'odieux de tes actes? Tu le sais que j'aime encore Philippe, c'est pour ça que t'as voulu le rayer de ton chemin; t'avais peur de perdre ta place, hein? De toute façon, Philippe ou pas, **JAMAIS** je ne te laisserai entrer dans ma vie. T'es pas à la hauteur, mon pauvre Jean-Pierre. T'es rien qu'une lavette, un minable, un bon à rien. Agent d'artistes... mon oeil! La seule personne dont tu te sois jamais occupée, c'est de toi-même. Puis encore. Si t'avais pas hérité de ta pauvre mère, et je ne serais pas du tout étonnée que tu l'aies tuée, tu serais sur la paille depuis longtemps. C'est bien simple, t'as la corde du coeur trop courte pour te retrousser les manches et travailler. Je te déteste, Jean-Pierre Martin. Je...

Las d'encaisser, l'homme se lève pour répliquer. Cette fois, elle est allée beaucoup trop loin. Il ne va pas se laisser dénigrer de la sorte; il ne va pas couler sans l'entraîner avec lui. Elle lui en a fait trop baver avec ses airs de sainte-nitouche, ses promesses bidon.

Le mannequin ne cesse de lui porter des coups. L'homme tente toujours de les contrer et se défoule... en paroles.

– Ton cher Philippe t'obsède toujours; je le sais et je suis bien content qu'il ait repoussé tes avances, ça va t'apprendre à péter plus haut que le trou. (Il lui destine un regard satirique.) Ça t'enrage de voir qu'il préfère une simple journaliste à la **GRANDE** Valérie Jasmin? C'est pour ça que tu voulais t'en débarrasser? Pour avoir le champ libre pour le reconquérir? Tu savais que tant et aussi longtemps que Catherine Mathieux ferait partie du décor, tu ne serais pas de taille pour t'y mesurer. Et moi j'ai cru, comme l'enquêteur, à ton histoire de réputation ternie, de carrière foutue, si les journalistes faisaient le lien avec ta vie. T'étais prête à devenir son esclave, pour te retrouver dans son lit.

Enragée, elle lui fait ravaler ses paroles d'un *uppercut* au menton. La mâchoire du malheureux gémit. Les yeux dans l'eau, il frotte la martyre avec bienveillance.

Valérie glapit de plus belle.

– T'as voulu le tuer! Espèce d'ordure! T'es rien qu'un é-coeurant!

Jean-Pierre éclate d'un rire sardonique.

– Tu pensais m'avoir avec tes belles promesses? Tu pensais que moi aussi j'étais prêt à devenir ton esclave pour me retrouver dans ton lit? Tu voulais te servir de moi pour arriver à tes fins? Même si j'avais exaucé ton voeu en assassinant madame Mathieux comme tu me l'avais demandé, t'aurais continué à lever le nez sur moi. Y a rien que ton beau Philippe qui compte à tes yeux. Y a toujours eu rien que lui.

Comme si c'était encore possible, le mannequin redouble d'ardeur et distribue les horions et les coups de pied tous azimuts. Cette fois, Jean-Pierre Martin riposte sans gêne. Les témoins ont droit à un match de boxe enlevant, digne d'une vraie finale professionnelle.

Ils font un boucan monstre. Un amalgame de panique, de colère et de haine exsude dans la touffeur de la pièce. De peur qu'ils ne s'entre-tuent, Michel songe à intervenir, mais décide de prendre le risque – ils sont si instructifs, ces échanges verbaux!

– T'es jaloux, Jean-Pierre Martin. T'as jamais été capable de garder une femme, c'est pour ça que t'as voulu tuer Philippe. T'acceptes pas qu'il m'aime encore.

Une pensée diabolique fait briller le regard de l'homme d'une joie malsaine. Après un ricanement sinistre, il écrase la star comme un pou.

– Foutaise! Il ne t'a jamais aimée, ton cher Philippe. Tu lui as forcé la main en lui faisant croire que t'étais enceinte. T'es tellement imbue de ta personne que t'as cru à ce que te racontait la Côté. On sait bien, ça flattait ton ego. Mais ce n'est pas parce que tu t'es fait rouler que tu es obligée de tout me mettre sur le dos. C'est toi qui as essayé de le tuer, quand tu as compris que tu ne pourrais jamais plus le ravoir. Assume les conséquences de tes actes, ma pauvre Valérie.

La jeune femme agrippe l'arrogant personnage par les cheveux et essaie de lui crever les yeux.

– Si t'arrêtes pas de mentir, je te tue, mon enfant de chienne! T'as agi seul pendant que j'étais à New York. C'est pour ça que t'étais si pressé de changer de «look» à mon retour, toi qui tenais mordicus à tes cheveux longs! Il me semblait aussi qu'il y avait anguille sous roche!

– Fais pas ton innocente, Valérie Jasmin, c'est toi qui as écrit la lettre de menace et qui m'a chargé de la déposer dans la boîte aux lettres de Catherine Mathieux. Tu m'as même demandé de te débarrasser d'elle, sous prétexte qu'elle risquait de te faire perdre ce que tu avais acquis au fil des ans. Comme j'ai refusé, tu n'as pas eu le choix de te démerder toute seule. Si t'as raté ton coup, ce n'est toujours bien pas de ma faute. Je l'ai vu opérer ta «supposée» meurtrière. Laisse-moi te dire que ce n'est pas fort! À ta place, je l'aurais prise plus jeune, plus expérimentée.

– Menteur! Je ne t'ai jamais rien demandé de tel. Tu mens comme tu respires. C'est toi qui as tout manigancé. C'est toi qui as essayé de les tuer tous les deux; moi j'ai rien à voir là-dedans.

– Ah oui!

– Absolument!

– Quel intérêt j'aurais à la voir morte, moi, Catherine Mathieux, je ne la connais même pas. Puis ton ex, ce n'est pas un concurrent bien dangereux, il ne veut même plus de toi.

– Tu viens juste de le dire, imbécile. Quand j'ai admis devant toi que la Mathieux pouvait me détruire d'une simple parole, t'as eu peur pour ton avenir. Et Philippe disparu, tu croyais que je finirais par te prendre sous mon aile. Pauvre con! Tu pensais pouvoir compter sur moi pour te faire vivre? Une folle, oui! Tu t'es mis le doigt dans l'oeil jusqu'au coude, mon cher; c'est en prison que tu vas te retrouver.

– Ça ne tient pas debout, ton histoire, ma chère. Tu oublies que c'est une femme qu'on a vu en train d'attaquer ton ex, pas un homme. Une femme avec tes vêtements. C'est plutôt compromettant, tu ne trouves pas? Ça ne sert à rien de te débattre comme un diable dans l'eau bénite, toutes les preuves sont contre toi. Sois donc sincère, pour une fois; avoue-le donc que c'est toi, la coupable, au lieu de nous faire perdre notre temps.

Valérie hésite, bredouille.

– Tu..., t'as tellement l'esprit tordu, je ne serais pas surprise que tu te sois déguisé avec mes choses pour me faire passer ça sur le dos.

– Je m'y serais pris comment, tu penses? Tu ne m'as jamais assez fait confiance pour me laisser seul chez toi plus d'une minute d'affilée.

Devant la logique de Jean-Pierre, épuisée par cette lutte à finir, Valérie tombe, sonnée. Après lui avoir tapé sur la tête à plusieurs reprises, Michel se porte à son secours. Il sort une clef de son tiroir et la tient à bout de bras. Les deux antagonistes l'observent en silence.

Il s'adresse à Jean-Pierre.

– Avec ceci, peut-être? Vous vous souvenez, monsieur Martin, on a trouvé cette clef chez vous. Elle appartient «supposément» à votre mère. Pourriez-vous me montrer votre clef de maison, madame Jasmin.

Valérie collabore avec empressement. L'enquêteur place les clefs l'une sur l'autre: elles sont identiques.

Le mannequin se retourne vers son adversaire, ragaillardie, prête à reprendre les hostilités. Elle se démène de plus en plus et le ton monte d'une gamme à chaque nouvelle accusation.

– T'as fait faire une clef de ma maison sans ma permission?! T'es entré chez moi en mon absence?! T'as fourré ton sale nez dans mes affaires?! T'as lu mes lettres?! (Elle poursuit d'une voix de soprano.) C'est comme ça que t'as découvert que j'aimais encore Philippe?! C'est pour ça que tu t'es servi de mes choses pour commettre tes crimes: tu voulais te venger; tu voulais me faire porter le chapeau?! J'aurais dû y penser aussi quand t'as dit tout à l'heure que t'étais au courant de ce que Suzanne Côté me disait dans sa lettre, et de ce que moi j'écrivais à Philippe dans la mienne. Je te trouvais un peu trop bien informé, c'était louche. Espèce d'intrus! De voyeur! De meurtrier! De...

Écorchée vive, elle en oublie de respirer et sa voix dérape sur le dernier couplet. Le geste vient suppléer aux mots. Elle se rue sur son ennemi juré: les lunettes décollent à la vitesse d'une torpille, frôlent l'oreille gauche de Karl et explosent sur le mur d'en face.

Jean-Pierre s'abrite de ses bras pour empêcher Valérie de le dévisager de ses griffes pointues et prend sa revanche.

– Oui, c'est vrai, je suis rentré chez toi sans ta permission et à plusieurs reprises, si tu veux savoir. Mais à part le fait que je peux très bien me passer de ton autorisation pour agir, ça ne prouve rien «pantoute». Tes crimes, tu peux te les mettre où je pense.

L'enquêteur ne peut s'empêcher de bluffer une dernière fois.

– Ce n'est pas vous, madame Jasmin, que monsieur Martin voulait faire inculper: il comptait trop sur votre argent pour mener la belle vie, lorsque vous accepteriez de le prendre sous votre toit. C'est... madame Côté.

Suzanne Côté le dévisage d'un air de dogue enragé. Elle pince les lèvres. La tache sur sa conscience s'est muée en poids sur son coeur. Jean-Pierre Martin n'est qu'un escroc, un meurtrier, elle est la mieux placée pour le savoir, mais elle craint trop de voir ses paroles se retourner contre elle. Elle se tait.

L'enquêteur voit qu'elle est sur le point d'exploser. Il a toujours su que sa confession n'était pas complète. Il en remet.

– Monsieur Martin était au courant de la démarche de madame Côté auprès de vous, grâce à la lettre qu'elle vous avait adressée et dont il avait pris connaissance. Il a donc cherché à en connaître le motif. C'est pourquoi il s'est présenté au Centre de recherche clinique, afin de prendre des informations non seulement sur monsieur Gingras, mais également sur madame Côté. Madame Lemieux lui a alors mentionné la promotion dont ils étaient les deux seuls candidats. Convaincu dans son esprit dérangé que cette promotion constituait un motif suffisant pour que madame Côté attente aux jours de monsieur Gingras, il a tout fait pour que la police le croit aussi. Après s'être informé à madame Lemieux de quoi avait l'air madame Côté, il a surveillé sa sortie du travail, ce soir-là, pour forger sa propre idée. Voilà pourquoi il s'est déguisé en blonde. Mais ce n'est pas tout. Un peu plus tôt dans la journée de vendredi, poussé par la curiosité, il s'est rendu au domicile de madame Mathieux. N'ayant à ce jour qu'une photo de son visage comme point de repère, il s'est vite rendu compte que sa silhouette un peu plus...

Le voyant hésiter, Valérie Jasmin attrape au vol l'occasion de se moquer de sa rivale. Elle lui consent un regard dédaigneux et met tout son coeur dans les paroles qu'elle adresse à l'enquêteur.

– **GROSSE**, inspecteur, **GROSSE**; n'ayez surtout pas peur des mots.

Loin d'être blessée par cette brimade, Catherine se rappelle mot à mot une remarque farfelue de l'enquêteur: « Moi, j'en ai déduit que, de dos, elle est, à peu de détails près, le sosie de madame Mathieux engoncé dans un corset.» Elle comprend l'allusion maintenant et cache son visage dans ses mains, prise d'un véritable fou rire.

Devant cette réaction inopinée de la journaliste, la star se dresse sur ses ergots. Encouragé par l'attitude de Catherine, l'enquêteur sourit. Il a finalement trouvé les mots qui conviennent.

– ... pleine, un peu plus... généreuse que celle de madame Côté, correspondait davantage à la sienne. Alors, pour être encore plus certain de s'en sortir haut la main, il a décidé de lui faire passer le meurtre de monsieur Gingras sur le dos. C'est pourquoi, il a forcé le propriétaire du motel, monsieur Asselin, à mentir au sujet de l'heure à laquelle madame Mathieux a quitté les lieux, et cela, afin que la police la soupçonne.

– C'est ridicule! Vous n'avez aucune preuve contre moi.

L'enquêteur s'adresse à madame Lemieux qui, depuis le début, essaie de tout gober sans perdre un mot ni même un geste.

– Si je me souviens bien, madame Lemieux, vous m'avez mentionné que la femme blonde portait un tailleur un peu trop serré pour elle. Au moins une ou deux tailles en dessous de la pointure adéquate.

Gisèle Lemieux voit où l'inspecteur veut en venir. Ayant pris en grippe cet homme qui a osé la berner, elle se fait une joie de lui répondre.

– C'est exact, inspecteur, beaucoup trop serré: ce n'était vraiment pas élégant.

Il tend le veston au mannequin. Il n'a pas à lui faire de dessin: elle l'enfile à la hâte. Après avoir attaché les deux boutons qui restent, il lui va comme un gant. Elle l'enlève et le présente à l'homme à ses côtés, avec un sourire triomphant.

L'homme le repousse.

– Ça ne prouve rien.

Michel intervient.

– Ça explique en tout cas pourquoi un bouton s'est arraché, lorsque vous vous êtes penché pour soulever les pieds de la victime. (Il se dresse devant lui, la perruque blonde à la main.) Dans cette perruque, j'ai toutes les preuves dont j'ai besoin pour vous accuser de tentative de meurtre, monsieur Martin. De nos jours, les tests ADN font des miracles.

L'homme éclate de rire. N'y tenant plus, Suzanne Côté se lève et pointe vers lui un doigt accusateur. Michel Poirier a atteint son but. Il jubile. La chercheuse déclare d'une voix forte:

– Vous avez raison, inspecteur, c'est lui, l'agresseur. Il a même essayé de me corrompre.

Tous les regards obliquent vers elle. Gênée, elle se rassoit. Michel, aussi surpris que tous les autres, l'invite à poursuivre.

Suzanne Côté regrette déjà son intervention. Elle aurait mieux fait de se taire. Maintenant, il est trop tard pour rebrousser chemin.

– Le jour où il est venu au Centre de recherche clinique, il m'a suivie jusque chez moi. Là, il a essayé de m'endormir avec de belles paroles, en me jouant la comédie de l'homme d'affaires prospère, pour finalement me proposer de me libérer de Philippe Gingras, en échange d'un montant d'argent. Il...

– Elle était prête à me verser mille dollars pour que je l'en débarrasse.

Suzanne Côté se rebiffe. Debout, revêche, elle riposte:

– Il n'a jamais été question de l'assassiner. Vous étiez censé lui offrir un travail à Montréal.

– Que tu dis!

La dame implore l'inspecteur Poirier, les larmes aux yeux.

– Je vous jure que c'est l'entière vérité, inspecteur.

– Lui avez-vous versé cet argent, madame Côté?

– Bien sûr que non!

Jean-Pierre Martin éclate de rire et ajoute:

– Elle avait promis de le faire le jour de ses funérailles!

Suzanne Côté se rassoit, en pleurs. Gisèle Lemieux la regarde avec compassion et pose une main sur la sienne. Jean-Pierre Martin rit de plus belle. Même au pied du mur, il refuse de se rendre à l'évidence et rejette le blâme sur Valérie.

– Vous ne pouvez pas m'arrêter, je n'ai rien fait; c'est elle, la vraie coupable.

Valérie s'obstine à répéter le même refrain.

– Je vous le redis, inspecteur, j'étais à New York, lorsque ça s'est produit.

La farce a assez duré. Le citron est pressé au maximum. La dernière goutte en a été extraite. Il ne tirera plus rien de cette méthode. Michel se lève pour jouer à l'arbitre. Ses paroles mettent très vite les deux insubordonnés au ban de la société.

– Je sais, madame Jasmin, vendredi dernier, à l'heure exacte où ces drames se sont déroulés, vous étiez effectivement à New York. Je le sais depuis le début. Si je vous ai menti à ce sujet, c'était simplement pour vous obliger à sortir de vos gonds. La vérité surgit souvent de la colère. Mais ne vous méprenez pas pour autant, monsieur Martin a raison sur un point. Vous êtes l'auteure de la lettre de menace et vous êtes également responsable de la tentative de meurtre contre madame

Mathieux.

Il se dirige vers la porte, l'ouvre. Une femme âgée, les cheveux blonds aux épaules, vêtue d'un costume bleu marine, menottes aux poignets, pénètre dans la pièce, la tête basse, escortée d'un policier. Chacun retient son souffle. On a droit à une minute de silence.

Michel Poirier regagne sa place et s'adresse à Valérie.

– J'imagine que vous n'avez pas encore eu l'occasion de vous rencontrer. Je vous présente madame Mary Young. Ce nom vous dit quelque chose, madame Jasmin? (Vaincue, le mannequin retombe sur sa chaise. L'enquêteur poursuit.) Nous avons la preuve que vous avez incité cette dame à commettre un meurtre sur la personne de madame Catherine Mathieux. Et ce n'est pas monsieur Martin déguisé avec vos vêtements qui s'en est pris à monsieur Gingras, comme j'ai réussi à vous le faire croire avec ma petite mise en scène de tout à l'heure, mais bien votre «protégée», avec la complicité de votre petit ami: les cheveux retrouvés dans la voiture louée par monsieur Martin n'appartiennent pas à votre perruque blonde, comme je l'ai laissé entendre un peu plus tôt, mais à madame Young. Et le bouton bleu marine, à son costume, et non au vôtre. Vous n'auriez jamais cru qu'un simple coup de fil puisse faire tant de remous, n'est-ce pas, madame Jasmin? Je vous arrête pour menace de mort et incitation au meurtre. Et vous, monsieur Martin, pour incitation au meurtre, pour vol ainsi que pour coups et blessures.

Karl n'a pas bougé depuis le début de la manifestation. Heureux de pouvoir enfin se dégourdir les jambes, il s'avance, et fait à chacun la lecture de ses droits. Mary Young lève finalement la tête. Ses yeux se posent immédiatement sur Catherine. La colère, la haine, l'amertume, la désolation se disputent la primeur. La lassitude a finalement gain de cause. Entraînée par son garde du corps, elle quitte la pièce, le regard éteint, sans avoir prononcé un seul mot. Jean-Pierre sourit, sadique, tandis que Valérie peste contre la journaliste qui, une fois de plus, l'a envoyée au tapis.

– Espèce de vache! T'aurais pas pu fermer ta grande gueule? Il me semble qu'avec ton pedigree t'avais suffisamment de merde à brasser pour écrire ton livre, sans chier sur moi en plus. T'es rien qu'une sale putain! Une traînée. Une...

Mal à l'aise devant une telle vulgarité, les employées du Centre de recherche clinique s'éclipsent à la première invitation de l'enquêteur en chef, heureuses de s'en tirer à si bon compte. Catherine, étourdie par ce fla-fla, demeure sur sa chaise et s'efforce de renouer avec la trame de cette malheureuse tragédie. Qui est donc Mary Young? Quel lien existe-t-il entre la star et ce mystérieux personnage? Que signifie ce regard indéchiffrable?

Après avoir lu le roman de Catherine, assoiffée de vengeance, Valérie engage le meilleur détective privé de New York, afin de fouiller le passé de la journaliste pour y découvrir une faille, une faiblesse, une faute, et ainsi lui rendre la monnaie de sa pièce. En un temps record, l'homme parvient à remonter jusqu'à Betty Chester, la mère de Catherine, puis jusqu'à son beau-père, Jack Bart, et enfin jusqu'à la vieille mère de celui-ci, Mary Young, dont Catherine elle-même ignore l'existence. Valérie s'empresse alors d'entrer en contact avec la femme aigrie pour attiser le feu de sa rancoeur, en partie éteint par la fatigue, par l'usure et par la pluie des ans, dans l'espoir qu'elle termine pour elle la sale besogne amorcée avec la lettre de menace – les appels téléphoniques, placés de sa chambre d'hôtel à New York, et les déclarations fracassantes de la dame incriminent la star.

Depuis que Valérie lui a demandé de déposer la lettre de menace chez Catherine Mathieux et même de liquider celle-ci, Jean-Pierre Martin rôde souvent dans les parages. Il voudrait bien accéder à la demande de sa maîtresse – surtout si ça lui permet d'entrer chez elle par la grande porte –, mais n'a pas le cran de passer à l'acte. D'autant plus qu'il ne voit aucun avantage à la disparition de la jeune femme, tandis que celle de son petit ami...

Le jour où il est finalement déterminé à se débarrasser de son rival, il est témoin de la tentative de meurtre de Mary Young contre la romancière. Quelques minutes plus tard, il la voit revenir sur les lieux et suivre Catherine au motel. Il se met alors en tête de tirer profit de l'acharnement de la vieille femme.

Le chantage étant sa spécialité, il aborde la septuagénaire et lui propose – la mort de l'être aimé n'est-elle pas pire châtiment que sa propre mort? – moyennant une récompense pécuniaire, de la conduire à l'endroit où travaille Philippe Gingras. Sans un mot, la dame descend de voiture et monte auprès de lui. Jean-Pierre interprète son geste comme un accord tacite et, bien qu'il n'ait pas prévu lui servir de taxi, il s'empresse de la mener sur place.

Philippe apparaît à la porte de l'édifice. Jean-Pierre le lui désigne. Mary Young ouvre aussitôt son sac à main et en retire un revolver. Affolé – il ne s'attendait certes pas à ce que la dame soit aussi expéditive –, craignant d'être accusé de complicité de meurtre, il prend ses jambes à son cou et abandonne la Chrysler et sa passagère dans le stationnement.

À son arrivée au motel, Catherine a disparu. La Chevrolet, elle, veille toujours le fort. Anxieux de connaître le dénouement de l'intrigue et surtout de réclamer son dû, il s'installe à distance et attend le retour au bercail de la meurtrière.

Bientôt, un taxi se pointe. Mary Young en descend, grimpe dans sa bagnole et démarre en trombe. Jean-Pierre la voit s'arrêter quelques centaines de mètres plus loin. Il parcourt aussitôt la distance à pied et découvre l'auto, stationnée en face d'un motel. De peur que la police ne soit aux trousses de la fugitive, il évite de trop s'approcher et se contente d'errer dans les environs jusqu'à la noirceur. Puis il retourne sur ses pas et passe la nuit au motel voisin.

Levé tôt, il court acheter le journal du matin, pressé de connaître les faits. Un journaliste accuse une blonde de la «tentative» de meurtre, et va jusqu'à sous-entendre qu'il pourrait s'agir d'une proche. Il n'en faut pas plus pour que l'esprit tordu de Jean-Pierre se réveille. Croyant que cette manoeuvre crapuleuse trouvera grâce aux yeux de Mary Young, il force le propriétaire de l'établissement à mentir au sujet de Catherine, afin d'étayer la thèse du journaliste. Erreur! Il est reçu à la pointe du revolver – certaines personnes âgées sont plus coriaces que d'autres. «Je me suis démerdée seule toute ma vie, je ne vais pas m'embarrasser d'un froussard à mon âge.» Et vlan! Jean-Pierre accuse difficilement le coup, rentre chez lui – ce ne serait pas sage d'insister – par le premier autobus et tente de se faire oublier.

Ce qu'il avait pris pour de l'incompétence, lorsqu'il avait vu Mary Young rater Catherine de justesse, était en fait un jeu. Mary Young est tout à fait à la hauteur. Ce qu'elle veut, d'abord et avant tout, c'est s'amuser avec sa proie, comme un chat avec une souris, puis... l'achever. Elle sait qu'elle joue son dernier rôle et veut étirer son plaisir.

Dans les jours qui suivent, elle est aux aguets, dans la rue, à deux pas de chez Catherine, à bord de sa Chevrolet noire mille neuf cent quatre-vingt-trois, aux articulations aussi grinçantes que sa conductrice. Chaque seconde passée à étudier sa future victime la remplit d'une joie sans pareille, et la présence de la police dans le secteur renforce sa jouissance.

À partir du moment où Catherine accepte de lui donner des détails concernant sa vie antérieure, Michel Poirier ne chôme pas lui non plus. Avec la collaboration de son fidèle ami, Sylvain, il entreprend des démarches afin de retracer toutes les personnes de l'entourage de Jack Bart, susceptibles d'en vouloir à la jeune femme. C'est alors qu'il découvre Mary Young. Elle a retiré ses économies, s'est acheté une vieille ba-

gnole et a disparu sans laisser d'adresse. Dans son patelin du Texas, où elle est considérée comme une ermite grincheuse et pas commode, personne ne s'inquiète de son sort.

Quelques recherches plus tard, Michel Poirier apprend qu'elle est entrée au Canada par le poste frontière de Lacolle, la veille de l'agression de Catherine. Elle n'a pris aucune précaution afin de camoufler ses racines, comme si, une fois sa mission accomplie, elle se moquait éperdument de sécher sur place. Un avis de recherche est aussitôt émis contre elle, et la surveillance se renforce autour de la journaliste.

L'inspecteur chargé de surveiller les lieux la repère immédiatement et la prend en chasse jusqu'au motel où elle s'est enracinée. Averti de ce fait en pleine nuit, Michel Poirier s'empresse de se rendre sur place.

La voiture noire de la suspecte, bien que déjà passablement cabossée, porte une blessure encore plus fraîche que toutes les autres, à l'oeil gauche. Et l'analyse de la boucle en métal du sac à main de Catherine a révélé des traces de peinture noire. On procède donc à l'arrestation de Mary Young.

La rebelle possède toujours son arme et n'attend qu'une occasion de s'en servir. Michel Poirier l'apprend à ses dépens. Frustrée de voir ses plans contrecarrés, elle n'hésite pas une seconde à la braquer sur lui et à tirer. Heureusement, la balle ne fait qu'effleurer son épaule – être pris de vitesse par une septuagénaire n'a rien de glorieux, et il ne s'en vante pas non plus.

À son âge, Mary Young n'avait rien à perdre – cela la rendait d'autant plus redoutable. Ce qui lui importait, avant de mourir, c'était de venger son fils en liquidant Catherine, comme elle s'était débarrassée de la tante religieuse, des années plus tôt, en lui barrant la route à bord de sa Mustang. Vu son âge avancé, elle se croyait à l'abri de tout soupçon. Sa témérité l'a perdue.

Après s'être rebiffée. Mary Young avait fini par avouer ses crimes.

20

Catherine regarde Philippe qui se déplace de plus en plus facilement à l'aide de ses béquilles. Bientôt, un mois se sera écoulé depuis l'attentat. Malgré cet avatar et ce qu'il a drainé comme inconvénients et conséquences de toutes sortes, leur amour en est sorti indemne et même plus fort, plus inaltérable que jamais.

Ils peuvent recommencer à neuf; plus aucun danger ne leur pend au bout du nez. Les coupables ont été châtiés, et l'entêtement de l'enquêteur leur a permis d'apprendre que Jack Bart n'est qu'une pauvre loque humaine à moitié fêlée, un pied dans la tombe, et à qui personne ne viendra jamais plus rendre visite puisque le seul être vivant qui le faisait auparavant, Mary Young, est désormais, elle aussi, sous les verrous. Donc, aucune possibilité de la voir, elle, ou quiconque de son espèce, se matérialiser à nouveau dans leur vie pour y semer la pagaille.

Depuis que l'enquête a abouti, Catherine a repris son travail de chroniqueuse. Philippe, lui, a continué à récupérer sagement à l'hôpital. Toutes leurs soirées, ils les ont passées ensemble, à parler d'avenir. Aujourd'hui, Philippe rentre – enfin! – à la maison.

Catherine le voit soulever sa valise. Elle le gronde.

– Tu vas m'arrêter ça tout de suite, Philippe Gingras. Occupe-toi de te transporter; je me charge du reste.

– Je ne suis pas impotent! Regarde, j'arrive même à me déplacer sans mes béquilles.

Il s'aventure à faire quelques pas dans sa direction. Catherine le couve d'un regard admiratif, lui ouvre grand son coeur et ses bras, et l'accueille comme une mère qui encourage les premières manifestations d'indépendance de son enfant.

Elle l'embrasse avec fougue.

– Je t'aime, Philippe; je suis si heureuse qu'on te libère!

Tu verras, je m'occuperai très bien de toi, dans notre petit nid d'amour.

Il l'enveloppe de ses deux bras maintenant fonctionnels, malgré une raideur encore omniprésente dans le gauche.

– Je t'aime, Cat; et moi aussi je suis heureux de rentrer à la maison. Nos nuits d'amour m'ont tellement manqué! Tu ne peux pas savoir.

– Oh oui! je sais. Elles m'ont manqué à moi aussi. Viens, on s'en va.

Elle s'empare de la valise d'une main et, de l'autre, elle entoure la taille de son homme. Sur le pas de la porte, elle s'arrête, pense à Michel Poirier, à son professionnalisme et à sa profonde détermination – elle lui doit une fière chandelle.

Une éternité s'est écoulée depuis sa disparition. Jamais plus il ne se pointe à l'improviste, et, Catherine l'avoue, cet ours mal léché lui manque. Il y a comme cela, dans la vie, de ces gens dont le passage, même fugace, laisse des traces indélébiles, semblables à une marque de truelle dans le mortier. Plus il est tendre, plus elles sont profondes, plus elles sont apparentes, plus elles sont tenaces. La souffrance rend le coeur et l'âme malléables, vulnérables, susceptibles d'être maniés, affectés. Et au moment de leur rencontre, elle était si malheureuse.

Elle entend encore ses grognements sourds, son rire sonore, son pas lourd, ses plaisanteries maladroites. Elle revoit son visage rond, plutôt blême, ses cheveux poivre et sel, son nez droit, ses lèvres épaisses, son regard brun, perçant et... triste. Pourquoi? Qu'est devenu son grand enfant lourdaud?

Comme un patient qui s'attache très souvent à son médecin, à son psychologue, elle s'est, elle aussi, laissé prendre au piège de la dépendance affective. Michel Poirier n'a-t-il pas été pour un temps, son confident, son défenseur, un véritable père?

Catherine ouvre la porte et s'apprête à quitter la chambre au bras de son ami, son amoureux, son amant, son... mari. En laissant ce port d'attache, ses chances sont minimes de revoir

Michel Poirier, elle le craint, mais le temps est venu de tourner la page. Ne l'a-t-il pas fait, lui? N'a-t-il pas jeté l'ancre ailleurs, dans les eaux tumultueuses d'une nouvelle enquête à mener?

Lentement, ils empruntent le couloir. L'enquêteur se dresse devant eux, le teint cuivré, l'air radieux et en santé. Agréablement surprise, Catherine laisse tomber la valise à ses pieds et accueille Michel Poirier d'une franche accolade. Toujours aussi gauche, il y répond avec enthousiasme.

– Il y a belle lurette qu'on vous a vu, inspecteur; que devenez-vous?

– Bonjour, madame Mathieux. (Il tend la main à Philippe.) Bonjour, monsieur Gingras. Vous avez fait d'énormes progrès, à ce que je vois. Et rapidement, à part ça.

Un sourire se passant de commentaire irradie le visage du convalescent.

– Je m'en vais, et ce n'est pas trop tôt. Mais vous, inspecteur, j'ai l'impression que vous revenez de vacances, est-ce que je me trompe?

– Pas du tout. Je suis effectivement allé passer deux semaines en Floride. Le mois d'octobre, avec les risques d'ouragans, de tornades, de typhons et de tout ce que vous voulez, n'était peut-être pas la période idéale, mais ça s'imposait. J'avoue, je suis béni, la température a été sublime. Je reviens donc l'esprit et le corps renouvelés. Je suis de nouveau prêt à faire face à la musique.

Catherine devine un pieux mensonge derrière cette parodie de l'homme heureux. Un dernier soubresaut de sa carrière de journaliste la pousse à en chercher la source.

– En effet, vous êtes béni, inspecteur. C'était si urgent, ce voyage? Ça n'aurait pas pu attendre quelques semaines de plus? Votre dernière enquête vous avait à ce point perturbé?

L'espace d'une seconde, le souvenir du départ de son épouse, Hélène, vient danser devant les yeux de Michel, tel une ombre chinoise. Il cligne aussitôt des paupières pour le balayer. Baisse la tête et se tait, jugulé par l'émotion.

Catherine regrette son indiscrétion. Cherche à se racheter. Pavoise.

– Vous auriez pu venir avec nous, inspecteur. Philippe et moi avons planifié un voyage de trois semaines au Brésil, juste avant les fêtes. Plus précisément, à Rio de Janeiro. Ça «swing», par là. Il faut que mon «chum» soit bien rétabli, si on veut en profiter au maximum. Mais pas trop, quand même, je ne veux pas le voir flirter avec toutes les petites Brésiliennes non plus. Ça me prendrait un bon enquêteur comme vous pour le surveiller.

Philippe l'attire à lui. L'embrasse en riant.

– Ne t'inquiète pas, je préfère de beaucoup les petites Canadiennes.

De nouveau en contrôle, Michel Poirier se met de la partie et taquine la jeune femme.

– Qui vous dit que je ne l'entraînerais pas plutôt sur une pente glissante, au lieu de jouer à l'ange gardien? Une belle petite Brésilienne, je ne dirais pas non, moi.

Catherine rit, heureuse. Sa tactique a fonctionné.

– Ah oui! Oubliez ça, d'abord. Je n'ai rien dit.

L'enquêteur reprend, détendu.

– J'ai su que vous quittiez l'hôpital aujourd'hui, monsieur Gingras, et je voulais vous souhaiter un bon retour à la maison. Le travail, c'est pour bientôt?

– Probablement dans quelques semaines, oui. Un ou deux mois, tout au plus. Autrement dit, dès que je pourrai me déplacer en toute sécurité, sans mes béquilles. C'est très gentil à vous d'être passé; moi aussi je tiens à vous remercier pour le mal que vous vous êtes donné pour nous sortir du pétrin. J'aurais aimé le faire avant, mais vous étiez introuvable.

Michel Poirier éprouve un élan de sympathie pour ce couple des plus attachants. Jusqu'à maintenant, il leur a permis de palper l'écorce. Il leur fera goûter la chair: il se montrera sous son vrai jour.

– C'est vrai, je suis parti un peu vite – il leur tourne le

321

dos et exhale un soupir avant de reprendre. L'avant-dernière journée de l'enquête, ma femme et moi, on s'est séparés après vingt-cinq années de mariage. Même si ce n'était plus le grand amour depuis longtemps et qu'une telle fin était prévisible, ça désorganise toujours un peu. Aussi, j'avais besoin de faire le point.

Catherine et Philippe se regardent, éprouvent le besoin de se rapprocher l'un de l'autre. Est-il possible que l'amour leur fasse faux bond un jour, épuisé par le temps? Dans dix ans? Dans vingt ans? Dans trente ans? Non, ils vont l'alimenter, le nourrir, le gaver à chaque instant de petites attentions, de mots gentils, de tendresse. Ils ne laisseront jamais à la moindre froideur l'opportunité de s'installer ni même de se glisser entre eux.

Avant qu'une parole d'encouragement traverse leurs lèvres, avare de détails, Michel s'éclipse sur une dernière réflexion.

– C'est précieux, un amour comme vous partagez. C'est grand. C'est fort. Mais n'oubliez jamais, c'est aussi très fragile. Prenez-en soin.

Le sage s'en retourne. Les amoureux le regardent disparaître et s'imprègnent de ses judicieuses paroles. Forts d'une expérience qui confirme la justesse de ses propos, et d'une volonté réciproque de s'offrir un avenir meilleur, leurs regards se soudent et leurs lèvres cèlent la promesse d'un amour sans condition.

Achevé d'imprimer chez
MARC VEILLEUX IMPRIMEUR INC.,
à Boucherville,
en septembre deux mille un